Evidencia

Evidencia

Pamela Clare

Traducción de
Isabel Murillo

Talismán

Título original inglés: *Hard evidence*
© Pamela White, 2006
Derechos cedidos por The Berkley Publishing Group,
miembro de Penguin Group (USA) Inc.

Primera edición: septiembre de 2007
© de la traducción: Isabel Murillo Fort, 2007
© de esta edición: Grup Editorial 62, s.l.u., Talismán
Peu de la Creu, 4, 08001 Barcelona
correu@grup62.com
grup62.com

Fotocompuesto en Víctor Igual, S.L.
Impreso en Artes Gráficas Mármol, S.L.
Depósito legal: B. 21.987-2007
ISBN: 978-84-96787-13-1

Este libro está dedicado al sargento Gary Arai y al lugarteniente Tim McGraw, que salvaron mi vida la noche del 24 de agosto de 1987. Sois auténticos héroes.

Agradecimientos

Mi más profundo agradecimiento a Kenlyn Kolleen y a la organización Free A Child por inspirar este relato y por combatir el tráfico sexual infantil en las calles de Denver y los pueblos de Nepal. Para más información y colaboración, visite www.freeachild.org

Mi especial agradecimiento al sargento Gary Arai, por sus conocimientos sobre los entresijos de las operaciones policiales y a Scott Weiser, por su experiencia en armas.

Mi especial agradecimiento a Vince Darcangelo, por permitir que tomara prestado su apellido, y otros atributos personales, para mi relato.

Muchísimas gracias[*] a Anna de la Peña, por las traducciones al español.

Mi agradecimiento con cafeína a Aimee Culbertson, por hacer realidad mis sueños de cafés con leche. Me mantuviste despierta hasta altas horas.

Mi agradecimiento a Cindy Hwang y Natasha Kern por su apoyo y sus consejos.

Mi agradecimiento personal a Michelle White, Timalyn

[*] En español en el original. A lo largo del texto, se indicarán siempre en cursiva las expresiones que están en español en el original. *(N. de la t.)*

O'Neill, Karen Marie Moning, Kelly LaMar, Sara Megibow, Dede Laugesen, Vickie McCloud, Kally Jo Surbeck, Alice Brilmeyer, Alice Duncan, Mimi Riser, Bonnie Vanak, Norah Wilson y Jan Zimlich. ¡No sé qué habría hecho sin todas vosotras!

Y con todo mi amor a mi familia y a mis hijos, Alec y Benjamin, cuyo amor y apoyo significa para mí mucho más de lo que ellos pueden imaginarse.

Capítulo 1

El café era la heroína de Tessa Novak. Y en aquellos momentos la ansiaba con la desesperación de un yonqui callejero. Lo que quería —lo que necesitaba— era una dosis triple de sabroso café mexicano con leche, espumoso y aromatizado con vainilla. Aunque no le quedaría otro remedio que conformarse con la típica bazofia tóxica de la gasolinera.

«Te está bien empleado por no saber en qué hora vives, chica».

Las últimas cafeterías decentes habían cerrado hacía un cuarto de hora, mientras ella seguía estúpidamente sentada en su despacho releyendo informes.

Encaró el coche hacia el aparcamiento de la iluminada gasolinera, esquivó un par de chicos que practicaban con su monopatín, ignorantes tanto de los peligros del tráfico como de la fuerza de la gravedad, y estacionó junto a un monovolumen donde retumbaban canciones de Eminem. Sacó la cartera del maletín, salió del coche e inspiró el habitual hedor de gases de tubo de escape y gasolina.

Aunque era ya octubre, el ambiente seguía siendo cálido: uno de aquellos curiosos veranillos de San Martín de Colorado que parecían prolongarse eternamente. Pese a que prácticamente todos sus colegas del periódico estaban encantados con aquel clima cálido y soleado, a Tessa le apetecía que pasase pronto y empezara a nevar. Le gustaba el frío, le gustaba la repentina transformación de la ciudad sucia y gris en un universo de blanco puro y reluciente.

Se había criado en el Sur y no había construido su primer muñeco de nieve hasta tres años atrás, cuando a los veinticinco años de edad se había trasladado a vivir a Denver. Y a pesar de que aquello era el detalle más mínimo de su nefasta infancia, en cierto sentido se había convertido en un símbolo de todo lo demás. La primera tormenta de nieve del año se había convertido para Tessa en una especie de ritual, en la celebración anual de su huida.

Este año, la nieve llegaba con retraso.

Atravesó corriendo el aparcamiento y las abrió puertas de cristal. El olor de la ciudad quedó sustituido por el de perritos calientes rancios, detergente desinfectante... y café. Abriéndose paso entre la breve cola que esperaba para pagar en la caja, se dejó guiar por la nariz hasta el mostrador del fondo donde encontró un recipiente de vidrio medio lleno de una sustancia que parecía aceite de motor sucio.

Se detuvo, lo miró, su cabeza luchando con fuerza contra su deseo. Miró entonces al camarero, un hombre mayor de pelo canoso y nariz hinchada.

—¿De cuándo es este café?

—¿Y cómo quieres que lo sepa? —Estaba mirando la cajetilla de tabaco de una mujer, ni siquiera levantó la vista.

—Yo qué sé. —Tessa cogió el recipiente, olisqueó su contenido y mantuvo un tono amable—. A lo mejor resulta que usted trabaja aquí.

—Ya estaba aquí hace un par de horas, cuando llegué.

Lo que significaba que debía llevar reposando sobre el calentador desde la época del nacimiento de Jesús.

Pero una dosis era una dosis.

Resignada a su destino, vertió el líquido negro en una taza grande de plástico espuma, cogió luego cuatro paquetitos de leche en polvo con sabor a vainilla y los añadió uno detrás de otro, deseando para sus adentros haberle echado un vistazo al reloj veinte minutos antes.

Se había quedado otra vez trabajando hasta tarde, más porque no tenía nada mejor que hacer que porque realmente lo necesitara. Había entregado un montón de horas antes su contribución para el periódico del día siguiente (un breve artículo de seguimiento sobre un oficial de policía de la 321 que había sido asesinado en el transcurso de una detención por un caso de violencia doméstica). Había aprovechado su ausencia completa de vida amorosa para pasar su noche del martes releyendo los documentos que había solicitado a la oficina de contratos del departamento de policía. Sabía que su labor en aquel momento era básicamente seguir buscando pruebas, y que así era cómo empezaban muchas de las mejores historias de investigación, con un periodista levantando piedras para ver qué se escondía debajo de ellas.

¿Y qué había encontrado hasta el momento? Poca cosa más que algún que otro gusano retorciéndose.

Ni un contrato lucrativo a nombre de algún familiar. Nada de gastos inflados sospechosamente. Nada de dinero transferido a empresas inexistentes.

El Jefe Irving controlaba estrictamente su barco... no a la perfección, pero sí estrictamente.

Tessa se dijo que debería estar satisfecha por ello. Al fin y al cabo, ella no era nadie para hacerle la zancadilla al Departamento de Policía de Denver. Que los polis no fueran también unos delincuentes era buena señal. Pero, por desgracia, el habitual «no pasa nada malo» no servía como sabroso titular de portada.

Tessa había abandonado Savannah para instalarse en Colorado y ocupar el puesto de reportera policial del Equipo de Investigación de élite del *Denver Independent*, el llamado «Equipo I». Relativamente novata en el mundo del periodismo, le había sorprendido que le ofreciesen el puesto. Y por ello trabajaba duro para demostrarle su valía a Tom Trent, el exigente jefe de redacción del periódico (sí, de acuerdo, el tipo era un imbécil redomado), cumpliendo un horario de auténtica explotación laboral, sacrificando horas de sueño y renunciando a cualquier oportunidad de romance, todo para simplemente justificar su puesto en el equipo. Pero llevaba ya un tiempo sin desenterrar nada que mereciese ser publicado. Lo que necesitaba era un gran reportaje.

Bueno, lo que en aquel momento necesitaba era cafeína.

Se llevó la taza a los labios, dio un sorbo e hizo una mueca. Estaba mucho más horrible de lo que se imaginaba, pero era potente. Dio un sorbo más largo y se acercó a la caja, agradecida de que la cola hubiese desaparecido.

Acababa de sacar un par de billetes de la cartera cuando se abrió la puerta, emitiendo un tintineo, y entró corriendo una joven y hermosa mujer de origen latino, el pánico reflejado en sus ojos, la cara llena de lágrimas. Descalza, vestida con bermudas vaqueras y una minúscula camiseta de tirantes, parecía extrañamente fuera de lugar para aquel momento del año.

—*¡Por favor, señor, ayúdeme! ¡Ayúdeme!* —sollozaba—. *¡Me van a matar!*

Con un sobresalto, Tessa se detuvo en seco.

La chica se acercó corriendo a la barra.

—*¡Ayúdeme! ¡Llame a la policía!*

Era evidente que el camarero no entendía nada de lo que le decía la chica. Se quedó mirándola boquiabierto y confuso, paralizado como una estatua.

La boca de Tessa reconectó con su cerebro y hurgó en el bolso en busca de su teléfono móvil.

—*¿Quién? ¿Quién te va a matar?*

La chica miró a Tessa con unos ojos castaños suplicantes, su cuerpo temblando, y luego echó un vistazo por encima del hombro.

—*¡Madre de...!*

Todo terminó en un instante que pareció alargarse eternamente.

Un coche negro reluciente, una ventanilla tintada bajando. El grito horrorizado de la chica. Una explosión de balas y el cristal hecho añicos. Un rechinar de neumáticos. El hedor a caucho quemado.

Tessa se encontró de repente en el suelo bocabajo, el rápido martilleo de sus pulsaciones superando el peso del silencio. Frente a ella, la chica yacía sin vida sobre un charco de sangre y café, sus ojos abiertos y vacíos, las lágrimas rodando aún por sus mejillas.

—¿Vio usted el arma?

Era la segunda vez que Tessa repetía su declaración. El policía, un joven detective llamado Petersen a quien había visto antes un par de veces, estaba repasando sus notas, intentando ser detallista. La habían conducido al otro extremo del establecimiento, mientras fotografiaban la escena del crimen y cubrían y trataban de identificar el cuerpo de la chica. El servicio de ambulancias cargó el cuerpo en el vehículo para transportarlo al depósito forense. Otra ambulancia se había encargado ya de transportar al hospital al camarero, víctima de un posible infarto.

En el exterior, las luces de una docena de coches patrulla

lanzaban destellos de rojo y azul. Oficiales uniformados impedían el paso de los curiosos. Otros interrogaban a los testigos o registraban el establecimiento y el aparcamiento en busca de pruebas. Con los años, Tessa había estado en cientos de escenas de crímenes, pero era la primera vez que lo vivía desde la perspectiva de la víctima. Y por algún motivo, todo aquello no le parecía real.

—Sí, sí señor, pero sólo de refilón. —¿Por qué le costaba tanto pensar? Se envolvió con más fuerza con la manta que el abogado de la víctima le había dado, intentando evitar los temblores, obligándose a concentrarse—. Los disparos se produjeron con enorme rapidez.

—Pero no pudo ver al tirador. ¿Es eso correcto?

—Sólo le vi el brazo. Llevaba guantes negros y una chaqueta de cuero negro.

—No consiguió identificar la marca del coche ni la matrícula.

—No, no señor. Vi un coche negro, reluciente, y entonces… —Se dio cuenta de que estaba a punto de echarse a llorar y tragó saliva—. Y entonces, empezaron a disparar.

Un coche negro, reluciente. Tapacubos plateados girando. A toda velocidad.

—Los tapacubos. —Hablaba sin ser consciente de ello—. Tenían una pieza aparte en el centro, dentada, como una sierra circular. Giraba sola… o eso parecía.

—Así que el conductor se compró unas llantas a la última. Eso podría ayudarnos. ¿Vio algún tipo de distintivo en ellas… algún símbolo?

Intentó hacer memoria.

—No, señor. Lo siento.

—Tengo que decirle que tiene usted un acento encantador. ¿De dónde es?

Confusa ante una pregunta tan trivial, Tessa tardó un momento en responder.

—De Georgia.

Entonces fue cuando le vio.

Estaba junto a la cinta de seguridad que había colocado la policía, en un extremo del aparcamiento, entre las sombras. Tenía el pelo oscuro y lo llevaba recogido en una cola de caballo que le llegaba hasta los hombros, su barbilla oscurecida por la sombra de una tupida barba de tres días. Medía un metro ochenta, como mínimo, e iba vestido con un par de pantalones vaqueros Levi's gastados... y una chaqueta negra de cuero. Y la miraba.

Tessa se cruzó con su mirada y el corazón le dio un vuelco.

—¡Hay un hombre...!

Pero había desaparecido.

—Había un hombre allí... un hombre con una chaqueta negra de cuero.

El detective Petersen miró por encima del hombro hacia donde ella le indicaba y frunció el entrecejo.

—¿A quién puedo llamar para que venga a recogerla, señorita Novak?

—¿No piensa interrogarle? —La mirada de Tessa recorrió la oscuridad.

—Pediré a algún oficial que eche un vistazo. Pero en estos momentos, lo importante es llevarla a su casa sana y salva. ¿Tiene algún familiar a quien pueda llamar?

—No, no tengo familia. —Tessa no habría llamado a su madre ni aun estando en su lecho de muerte, ni aunque hubiese vivido cerca de allí. Llevaban diez años sin hablarse—. Volveré en mi propio coche. Lo tengo aparcado aquí mismo.

El detective Petersen la miró con gran solemnidad.

—Lo siento, pero no puedo dejar que marche conduciendo su propio coche. Si pudiese telefonear a alguien..., a un amigo, a un compañero de trabajo.

Y Tessa se dio cuenta de que tenía razón. No podía ponerse al volante. Le costaba mantener las rodillas rectas. Y de repente sintió ganas de hablar con Kara.

—Llamaré yo.

Antigua componente del Equipo I, Kara McMillan era quizá la mejor periodista que Tessa conocía y una de sus mejores amigas. Kara había sido la responsable de una de las noticias más importantes de la historia de Denver... y había estado a punto de morir asesinada por ello. Si alguien podía comprender cómo se sentía Tessa en aquellos momentos, ésa era Kara.

Tessa manipuló su teléfono móvil, buscó hasta encontrar el nombre de Kara y marcó automáticamente el número. No le respondió Kara, sino Reece, el esposo de Kara, que era senador.

—Kara está acostando a Connor y Caitlyn —le explicó—. ¿Le digo que te llame?

El cálido sonido de su voz hizo que Tessa se desmoronase. Notó el escozor de las lágrimas en los ojos y que le temblaba la voz.

—Siento..., siento molestaros, pero necesito que me hagáis un favor. Estaba..., estaba tomando un café, y apareció ese coche, y... le dispararon, Reece. Está muerta.

—¿Quién está muerto? ¿Te encuentras bien, Tessa? ¿Dónde estás? ¿Estás con la policía?

—Estoy bien..., sólo un poco conmocionada, supongo. —Se obligó a concentrarse—. Estoy en la gasolinera del cruce de Colfax con York. Y, sí, estoy con la policía.

—Busca un oficial que vaya armado y no te separes de su lado. Voy enseguida.

Julian Darcangelo observó a la preciosa rubia subir al todoterreno del hombre que había ido a recogerla..., seguramente su marido o su pareja. Su joven rostro reflejaba tanto horror como conmoción, las reacciones de la mente sana al enfrentarse a la jodida realidad del asesinato.

¿Cuánto hacía que Julian no sentía esas emociones?

Ni siquiera se molestó en intentar recordarlo.

Siguió mirando al todoterreno, que dio media vuelta y enfiló Colfax abajo y, por mera costumbre y sin abandonar nunca la penumbra, memorizó la matrícula del vehículo. En ningún momento había pretendido que le viera y la reacción reflejada en su cara le había sorprendido. Pareció reconocerle, pero era imposible. Llevaba en Denver pocos meses y había pasado la mayor parte de ese tiempo en lugares que ninguna mujer frecuentaría de poder elegirlo. Además, estaba seguro de no haberla visto nunca. Aquella melena rubia ondulada y aquellos grandes ojos azules no la convertían precisamente en el tipo de mujer que un hombre olvidaba fácilmente.

El asesino tampoco la olvidaría, y era muy posible que regresara para rematar su trabajo. Burien odiaba las chapuzas. No quería testigos, sobre todo testigos que hubieran cruzado alguna palabra con la víctima. A Julian no le sorprendería nada que el autor de los disparos apareciera muerto en un callejón en el plazo de una semana, acribillado por las balas de su propia arma. Burien tenía un carácter repugnante, incluso dentro de los cánones de un viejo mafioso ruso.

A Julian le daba la sensación de llevar la vida entera persiguiendo a Burien. Había empezado a seguir la pista de Burien y sus compinches (Rafael y Clemente García y Jarrett Pembroke) a finales de la década de 1990 y había acabado infiltrándose en el operativo de García. Había mandado a la cárcel a García y a Pembroke y se hizo justicia cuando murieron entre barrotes, García suicidándose y Pembroke apalizado por su compañero de celda. Pero Burien había conseguido escapar.

Julian había asumido la plena responsabilidad del caso. Había dejado que su trabajo le llevase hasta él y un error de cálculo le había costado su relación con Margaux, había provocado la muerte de dos buenos agentes y había dado a Burien la oportunidad que necesitaba para escabullirse. Julian había presentado su dimisión al día siguiente, pero nunca había dejado de perseguir a Burien.

Cuando Ed Dyson le reclamó desde los cuarteles generales de Washington, D. C. y le pidió que le ayudara a sacar a Burien de su escondite, Julian accedió, aunque ello significara tener que trabajar de nuevo con Margaux, responsable de la sección de informática. Borrar a Burien de la faz de la Tierra valía mucho más que cualquier precio personal que tuviera que pagar por ello. Llevaba ahora cuatro meses como enlace entre el FBI y la unidad responsable del Departamento de Policía de Denver. No era el trabajo clandestino al que estaba acostumbrado, pero el puesto le permitía trabajar de forma independiente, utilizar a voluntad los recursos policiales y pasar mucho tiempo en las calles, siguiéndole la pista a Burien.

Y Julian estaba cerca, muy cerca. Lo intuía.

Había tenido una semana entera bajo vigilancia el apartamento que Burien tenía en un sótano, sabiendo que era una de las guaridas de Burien. Había decidido no acercarse aún del todo, seguro que de haberlo hecho habría espantado a Burien y le habría hecho replegarse más si cabe. Nunca se había imaginado que una de las chicas fuera a escapar. Nunca escapaban. Tenían demasiado miedo, estaban demasiado drogadas, demasiado destrozadas para huir.

«¡Maldita sea!».

El oficial de paisano que había estado vigilando el lugar

aquella noche afirmó no haberse dado cuenta de que la chica había huido hasta que los hombres de Burien subieron al coche para perseguirla. Le había llamado, dudoso sobre cómo intervenir, sin saber si las órdenes que tenía le permitían intervenir. Julian estaba en el otro extremo de la ciudad y había oído la llamada a través de su emisora de la policía. Cuando llegó, la chica ya estaba muerta.

Burien era ahora responsable de un nuevo asesinato, un peso que caía con fuerza sobre los hombros de Julian. Había llegado a acostumbrarse a aquel peso, a la carga de saber que había permitido que un asesino siguiese matando. Ambos lo pagarían: Julian cargaría con ese peso durante el resto de su vida y Burien cuando cayera entre rejas o alguien le cruzara la cabeza con una bala.

Julian vio desaparecer las luces traseras del todoterreno, confió en que el hombre que lo conducía fuese lo bastante inteligente como para saber proteger a la mujer que llevaba a su lado, y luego miró su reloj. Primero, registraría el apartamento con un equipo para reunir cualquier prueba que hubiese quedado. Luego iría a comisaría y se aseguraría de que los nombres de los testigos no apareciesen en el informe policial, donde Burien podía localizarlos fácilmente. Se volvió y echó a andar por la calle oscura, sin poderse quitar de la cabeza la imagen del rostro conmocionado de aquella preciosa rubia.

—¡Si no me hubiese quedado paralizada! —Tessa se secó suavemente las lágrimas. Odiaba llorar delante de nadie, ni siquiera delante de amigos—. ¡Si hubiese marcado enseguida el número de emergencias o si hubiera tirado de ella hacia el pasillo!

Se había duchado para limpiar los restos de sangre de la

chica y se había puesto un camisón y un batín de Kara mientras su ropa pasaba por la lavadora y la secadora.

—No es culpa tuya. —Kara estaba sentada a su lado, vestida con unos pantalones de chándal y una camisa de algodón que evidentemente era de Reece, y llevaba su larga melena oscura recogida en una trenza suelta. Se la veía increíblemente serena por ser madre de dos pequeños—. En esos pocos segundos, no podías haber hecho nada que hubiese provocado un resultado distinto.

—Bebe. —Reece le puso un vaso entre las manos—. Kara tiene razón. Es imposible que la policía pudiera haber llegado a tiempo y no creas que un expositor de patatas fritas pudiera haber detenido los disparos de un arma automática. Es un milagro que no te mataran también a ti.

Tessa intentó no pensar en eso. Sabía que había estado muy cerca. Cuando se inició el tiroteo debía estar a menos de un metro de distancia de la chica.

—Supongo que fue una suerte para mí que ese tipo tuviera buena puntería.

«Una suerte para mí. No tanta suerte para ella».

Dio un buen trago al vaso que Reece le acababa de dar, sin darse cuenta, hasta que notó la quemazón, de que aquello era whisky. Tosió, y dio un nuevo trago.

—¡Oh, Tess, no sabes cuánto lo siento! —Kara la rodeó por los hombros para consolarla—. Y deja de hacerte la dura. Acabas de sobrevivir a una pesadilla. Después de haber sido testigo de un asesinato, nadie está obligado a sentirse como si tal cosa.

Su compasión tocó el corazón de Tessa y las lágrimas asomaron de nuevo.

—¿Lloriqueaste así después de que ese desgraciado intentase matarte en la fábrica de cemento?

—Tuve pesadillas durante meses y lloré mucho. Pregúntale a él.

Reece movió afirmativamente la cabeza, muy serio.

—Si esto no te hubiese conmocionado, serías una persona muy extraña.

Tessa rió.

—Bueno, no está mal saber que no soy un bicho raro.

—No sabía que hablabas español. —Reece le sirvió más whisky—. ¿Lo estudiaste en la universidad?

Tessa negó con la cabeza y habló sin pensar.

—Lo aprendí de pequeña.

—¿En Georgia? —Kara puso cara de sorpresa.

Pero Tessa no se había criado en Georgia. Nunca había explicado a sus amigos dónde había nacido, ni siquiera cómo había llegado al mundo. Toda esa vida quedaba atrás.

Cambió de tema.

—Después del tiroteo vi un hombre. Me observaba mientras yo hablaba con la policía. Llevaba una chaqueta de cuero negro, igual que el asesino. Cuando le vi, se esfumó. Se lo dije al oficial, pero no mostró ningún interés. Alguien tiene que encontrarlo.

—Estoy seguro de que la policía sabe lo que se hace. —Reece se sentó en el sofá otomano situado enfrente de ella y le posó la mano en la rodilla para tranquilizarla—. Mejor que eso lo dejes en sus manos.

Tanto Tessa como Kara le miraron.

Reece se puso en pie y se pasó la mano por el cabello.

—Claro, tenéis razón. Eres periodista, y eso significa intentar dar caza a los asesinos, ¿no es eso?

—¡Reece! —Kara puso mala cara.

Pero Tessa necesitaba explicarse.

—Era muy joven. Era joven y asustada, y la mataron, a tiros.

Vi cómo ocurría. La vi morir. Me suplicó que la ayudase, y en lugar de ayudarla, vi cómo moría. Tengo que hacer alguna cosa.

Reece cruzó los brazos sobre su pecho y adoptó la pose rígida del senador que era.

—Esta noche no. Acaba esta copa y luego vete a dormir.

—Gracias, sois estupendos los dos.

Se oyeron sollozos arriba.

—¡Caitlyn! Estoy tratando de destetarla. —Kara movió la cabeza y luego miró a Reece—. ¿Vas tú a verla, cariño? Si me ve a mí, sólo querrá...

—... querrá pecho. Yo tengo el mismo problema. —Reece le guiñó un ojo a su esposa, sonriendo, y desapareció escaleras arriba.

Tessa sonreía también.

—Eres muy afortunada, Kara.

Kara le dio un abrazo reconfortante.

—Un día encontrarás al hombre que te mereces, Tess. Y ahora, vamos a instalarte bien cómoda.

Tessa se encontró enseguida acostada entre suaves sábanas que olían a suavizante, su estado de nervios calmado gracias al jabón, al whisky y la amistad. Un hogar con una madre, un padre y niños pequeños resultaba reconfortante. No sabía exactamente por qué, pero le gustaba, tal vez porque nunca lo había tenido.

«Un día encontrarás al hombre que te mereces, Tess».

Tessa confiaba en que fuera cierto. Anhelaba tener lo que Kara tenía: una carrera profesional, niños, un matrimonio feliz, un hombre que la mimase. Pero no podía esperar mucho. Las mujeres de su familia habían tenido poca suerte con los hombres. Y mientras intentaba conciliar el sueño, no eran precisamente pensamientos sobre su hombre ideal lo que ocupaba su cabeza, sino la imagen del hombre vestido con la chaqueta negra de cuero.

Capítulo 2

En el apartamento abandonado encontraron exactamente lo que Julian sabía que encontrarían. Los policías, nuevos en este tipo de cosas, no sabían de qué iba nada y Julian, que quería evitar cualquier tipo de filtración, no pensaba informarlos al respecto.

La habitación delantera era un caos de envoltorios de comida basura, botellas de alcohol medio vacías y desperdicios de todo tipo. Había un sofá de color beige lleno de manchas frente a un televisor colocado encima de una caja de madera. Junto a la caja había docenas de vídeos, pornográficos a buen seguro, y caseros en su mayoría.

La cocina apestaba a basura de hacía muchos días, el fregadero estaba lleno hasta arriba de platos de papel, latas de cerveza y paquetes de comida. El baño, apenas iluminado, olía a meados y a moho, el suelo tenía manchas anaranjadas de orines y en el lavabo había mugre y pelos.

—La sirvienta estaría de vacaciones —le dijo Julian a Petersen, demasiado joven e inmaduro como para sentirse traumatizado.

Al otro lado del baño, el dormitorio pequeño albergaba dos camas grandes por hacer, una a cada lado. En un pilar de una de las camas había atado un cable eléctrico: una forma cruel y dolorosa de retener a alguien allí. Exceptuando un puñado de cintas de vídeo, el armario estaba vacío.

Pero lo más revelador era el dormitorio principal. Cuatro colchones en el suelo, las sábanas que los cubrían manchadas de semen y sangre seca. Un pequeño recipiente de plástico lleno de docenas de condones usados. Envoltorios de preservativos de color negro y dorado repartidos sobre la sucia alfombra de color marrón claro. En un rincón, un montón de cuerdas de cuero, de las que se utilizan para atar a una mujer de manos y piernas a la cama. Jeringuillas usadas, cajas de píldoras anticonceptivas a medias, antibióticos, compresas y cajas de condones por estrenar.

—Vaya puta mierda. —Petersen miraba a su alrededor, asombrado—. Debía ser prostituta.

—No hagas suposiciones, Petersen. —Julian le habló empleando un tono neutral y miró el reloj. Saldrían de allí a las tantas.

—¡Mira todas esas jeringuillas! ¿No deberíamos llamar a los de narcotráfico?

—Hasta que yo no diga lo contrario, esto es una operación de la brigada del vicio. ¿Entendido?

—Sí, Darcangelo.

Julian pensó en la chica cuya sangre había visto derramada sobre las frías baldosas aquella misma noche. Había huido en busca de la libertad, y había encontrado la muerte. Alguien la había silenciado, pero aquellas pruebas, correctamente gestionadas, hablarían por ella. Julian se aseguraría de que así fuese.

Tessa durmió poco, sus sueños convertidos en pesadillas en cuanto el efecto del whisky hubo desaparecido. Siempre lo mismo: la chica cruzaba corriendo la puerta, pedía ayuda y era acribillada mientras Tessa observaba la escena, paralizada, incapaz de respirar o gritar o moverse. Y cada vez, Tessa se despertaba, sofocada y buscando aire, empapada en sudor frío.

Finalmente dejó correr cualquier intento de conciliar el sueño y se quedó mirando la CNN sin volumen hasta que Kara y Reece se levantaron. Entonces, mientras Kara preparaba a Connor para ir al colegio, Reece acompañó a Tessa a la gasolinera para recoger su coche.

—Puedes quedarte con nosotros todo el tiempo que quieras —le dijo—. Este fin de semana iremos a la cabaña. Nos encantaría que nos acompañases. Me han dicho que es posible que por allí empiece ya a nevar.

—Gracias. Lo tendré en cuenta. —Le dio un abrazo y un beso en la mejilla, salió del todoterreno y se volvió para enfrentarse al escenario que había estado obsesionándola durante toda la noche.

A la luz del día tenía otro aspecto: pequeño, sórdido, desolado. Las puertas y las ventanas destrozadas del pequeño establecimiento estaban cubiertas con tablones de madera. El edificio estaba acordonado con la típica cinta amarilla que utilizaba a esos efectos la policía. El interior estaba oscuro, exceptuando un fluorescente que parpadeaba sin cesar.

¿Cuántas veces habría pasado en coche por allí? ¿Cuántas veces se habría parado a repostar o a tomar un café? Ahora se preguntaba si sería capaz algún día de volver a cruzar esas puertas.

Le resultó extraño pensar que si hubiera llegado a tiempo a su cafetería favorita, no habría sido testigo del asesinato. Habría sido una nota de prensa más, un artículo más: «Joven asesinada a tiros desde un coche en marcha, investigación en curso».

Pero había sido testigo del crimen. Había visto a una joven vivir aterrorizada los últimos momentos de su vida antes de ser cruelmente asesinada. Sabía que nunca lo olvidaría.

Entró en el aparcamiento un monovolumen de color rojo y se detuvo junto a un poste de gasolina. Salió de él un hombre trajeado, hablando a gritos por su teléfono móvil. Tuvo que pasar tres veces la tarjeta de crédito para darse cuenta de que la gasolinera estaba cerrada. Marchó resoplando y de mala gana.

Tessa buscó en el bolso las llaves del coche, abrió la puerta y se sentó al volante, decidida a mantener la calma. Regresó a casa, intentó reanimarse con una ducha caliente e hizo lo posible para ocultar con maquillaje sus oscuras ojeras.

—Estás horrorosa —le dijo a su cara reflejada en el espejo.

Su propia cara la observaba con ojos enrojecidos, hinchados y rodeados de sombras.

En parte, le habría gustado llamar diciendo que estaba enferma y meterse en la cama, pero estaba ya cansada de tanto llorar. Sabía que escondiéndose no podría ayudar a nadie, sobre todo a la chica asesinada la noche anterior. Además, seguramente no podría dormir. Era mejor seguir con su rutina y enfrentarse cara a cara con la jornada que tenía por delante.

Buscando el consuelo de lo conocido, se vistió con su traje chaqueta favorito de seda negra —el color le pareció de lo más adecuado— y se dirigió en primer lugar a su cafetería habitual para saborear una taza de su salvación, y luego al periódico. Después de haber dado unos cuantos sorbos al café y de camino a su despacho, se sentía casi humana.

Verificó los mensajes del contestador y de correo electrónico, y a continuación repasó la montaña de notas de prensa que había recogido en su casillero. Un nuevo robo de ketamina en una clínica veterinaria. Una supuesta violación. Un accidente mortal en la I-70.

Sorprendida al no encontrar ninguna mención sobre el tiroteo, cogió el teléfono y marcó.

—No vamos a publicar el informe policial. —Larry, de la oficina del *sheriff*, estaba más gruñón de lo habitual—. El incidente sigue bajo investigacion. Ya conoces los trámites.

Sophie Alton, desde el extremo opuesto de la sala de redacción, señaló su reloj y levantó tres dedos. En tres minutos tenían reunión del Equipo I.

Tessa movió afirmativamente la cabeza, preparó el material para la reunión y buscó un lápiz afilado.

—¿Sabes si el Jefe Irving piensa emitir algún tipo de comunicado?

—Para eso tendrás que llamar a la oficina de prensa.

Se obligó a hablar con un tono acaramelado. Lo mínimo que podía hacer era intentar hacerle sentirse culpable.

—Gracias, Larry. Has sido de gran ayuda. Sé que tu tiempo es muy valioso. Que tengas un buen día, seguiremos en contacto.

Colgó.

—¡Que te zurzan!

—¿Larry haciendo de nuevo el gilipollas? —Matt Harker, el reportero local, se levantó y alisó su desesperadamente arrugada corbata... la corbata que se ponía cada mañana y que guardaba en su escritorio cada tarde—. Alguien debería investigar por qué los funcionarios locales son tan repelentes. ¿Acaso los entrenan para actuar así? ¿Acaso alguien les ha robado el Prozac? ¿Tanto café beben?

—No te metas con el café, Harker. —Tessa cogió su café con leche y siguió a sus compañeros hacia la sala de reuniones—. No está bien insultar las religiones de los demás.

Sophie, con su liso cabello cobrizo recogido en una trenza francesa y sujetando una botella de agua en una mano y un cuaderno en la otra, se retrasó para esperarla.

—¿Te encuentras bien? Se te ve cansada y enfadada.

—Gracias. —Tessa se obligó a sonreír como si acabara de recibir un gran cumplido—. Cansada y enfadada era precisamente el aspecto que quería tener esta mañana.

Sophie hizo una mueca.

—Muy bien, no me cuentes nada de lo que sucede.

Tessa notó la preocupación en la mirada de su amiga y pensó en explicárselo. Sophie era tal vez su mejor amiga. Compartían las penurias de trabajar para Tom Trent, de estar eternamente solteras, y de trabajar en el terreno predominantemente masculino del periodismo de investigación. Pero Tessa no se veía capaz de explicarle a Sophie lo de la noche pasada... no sin volver a llorar.

Prefería enfrentarse a un pelotón de fusilamiento que llorar en la sala de redacción.

Cuando llegaron a la sala de reuniones, Tom estaba esperándolas dando golpecitos de impaciencia en el cuaderno con su bolígrafo. Era un hombretón: más de metro ochenta y seguramente rondando los ciento treinta kilos de peso. Con una greña de cabellos canosos, siempre miraba a Tessa como una especie de cruce entre perro pastor y defensa de fútbol, aunque su personalidad era la de un pitbull de pura raza.

A su izquierda estaba sentada Syd Wilson, la directora editorial. Su trabajo consistía en conseguir que todas las noticias encajaran en la edición, y habían empezado a salirle canas desde que trabajaba a las órdenes de Tom. Joaquín Ramírez, el sensual fotógrafo que recordaba a las mujeres del periódico a un joven Antonio Banderas, estaba hablando con Syd sobre diversas posibilidades fotográficas, mientras que Katherine James, el miembro más nuevo del equipo, repasaba sus notas. Seleccionada personalmente por Tom para ocupar el puesto de Kara, Kat había llegado a Denver directamente desde el periódico de su ciudad natal, Window Rock, Arizona, dentro de la reserva de los indios navajos, donde había escrito una primicia sobre unas minas de uranio tóxico. Menuda, con una melena oscura que le llegaba hasta la cintura y unos ojos verdes almendrados que revelaban su ascendencia mestiza, era tremendamente reservada.

Tessa tomó asiento, garabateó algo en su cuaderno, e intentó decirse que aquello era simplemente un miércoles más, una reunión más del Equipo I.

Tom nunca perdía el tiempo en charloteo.

—Alton, ¿qué novedades tenemos?

Sophie justo acababa de sentarse.

—Ayer recibí un soplo sobre una mujer que ha interpuesto una demanda contra el Departamento de Corrección de Menores. Dice la demanda que se puso prematuramente de parto estando en aislamiento, que pidió ayuda y que los celadores se burlaron de ella porque no se la creyeron. Pasó toda la noche de parto sola en su celda y el bebé nació muerto a la mañana siguiente.

Las miradas de Tessa y Sophie se encontraron, compartieron el asco y la rabia que sentían. Pero el periodismo de investigación era eso: alumbrar tenuemente los rincones oscuros para que los malhechores no tuvieran dónde esconderse.

Tom no tuvo ningún tipo de reacción aunque, después de toda una vida dedicada al periodismo, era muy posible que hubiera visto y escuchado de todo.

—¿Qué puedes tener preparado para la hora del cierre?

—Puedo escribir una visión general del caso... unos cuarenta centímetros de longitud. Durante la semana, me gustaría hacer el seguimiento desde el punto de vista médico: cuántos médicos por reclusa, el nivel de equipamiento del centro penitenciario para afrontar las urgencias médicas de las mujeres allí internadas, cosas así. He cursado una solicitud para pedir el historial y ahora estoy en el momento de las típicas evasivas para posponerlo.

Syd movió afirmativamente la cabeza, anotó alguna cosa, hizo los cálculos.

—¿Fotografías?

—La foto de la ficha policial de la demandante.

Tessa estaba pensando de nuevo en la noche anterior. No había escuchado la historia de Matt sobre los miembros del consejo municipal que mantenían reuniones secretas ilegales a través de un circuito cerrado de correo electrónico desconocido hasta el momento. No había escuchado a Katherine relatar las últimas noticias sobre Rocky Flats, antigua planta de fabricación de armas nucleares abierta ahora al público como área recreativa donde la gente podía hacer un picnic rodeada de plutonio.

«*¡Por favor, señor, ayúdeme! ¡Ayúdeme! ¡Me van a matar!*».

—¡Tessa! —Sophie se inclinó hacia delante y posó la mano sobre el antebrazo de Tessa.

—¿No has tomado aún suficiente café? —Joaquín sonreía.

Abochornada, Tessa se enderezó en la silla y miró sus anotaciones.

—Ha habido otro robo de ketamina en una clínica veterinaria. Es el tercero en lo que va de mes. Podría ponerme en contacto con la brigada antidroga y ver si estamos ante la nueva moda de la ketamina. Pero hay algo más...

Hizo una pausa y se armó de valor.

—Anoche fui testigo de un asesinato... dispararon desde un coche en marcha.

Un murmullo de sorpresa recorrió la sala de reuniones.

Tom no dijo nada.

Tessa respiró hondo y se obligó a dejar de lado sus emociones.

—Me había parado en la gasolinera que hay en el cruce de Colfax con York y vi cómo mataban a tiros a una adolescente. Cuando dispararon, yo estaba a menos de un metro de ella. La policía no ha emitido aún el informe ni ningún tipo de declaración, pero igualmente me gustaría publicarlo ya.

—¡Por Dios, Tessa! —Sophie la miraba con sus ojos azules abiertos de par en par—. ¡Podrían haberte matado!

Fiel a su estilo, Tom no perdió el tiempo en expresiones de compasión.

—¿Qué tienes pensado?

Tessa lo supo en cuanto se lo preguntó.

—Me gustaría escribir un relato en primera persona, como testigo presencial. Me gustaría seguir el caso en su trayectoria por el sistema judicial. Puedo aprovechar mi conocimiento sobre la policía y los tribunales para completar mi experiencia personal como testigo del crimen.

Las pobladas cejas de Tom se unieron en el entrecejo y abrió la boca, dispuesto a hablar.

Segura de que iba a rechazar su idea, Tessa le interrumpió.

—Sé que se sale de lo habitual, pero no puedo ser objetiva en esta historia, de modo que no podría fingir. Pienso que un relato de los hechos en primera persona hará comprender a la gente lo que es un asesinato de un modo que un artículo de prensa normal jamás podrá conseguir.

—Me parece una idea estupenda —apuntó Syd—. Seguro que atraerá lectores... un misterio de asesinato en la portada del periódico.

Sophie, Matt y Joaquín mostraron también su apoyo.

—Hay un tema que deberías tener en cuenta, de todos modos. —Kat colocó detrás de su oreja un largo mechón de pelo negro—. Le darás a conocer al asesino todo lo que conoces sobre el asunto. ¿Estás preparada para ello?

Tessa recordó el terror reflejado en los ojos de la chica.

«*¡Por favor, señor, ayúdeme!*».

Gritos. Balas. Sangre.

«El hombre de la chaqueta negra de cuero».

En lugar de miedo, sintió rabia.

—Sí, creo que lo estoy.

Se produjo un momento de silencio.

Entonces, Tom dejó su bolígrafo junto al cuaderno de notas.

—De acuerdo, Novak. Adelante. Pero no escribas chorradas de color rosa. ¡No somos Hallmark!

Con la bolsa de deporte colgada del hombro, Julian caminaba por la deshilachada alfombra de color azul y naranja que cubría el vestíbulo del hotelucho, una alfombra que daba la sensación de no haber sido limpiada desde la década de los setenta. Había estado en centenares de lugares como aquél, infestados de cucarachas, vertederos que se alquilaban por horas y que se amontonaban en los rincones más oscuros de cualquier ciudad. Y seguían en el negocio gracias a una sola cosa: la compraventa del comercio sexual. Baratos, clandestinos y regentados por gente demasiado pobre y demasiado conocedora de la vida de las calles como para formular preguntas, eran el lugar perfecto de cita para chicas trabajadoras y sus tipos, para hombres casados que querían vivir sus aventuras extramatrimoniales... y para escoria como Lonnie Zoryo.

Julian llevaba ya unos meses cultivando la amistad de Zoryo, uno de los lacayos de Burien, y lo hacía representando el papel de cliente repetitivo amante de lo prohibido. Tenía acumulados contra Zoryo cargos suficientes como para meterlo entre rejas durante varias vidas, aunque sabía que Zoryo nunca llegaría a vivir lo bastante como para cumplir toda su sentencia. Los presos presentaban una curiosa intolerancia hacia los hombres que violaban a menores.

Julian no había informado a Dyson sobre aquel pequeño trabajo que estaba llevando a cabo en secreto, pero trabajaba fuera del alcance de su radar y compartía detalles con el Jefe Irving sólo cuando había necesidad de intercambiar información. Lo que estaba haciendo no era estrictamente legal, en el sentido de que no era una actividad avalada ni por la policía ni por el FBI. Pero le daba igual. Oficialmente, no estaba incluido dentro de la nómina del FBI, y tampoco era oficialmente un policía. Por lo tanto, no estaba obligado a seguir el libro de reglas oficial de nadie. Tenía sus motivos.

Caminó hasta el final del pasillo y giró a la izquierda, sin apenas percatarse de los gemidos procedentes de una de las habitaciones que quedaba a la derecha. En lo que al sexo se refería, ya no le sorprendía nada. Se había criado con su padre huyendo siempre de la justicia, pensando que era normal levantarse por la mañana y encontrarse con prostitutas medio desnudas durmiendo junto a su padre en el sofá. Si, años atrás, Dyson no le hubiese sacado de aquella cárcel mexicana, si no le hubiese dado una buena patada en su culo de adolescente, y si no le hubiese dado un nuevo comienzo, Julian seguramente estaría pasando mucho tiempo en lugares como aquél.

No, estaría en la cárcel… o muerto.

Ed Dyson había ido a visitarle cuando estaba en la cárcel y le había ofrecido un trato: o pones a nuestro servicio tu dominio del español y tus conocimientos de las calles mexicanas, o te pudres en la cárcel. Condenado a los diecisiete años de edad a treinta años de cárcel por homicidio involuntario después de haber acabado accidentalmente con la vida de un hombre en el transcurso de una pelea callejera, Julian no había tenido que pensarse mucho su respuesta. El hombre que había matado tenía muchos amigos allí dentro, y todos querían un pedacito de Julian. No habría sobrevivido ni un año.

Le debía la vida a Dyson.

Llamó a la puerta de la habitación 69 (ése era el concepto del chiste que tenía Zoryo) y permaneció a la espera. Percibió el impacto en el suelo de los pesados pasos de Zoryo, vio una sombra pasar por la mirilla de la puerta. El volteo de los cerrojos y la puerta abierta, en cuyo umbral apareció Zoryo sin camisa y con unos pantalones flojos de color caqui. El tatuaje de un tigre que llevaba en el pecho proclamaba su pedigrí como antiguo colaborador de la Mafia Roja, mientras que su enorme barriga peluda era una muestra de su amor por la carne y la bebida. Apestaba a tabaco, alcohol y sudor rancio. Llevaba en la mano una Taurus de nueve milímetros.

—Hola, Dominic, amigo. Qué alegría verte —dijo con su marcado acento ruso, invitando a Julian a entrar con una gran sonrisa dibujada en su rostro sin afeitar—. Pasa.

Julian entró en la habitación, asimilándola en su totalidad de un solo vistazo: la cama por hacer llena de CD y DVD; la maleta abierta; el rollo de cinta adhesiva y la caja de munición en el armario; las cortinas que cubrían una única ventana; la botella medio vacía de vodka en la mesita de noche; el baño con la tapa del inodoro levantada; el televisor donde se veía el retorcido concepto de Zoryo sobre las películas caseras.

Y eso era precisamente lo que Julian había ido a comentar. Al fin y al cabo, era un cliente entusiasta.

Adoptó la repulsiva personalidad de Dominic Conti y el acento de Filadelfia.

—Qué tal, Zoryo. ¿Qué estabas viendo? ¿Es de mi gusto?

Zoryo cerró la puerta con llave.

—Te gustan las niñas, ¿verdad?

Julian dejó caer la bolsa de deporte sobre la cama, la abrió, le enseñó el dinero (un fajo de billetes de cien dólares) y se volvió hacia la pantalla de televisión. Tuvo que reprimir su rabia y su repulsión y simular que aquello le gustaba.

—Oh, es bonita… joven y tersa.

En la pantalla, Zoryo, desnudo, violaba a una chica. Junto con una lista interminable de otras fechorías, aquélla le costaría la vida. Aquel hijo de puta las pagaría. Empezando hoy mismo: Julian le detendría y haría todo lo legalmente posible para destrozarle. Después utilizaría la información que Zoryo le proporcionase para acercarse a Burien.

Julian se obligó a concentrarse en aquel hecho y no en lo que estaba viendo. Si lo que pretendía era ayudar a la chica que aparecía en pantalla y a millones como ella, no podía cometer el error que había cometido la última vez. No podía permitirse sentir emociones.

—Lo era. —Zoryo se volvió hacia la pantalla con una mirada de lujuria depredadora. Luego miró el dinero—. ¿Estás dispuesto a comprar?

—Por supuesto. —Julian introdujo la mano en la bolsa de deporte, cogió el puñado de billetes y lo dejó caer sobre la cama, consciente de que despertaría el apetito de Zoryo—. ¿Qué más tienes?

Zoryo cogió el dinero y agitó los billetes.

—¿De dónde sacas este dinero? Vienes cada semana, pagas siempre en metálico.

Julian sabía que Zoryo había empezado a indagar sobre Dominic y que había encontrado la información que él había preparado.

—Hago algún trabajillo extra… un par de páginas en Internet, un poco de agricultura colombiana.

—¿Páginas Web? ¿Drogas? —Zoryo guardó los billetes en la bolsa e hizo algo completamente inesperado.

Levantó la Taurus y acercó el cañón a la sien de Julian. Acercó su cara a la de Julian, su aliento apestando a vodka y tabaco, sus ojos azules vidriosos e inexpresivos.

—Pamplinas, Dominic. Haces un trabajo de mierda..., de poca monta. Eres un don nadie. ¿Piensas que puedes competir conmigo, moverte por dónde yo me muevo?

Julian notó que su pulso se desaceleraba y que su cabeza se despejaba, como le sucedía siempre antes de una situación de violencia. Irritado por la falta de sueño, pensaba disfrutar con aquello. Cruzó su mirada con la de Zoryo y sonrió.

Con menos movimientos que los que necesitaba para cepillarse los dientes, tenía a Zoryo bocabajo en el suelo, con el brazo doblado sobre la espalda, la nariz rota sangrando sobre la alfombra, la nueve milímetros completamente inofensiva a un lado de su cuerpo. Zoryo jadeaba y gemía, falto de aire para poder hablar... seguramente el resultado de la rodilla de Julian clavada en su plexo solar.

Julian presionó su .357 SIG Sauer contra la nuca de Zoryo.

—Tal vez sea un don nadie, tío, pero soy también agente federal. Quedas arrestado por ser un jodido pervertido enfermo. Tienes derecho a guardar silencio. Todo lo que digas podrá y será utilizado en tu contra en los tribunales... si es que vives para eso.

Zoryo gruñó.

Tessa se lavó la cara con agua fría y la gélida sensación le ayudó a detener las lágrimas. Había terminado el artículo y sabía que era de lo mejor que había escrito en su vida. Pero al llegar al final, no había podido. Matt lo había visto. También Kat. Sophie le había ofrecido una caja de pañuelos de papel.

¿Dónde estaban los pelotones de fusilamiento cuando se necesitaban?

Avergonzada, Tessa había seguido la única línea de actuación digna. Había entregado el artículo a Syd y había salido corriendo hacia aquel santuario que eran los lavabos de mujeres, donde por fin había cedido a las lágrimas que llevaban el día entero luchando por salir.

La puerta se abrió.

—Sabía que te encontraría aquí. —Era Sophie.

—Lo has adivinado. —Tessa cogió una toalla de papel, se secó la cara y cuando abrió los ojos se encontró rodeada. Sophie había llegado con refuerzos.

Lissy, la editora de moda, estaba a su lado con la mano posada sobre su vientre embarazado de cuatro meses, su mirada de preocupación no ocultaba el *glamour* de su vestido de la exclusiva colección maternal de Vera Wang. Holly, redactora de la sección de espectáculos y la amiga más pesada de Tessa, se miraba al espejo y se arreglaba su corte a lo chico en color rubio platino.

—Eres la única mujer que conozco que piensa que tiene que esconderse cuando llora —dijo Sophie.

—¿Y tu solución es no dejar que me esconda? —Tessa tiró el papel a la papelera—. ¡Qué Dios te bendiga! ¡Qué lista eres!

Lissy cogió la mano de Tessa y le dio un cariñoso achuchón, sus ojos verdes expresando franca preocupación.

—Sophie nos ha explicado lo sucedido. Queríamos asegurarnos de que estabas bien.

—Estoy bien.

Holly apartó la vista del espejo y taladró a Tessa con la mirada.

—¡Mira lo horrorosa que estás! Llevas el rímel corrido hasta la barbilla y tienes la piel llena de manchas. Mira aquí.

Holly le pasó a Tessa un pequeño neceser donde había muestras de rímel, crema hidratante y corrector, junto con colorete, sombra de ojos y barra de labios.

—Siempre lo llevo encima. Nunca se sabe cuándo vas a acabar llorando a lágrima viva o pasando la noche en el apartamento de un tío. Puedes quedártelo. Hay muestras suficientes para solucionar un par de crisis de llanto.

Tessa podría haberse tomado a risa el gesto de Holly y considerarlo superficial, como eran la mayoría de los actos de Holly, pero por encima de todo deseaba volver a sentirse ella.

—Gracias, Holly.

Mientras sus amigas intentaban convencerla de que no tenía que sentirse avergonzada por llorar en público, Tessa se lavó de nuevo la cara y se maquilló.

—Eres humana, Tessa —le garantizó Lissy—. Deja de intentar ser una Supermujer. Haces quedar mal a todas las demás.

Tessa acabó con el rímel e intentó explicarse.

—No sé por qué me siento así cuando lloro. Me imagino que lo considero un signo de debilidad.

Y mientras pronunciaba estas últimas palabras, se abrió la puerta de los lavabos y apareció Kat.

—Los navajos creemos que las lágrimas de la mujer purifican. Consideramos las lágrimas como un signo de fortaleza, no de debilidad.

Tessa dejó caer el cepillo del rímel.

—Entonces debo ser una mujer de lo más fuerte.

—Sólo he venido para decirte que tu artículo ha hecho llorar a Syd y al corrector de estilo, así que no estás sola. —Kat miró a Tessa a los ojos, algo que rara vez hacía—. Tus palabras conseguirán que la muerte de la chica aflija a los lectores. Harán que sea para ellos algo real. Piensas que no has hecho nada por ella, Tessa, pero lo has hecho.

Entonces Kat dio media vuelta y salió de los lavabos, dejando a Tessa y a las demás contemplando su marcha en silencio.

Capítulo 3

Amanecía cuando Julian abandonó la cárcel del condado de Denver para marcharse a casa. La luz dorada del sol cubría y calentaba la ciudad, derrotando la noche, derramando su resplandor sobre las cumbres nevadas de la irregular cordillera de las Rocosas que se extendía hacia el oeste. Se había prometido pasar una temporada en aquellas montañas en cuanto diera por terminado su trabajo… siempre y cuando siguiera con vida, naturalmente.

A bordo de su magullada furgoneta de color azul, giró por Speer en dirección sur. Llevaba la ventanilla bajada y el aire frío de la mañana le azotaba en la cara. Quería ducharse. El olor empalagoso de Zoryo le impregnaba la piel como una película de grasa y tenía la boca pegajosa y con el sabor putrefacto que le dejaba hablar con jodidos enfermos como él.

Consciente de que sólo disponía de unos días, tal vez sólo de una semana, antes de que Burien descubriese que Zoryo había sido arrestado y se mudase a otra parte para esconderse, había pasado la noche en una zona aislada de la cárcel machacando a Zoryo a preguntas sobre sus costumbres peliculeras, sobre Burien, sobre el asesinato de la chica. Había presionado tremendamente a Zoryo, negándole sueño, agua y comida, observando como poco a poco se acercaba a la caída.

Aquel desgraciado no tenía forma de salir de allí, y Zoryo lo sabía. Ningún abogado defensor criminalista querría ocuparse de su caso y el abogado defensor de oficio nunca podría contra las pruebas que Julian había reunido. Además, nadie sabía que Zoryo había sido arrestado, todavía no. Julian guardaba bajo llave y en su propia caja fuerte todas las órdenes judiciales. Había demasiadas filtraciones de información para que Julian corriera riesgos. De momento, Zoryo estaba solo en el mundo... y bajo el control de Julian. La única esperanza de aquel desgraciado estaba en revelar todo lo que sabía sobre Burien y pasar el resto de su vida confinado en solitario para que sus compañeros de cárcel no acabaran destrozándolo.

El interrogatorio de Julian había producido ya algunas pistas decentes, incluyendo la de un club de *striptease* en Colorado Boulevard llamado Pasha's. Zoryo había revelado el nombre a cambio del lujo de disfrutar de cierto tiempo en un baño de acero inoxidable. Había dado buenas razones a Julian para hacerle creer que el Pasha's era un punto de recogida. Y aunque el club se utilizara simplemente para blanquear dinero, era una pieza más del rompecabezas y, cabía esperar, un clavo más en el ataúd de Burien. Naturalmente, todo eso suponiendo que Zoryo no estuviese echándose un farol o conduciéndolo a una trampa.

—Si me mientes respecto a lo de ahí fuera —le había susurrado Julian, acercando la cara a escasos centímetros de la de Zoryo—, habrá consecuencias aquí.

Dejó entonces a Zoryo bajo vigilancia por posible suicidio y en aislamiento, más para mantenerlo con vida que para intimidarlo.

Más tarde comprobaría lo del club. Primero necesitaba dormir un poco.

Llegó al barrio donde Dyson le había instalado, el típico barrio de clase trabajadora donde nadie se mete con nadie y donde por la noche las puertas se cierran con llave. Pulsó el control remoto para abrir el garaje, giró hacia el camino de acceso del bungaló que se suponía era de su propiedad y entró tranquilamente. Cuando las puertas del garaje se cerraron a sus espaldas, había tecleado ya el código de acceso y estaba dentro.

La casa era propiedad del FBI. Con ventanas blindadas y a prueba de fuego, y con un sistema de vigilancia de última generación, pensado para evitar francotiradores y ataques desde vehículos, así como para avisarle de la presencia de cualquier intruso. No era un hogar; era una guarida.

Acostumbrado a cambiar constantemente de casa, Julian la había amueblado sólo con lo básico: sus armas, municiones, su ordenador, sus aparatos de entrenamiento, un sofá, un televisor, su ropa, unos cuantos platos y una cama. En sus treinta y dos años de edad, no se le ocurría ningún lugar que pudiera considerar como su casa. Su vida era un escenario de calles oscuras, hoteles sórdidos, celdas carcelarias, apartamentos desnudos y casas prácticamente vacías como aquélla.

¿Y si alguna vez deseaba algo más?

Pues muy mal. Un hombre como él no estaba hecho para vivir detrás de una casita con valla de color blanco y con esposa e hijos.

Se quitó la chaqueta de cuero y la arrojó sobre el sofá. Se quitó a continuación el arnés y el chaleco antibalas, sacó la Sauer de la cartuchera y se fue al baño con ella. La dejó sobre el mostrador, siempre a su alcance, se desnudó y dejó correr el agua hasta que alcanzó la máxima temperatura que podía soportar. A punto estaba de meterse en la ducha cuando sonó su teléfono móvil codificado.

El número lo tenían sólo tres personas. No le quedaba otra alternativa que responder a la llamada.

Cerró el grifo, entró desnudo en el dormitorio y cogió el teléfono.

—¿Diga?

—Tienes un problema. —Era Margaux. Le escupió las palabras, el tono malicioso de su voz convirtiendo la observación en una cuestión personal.

Julian no pensaba morder el anzuelo.

—Desembucha.

—¿Has visto la portada de esta mañana del *Denver Independent*?

—No, acabo de llegar.

—¿Pues qué te parece el siguiente titular? «Testigo de un asesinato».

Entonces Margaux le leyó el detallado relato en primera persona del tiroteo de la gasolinera. La descripción de la víctima. La súplica de la chica pidiendo ayuda... primero en español y luego traducida exactamente al inglés. La descripción del arma del tirador y del coche, incluyendo las llantas.

Mientras Margaux leía, Julian se percató de que aquellos detalles sólo podía conocerlos una persona: la preciosa rubia. Había leído su descripción del tiroteo en el informe de la policía y había borrado su nombre con la intención de protegerla, aunque ahora ya no servía para nada. Luego le había pedido a Irving que no entregara el informe a los medios de comunicación. No sabía que Tessa Novak era los condenados medios de comunicación en persona.

Se sintió agobiado por la rabia y la frustración. ¿Acaso aquella mujer no se daba cuenta de lo que había hecho? ¿Tan desesperada estaba por conseguir un titular? ¿Quería acabar muerta o algo peor?

«Otra condenada periodista decidida a construir su carrera sobre las miserias de los demás».

Margaux seguía hablando, su voz sonaba como un veneno acaramelado.

—Y ahora viene lo mejor: «Entonces, en un extremo del aparcamiento, le veo. Alto y con aspecto amenazador, vestido con una cazadora de cuero negro, igual que el asesino. Lleva el cabello recogido en una cola de caballo y barba de tres días. Me mira un instante, medio escondido entre las sombras, y me cuesta respirar. ¿Estaré viendo los ojos de un asesino a sangre fría? Se lo digo a la policía, pero ha desaparecido».

Las palabras fueron para Julian como un puñetazo, el cerebro le zumbaba. Era agente federal, una persona acostumbrada a moverse en la clandestinidad, y su descripción acababa de aparecer en la portada de aquel jodido periódico.

—¡Dios! ¡Maldita sea!

—«Aspecto amenazador». ¡Caramba! De lo más convincente, Julian, aunque creo que te deja demasiado bien. —Margaux soltó una carcajada, un sonido frío y cristalino—. Los hombres de Burien lo leerán. Y él también. ¿Crees que te identificarán a través de esta descripción?

—Dudo que sea el único hombre de Denver con pelo largo y chaqueta de cuero negro. —Pero seguía siendo una posibilidad que no podía ignorar. Tendría que estar preparado.

Al menos sabía por qué la rubia había creído reconocerle: había visto su chaqueta de cuero y se había imaginado que era el asesino. Tenía buen instinto. Él era un asesino, pero no «el asesino».

—Estás descuidándote, Julian. Si la cagas en este caso…

Le quemaba la rabia, pero mantuvo la calma en su tono de voz. No estaba dispuesto a permitir que cada vez que hablaban ella le echara en cara lo sucedido tres años atrás.

—Tú sigue con tu operación de Internet, que yo me ocuparé de la calle.

—¿Y la periodista?

—Me ocuparé también de ese tema. —El Jefe Irving tampoco se alegraría de ver publicados los detalles de una investigación en marcha.

—Si no lo haces tú, lo hará a buen seguro Burien. Y ya sabes lo que le gusta hacer con las mujeres.

Tessa llegó al periódico, café con leche en mano, después de lo que había sido casi una noche de sueño reparador. La reunión del Equipo I se había retrasado y Tom la esperaba en su despacho.

—El Jefe Irving está dentro con él y han estado gritándose —le alertó Sophie.

—¡Estupendo! Me encanta empezar la jornada con unos cuantos gritos. —Tessa dejó el maletín en su mesa y se dirigió al despacho de Tom, prácticamente segura de que sabía de qué iba el asunto—. ¿Querían verme?

—Siéntate, Novak. —Tom le indicó una silla, era evidente que estaba enfadado—. El Jefe Irving estaba explicándome las limitaciones de la Primera Enmienda.

Tessa miró al Jefe Irving y vio que también estaba enfadado. Era un hombre grande y fornido, con una barriga enorme y cerdas blancas en lugar de pelo. La miró con unos ojos azul claro que decían claramente que ya había tenido su buena ración de chorradas para aquel día... lo que no le sorprendía en absoluto, después de haber estado charlando con Tom. Llevaba una trinchera de color marrón claro sobre un poco elegante traje azul, sus zapatos negros habían perdido el lustre mucho tiempo atrás.

—En primer lugar, señorita Novak, permítame que le diga lo mucho que siento que fuese testigo de un crimen tan terrible y violento. Estos últimos dos días no deben haber sido fáciles para usted. —Tanto sus ojos como el tono cariñoso de su voz indicaban que hablaba en serio. Era mucho más de lo que había recibido por parte de Tom.

Tessa tragó saliva para deshacer el nudo que tenía en la garganta y bajó la vista.

—Gracias, señor.

—Nos gustaría atrapar a esos tipos y dejarlos entre rejas para el resto de su vida, pero la historia que aparece en portada en el periódico de hoy nos complica la posibilidad de conseguirlo.

Aquello le hizo levantar la cabeza.

—¿Cómo es posible? Creía que hacer pública esta información animaría a la gente a proporcionar pistas.

—Lo cree porque piensa como una periodista y no como una funcionaria del gobierno. —La interrupción de Tom le puso a Tessa los nervios de punta.

El Jefe Irving simuló no haberlo oído.

—Tal vez nos proporcionaría algunas pistas. Pero lo que realmente se consigue con eso es decirle a quienquiera que esté detrás de este asesinato exactamente lo que sabemos.

—¿Y qué tiene eso de malo? El asesino ya sabe que hay testigos.

—Había ciertos detalles —lo que la chica le dijo, por ejemplo, o la descripción de las llantas— que únicamente podría saber alguien que estuvo presente en la escena del crimen. Estos detalles habrían resultado útiles a la hora de interrogar sospechosos. Por eso decidimos no publicar el informe policial. Pero usted acaba de compartirlos con toda el área metropolitana de Denver.

Tessa sintió su carácter forzándola a hablar.

—La gente tiene derecho a saber qué sucede en sus barrios.

El Jefe Irving asintió y luego frunció el entrecejo.

—Por supuesto que sí. Pero nos piden que trabajemos para esa gente, y a veces llevar a cabo este trabajo significa controlar temporalmente el flujo de información.

Tom soltó una risotada.

—Ha hablado un verdadero burócrata.

Tessa levantó la mano para silenciar a Tom.

—Sé que usted y sus oficiales desempeñan un trabajo, Jefe Irving, y no es mi intención complicárselo. Pero yo también tengo mi trabajo y esta vez no se trata de simple idealismo periodístico.

El entrecejo de Tom se hundió más si cabe.

—Se trata de una adolescente que murió a tiros delante de mis propios ojos. Era una persona viva, que respiraba, y alguien la asesinó cuando lo que ella deseaba desesperadamente era vivir. Tengo que hacer todo lo posible para que se haga justicia por ella, para asegurarme que todo esto no cae en el olvido. —Tessa sintió una oleada de cálida emoción, las lágrimas escociéndole en los ojos. Se forzó a no liberarlas.

«¡Jamás delante de Tom!».

El Jefe Irving asintió.

—Lo comprendo. Lo respeto. Pero no es sólo el caso lo que me preocupa, señorita Novak... es usted. Al anunciar al mundo que fue testigo del suceso, se ha convertido en un blanco. Esos tipos no son nada tímidos cuando se ponen a matar. No me gustaría en absoluto verlos ir a por usted.

Tessa había pensado largo y tendido en aquello durante la pasada noche, mientras se suponía que tenía que dormir.

—¿Qué se supone que ganarían asesinándome a mí? Lo único que sé es ahora de dominio público. Si me mataran, lo único que conseguirían es llamar más la atención sobre mi artículo. Y estoy segura de que no son tan estúpidos como para eso.

—Supone usted que desearían matarla para cerrarle la boca. Pero ¿y si resulta que tienen un motivo aún más básico para ir a por usted?

Sintió un escalofrío recorriéndole la espalda.

—¿Como qué?

—Venganza. Orgullo. —La boca del Jefe Irving se torció formando una triste sonrisa—. Placer.

Tessa entró en el hospital por la puerta principal, intranquila, la conversación con el Jefe Irving rondándole aún en la cabeza.

—Si yo fuera usted, señorita Novak, me tomaría unas largas vacaciones —le había dicho—. Y de no hacerlo, me compraría un arma y aprendería a utilizarla.

—Ya tengo una... un veintidós.

—Bien. Pues llévela encima. Ya he ordenado patrullas adicionales para su calle.

Tessa se dijo que el Jefe Irving estaba simplemente tomándose las cosas con cautela. No había nada que sugiriera que su vida corría peligro. Kara había estado una temporada recibiendo amenazas de muerte antes de que fueran a por ella. Tessa ni siquiera había recibido un mensaje de correo electrónico desagradable. No tenía por qué preocuparse.

«Entonces, ¿por qué llevas una pistola encima, chica?».

Igual que el Jefe Irving, era una persona cautelosa.

A Tom casi le había dado un ataque de apoplejía cuando el Jefe Irving le había prometido darle una exclusiva cuando los asesinos fueran capturados, siempre y cuando se olvidase de aquella historia por ahora. Se había lanzado a la interpretación número mil de su discurso sobre los «Perros Guardianes de la Libertad», lo que había provocado un aspecto de resignación y aburrimiento en el rostro del Jefe Irving. Era evidente que no era tampoco la primera vez que Irving oía aquel discurso.

—¡Es ultrajante! ¡Ningún periodista de este periódico ha sucumbido jamás a la presión de las autoridades locales, y te aseguro que Novak no será la primera!

El Jefe Irving no estaba para nada satisfecho.

—Ayudaremos en todo lo que nos sea posible, señorita Novak, pero este caso es tremendamente confidencial. Y no plantee una ofensiva de encanto para encandilar a mis hombres con su dulce acento sureño, pues les he alertado para que no comenten absolutamente nada de este caso con usted. Si quiere información, tendrá que venir a mí.

Tessa había accedido a la propuesta.

Se detuvo en el mostrador de información del hospital y preguntó por el número de habitación de Bruce Simms. Había dedicado la mañana a redactar un artículo rutinario sobre los recientes robos de ketamina y tenía pensado empezar a investigar la historia de los gánsteres de Denver, pues la mayoría de los asesinatos desde vehículos cometidos en la ciudad estaban relacionados con bandas de gánsteres. Pero cuando se enteró de que el camarero de la gasolinera había salido de la unidad de cuidados intensivos, supo que tenía que hablar con él.

—Habitación trescientos treinta y dos, señorita.

—Gracias.

Tessa encontró al señor Simms sentado en la cama, vestido con el camisón azul y blanco del hospital y mirando una teleserie. Estaba pálido pero despierto, respiraba a través de un tubo de oxígeno conectado a la nariz y en las manos tenía varios moratones oscuros provocados por las diversas vías intravenosas a las que había estado conectado. Al verla, abrió los ojos de par en par.

Era evidente que la había reconocido.

—¿Señor Simms? Soy Tessa Novak. Espero que no le importe que haya venido a verle.

—¿Le gusta *Días de nuestras vidas*?

—No veo mucho la televisión. —Lo tomó como una invitación y se sentó en la silla que había junto a la cama—. Durante el día trabajo.

—Es basura, de todos modos. —Apagó el televisor—. Usted es la periodista. Entró para tomar un café. He leído su artículo. ¿Ha venido a entrevistarme? No tengo nada que decir.

—Estoy aquí por motivos personales, señor Simms. Usted y yo vimos a una persona morir. Pensé que...

—Yo no vi nada. —Cerró la boca herméticamente, pero sus ojos, ojos almendrados más grisáceos que verdes, hablaban de forma muy distinta.

—Oh, claro, supongo que está usted luchando su propia batalla para la supervivencia, ¿verdad? —Le rozó el brazo en señal de comprensión—. Es terrible que se haya puesto enfermo como consecuencia del tiroteo. Tengo que decir que yo también tuve un susto de muerte.

«¿Ofensiva de encanto? ¡Cómo se atrevía el Jefe Irving a reducir años de estudios sobre departamentos y comunicación a una mera manipulación!».

Pese a que el señor Simms había leído el artículo, Tessa repasó de nuevo la historia y le explicó lo que ella había visto. El coche. Las llantas. La sangre. El hombre con la chaqueta de cuero.

—Era tan joven, señor Simms. Fuimos las dos últimas personas que la vimos con vida. Eso es importante para mí.

Por un momento no se oyó otra cosa que no fueran los sonidos típicos del hospital procedentes del pasillo.

—Solía venir casi cada domingo por la tarde con las demás. —El señor Simms levantó la vista y se quedó mirando la pantalla en negro del televisor—. Eran cuatro chicas de la misma edad. Entraban, compraban chicle, caramelos, a lo mejor champú o brillo de labios, y luego se iban. Nunca sonreían. Nunca habían pronunciado una sola palabra hasta aquella noche.

Era la primera información real que Tessa obtenía sobre la chica.

—¿Sabía cómo se llamaba? ¿Piensa que vivía cerca?

—Ya le he dicho que nunca dijo palabra, ¿no? —Miró con severidad a Tessa—. No, no sabía cómo se llamaba. Pero, sí, creo que debía vivir cerca. Siempre entraban juntas en la tienda. Nunca la vi sola. Eran siempre cuatro, y siempre iban pobremente vestidas.

Curioso, y Tessa no pudo resistirse a seguir preguntando.

—¿La vio alguna vez con alguien más... con algún hombre, con alguien que pareciera miembro de una banda? ¿Con un hombre con una cazadora de cuero negro, tal vez?

El hombre entrecerró los ojos.

—Usted está buscando un artículo. No quiero salir en los periódicos.

Ella le miró a los ojos y le sostuvo la mirada.

—No, señor. Intento encontrar un poco de paz mental. Además, jamás citaría sus palabras sin haberle dejado antes claro que estaba entrevistándole.

El hombre pareció sopesar aquellas palabras.

—A veces las acompañaba una mujer mayor, pero nunca entraba en la tienda. Siempre pensé que sería la madre de alguna de ellas. Pero... —Hizo una pausa—. Siempre pensé que era extraño cómo las vigilaba... como un halcón. Supongo que quería asegurarse de que no robasen nada.

—¿Intentaron alguna vez robar algo?

—No.

—¿Y qué me dice del coche negro? ¿Lo había visto antes, o a su conductor?

—No lo recuerdo. Aquello es una gasolinera… los coches entran y salen día y noche. —Cogió el mando a distancia y encendió de nuevo el televisor.

Tessa se levantó, sacó una tarjeta de visita de su bolso y escribió en el reverso el número de teléfono de su casa, consciente de que su tiempo con el señor Simms había tocado a su fin.

—Espero que se mejore pronto, señor Simms. Si se le ocurre alguna otra cosa, o si simplemente le apetece charlar, puede encontrarme en este número.

El señor Simms cogió la tarjeta, le echó un vistazo y luego la miró a ella.

—En cuanto salga de aquí me marcho de la ciudad. Me voy a casa de mi hermano en Omaha, y es posible que me mude allí.

Y Tessa comprendió con eso que también él andaba con cautela.

—Buena suerte. Y gracias.

Salió de la habitación y echó a andar por el pasillo, repasando mentalmente todo lo que le había explicado. Cuatro chicas de la misma edad, siempre juntas, casi siempre bajo el ojo vigilante de una mujer mayor. No hablaban nunca. No sonreían nunca. Entraban en la tienda para comprar caramelos e iban pobremente vestidas.

A lo mejor eran hermanas, o amigas íntimas, y la mujer mayor era la madre de alguna de ellas. No le extrañaba que no hablaran con nadie, dado que seguramente apenas hablarían inglés, si es que lo hablaban, pero lo que resultaba un poco extraño era que ni siquiera comentaran nada entre ellas. No es precisamente que las adolescentes se caractericen por su silencio. También era extraño que no sonrieran nunca. ¿Quién se imagina un grupo de adolescentes dándose un atracón de caramelos con caras largas?

El tipo de ropa apuntaba a una vida de pobreza. A lo mejor vestían ropa de segunda mano o ropa usada del Ejército de Salvación, y habían reunido un guardarropa hecho con los restos de lo que nadie quería, percibían el desprecio y la pena que inspiraban en los demás, y se avergonzaban de que las vieran. A lo mejor por eso eran tan reservadas.

Tessa sabía muy bien qué era sentirse así.

«*¡Por favor, señor, ayúdeme!*».

La chica no llevaba zapatos... un peligro para andar por las calles de la ciudad. Eso sustentaba la teoría del señor Simms de que vivían cerca. De modo que tal vez era por allí por donde Tessa tenía que empezar.

Miró el reloj, vio que eran casi las tres. Disponía de una hora y media antes de que anocheciera para patearse las calles, llamar a las puertas, buscar signos de actividad de posibles bandas. La víctima era adolescente y pobre, dos características que encajaban con la teoría de una banda de gánsteres.

Tessa levantó la vista y le vio doblando la esquina del pasillo. Llevaba un jersey de lana tejida a mano de color azul oscuro en lugar de la chaqueta negra de cuero, pero le habría reconocido en cualquier parte. Y por su semblante era evidente que también él la había reconocido a ella.

Sus pulmones se quedaron sin aire de repente. Dio un paso hacia atrás con las piernas temblorosas, luego otro, el corazón le aporreaba el pecho con fuerza, sus pulmones estaban vacíos y era incapaz de gritar. Entonces vio la alarma de incendios a sus espaldas.

Se abalanzó sobre ella, pero se vio arrastrada contra un pecho duro como una piedra, notó una mano de acero cubriéndole la boca y sus pies despegándose del suelo.

Capítulo 4

Julian vio que estaba a punto de activar la alarma de incendio e hizo lo único que podía hacer: taparle la boca con la mano, arrastrarla lejos del pasillo y obligarla a entrar en el primer lugar que encontró disponible, un cuarto ropero lleno de ropa blanca. Dio una patada a la puerta para cerrarla a sus espaldas y se esforzó por doblegar cincuenta y cinco kilos de una mujer desesperada y aterrorizada que pataleaba, se retorcía y luchaba entre sus brazos.

La volvió hacia él, la atrajo hacia sí apresuradamente.

—No voy a hacerle daño, Tessa.

Se quedó helada al oír que mencionaba su nombre y Julian se encontró mirando los ojos más grandes y más azules que había visto en su vida. Enmarcados por pestañas largas y oscuras, le miraban horrorizados y sin pestañear. Estaba pálida, su piel blanca y transparente, exceptuando alguna que otra peca diminuta sobre la nariz. La notaba pequeña entre sus brazos, frágil y suave. Tan cerca de él como estaba, notaba el latido de su corazón, olía su miedo, saboreaba su pánico.

—Si quisiera matarla, ya estaría muerta. —Lo había dicho para tranquilizarla, pero cuando vio cómo se le dilataban las pupilas, se dio cuenta de que sus palabras habían tenido el efecto contrario—. Voy a soltarla, y se quedará aquí quieta y me escuchará, ¿entendido?

Tessa asintió.

Dejó que sus pies tocaran otra vez el suelo, la soltó… y se encontró delante de un pequeño revólver de calibre veintidós. ¿De dónde demonios había salido aquello?

«Tranquilo, Darcangelo. ¿Con qué te ganas la vida? ¿De agente especial, dices?».

—¡Aléjese de mí! —Estaba temblando… mala cosa teniendo en cuenta que su dedo reposaba sobre el gatillo de un arma apuntándole el pecho. Los disparos dolían, incluso con un chaleco Kevlar—. ¡Le vi aquella noche! ¡Sé que estaba allí!

—Deje eso, señorita Novak. Ya se lo he dicho… no pienso hacerle daño.

—¿Por qué tendría que creerle? Sé que lleva un arma. ¡La he notado debajo del jersey! —Le temblaba la voz, vacilando entre la rabia y el terror. Cogió el arma con las dos manos para equilibrarla.

Julian sopesó sus alternativas. Podía decirle que era agente federal… pero era una periodista. ¿Quién le garantizaba que no inundaría aquel maldito periódico con su nombre? Podía desarmarla, pero había la probabilidad de que le hiciese daño o que ella apretara el gatillo sin quererlo o intencionadamente. Ninguna alternativa era buena.

Dio lentamente un paso hacia ella.

—Deje el arma.

—¡Ni hablar! Ha venido aquí para matarle, ¿verdad? ¡Ha venido aquí para matar al señor Simms e impedir así que hable con la policía!

Estaba allí con la intención de interrogar al viejo, pero no quería decírselo.

—Si eso es lo que cree, dispáreme. Venga, se lo pondré

fácil. —Dio un nuevo paso al frente con los brazos extendidos hacia los lados—. Apunte a la izquierda de mi esternón. El pequeño veintidós rebotará en mi caja torácica, hará trizas mis pulmones y mi corazón, y estaré muerto antes de caer al suelo.

Le miró boquiabierta y bajó la vista hacia el pecho.

Era la interrupción que Julian necesitaba.

Se movió para apartarse de la línea de fuego, la agarró por la muñeca, le arrancó la veintidós milímetros. Necesitó menos fuerza de la que había imaginado y la oyó lanzar un grito sofocado... no sabía si de sorpresa o de dolor. Se volvió hacia ella y la encontró frotándose la muñeca y mirándole amedrentada con aquellos enormes ojos azules.

—Ya le dije que la soltara. Tendría que haberme escuchado. —Hizo saltar el tambor, dejó caer las balas en el hueco de su mano y le devolvió la pistola.

El condenado artilugio estaba completamente cargado y preparado para disparar.

Ella dejó caer la pistola en el bolso, sin apartar de él en ningún momento su mirada cautelosa.

—¿Cómo sabe mi nombre?

—Lo sé casi todo sobre usted. —Recitó todo lo que había averiguado después de buscar un poco aquella misma mañana—. Nació en Rosebud, Texas, el 9 de marzo de 1979, hija de Linda Lou Bates, de catorce años de edad. Padre desconocido. Se crió gracias a la beneficencia y las cartillas de racionamiento con su madre y su abuelo materno. Se graduó por la Rosebud-Lott High School en 1997 con una media de trescientos noventa y ocho y abandonó Rosebud al día siguiente.

Su palidez había desaparecido y sus mejillas se habían ruborizado, aunque Julian no sabía muy bien si era por rabia o por vergüenza. Prosiguió.

—Obtuvo una diplomatura en inglés en el Austin Community College en 1999, el año en que cambió su apellido por el de Novak. Se trasladó a Athens para estudiar periodismo en la Universidad de Georgia y se graduó en la cofradía estudiantil Phi Betta Kappa. Su primer trabajo como periodista fue en el *Savannah Morning News*. Hace tres años se trasladó a vivir a Denver para ocupar un puesto en...

—¡No sé quién es usted, pero voy a llamar a seguridad! —Aceleró con sus elegantes piececitos y pasó volando por su lado en dirección a la puerta.

La atrapó sin problemas, la hizo volverse y la atrajo hacia él... justo en el momento en que se abría la puerta y entraban dos mujeres de mediana edad vestidas con uniformes de limpieza de color azul. Sin saber muy bien lo que ella iba a decirles, y queriendo evitar una escena y librarse de las mujeres, Julian se agachó y la silenció con su boca.

Tessa oyó la puerta abrirse a sus espaldas, sintió la cálida sorpresa de sus labios sobre los de ella y, asombrada e incrédula, se dio cuenta de lo que le estaba haciendo. Intentaba acallarla, intentaba controlarla. Aquello era una violación que la había dejado asombrada y furiosa. Presionó su pecho en vano, intentó gritar, pero cuando abrió la boca, le invadió su lengua, convirtiendo su grito en un chillido sofocado.

Recorrió su cuerpo una oleada de calor, inesperada e indeseada, y sus entrañas se fundieron mientras él atacaba sus sentidos, la lengua de él provocando la suya con caricias robadas, los labios de él presionando cálida y tenazmente los suyos. No pudo evitar percatarse de la dureza de su cuerpo, no pudo evitar percatarse del sabor mentolado de su dentífrico que inundaba su boca, no pudo evitar absorber su aroma... espaciado con una pizca de cuero.

«Es un desconocido, Tess... tal vez incluso un asesino».

La cabeza de Tessa lo sabía, pero a su cuerpo parecía importarle un comino. La adrenalina que corría en su sangre alertó a las feromonas, rabia gélida en ebullición. Y antes de que se diera cuenta de ello, había dejado de pelear con él, había dejado de temerle, había dejado de respirar. Peor aún, había empezado a devolverle el beso, su lengua envolviéndose con la de él, sus huesos haciéndose agua mientras las manos de él se deslizaban lentamente por su espalda.

Detrás de ella, las mujeres reían como tontas.

Tessa se había olvidado por completo de ellas.

—*¡Perdónenos!*

La puerta se cerró y Tessa apenas se dio cuenta de que las mujeres se habían ido.

Pero él no dejaba de besarla, ni mucho menos. Le pellizcó la lengua, arrastró su labio inferior hacia su boca, lo aspiró. Entonces, de forma abrupta, la cogió por los hombros, la separó y la mantuvo a cierta distancia delante de él.

—Espero que me escuche con atención, señorita Novak, porque no me gustaría verla sobre una mesa de autopsias. —Sus ojos eran de color azul oscuro. Fruncía sus oscuras cejas, su mandíbula cuadrada perfectamente afeitada, sus labios extraordinariamente sensuales por ser masculinos—. Sé que le pagan para hablar con sensacionalismo sobre el sufrimiento de los demás, pero es mejor que decida dejar este crimen en manos de la policía. Con el artículo de hoy ya ha provocado suficientes problemas. Sería mejor para los dos que no escribiese ninguno más.

—¿Sensacionalismo...? ¡Es un...! ¡Oh! —Estaba tan furiosa que apenas podía hablar—. ¡Vi morir a esa chica! ¡Me suplicó que la ayudara y no pude hacerlo! Pero pienso hacer todo lo posible para ayudarla ahora. Encontraré al asesino...

La zarandeó ligeramente.

—¡Lo que va a conseguir con eso es que la maten a usted! Deje que la policía haga su trabajo. Dedíquese a perseguir ambulancias o cualquier otra cosa.

—¡Suélteme! —Se liberó de él y se pasó la mano por la boca, intentando borrar la evidencia de aquel beso—. Usted me ha arrastrado hasta aquí, me ha atacado, me ha insultado, ¿y ahora intenta decirme cómo tengo que hacer mi trabajo? ¿Quién es usted?

—¿Estamos en plan confidencial o no?

—Nada de confidencias.

—Pues no necesita saber quién soy.

—En plan confidencial, entonces.

Se quedó él dudando.

—Soy Julian Darcangelo, y soy del equipo de los buenos.

—Una idea escalofriante. —Tessa pensó que parecía de los malos... un tipo oscuro y criminal. Y no se dio cuenta de que había expresado sus pensamientos en voz alta hasta que vio una sonrisa sardónica dibujada en la boca de él.

—Mejor que se acostumbre a no juzgar a la gente por su aspecto, señorita Bates. Oh, lo siento... es Novak, ¿verdad? Y la próxima vez que apunte a alguien con un arma, no permita que se le acerque tanto. Jamás aparte su mirada de la de la otra persona.

Entonces pasó por su lado, abrió la puerta y salió al pasillo.

Cuando sus piernas se habían estabilizado lo bastante como para seguirle, él ya había desaparecido.

Tessa estaba sentada en el agua de la bañera, que empezaba a enfriarse, bebiendo una copa de *pinot grigio* e intentando eliminar la tensión de la jornada. Tenía la intención de inspeccionar el barrio de la gasolinera al salir del hospital para ver si alguien más recordaba haber visto a las cuatro chicas o sabía dónde vivían, pero se había sentido demasiado conmocionada, demasiado enfadada, demasiado confusa para ello.

Lo que había hecho, entonces, había sido dirigirse al aparcamiento del hospital, entrar en el coche y llamar al Jefe Irving, exigiendo hablar con él inmediatamente.

—¿Quién es Julian Darcangelo? —El Jefe Irving había repetido la pregunta, como si no pudiera creerse lo que estaba oyendo—. ¿Por qué demonios me pregunta eso?

—Acabo de tropezarme con un hombre que dice ser Julian Darcangelo en el University Hospital —le explicó—. Dice que es de los buenos. Pensé que usted sabría si lo que dice es verdad o no.

—¡Maldita sea! Cuénteme lo sucedido.

Y se lo explicó, aun sabiendo que el Jefe Irving no había respondido todavía a sus preguntas.

—A ver si lo he entendido bien. Usted intentó activar la alarma de incendio. Él la cogió y la metió en un armario ropero, donde usted le apuntó con una pistola cargada. ¿Él la desarmó y entonces... —El Jefe Irving tosió, o se atragantó— ... y entonces la besó?

—Me atacó.

—¡Por Dios! Esto es estupendo. —Aun a pesar de la cobertura irregular del teléfono móvil, había oído maldecir entre dientes al Jefe Irving—. Lo que voy a decirle no tiene que ser repetido, grabado o publicado bajo ningún concepto, ¿entendido, señorita Novak?

—Sí, señor.

—Y si se lo digo es porque realmente veo que no me queda otra elección. Pero si leo su nombre en el periódico, se convertirá usted en una persona jodidamente *non grata* en comisaría. ¡Recibirá una multa por estacionamiento indebido cada día de su vida... y dos por Navidad!

—¿Es eso una amenaza?

—Por supuesto que lo es.

—De acuerdo, entonces. Me alegro de que todo haya quedado tan claro.

—Julian Darcangelo está en el bando de los buenos, y esa pequeña descripción que hizo de él en su artículo podría poner su vida en peligro. Y no le diré más. —Y con esas palabras, el Jefe Irving le colgó el teléfono.

¿Había puesto en peligro la vida de Julian Darcangelo?

«Con el artículo de hoy ya ha provocado suficientes problemas. Sería mejor para los dos que no escribiese ninguno más».

Se dio cuenta de que aquello sólo podía significar una cosa: el señor Darcangelo era una especie de policía secreto. Por eso sabía tantos detalles sobre ella. Había verificado su historial, había indagado en su pasado más privado. Y luego le había restregado por la cara todos sus secretos.

Dios, ¿y si le hubiera disparado? ¿Y si hubiera matado a un inocente?

No quería ni pensarlo.

Pero el señor Darcangelo era cualquier cosa menos inocente.

La verdad era que saber que era policía y no un asesino resultaba un alivio. Le habría aterrado pensar que había respondido de aquel modo al beso de un asesino a sangre fría.

¡Dios, y aquel tipo sabía besar!

¿La habían besado alguna vez así? No, para nada. En su vida. Nunca le había encontrado la gracia a los besos, tal vez porque siempre había temido lo que podía seguir después. Se había jurado no cometer los errores que su madre había cometido y se había mantenido a una distancia prudencial de los hombres, a la espera de que llegara aquel en quien pudiera confiar y amar.

Creyó encontrarlo durante su primera época en la universidad. Scott Chambers, un estudiante de teatro con cara de poeta, se había enamorado al parecer tan desesperadamente de ella como ella de él. Fue sólo después de acostarse con él que le confesó que siempre había deseado hacer el amor con una rubia de verdad. Poco después, se había liado con una estudiante de baile y dejado a Tessa preguntándose cómo podía haberse equivocado de aquella manera.

De eso hacía ya siete años, y desde entonces no se había acercado a otro hombre. El último hombre que había visto desnudo había sido el marido de Lissy, Will, y había sido por accidente, un accidente en absoluto desagradable, bajo el punto de vista de Tessa. Will había sido la estrella del equipo de fútbol de su universidad y tenía el cuerpo de un dios.

No era que Tessa no quisiese sexo. Tenía fantasías. Lo deseaba. Lo anhelaba. Pero nunca jamás quería volver a encontrarse acostada entre las sábanas de un hombre y sintiéndose utilizada, vacía y sola. Además, sus fantasías sexuales le resultaban mucho más placenteras que el acto en sí. Exceptuando el beso de aquella tarde.

¿Tan hambrienta de sexo estaba para responder como lo había hecho?

«Como si me hubieran tocado la fibra exacta».

Y no sólo lo sabía ella. Él también lo sabía. Tenía que saberlo.

Tessa cerró los ojos e intentó recordar hasta el mínimo detalle... la presión de sus labios, el calor de su lengua, la dureza de sus músculos. Sintió mariposas en el estómago, notó sus pezones tensándose y se descubrió acariciándose los labios en un intento de recuperar la sensación.

Pero en realidad no había sido un beso, ¿no?

«No ha sido más que una forma de hacerte callar, chica».

Como mínimo no había utilizado una media o cinta adhesiva.

Naturalmente, el hecho de que hubiera indagado en su pasado personal no le había gustado nada. Sabía cosas de ella que nunca había compartido con nadie. Cuando sus amistades le preguntaban por su familia, ella esquivaba el tema, dándoles a entender que había nacido en Georgia. Se había esforzado mucho en perder su acento texano y adoptar los tonos más refinados de Georgia. Había luchado para poder pagarse los estudios universitarios, dedicando muchas noches sin dormir al periódico estudiantil. Luego había ido ascendiendo por los escalafones de la jerarquía del *Morning News*. Por el camino, había dejado de ser Tessa Bates —la pobrecita chica blanca de clase baja sin padre— para convertirse en Tessa Novak.

No había vuelto la vista atrás ni una sola vez.

No quería mirar atrás, ni quería recordar la pobreza, la vergüenza, la soledad. Intentando dormir mientras el abuelo y su madre se pasaban la noche peleando hasta que llegaba la policía. Yendo al colegio vestida con prendas que sus vecinos habían donado al Ejército de Salvación. Llegando a casa para encontrar al abuelo inconsciente en el suelo después de pasarse el día en compañía de Jack Daniel's. Sorprendida robando libros del colegio porque se moría de ganas de leer. Preguntándose si lo que le decían los demás niños sería verdad: que su abuelo era también su padre.

«La mamá de Tessa es su hermana... y su madre. Es lo que dice mi madre».

El rumor no era cierto. Su madre se lo había asegurado. Pero a Tessa había dejado de importarle quién pudiera ser su padre. Ya no necesitaba robar libros para poder leer, ni tenía que vestirse con ropa usada. Compraba todo lo que necesitaba con el dinero que ganaba trabajando muy duro. No huía de su pasado, como el señor Darcangelo había insinuado, provocándola al llamarla por su antiguo apellido. No, se había liberado de todo aquello.

En la calle, en el exterior de su apartamento, se oyó una sirena de policía y dio un brinco. El sonido le provocó un escalofrío. El abogado de la víctima le había dicho que pasaría una temporada con los nervios a flor de piel. Por desgracia, el abogado de la víctima tenía razón.

Sintiéndose extrañamente vulnerable dentro de la bañera, Tessa soltó el tapón con los dedos de los pies, se incorporó, se envolvió en una toalla y acabó de prepararse para meterse en la cama. Amodorrada por el vino, verificó que la puerta estuviera cerrada con llave y se acurrucó bajo las mantas. Pero tardó mucho en caer dormida.

Julian estaba llevando a cabo su rutina de aikido en su sótano, tenuemente iluminado, el sudor cayéndole por la cara y su pecho desnudo. El instinto era su primera línea de defensa. Su cuerpo la segunda. Lo entrenaba, lo mantenía en forma para el combate, como si de un arma más se tratase.

El aikido, además, le aclaraba las ideas, le ayudaba a pensar. Tendría que estar durmiendo; exceptuando la pequeña siesta de la mañana, llevaba despierto más de cuarenta y ocho horas. Pero estaba demasiado tenso para dormir, sus pensamientos estaban enredados en una larga melena rubia. Tenía que dejar de pensar en Tessa Novak. Tenía un trabajo que hacer, y no incluía enrollarse con ella.

Una pena, la verdad.

Se puso a pensar en Burien... una vez más.

Zoryo había tenido poco que añadir a lo que ya les había dicho y afirmaba que hacía años que no se veía con Burien.

Pero el anciano del hospital había resultado más útil de lo que Julian esperaba. Había podido describir a las chicas con bastante detalle, y a la mujer de mediana edad que hacía las veces de su perro guardián. Simms suponía que las chicas vivían cerca de la gasolinera y los detalles que había proporcionado encajaban con lo que Julian ya sabía sobre la forma de trabajar de Burien: mantenía a las chicas en pequeños grupos y las dominaba a base de terror, valiéndose de una mezcla de castigos brutales y pequeñas recompensas, como los caramelos.

Era evidente que aquel cabrón tenía en Denver su base de operaciones, pero ¿dónde estaba él? Antes era el cerebro de la operación y llevaba la batuta desde Los Ángeles, mientras que García se ocupaba del tema de los asuntos de suministro en México y Pembroke supervisaba el transporte. Tenían alguna guarida por la zona de Denver, pero nada de gran interés, pues operaban principalmente en los estados fronterizos. Pese a que la Operación Liberación había acabado tanto con García como con Pembroke, Julian había perdido el control de sus emociones y había actuado antes de tiempo, permitiendo la huida de Burien.

Hoy, Julian había estado de nuevo a punto de perder el control de la situación. Estaba controlándolo todo y al instante siguiente tenía ante sus ojos el cañón de una pistola de veintidós milímetros. Tenía que reconocerlo. Apuntarle con un arma había sido un acto de gran valentía por parte de aquella mujer. Él debía pesar treinta kilos más que ella, y la superaba en altura al menos en treinta centímetros y, aun así, había intentado defenderse.

Pero no le había sorprendido sólo en ese sentido. Le había tapado la boca con la suya para silenciarla, había introducido la lengua entre sus labios para sofocar su grito... y ella se había derretido. No había otra palabra mejor para definirlo. Su cuerpo entero se había fundido entre sus brazos, la resistencia se había esfumado.

Y luego ella le había devuelto el beso, una respuesta dulcemente sensual y tan excitante que había olvidado que aquel beso no era más que una simple maniobra táctica y se había encontrado disfrutando del mismo. Había seguido besándola aun cuando ya no era necesario, saboreando su feminidad, inhalando su aroma, sintiendo placer al escuchar aquel breve grito sofocado que había emitido cuando le había chupado el labio.

«¡Maldita sea, Darcangelo! ¡Estate por lo que debes de estar!».

Paró, atravesó la habitación en busca de la botella de agua y bebió hasta apurarla. Regresó al centro de la estancia y empezó de nuevo su rutina.

El truco estaba en encontrar a Burien, en dar con él sin que se enterara de que estaban cerca. Por mucho que Julian consiguiera aproximarse a él, el hijo de puta siempre le llevaba ventaja. Era tan difícil de alcanzar como el humo, pero no era ni un maestro del disfraz ni un genio lingüístico. Era un matón arrogante con un acento ruso inconfundible. Dondequiera que estuviese, siempre se hacía notar. Lo sabía y vivía una vida de secretismo, utilizando a sus acólitos para tratar con el mundo exterior. Amargamente y sin ningún dolor, se servía del miedo para controlar su sórdido imperio.

«¡Aléjese de mí! ¡Le vi aquella noche! ¡Sé que estaba allí!».

Julian sabía que aterrorizaba a Tessa, que estaba segura de que era un asesino dispuesto a matar de nuevo. Sin duda eso explicaba la reacción que había tenido al beso. El peligro era afrodisíaco para determinadas mujeres. Lo había sido para Margaux. Le encantaba follar después de una redada y sin preliminares. Nunca había habido ternura entre ellos, nada de dulzura, ni cariño. Se sentía atraída hacia él por su pasado oscuro, y porque su padre, una leyenda del FBI, nunca le había dado su visto bueno.

La emoción del peligro... había sido aquello, seguro. Tessa había notado su 357 y creía que estaba dispuesto a utilizarlo, y cuando la había besado, su miedo se había transformado en lujuria.

«Eso está bien en su caso, pero ¿qué excusa tienes tú?».

Su siguiente patada le pilló desequilibrado. Se detuvo y maldijo para sus adentros.

¿Necesitaba una excusa para disfrutar besando a una mujer bonita?

Sí... le hacía perder la concentración. Su trabajo consistía en detener a Burien, no en embaucar a una periodista hambrienta de titulares, por dulce y sexy que fuera.

«¡Vi morir a esa chica! ¡Me suplicó que la ayudara y no pude hacerlo! Pero pienso hacer todo lo posible para ayudarla ahora».

Al pronunciar esas palabras, las lágrimas habían humedecido sus ojos, como si de verdad las sintiera. Julian se descubrió recordando el aspecto angustiado de su rostro la noche del asesinato. Y algo se agitó en sus entrañas. ¿Compresión? ¿Compasión? ¿Instinto de protección?

Dio otro trago largo de agua para alejar la sensación.

La señorita Novak era soltera... se había enterado. El hombre que había ido a recogerla esa noche era el marido de una amiga... un senador estatal que había sido absuelto de asesinato hacía un tiempo. Pero aunque Julian no estuviese llevando el caso, no habría intentado llevársela a la cama. Se adivinaba que sus expectativas en cuanto al sexo eran complicadas. No era el tipo de mujer que llegaba... y luego se iba. Quería amor y compromiso. Quería la casita rodeada de una valla blanca.

No es que Julian nunca hubiera querido esas cosas. Hacía

tiempo se había enamorado perdidamente de la joven prostituta mexicana que su padre había pagado para que se acostase con él con motivo de su quince cumpleaños... un romance que había durado hasta que un día entró y la encontró liada con su padre. Luego, muchos años después, se había creído enamorado de Margaux, pero viéndolo en retrospectiva, el tiempo que habían pasado juntos parecía más una película clasificada triple X que una relación de verdad. Había sido un idiota confundiendo aquello con otra cosa cuando en realidad no había sido más que obsesión sexual.

Desde entonces, Julian se había limitado a mujeres que sabían lo que querían y había aceptado lo que le habían dado. Nada de compromisos, nada de vinculación.

«Nada de ternura. Nada de cariño. Nada de dulzura».

No tenía ni que perder el tiempo pensando en Tessa Novak. El tipo de vida que vivía no era para compartir con nadie.

Dejó el agua, se dirigió de nuevo al centro de la habitación dispuesto a reiniciar su rutina, y casi se sintió aliviado cuando sonó el teléfono.

Era el Jefe Irving.

—Se trata de Zoryo —le dijo—. Ve a la cárcel ahora mismo.

Julian cogió su camisa y corrió hacia las escaleras.

Capítulo 5

—¡Hijo de puta! —Julian aplastó el puño contra la barandilla de acero de la camilla, sus sienes palpitando de rabia—. Muy bien, Zoryo, desgraciado, encontraste la manera.

Zoryo no respondió. Estaba tendido en una camilla de urgencias, mirando el techo, muerto. Tenía la cara azul y congestionada, el cuello amoratado. El cuerpo y la barriga desnudos, y el tatuaje del tigre destacaba pálido sobre la piel azulada. Las marcas rojas en la piel mostraban los puntos por donde las palas del desfibrilador habían intentado reanimarle.

—Debía querer morir de verdad para conseguirlo como lo ha hecho. —El capitán de la cárcel, con la cabeza cortada al rape, un burócrata que respondía por Willis, permanecía junto a la camilla, los brazos cruzados defensivamente sobre su pecho—. Se necesita determinación.

—¿Determinación? Lo dice como si lo admirara. Este hombre era un asesino a sangre fría y un violador infantil… y usted ha permitido que escape de la justicia. —Julian hundió en los bolsillos sus puños apretados y le dio la espalda al capitán… una alternativa mejor que estamparlos contra la cara de aquel idiota.

El Jefe Irving tosió para aclararse la garganta.

—Tiene que comprender que el agente especial Darcangelo ha destinado meses de durísimo trabajo secreto a pillar a esta escoria. Zoryo era su mejor pista para cerrar un caso de alta prioridad.

Y la pista acababa de desaparecer. Meses de riesgos y horas interminables simulando excitarse con la misma porquería abominable con la que Zoryo disfrutaba tirados a la basura. El único consuelo de Julian era que la muerte de Zoryo había sido lenta.

El desgraciado se había estrangulado colgándose sólo de un metro de altura. Un celador que estaba de ronda le había encontrado en la celda, ya muerto, colgando de un garrote que había construido con las sábanas y con el que había envuelto el lavabo, sus nudillos rozando el suelo.

—He hablado ya con los dos celadores y he determinado que no tuvieron ninguna culpa. Siguieron el procedimiento habitual para...

—¿El procedimiento habitual? —Julian explotó en una risotada de asco y se volvió hacia Willis—. ¿Cómo cojones puede estar hablándome de «procedimientos» cuando uno de sus presos ha muerto? ¿Acaso no es un cadáver prueba suficiente de que sus procedimientos fueron insuficientes?

Willis se puso rígido.

—Cuando alguien tiene tan claro que quiere quitarse la vida...

—¡Se le vigila con ojos de águila, por el amor de Dios! ¿Por qué piensa que le puse bajo vigilancia por posible tentativa de suicidio? —Julian no sentía la menor simpatía hacia los burócratas.

—Llevaremos a cabo una investigación completa sobre este asunto, créame, y cuando esté terminada...

—¡Me importa una mierda su investigación! —Julian señaló el cadáver de Zoryo—. ¡Lo que necesito es la información encerrada en ese cerebro para poder detener a un asesino!

Entonces Julian se volvió y salió de la enfermería, cruzó los diversos controles y salió al iluminado aparcamiento por la puerta trasera, su sangre a punto de ebullición. Debería haberse quedado. Debería haber pasado más tiempo interrogando a Zoryo y menos en el hospital. Debería haber ordenado que ataran a Zoryo.

«¡Maldita sea!».

—¡Darcangelo! —La voz del Jefe Irving seguía sus pasos.

Julian se detuvo, se volvió y vio a Irving corriendo tras él tan rápidamente como su perímetro le permitía. Demasiado furioso e inquieto como para quedarse quieto, deambuló por la plaza de aparcamiento vacía que quedaba entre dos vehículos y volvió a guardar los puños en los bolsillos.

—Por si te sirve de algo, lo siento. Sé lo mucho que te arriesgaste para encarcelar a Zoryo. Sé lo que significaba para ti.

Apretando los dientes, Julian miró a Irving a los ojos.

—¿De verdad?

—Sí, de verdad. —El viejo policía movió afirmativamente la cabeza con terquedad—. Y sé algo más. Culparte por no haberlo evitado no cambiará lo sucedido tres años atrás.

Julian bufó asqueado.

—Si hace tres años hubiese hecho mi trabajo...

—¡Zoryo estaría aún ahí fuera haciendo lo que le gustaba hacer! —La voz de Irving atravesó el aparcamiento y llamó la atención del par de policías que charlaban junto a sus coches patrulla bajo el resplandor amarillento de una farola—. Como mínimo conseguiste retirarlo de las calles. Si de verdad era tan importante para Burien como tú crees que era, le habrás atizado a Burien un buen golpe. ¿Cuánto tiempo crees que pasará antes de que Burien se dé cuenta de que Zoryo ha desaparecido?

—Unos días, una semana como mucho.

—¿Cómo reaccionará?

—Cerrará filas, alterará su rutina, sustituirá a Zoryo con otro.

Ese «otro» siempre existía. Por muchos desgraciados enfermos que Julian retirara de escena, siempre aparecía otro.

—Cuando acabes con Burien, acabarás con el resto. Ahora vuelve a casa y duerme un poco... es una orden. Has estado forzando la máquina en exceso. —Irving le dio una palmadita en la espalda—. Mañana hablaremos de otro tema.

Sintiendo una fatiga que iba mucho más allá de la falta de sueño, Julian se volvió hacia su furgoneta.

—¿Y es?

—Tessa Novak.

Tessa se levantó después de una noche prácticamente sin dormir, se duchó y se acercó en coche a la cafetería más próxima, preguntándose si parecería muy raro que pidiese cinco cafés expresos seguidos. Se quedó con sus habituales tres y se abrió camino entre el intenso tráfico hasta llegar al periódico, intentando no pensar en el tiroteo... o en Julian Darcangelo y su arrolladora boca.

Una vez en el periódico, intentó volver a la vida leyendo las notas de prensa y los mensajes de correo electrónico que tenía en la mesa. Consejos de seguridad para Halloween. Doce arrestos en una manifestación a favor de la marmota de las praderas en Boulder. La policía trabajando como voluntaria para una organización de mujeres maltratadas. El arresto de un oficial encargado del control de los presos en libertad condicional que...

Tessa leyó asqueada la nota de prensa.

—Dios, he leído un montón de cosas raras, pero ésta las supera a todas. Un oficial encargado del control de los presos en libertad condicional arrestado bajo sospecha de acoso. ¿Quieres saber lo que hacía?

Sophie levantó la vista de sus anotaciones.

—¿Seguiremos siendo amigas si te digo que no?

—El tipo se dedicaba a eyacular en zapatos de mujer de tacón de color negro y los dejaba en los dormitorios de sus colegas femeninas.

Se produjo un momento de silencio en la sala de redacción. Que se rompió a continuación con un coro de gemidos femeninos.

—¡Puaj!

Matt intentó colocar en su lugar su patética corbata arrugada.

—¿Os imagináis la primera llamada a un abogado? «Hola, ¿podría ayudarme? Estoy en el trullo». «¿De qué se le acusa?». «De masturbarme en los zapatos y dejarlo en los dormitorios de mujeres».

—¿A qué es extraño? Había también aquel hombre en el Rez que... bien... —Kat hizo una pausa—. Una palabra: ovejas.

Gracias a Dios que ya era viernes.

Pero el día no hizo más que complicarse.

Tom estaba de mal humor porque había discutido con su novia quien, para el cachondeo de todo el mundo, no era otra que la liberal madre de Kara, Lily McMillan. Arremetió contra todo el mundo durante la reunión hasta que al final Syd acabó pidiéndole que se calmara. Los dos iniciaron entonces un concurso de gritos que acabó con Kat levantándose y abandonando la sala.

—Esto no es productivo —dijo simplemente, antes de que la puerta se cerrara de un golpe a sus espaldas.

Y así terminó la reunión.

Tessa hizo unas cuantas llamadas sobre el caso del funcionario, luego escribió rápidamente un artículo corto y acabó a tiempo para poder comer con Sophie.

Eligieron ensaladas, en realidad sólo montañas de hojas mustias con rodajas de pepino y tomates cherry por encima, y se sentaron en su rincón favorito de la cafetería.

—¿Crees que Kara sabe la importancia vital que tiene su madre para que la sala de redacción funcione sin problemas? —preguntó Sophie, aliñando su ensalada con un sobrecito de aliño italiano—. A lo mejor deberíamos llamarla y decirle que le pida a su madre que arregle sus asuntos con Tom, fundar el Fondo Lily McMillan o alguna cosa así.

Tessa se aliñó la suya con salsa ranchera.

—Me parece que Kara intenta básicamente no pensar en el tema. ¿Cómo te sentirías si tu madre se acostara con Tom Trent?

—Diría que se merecería una prestación especial por trabajos peligrosos. —Sophie cogió el tenedor y pinchó un tomate.

Hablaron sobre sus artículos mientras comían y pronto se les unió Holly, que también había elegido ensalada, y Lissy, que se había decidido por una gruesa y jugosa hamburguesa con queso que tenía un aspecto de mil demonios y olía a gloria.

—El embarazo es el único momento en la vida de una mujer en el que le está permitido estar gorda, y me aprovecho de ello —dijo Lissy, cuando todas miraron su comida con envidia—. Además, me pasé los tres primeros meses sin comer y con náuseas.

Hablaron un rato sobre el embarazo de Lissy, sobre cómo

se encontraba, sobre los mimos con que la obsequiaba Will, sobre sus planes para el parto. Luego Lissy y Holly les contaron sobre las prendas de un nuevo diseñador que iban a fabricarse en los alrededores de Denver y sobre el desfile que dicho diseñador, Anton, celebraría muy pronto en el Adam's Mark Hotel.

—Por fin ha llegado la alta costura de Denver. —Lissy se limpió las comisuras de la boca con una servilleta—. La temporada pasada, Anton hizo cosas increíbles con ojales y estampados campesinos.

Sophie y Tessa se miraron.

—¿Ojales? —dijeron, casi al unísono.

Pero pese a que Tessa escuchaba la animada conversación de sus amigas, se sentía desconectada, como si no estuvieran allí. Sonreía. Reía. Pero por dentro se sentía totalmente inexpresiva.

Fue Sophie quien finalmente le dijo:

—¿Qué tal lo llevas, Tess...? Y no me digas que «bien» porque me doy perfecta cuenta de que no es verdad.

—Estoy cansada, simplemente. —Al principio, Tessa pensó en desviar la conversación de sus problemas. Pero luego se dio cuenta de que le apetecía explicarlos—. Me cuesta mucho dormir. Cada vez que oigo un ruido me despierto, y ayer me tropecé con el hombre de la chaqueta de cuero negra.

Lanzaron todas ellas un grito sofocado.

—¡Oh, Dios, Tessa! ¿Llamaste a la policía?

—Muy graciosa la pregunta.

Tessa se enfrentó por un momento a lo que debía decirles. No le había explicado nada a Tom, sabiendo que con él la información no estaría en buen recaudo. Obligándoles a jurar que guardarían el secreto y con un susurro, les explicó que había ido a visitar al señor Simms y que había acabado en un armario ropero besando a un hombre alto y moreno que suponía que era el asesino, pero que resultó ser una especie de policía secreto. Se lo explicó todo... excepto el nombre de Julian y los detalles que él había descubierto sobre su pasado.

—¿De verdad que le apuntaste con una pistola? —Lissy la miraba con los ojos como platos—. ¿Con una pistola cargada con balas?

—Oh, ¿y a quién le importa eso ahora? —Holly sonrió—. Vuelve al momento en que él te introdujo la lengua en la boca.

—Lo hizo sólo para silenciarme. No fue un beso de verdad.

—Pues a mí me parece que sí acabó siendo un beso de verdad. Estoy segura de que le atraes. —Holly sonrió afectadamente—. Siguió besándote.

Tessa notó que el estómago le daba un pequeño vuelco. No sabía qué decir.

—Mira, Tessa —dijo Lissy—, me parece que ese tipo alto, moreno y letal se salió con la suya en cuanto a no hacerte daño. Podría haberte arrestado... incluso haberte disparado.

—Y si se trata de un policía secreto y el Jefe Irving teme que su vida corra peligro, entonces la que me preocupas eres tú. —Sophie hizo una pausa y bebió un poco de agua mineral—. Quienquiera que esté detrás del tiroteo... parece muy peligroso. Es posible que hayas tropezado con un gran artículo... o que el artículo haya tropezado contigo.

Tessa había pasado la noche en vela pensando precisamente en eso.

—La mayoría de tiroteos desde vehículos en marcha tienen que ver con bandas de gánsteres, de modo que voy a empezar por ahí. Esta tarde iré a echarle un vistazo al barrio de la gasolinera para ver qué averiguo.

Tessa estacionó el coche en el callejón que había frente a la gasolinera, que volvía a estar abierta al público, y echó a andar en dirección sur. No estaba muy segura de por qué había elegido esa calle, pero le parecía que la chica llegó procedente de aquella dirección. Sin disponer de nada más, se dispuso a confiar en su instinto.

Era un barrio antiguo y con árboles crecidos. Los vetustos edificios de apartamentos competían por su espacio con casas aún más viejas. Había trozos en los que la acera se desmoronaba y otros en los que las raíces de los árboles la habían destrozado. La mayoría de jardines estaban cuidados, el césped quemado por aquel otoño tan seco y cubierto por las hojas de los naranjos. En el porche de alguna casa había aparcado un triciclo, y otras tenían puertas y ventanas adornadas con la decoración típica de Halloween: familias con niños pequeños. Había coches aparcados a ambos lados de la calle: utilitarios pequeños, viejos cacharros, monovolúmenes más modernos, un par de deportivos. Era evidente que la gente que visitaba los cines y los negocios de la calle Colfax creía que era un barrio seguro donde poder aparcar.

No era precisamente el tipo de barrio que Tessa relacionaría con la actividad de las bandas de gánsteres. Sabía qué era la pobreza, y no era aquello. La gente que vivía allí no era desesperadamente pobre, sino que simplemente no era lo bastante rica como para permitirse cada año una nueva capa de pintura. Tal vez alguna que otra banda reclamara de vez en cuando la calle como parte de su territorio, pero sin llegar a mayores.

Vio el primer ejemplo de *graffiti* pintado por una banda en el lateral de un edificio de apartamentos. De entrada le pareció una maraña de letras azules pintadas de modo que tuvieran un aspecto tridimensional, apelotonadas las unas encima de las otras. Se acercó a ellas e intentó descifrarlas.

La palabra de mayor tamaño era «CUZZ», uno de los muchos nombres con los que se conocía a los Crips.*

Luego identificó las palabras «Syko» y «Flaco», seguramente los nombres de los miembros de la banda que lo habían pintado, uno de ellos evidentemente de origen hispano.

Debajo aparecían las palabras «G.O.» (gánster original) y «SLOB»,** con la letra «B» tachada con una «X» de color negra, lo que en el lenguaje de la calle significaba «asesinato sangriento».

A su lado aparecía un garabato en el que se leía «Trey-8», un arma de calibre treinta y ocho, en lenguaje vulgar.

Syko y Flaco intentaban atribuirse el mérito de haber asesinado a un miembro de los Bloods con un arma de calibre treinta y ocho.

Anotó las palabras en su cuaderno, sacó la cámara, se alejó unos pasos de la pared y le hizo una fotografía.

Sabía que los Crips eran la mayor banda de Denver y que al igual que sus rivales, los Bloods, estaban bajo la dirección de los líderes de las bandas en Los Ángeles. Ambas bandas vendían crack y otras drogas, peleaban entre ellas y contra las numerosas bandas de chicanos y mexicanos para obtener la supremacía en las calles. Pero aun así, y en comparación con la situación en Nueva York y Los Ángeles, Denver era el Edén, con pocos tiroteos y escasa violencia mortal.

Tessa guardó la cámara en el bolso y caminó todo el callejón, encontrando más ejemplos de *graffitis*, algunos obra de inocentes pintores y el resto, el resultado elocuente de los bo-

* Banda callejera originaria de Los Ángeles y expandida por todo Estados Unidos, cuyos miembros se caracterizan por vestir de color azul. *(N. de la t.)*

** Abreviatura de los Bloods, la eterna banda rival de los Crips. *(N. de la t.)*

tes de pintura de Syko y Flaco. Regresó a la calle principal y siguió caminando por ella.

Era un día luminoso y soleado, el cielo eterno y azul como sólo podía serlo el cielo de Colorado, y con una sensación de alivio se dio cuenta de que había pasado como mínimo una hora sin pensar en Julian Darcangelo y sus letales labios. Sin duda alguna, había tenido una reacción exagerada, se había imaginado más pasión y sutileza en el beso de la que había habido en realidad. Al fin y al cabo, temía por su vida y la adrenalina inundaba su organismo en aquel momento e intensificaba sus sentidos. Seguramente la había besado como un pez.

Con la moral un poco más elevada, decidió llamar a unas cuantas puertas.

En las primeras tres casas de la manzana no le respondió nadie. La cuarta era el hogar de una pareja mayor de afroamericanos deseosos de hablar sobre sus nietos, pero que no tenían ni idea sobre la posible actividad de las bandas o sobre el tiroteo.

—No leemos la prensa —le explicó el marido—. Sólo hay malas noticias.

La quinta casa estaba habitada por varios estudiantes universitarios, uno de los cuales estaba en casa: un chico británico con pelo castaño de punta.

—Sí, claro —le dijo cuando ella le habló sobre el tiroteo—. Sí, lo leí en el *Indy*. ¿Eres tú la chica que lo escribió? He visto ese coche… el de las llantas guay. Un coche guay.

Pero fue incapaz de decirle quién conducía el coche guay, ni reconoció la descripción que ella le hizo de la víctima. Y aunque había visto a tipos que pensaba que eran miembros de bandas paseando por Colfax, nunca había visto a ninguno que llegara a acercarse hasta aquel barrio.

Cuatro casas más abajo, habló con una joven madre de origen asiático mientras sus dos pequeños se perseguían a sus pies. La mujer le explicó que había leído sobre el tiroteo pero que no había visto ni el coche ni nadie que pareciese miembro de una banda. Pero cuando Tessa le describió a la víctima y le preguntó si alguna vez había visto a cuatro jóvenes caminando juntas, la mirada de sorpresa reflejada en el rostro de aquella mujer fue inequívoca.

—¡Por Dios! Sí, creo que las vi un par de veces. ¡Tyler, para ya! —Se agachó y separó a un niño del otro—. Me parece que este verano las vi algunas veces mientras estaba arreglando el jardín... cuatro adolescentes de origen hispano y una mujer mayor. Sólo puedo dedicarme al jardín los fines de semana, cuando mi marido Terry está en casa. ¿Eran miembros de alguna banda?

—No lo sé, pero intento averiguar todo lo posible.

—¡Tyler! —La mujer gritó exasperada—. Me imagino que eso explica que la policía estuviese en su casa esa noche. Seguramente fueron a ver a la familia para comunicarle la muerte, ¿verdad?

—Supongo. —Tessa notó que se le aceleraba el pulso—. ¿Sabe dónde vive su familia? ¿Puede enseñarme la casa?

Uno de los angelitos lanzó un chillido taladrante.

—¡Tyler y Sasha, voy a castigaros a los dos! No pensará publicar mi nombre, ¿verdad? No quiero ver mi nombre en los periódicos, sobre todo si hay un asesino rondando por aquí.

—Lo comprendo. No utilizaré su nombre si es lo que usted prefiere.

La mujer cogió en brazos a la niña, que no paraba de llorar, y acompañó a Tessa hasta el porche.

—La tercera casa más abajo y cruzando la calle. Entra y sale mucha gente, en su mayoría hombres. Desde que la policía estuvo allí, no ha habido mucho movimiento.

Tessa contó las casas y vio un desvencijado bungaló blanco con tejado negro.

—Muchas gracias. Ha sido usted de gran ayuda, señora…

—Aito, Wendy Aito. Buena suerte. —Y la mujer desapareció en el interior de su casa, con su hija en brazos y arrastrando al niño.

Tessa atravesó la calle, pensando en todo lo que le gustaría decirle a la familia de la víctima.

«Me gustaría haber podido ayudarla, pero me quedé paralizada. Lo siento.

»Sucedió todo con tanta rapidez, no me dio tiempo a reaccionar.

»Lo siento mucho, muchísimo».

Tessa se acercó a la casa sintiendo una extraña sensación de aprensión que intentó ignorar. La señora Aito había dicho que allí era donde vivía la familia de la chica. No era el escondrijo del asesino. Caminó por la maltrecha acera, subió las escaleras y llamó a la puerta.

No respondió nadie.

Volvió a llamar.

Seguía sin aparecer nadie.

Llamó una tercera vez y acababa de sacar una tarjeta de visita del bolso cuando se abrió la puerta y apareció una anciana menuda de hombros caídos, rizos blancos y gafas de cristales gruesos. Utilizaba un andador.

—¡No quiero nada! —dijo la mujer con voz fina y temblorosa.

Tessa le mostró su tarjeta.

—No vendo nada, señora. Sólo me preguntaba si podría hablar un momento con usted.

—¡Hable alto! —La mujer se llevó la mano al oído, mostrándole sus aparatos para la sordera—. No oigo nada. Necesitan pilas, pero no tengo dinero. Pase.

Tessa entró.

Julian vio a Tessa entrando en la casa de la anciana, la vio salir veinte minutos después, vio a la anciana señalando en dirección a la parte trasera de su casa.

—¡Oh, por el amor de Dios!

El Jefe Irving tenía razón: era insistente.

Irving le había echado la bronca a Julian por la mañana por el beso en el hospital.

—Tessa Novak no es sólo una periodista, Darcangelo. Es miembro del Equipo de Investigación de élite del *Denver Indy* y es la mejor periodista policial que he conocido en mi vida. La mitad de mis hombres la temen, la otra mitad cree estar enamorado de ella. Y te diré más, ¡la respeto un huevo! He pasado gran parte de estos tres años intentando convencerla de que no somos delincuentes. ¿Y ahora quieres explicarme por qué ayer la encerraste en un armario ropero y la besaste? ¡Ella lo califica de agresión, y le estoy condenadamente agradecido porque no lo haya publicado en la portada de esta mañana junto con tu maldito nombre!

¿Agresión? Julian imaginaba que había sido un acto involuntario. Además, no pretendía besarla... al principio. Y, de hecho, la lengua de ella tampoco había mostrado reparos en introducirse en su boca.

Pero todo eso no se lo había contado a Irving. Había asumido la responsabilidad de sus actos y dejado claro que no había tenido muchas alternativas que no incluyeran la de dejar alguna que otra señal en la preciosa piel de la señorita Novak. Después se había dirigido a la morgue para presenciar la autopsia que el médico forense tenía que realizarle a Zoryo. Pese a que los resultados del laboratorio no habían llegado todavía, la causa de la muerte parecía suicidio por asfixia.

Enfadado a no poder más por haber perdido a Zoryo, Julian había pasado la tarde cavilando y sentado en su furgoneta aparcada en la calle del apartamento del sótano, anotando el número de matrícula de todos los hombres que se acercaban allí, aparcaban sus bonitos vehículos y se encaminaban a la parte trasera en busca de un poco de acción prohibida, para salir luego corriendo en cuanto veían la cinta de precinto de la policía. Después enviaba oficiales a interrogarlos a todos y cada uno de ellos. En cuanto les explicaban las docenas de muestras de ADN que la policía había recogido en el cuerpo de la víctima, las sábanas y los preservativos usados, se resquebrajaban como cáscaras de huevos y cantaban sin el menor problema.

Divisó a Tessa unas casas más abajo y verla le cabreó tanto que le provocó una reacción química que hizo aumentar unos cuantos grados la temperatura de su sangre.

«Eso es lo que llaman "deseo", Darcangelo».

La vio avanzar puerta tras puerta, disfrutó del contoneo de sus caderas en el interior de la estrecha falda de color azul marino, del balanceo de sus dorados rizos sobre la chaqueta de corte sastre, de la forma femenina de sus piernas. Y se preguntó qué demonios haría con ella.

Se dirigió a la parte trasera de la casa, vio la cinta de precinto de la policía y se quedó allí, mirándola. A continuación, se agachó y pasó por debajo.

Y entonces, Julian supo la respuesta a su pregunta.

Capítulo 6

Julian hizo una llamada por su radio. Luego cogió un par de esposas, las guardó en el bolsillo de su chaqueta, salió de la furgoneta y se dirigió a la parte posterior de la casa. Sabía que el Juzgado del Distrito retiraría los cargos, pero al menos le enseñaría una lección.

Estaba al pie de la escalera trasera, husmeando a través de la pequeña ventana de la puerta, tan concentrada en su fisgoneo que ni siquiera le oyó llegar.

—Ya puede estar contenta de que los tres osos no estén en casa, Ricitos de Oro. Queda usted detenida.

Ella lanzó un grito sofocado, se volvió y le miró. Y entonces entrecerró sus grandes ojos azules.

—¡Usted!

Julian levantó la cinta amarilla y le indicó a ella que se acercase.

—Atravesar los precintos de la policía es un delito municipal, pero interferir las operaciones del gobierno es un delito mayor.

—¿Qué operaciones del gobierno? —Subió las escaleras, sus tacones repicando en el suelo de hormigón, y se agachó por debajo de la cinta.

—Las manos detrás de la cabeza. Enlace los dedos, separe los pies. Ya conoce el procedimiento a seguir.

—¡No puede hablar en serio! —Le miraba como si se hubiese vuelto loco.

—Jamás he hablado más en serio. —Le posó la mano en la nuca y la apartó del peligro de las escaleras, sintiendo bajo la mano la suavidad sedosa de sus rizos.

Ella le apartó la mano.

—¡No me toque!

—Atacar a un oficial de policía, resistirse al arresto, no seguir las órdenes que marca la ley. —La miró por encima de las gafas de sol, divertido al ver su cara de asombro—. Está construyéndose un buen historial criminal, señorita Novak.

Lanzó ella un grito femenino de rabia, dejó caer el bolso al suelo y, hecha una furia, asumió la posición ordenada.

—¡El Jefe Irving le cortará la cabeza!

Seguramente tenía razón. Pero aun así, no pudo evitar sonreír. En comparación con los duros asesinos con quien solía tratar, aquello era como arrestar a Barbie.

—Pienso que exigirá saber por qué está usted metiendo la nariz en un caso que le ha pedido que deje correr.

—¡Yo no estoy bajo el mando del Jefe Irving! ¡Usted sí! —Volvió la cabeza para mirarlo—. ¡Además, yo no estaba metiendo la nariz en ningún lado! Creía que la familia de la chica vivía aquí. Quería darles el pésame.

—Debería haber mandado flores. —Se acercó a ella para registrarla, vio que se ponía rígida. No quería que la tocase. ¿O sí?

Alargó la mano para tocarla.

—Tiene derecho a permanecer en…

En el momento en que la rozó, dio ella un grito sofocado y dejó caer los brazos a ambos lados, se tambaleó sobre sus tacones y cayó de espaldas contra él.

Si un hombre adulto hubiera hecho aquello en pleno registro, Julian habría imaginado que el sospechoso pretendía atacarle y le habría sometido. Pero Tessa no era el tipo de asesino violador que estaba acostumbrado a cachear, y su nerviosismo le resultaba tanto divertido como extrañamente atractivo.

La sujetó y la estabilizó de nuevo sobre sus preciosos zapatos. La agarró entonces por las muñecas y se las llevó de nuevo a la cabeza.

—Tranquila, Tessa, no pienso abusar de usted.

Trabajó con rapidez, sus manos recorrieron su estrecha caja torácica y su vientre ligeramente redondeado, descendieron hasta su esbelta cintura y sus marcadas caderas, siguieron por la uniforme longitud de sus pantorrillas y sus muslos.

—Tiene derecho a permanecer en silencio. Cualquier cosa que diga puede ser y será utilizada en su contra ante los tribunales.

Aquellas palabras le salieron de forma automática… suerte, pues la parte racional de su cerebro había dejado de funcionar. No ayudaba para nada que dondequiera que la tocaba, ella se tensase: los hombros, el vientre, los muslos. Como agente secreto que era, tenía la costumbre completamente arraigada de prestar atención hasta al más sutil de los movimientos que pudiera percibir en las personas que tenía bajo su custodia; era una habilidad que le había salvado la vida. Pero aquello era distinto.

Era física. Era química. Era una tremenda distracción.

Y estaba comunicándole algo que no quería precisamente saber: que Tessa Novak podía parecer fría y distante por fuera, pero que por dentro era puro fuego.

«Tranquilo, chico».

—Tiene derecho a hablar con su abogado y a su presencia durante cualquier interrogatorio. Si no puede permitirse un abogado, el gobierno correrá con los gastos de uno de oficio. ¿Ha comprendido bien sus derechos?

—¡Váyase al infierno! —Su voz había perdido un ápice del tono desafiante anterior.

—Empleo de palabras malsonantes. —La cogió por las muñecas, le dobló los brazos por detrás de la espalda y le calzó las esposas, dejándolas más sueltas de lo que era habitual—. Espero que tenga un buen abogado. A cada minuto que pasa veo más probable una estancia confortable en el Club Federal.

Un coche patrulla blanco y negro patinó hasta detenerse en la cuneta, sus luces encendidas intermitentemente.

Justo a tiempo.

—Tal vez, mientras hago la reserva, podría presentar cargos contra usted. ¿Qué le parece secuestro, encarcelamiento improcedente, agresión sexual y arresto improcedente, para empezar? Podría ser una noticia interesante, ¿no?

Le dio un tirón para colocarla frente a él, se agachó y bajó su voz hasta alcanzar aquel tono que conseguía asustar incluso a hombres hechos y derechos y armados.

—Esto no es un juego, señorita Novak. Conozco cosas sobre secuestros y agresiones sexuales que van mucho más allá de las peores pesadillas que usted pudiera tener. Si veo mi nombre publicado en su periódico, rodarán cabezas, empezando por la suya.

Tessa abrió los ojos de par en par, se quedó casi sin respiración, pero aun así, levantó la barbilla.

Julian sintió el absurdo impulso de besarla.

Ahuyentó dicho impulso, bajó la mano, le cogió el bolso y lo registró mientras Petersen la escoltaba hasta el coche patrulla. Billetero. Gafas de sol. Lápiz de labios. Más lápiz de labios. Lima de uñas. Tampones. Llaves. Media docena de bolígrafos.

Una pistola de calibre veintidós cargada. Bloc de notas. Cámara digital.

Examinó estos dos últimos objetos y vio que ella seguía buscando indicios de presencia de bandas con la mirada... un hecho que le preocupaba. No le gustaba la idea de tenerla por las calles relacionándose con miembros de bandas.

—Siento tener que verla bajo estas circunstancias, señorita Novak —dijo Petersen, con la mano posada sobre la cabeza de Tessa para guiarla hacia el interior del vehículo—. La llevaremos a comisaría y le tomaremos declaración.

Julian dejó el bolso en el asiento delantero.

—Lleva en el bolso un doble dos cargado, Petersen, aunque no estoy muy seguro de que sepa utilizarlo. Y cuando te encargues de ella, asegúrate de que le anotas también el cargo de falsificar información en el permiso de conducir.

—¿Qué? —exclamó ella—. ¡Se está pasando!

Sus miradas se cruzaron y Julian vio la rabia y la incredulidad reflejadas en los ojos de ella.

—Aquí dice que pesa cincuenta y dos kilos, pero estoy seguro de que no está ni un gramo por debajo de los cincuenta y cuatro.

Tessa se puso colorada como un tomate.

—¡Ooooh!

Muerta de hambre y de sed, Tessa se sentó a la espera de que la llamasen a declarar en una silla de plástico naranja que estaba atornillada al suelo (que, por cierto, necesitaba un fregado urgente), sus piernas y sus pies descalzos y helados. Unas sillas más allá, un hombre roñoso con barba pelirroja y cabello rubio enmarañado, vestido con unos pantalones vaqueros mugrientos y una camisa de cuadros más sucia aún, la repasaba de arriba abajo como si estuviese completamente desnuda.

—¿Por qué estás aquí, pequeña?

—Por castrar a un tipo que se atrevió a molestarme.

El hombre la miró fijamente un instante, el deseo desapareciendo rápidamente de sus ojos, cruzó las piernas y apartó la vista.

—Mala puta —susurró.

Tessa seguía sin poder creerse que estuviera allí. A la espera de declarar. En la cárcel de Denver. Arrestada por diversos delitos. Seguía esperando que alguien le dijese que todo aquello era una broma o un terrible error y la soltaran. Pero nadie le decía nada. Ni siquiera le habían permitido realizar una llamada.

El oficial Petersen la había llevado en coche patrulla hasta el centro de la ciudad y la había escoltado hasta un control.

—Bienvenida al Denver Hilton —le había dicho.

Le había quitado las esposas y le había pedido que primero se quitara los zapatos, que habían pasado uno a uno a través de una pequeña ventanilla, y luego las medias. A continuación, una mujer policía la había cacheado a fondo, tocando las pocas partes del cuerpo que Julian había dejado sin inspeccionar. Después de magrearla, la policía la había acompañado hasta la sala de espera donde, uno a uno, iban llamando a los recién arrestados para tomarles las huellas dactilares y fotografiarlos.

Tessa se sentía humillada... y furiosa. Sabía que atravesar los precintos policiales iba contra la ley, pero era lo que siempre hacían los periodistas, normalmente con la aprobación tácita de la policía. Tessa no conocía ningún caso de un periodista arrestado por haberse agachado bajo la cinta amarilla. Y el resto... aquel hombre se lo estaba inventando.

¿Interferir las operaciones del gobierno? Eso sería imposible de demostrar. Igual que atacar a un oficial de la policía. ¿Cómo podía ella atacar a un hombre que era mucho más grande y fuerte que ella? Julian seguramente era cinturón negro pero, aunque hubiese sido una bailarina vestida con un tutú de color rosa, habría sido capaz de doblegarla sin derramar ni una sola gota de sudor.

Cuando había aparecido de repente detrás de ella, le había dado un susto de muerte. Después la había sometido a aquel humillante cacheo...

Dios, no podía pensar en eso. No podía.

Pero no podía evitar pensar en ello.

Había intentado hacerse la fría, actuar como si ser registrada de arriba abajo por un potente macho moreno de metro noventa no fuese más que una simple molestia... como quedarse atrapada en un atasco de tráfico. Pero en el momento en que la había tocado, había perdido toda su resolución, había dejado caer los brazos, perdido el equilibrio y había caído hacia atrás hasta chocar contra la dura pared de su pecho.

«Tranquila, Tessa, no pienso abusar de usted».

¿Qué demonios le pasaba? A lo largo de su carrera profesional había sido testigo de docenas de arrestos, había investigado las técnicas de control de arrestados de Koga. Sabía perfectamente lo que él le iba a hacer.

«Claro, pero no sabías lo que se sentía, ¿verdad?».

Lo tenía tan cerca detrás de ella, su presencia era tan abrumadora. Había notado su aliento contra su nuca, oído el tenso crujir de su chaqueta de cuero, olido su aromática loción para después del afeitado. Había sentido incluso el calor de su cuerpo. Era como si sus manos traspasaran ardientes la ropa, abrasaran su piel a medida que iba tocándola. Y cuando las manos se habían deslizado por sus medias y habían ascendido por sus muslos, se había incluso sentido húmeda.

¿Cómo era posible que su cuerpo respondiera de aquella manera con lo mucho que odiaba a ese hombre?

A lo mejor no lo odiaba, pero lo que estaba claro era que no era en absoluto de su agrado. Había utilizado la fuerza en dos ocasiones para intimidarla. Y a él incluso le había resultado gracioso. Lo había notado en su mirada cuando la había observado por encima de sus gafas de sol.

«Está construyéndose un buen historial criminal, señorita Novak».

Al final, sería ella quien reiría en último lugar cuando el Jefe Irving le pegara la bronca.

Pero algo le decía que el Jefe Irving no tenía mucho control sobre Julian. A lo mejor era el hecho de que Julian no tenía nada que ver con su concepto de policía secreta, una persona normal y corriente e invisible. O a lo mejor era su prepotencia, ese aspecto que tenía de no estar acostumbrado a recibir órdenes de nadie.

¿Y qué hacía allí? Era evidente que había estado vigilando la casa. ¿Esperaría el regreso de quienquiera que tuviera alquilado aquello?

«Ya puede estar contenta de que los tres osos no estén en casa, Ricitos de Oro».

¿Qué había querido decir con aquello? A lo mejor se refería a las tres hermanas supervivientes. Pero ¿por qué habrían de suponer una amenaza para ella? O a lo mejor se refería al asesino, a quienquiera que estuviese en el coche aquella noche. Pero tampoco tenía sentido. Wendy Aito parecía estar segura de que las chicas vivían en la casa, y la señora Davis, la anciana menuda que tenía alquilada la parte superior de la casa, también le había dicho que vivían allí.

«Reciben muchas visitas masculinas», le había dicho, en un tono con el que dejaba clara su desaprobación.

¿Por qué la chica pretendía escapar de su casa? ¿Violencia doméstica? ¿Un novio violento? ¿Algún tipo de redada en busca de miembros de bandas? Fuera cual fuese el caso, en el apartamento del sótano no vivía nadie en aquellos momentos. Por lo que Tessa había podido ver, estaba vacío.

—¡Tessa Marie Novak!

Tessa se estremeció por dentro al oír su nombre anunciado en la sala de espera. Era la única mujer de la sala. ¿No podrían haberse limitado a hacerle un gesto para que se acercara?

Un policía bajito con cabello oscuro y rizado y un lunar en su estrecha barbilla, se ocupó de tomarle las huellas dactilares, le hizo la fotografía de rigor y le indicó que subiera a una báscula. La luz roja de la cifra digital subió hasta cincuenta y seis.

«Aquí dice que pesa cincuenta y dos kilos, pero estoy seguro de que no está ni un gramo por debajo de los cincuenta y cuatro».

«¡Cabrón!».

—Por aquí. —El policía se dirigió a ella en un tono de evidente aburrimiento, y le indicó que le siguiera hacia una de la media docena de celdas provisionales que había allí.

Se trataba de pequeñas salas cerradas con cristales gruesos que parecían peceras para personas. Las había visto con anterioridad, pero nunca se había percatado de sus detalles más sutiles: litera de acero inoxidable, lavamanos de acero inoxidable, retrete visible de acero inoxidable. Intimidad cero. Confort cero.

—Si me permite la pregunta, señor, ¿cuándo se me autorizará realizar mi llamada? ¿Y hay manera de poder tener una manta o de que me devuelvan los zapatos? Tengo los pies congelados.

La introdujo en una de las celdas vacías.

—El jefe está en camino para visitarla.

«¡Por fin!».

—¿Sabe usted cuándo…?

La gruesa puerta de acero inoxidable se cerró con un fuerte sonido metálico.

Tessa deambuló por su jaula durante lo que le pareció una eternidad. Luego, con el estómago sin parar de gruñir, se sentó en la camilla de acero inoxidable, se quitó la chaqueta y se cubrió con ella las piernas y los pies. Cuando el Jefe Irving apareció al otro lado del cristal, había ya contado dos veces las baldosas del suelo.

Se levantó y volvió a ponerse la chaqueta.

Una llave en la puerta, un clic metálico. La puerta que se abre hacia fuera.

—¡Jefe Irving, me alegro mucho de verle!

Sólo mirarle la cara supo que el sentimiento no era mutuo.

Julian observó desde el monitor de la sala de control como Tessa seguía a Irving y abandonaba la celda provisional. Pálida y conmocionada, la vio acercarse al mostrador de recepción para firmar y recoger sus objetos personales y dirigirse, descalza aún, hacia los vestuarios. La siguió con la cámara y vio que se secaba los ojos. ¿Estaría llorando?

Notó una punzada en el pecho. La ignoró.

Mejor llorando que muerta.

Se abrió una puerta a sus espaldas.

—¿Qué le has dicho, Jefe? Se la ve muy turbada.

—No sé a quién darle una patada en el culo… si a ti o a ella. Aunque en este momento creo que me decantaría por ti.

Julian observó a Tessa entrar en un vestuario y cerrar la puerta, bloqueando de este modo la cámara. Luego se volvió hacia Irving y se cruzó de brazos.

—Me parece justo.

Irving instaló su obesa figura en una silla de oficina con ruedas.

—Me recuerda a mi hija mayor... resistente por fuera, y no tan resistente por dentro. Odio tener que ponerme duro con ella.

—No me digas que también has caído rendido ante su frágil belleza sureña, Jefe. —Julian soltó una risotada, aun reconociendo para sus adentros que lo que Irving acababa de decir sobre Tessa era verdad—. Tiene todo al Departamento de Policía de Denver dando vueltas a su lindo alrededor.

—Ahora no me vengas con que no te sientes atraído por ella, Darcangelo. Llevo toda la vida trabajando con hombres. Huelo de lejos cuando a un policía se le pone dura por culpa de una mujer implicada en uno de sus casos.

Julian ocultó su sorpresa.

—Está bien, no negaré que es atractiva. —Un juicio muy modesto—. Pero no pienso dejarla salir de aquí con sólo una citación. Está interfiriendo mi investigación y no permitiré que lo haga. Hay demasiado en juego... ¡incluyendo su vida!

—Todo lo que dices es cierto. —Irving movió afirmativamente la cabeza—. Pero nosotros, los pobres policías municipales, no podemos ir de mandones y doblegando las reglas como hacéis vosotros, los federales, y no puedo permitir que pongas en un compromiso la relación de mi departamento con los medios de comunicación.

Muy cabreado, Julian se puso en pie.

—¿Qué habrías querido que hiciese? ¿Quedarme sentado mientras ella va espantando sospechosos potenciales?

—No estoy seguro de qué habría hecho, pero está claro que fue accidental que estuviese presente en la escena del crimen. Estaba buscando información sobre las bandas y tuvo suerte.

—Sí, suerte. ¿Qué suerte habría tenido si hubieran vuelto a casa?

—No van a volver, y los dos lo sabemos. Pero te entiendo, y también ella.

—¿Qué le has dicho?

—Sólo que si la hubiera sorprendido el ocupante del apartamento en lugar de tú, esta noche su cuerpo habría aparecido flotando en el río Platte.

—¿Y por eso está tan conmocionada?

Irving asintió.

—Y por el hecho de que sigue traumatizada por el tiroteo: no puede dormir, tiene pesadillas, sigue recordando las últimas palabras de la chica. El sentimiento de culpa del superviviente.

Julian conocía a la perfección el sentimiento de culpa del superviviente.

—Le dije que le solucionaría el tema mandándole el martes, a la salida del trabajo, a uno de mis hombres para que le enseñara a practicar un poco con esa arma de veintidós milímetros que lleva encima. Y ese hombre eres tú, Darcangelo.

Julian se sentó y bufó.

—¡De ninguna manera! Lo siento, Jefe, pero tengo cosas más importantes que hacer que enseñarle a…

—Lo harás porque yo te pido que lo hagas. Durante estos últimos meses te he hecho más de un favor: dejarte llevar la batuta, no informar de nada a mis hombres, ocultarle determinadas actividades a tu verdadero jefe. ¿Cuánto tiempo más piensas que puedo retener el informe de la autopsia de la chica asesinada o desviar la atención de la detención y el suicidio de Zoryo?

Irving lo tenía cogido por las pelotas.

—De acuerdo, lo haré… una vez. Pero Tessa Novak no es responsabilidad mía. Tengo un trabajo que hacer y que no incluye hacer de niñera de una periodista.

—Mantenla con vida, Darcangelo. Cómo soluciones el conflicto depende de ti. Pero mientras, recuerda lo que dice el buen libro.

Julian no había leído nunca la Biblia.

—¿Y qué dice?

Irving salió al pasillo y se volvió para mirarlo.

—Nunca inicies una disputa con alguien que compra la tinta a granel… la prensa, se entiende.

Tessa aceptó que el Jefe Irving la acompañara en coche hasta donde tenía aparcado su vehículo y luego volvió a su casa. No le apetecía hablar con Tom aquella noche, de modo que esperaría al lunes para dar explicaciones. Lo único que quería en aquel momento era devorar un helado gigante de chocolate y ver programas de televisión que no le hiciesen pensar.

Aparcó en la plaza de aparcamiento que tenía reservada, entró por la puerta principal y miró el buzón. Nada que no fuese basura.

Cogió el ascensor hasta el séptimo piso, entró en su apartamento, encendió las luces y cerró la puerta con llave a sus espaldas. Todo estaba tal y como ella lo había dejado. Dejó el maletín en el suelo, junto a la puerta y exhaló un suspiro de alivio.

¿Qué esperaba? ¿Quince miembros armados de una banda?

Inició la rutina que habitualmente seguía al llegar a casa después del trabajo, intentando sacudirse de encima el mal presentimiento que tenía desde que el Jefe Irving le dijera —oficiosamente, por supuesto— que quien vivía en el apartamento del sótano era el asesino, no la familia de la chica.

—A estas alturas estaría muerta… o desearía estarlo —le había dicho—. Acabaríamos encontrándola flotando en el río Platte.

Se había dado cuenta por su mirada que intentaba asustarla, pero también que decía la verdad. Y había hecho la cosa menos profesional de su vida: le había hecho confidencias a una fuente de información. Le había explicado al Jefe Irving lo mucho que le costaba dormir. Le había confesado que saltaba al oír el menor ruido. Le había contado sus pesadillas.

Estaba segura de que el Jefe Irving la consideraría una debilucha y que le había contado todo aquello sólo para que él le posase una mano paternal sobre el hombro.

—Ser testigo de un asesinato a sangre fría no es andarse con chiquitas, señorita Novak. He visto a hombres hechos y derechos más débiles que usted... hombres con galones. Tómese un tiempo de descanso. Visite a sus amistades. Abandone la ciudad una temporadita. Después se sentirá mucho mejor.

Entonces le ofreció que uno de sus hombres le hiciese un pequeño entrenamiento de prácticas de tiro en las instalaciones que tenía la policía a esos efectos. Al principio se había negado, pues no quería que todo aquello cobrase más visos de realidad de los que ya tenía. Además, lo de apuntar a alguien con un arma y apretar el gatillo tenía que ser muy duro. Pero luego recordó la rapidez con la que Julian la había desarmado, y aceptó la oferta. No le haría ningún daño sentirse más cómoda con el arma, practicar algunos disparos. Había estudiado el manual de usuario, pero jamás había apretado el...

Abajo, en el vestíbulo, se oyó una puerta cerrarse de un portazo. Tessa dio un brinco.

Y de pronto supo lo que quería hacer. Corrió hacia el teléfono y marcó el número de teléfono móvil de Kara, esperando que no fuese demasiado tarde. Kara respondió al tercer ring.

—¡Oh, gracias a Dios que te encuentro! ¿Puedo, puedo

por favor, aceptar tu invitación e ir con vosotros a la cabaña? Necesito salir un poco de la ciudad.

Había muchas maneras de saborear a las mujeres, muchas maneras de controlarlas, de poseerlas. Alexi había llegado a dominarlas todas... y gracias a ello se había convertido en un hombre muy rico y poderoso. Había pasado de las calles insulsas y grises de Moscú a una vida de lujo en Estados Unidos. Pocos hombres podían llegar a entender el control que tenía sobre la vida de los demás... o la enorme carga que sentía cuando algo salía mal.

Tres años atrás, había estado a punto de perderlo todo. Julian Darcangelo se había infiltrado en su organización como un virus. Pero Alexi le había devuelto la pelota y había manipulado a Darcangelo para librarse de dos socios fastidiosos, utilizándolo para indagar sobre las debilidades de su organización. Era una relación arriesgada pero simbiótica: Darcangelo mantenía a Alexi en estado de alerta y Alexi le daba a Darcangelo un objetivo en la vida. Alexi sabía más sobre Darcangelo que lo que aquel desgraciado sabía sobre sí mismo, y Alexi se aprovechaba de ello. Un día, Darcangelo tendría que morir, pero de momento era un oponente útil, además de formidable, para Alexi.

Aun así, no podía permitirse que sus empleados cometieran errores estúpidos.

Bajó la pistola de calibre cuarenta y cuatro y contempló al idiota al que acababa de disparar y que había caído al suelo como un bulto. Luego miró a los demás, saboreando el aroma a miedo que inundaba el almacén.

—Una de mis chicas ha muerto, y creo que es bueno. Debería estar muerta. Pero me pregunto, ¿cómo consiguió escapar? Recorre tres manzanas hasta llegar a una gasolinera y nadie la detiene hasta que hay más testigos que moscas sobre la mierda. ¿Tenéis algún tipo de explicación?

Volvió a levantar la pistola, sonrió cuando su objetivo se hundió en un charco de orín y levantó los brazos, suplicante.

—¡No, no tengo idea de cómo escapó! ¡Dios mío! Yo estaba dormido, ¡lo juro! ¡Era el turno de Toby de controlar la puerta!

Alexi se planteó darle también un tiro a ése. Su negocio era tan fuerte como débiles fueran sus enlaces, y aquel imbécil se había arrugado muy fácilmente. ¿Qué haría si lo pillaba la policía o, peor aún, si lo pillaba Darcangelo?

—¡No eres nada! Mírate… arrastrándote en tus propios orines. ¿Acaso no eres capaz ni siquiera de mirar un muerto a la cara?

El imbécil levantó lentamente su cara pálida y sudorosa, temblando de la cabeza a los pies, sollozando.

—¿Lo ves? —Alexi sonrió—. No eres cobarde del todo. ¿Qué harás por mí si te permito seguir con vida?

—¡Lo que me pidas! ¡Lo que quieras! ¡Por Dios!

Alexi bajó el arma.

—En aquel tiroteo chapucero hubo dos testigos, ¿no es cierto?

Un gesto de asentimiento frenético.

—Una es periodista. Mirad, ha escrito sobre el caso en su periódico. —Mostró un ejemplar del *Denver Independent*—. Un artículo muy bueno.

—Le pegaré un tiro. ¡Les pegaré un tiro a los dos!

—Una oferta muy amable por tu parte… pero muy estúpida. No se trata de andarse a tiros con una periodista. Si lo haces, los demás periodistas empezarían a formular preguntas.

—¿Y qué tendría que hacer?

—El viejo... tiene el corazón mal, un pie en la tumba. Ni siquiera necesitarás un arma. Pero la periodista... —Alexi reflexionó sobre la situación, sopesó los pros y los contras—. Quiero que la vigiles. Quiero que lo averigües todo sobre ella... adónde va, con quién se ve, qué cena. Luego, ya veremos.

Capítulo 7

No había nada más terapéutico que una buena pelea de bolas de nieve, y Tessa tuvo varias el sábado. Ella y Connor vencieron dos veces a Reece, compensando su mala puntería con grandes cantidades de nieve. Luego, ella y Kara perdieron en una valiente batalla contra los hombres. Se vieron obligadas a reconocer los méritos de Connor, que con sólo seis años de edad, no conocía el miedo.

Cuando no estaba fuera jugando en la nieve como una niña —¿quién podía imaginarse que hacer muñecos de nieve podía ser tan divertido?—, estaba en el interior de la cálida cabaña, echando una mano en la cocina, entreteniendo a la pequeña Caitlyn de catorce meses de edad, o sentada frente al fuego charlando con sus amigos. Kara y Reece no la presionaron, y Tessa estuvo un rato sin mencionar nada sobre su investigación, deseosa, por encima de todo, de dejar de pensar en el tiroteo.

Pero con el respaldo de aquellos picos nevados de más de cuatro mil metros, al cobijo de los bosques de olorosos pinos ponderosa y álamos blancos desnudos de hojas, y rodeada por el calor de la amistad, notó que la tensión que había ido acumulando a lo largo de la semana desaparecía. Y por vez primera en muchos días, durmió profundamente.

Naturalmente, no le hacía ningún daño saber que Reece estaba armado. Cuando se quitó el suéter empapado de nieve, Tessa vio de refilón la pistolera que llevaba sujeta al cinturón. Sabía que no era sólo por ella. Llevaba un arma encima desde la terrible experiencia de TexaMent que casi acaba tanto con su vida como con la de Kara.

El domingo por la tarde. Tessa creyó que sería bueno conocer su opinión sobre la investigación. Mientras bebían sidra de manzana caliente, les explicó a Reece y a Kara lo que había sucedido desde la última vez que se habían visto, prescindiendo de cualquier detalle que pudiera poner en un compromiso la seguridad nacional, es decir, el nombre de Julian, el historial de ella, y el hecho de que se transformaba en gelatina caliente cada vez que Julian la tocaba. Cuando terminó su relato, se encontró frente a dos pares de ojos pesimistas.

Fue Kara quien rompió el silencio.

—Esto es muy serio, Tessa. Cuando la pesadilla de TexaMent, el Jefe Irving me dijo que esperaba que no acabasen matándome. Nunca dijo esas cosas que te está diciendo a ti. ¿Flotando en el Platte? ¡Dios mío!

—Kara tiene razón. —Reece se levantó y añadió más leña al fuego—. Confío completamente en Irving. Si cree que esos tipos son tan peligrosos como dice, tienes que hacer todo lo posible para protegerte… empezando por mantenerte alejada de ese policía secreto.

—No es precisamente que haya tratado de encontrarme con él. —Tessa bebió un poco más de sidra—. ¿Qué harías tú, Kara?

—Haría lo que tú has hecho: seguir la pista de la banda y ver hasta dónde me conduce.

—¿Y si te conduce al Platte? —Reece atizó el fuego, hablaba de espaldas a ellas. Luego cerró la puerta de cristal del hogar cerrado y cogió su chaqueta—. Voy a buscar más leña.

Parecía enfadado.

—Está preocupado por ti, Tessa.

Tessa asintió, sintiendo un calor que nada tenía que ver con el fuego. No estaba acostumbrada a que la gente se preocupase así por ella.

—Lo sé.

Entonces Kara miró en dirección a la puerta, como para asegurarse de que Reece no pudiera escucharlas, y esbozó una sonrisa.

—Quiero que me cuentes más cosas sobre ese policía secreto. No es necesario que me digas su nombre. ¡Sólo cuéntame cómo fue lo del beso!

Tessa notó que le subían los colores hasta las raíces del pelo.

—¡Eres tan mala como Holly!

Julian se sentó en la barra, simulando sentirse hipnotizado por la rubia en *topless* que hacía piruetas en torno a una barra de acero al ritmo estéril de la música tecno. Se puso en cuclillas, ofreció una fugaz visión de su poco tapada entrepierna, se incorporó y repitió la escena hacia el otro lado. Rubia falsa con pechos falsos, la también falsa sonrisa no abandonaba su joven rostro. Si ella había cumplido los dieciocho, entonces él tenía ochenta.

Puso el local bajo vigilancia horas después de que Zoryo lo mencionara. Tres videocámaras colocadas en la ventana de una habitación de la quinta planta del hotel que estaba en la acera de enfrente registraban todas las entradas y salidas, así como las de los vehículos que entraban en el aparcamiento. Pero sólo había una manera de averiguar lo que sucedía en el interior del club, y era entrando en él.

Estaba claro que el domingo por la noche no era el momento en que el Pasha's ganaba más dinero. El local estaba prácticamente vacío. La noche anterior estaba lleno a rebosar, con universitarios calientes mezclándose con moteros, directores generales y bichos raros de todo tipo para abandonarse a su único interés común: tetas y culos. A nadie le importaba cómo las chicas habían llegado a trabajar allí, ni el tipo de condiciones que tenían que soportar. Iban allí para satisfacer un deseo, algunos se contentaban con mirar, otros intentaban tocar un poco y algunos esperaban conseguir más.

Julian había pasado desapercibido la última noche, aprovechando tanto gentío para echar un vistazo. Había localizado las cámaras y las salidas, y observado quien entraba y salía a través de las puertas vigiladas situadas a la derecha del escenario. A menos que estuviese muy equivocado, allí atrás se llevaba algo más que la contabilidad.

Esta noche estaba simulando beber mucho y ser espléndido en las propinas, esperando llamar con ello la atención de alguien. El dinero era la única cosa que hombres como Burien codiciaban más que las mujeres. Agitar ante ellos un montón de billetes podría ser suficiente para traspasar aquella puerta vigilada. Podría servirle también para que le dieran una paliza.

La chica acabó su baile sacando pecho y posando las manos en sus estrechas caderas, en un triste intento de seducción. El puñado de clientes habituales aplaudió y un par de ellos le lanzó algo de calderilla. Julian extrajo un billete de cincuenta dólares del fajo que llevaba en el bolsillo y se lo mostró, a la espera de que con ese gesto se le acercara. Funcionó como un imán.

La chica cogió el dinero y le regaló la primera sonrisa sincera que le había visto en toda la noche.

—Gracias.

Tenía cierto acento... ruso, quizá ucraniano.

—Me llamo Tony... Tony Corelli. —Se acercó más a ella pero no la tocó—. ¿Cómo te llamas, nena?

—Irena. —Un nombre ruso vulgar y seguramente tan falso como sus pechos. Sonrió pero no le miró a los ojos—. ¿Me invitas a una copa?

Sabía perfectamente bien que la chica no tenía la edad, pero sacó otro de cincuenta.

—Lo que tú quieras, pequeña.

Charlaron un poco mientras ella apuraba su copa aguada. Julian se enteró de que era de Ucrania y que había llegado a Estados Unidos a través de un cazatalentos que le había prometido un trabajo como modelo en una agencia importante de Nueva York. No es necesario decir que aquello no era cierto. Era demasiado bajita, su cara demasiado normal para las páginas de *Vogue*, pero la combinación de pobreza, ambición e ingenuidad conseguía tapar los ojos a cualquiera. No le explicó por qué estaba trabajando en el club, pero él ya lo sabía. Como millones de chicas más, al llegar había descubierto que todas aquellas promesas eran falsas y que el trabajo era bastante distinto al que le habían ofrecido.

—Y bien, Irena —Julian se acercó más a ella y bajó el tono de voz hasta convertirlo en un murmullo ronco—, ¿hay algún lugar dónde podríamos estar solos?

—No está permitido. —Sus miradas se cruzaron por un instante y él se vio a través de sus ojos... otro viejo que quería meterse entre sus piernas.

Estaba acostumbrado a esa mirada. La había visto demasiadas veces en demasiados lugares y en demasiadas chicas como ella. Aunque en realidad no la deseaba en absoluto. A quien él deseaba era al hombre que la había traicionado, al hombre que estaba utilizándola, al hombre que la controlaba.

El lunes por la mañana, Tessa llegó a la sala de redacción descansada y concentrada de nuevo. Había puesto el tiroteo en perspectiva, se había sacado de la cabeza a Julian Darcangelo y se había planteado un plan de actuación claro. Verificó sus mensajes, cerró una cita para la mañana del día siguiente con el Jefe Irving y el líder de la comisión dedicada a la persecución de las bandas y se encaminó a la reunión del Equipo I.

—Tuve un viernes por la tarde muy productivo —dijo, omitiendo el hecho de que había pasado una buena parte de la misma en la cárcel. Todavía no había pensado cómo se lo explicaría a Tom—. Encontré pruebas de actividad de bandas en el barrio, tanto en forma de testigos como de *graffitis*. Encontré también vecinos que dicen haber visto el coche y la víctima en un momento u otro. He pedido informes policiales sobre la actividad de las bandas a lo largo del último año, así como la correspondencia entre la comisión de bandas de Denver y la policía de Los Ángeles. Me gustaría tener un artículo para el viernes.

Tom asintió, luego cogió un pedazo de papel y lo deslizó sobre la mesa de reuniones.

—¿Te importaría explicarme esto? Me lo ha pasado por fax esta mañana un confidente de la oficina de informes del *sheriff*.

«Su foto en la ficha, después del arresto».

El pulso de Tessa se aceleró. Se cruzó con la mirada de Tom y sonrió.

—Encontré lo que una testigo creía que era la casa de la víctima y fui arrestada por superar el precinto policial. El Jefe Irving retiró personalmente los cargos y me pidió disculpas.

—Mejor que lo haya hecho. —Tom se inclinó hacia atrás y la miró fríamente—. ¿Algún motivo por el que no me lo contaras?

—Si no me hubiesen soltado, habrías sido la primera persona a la que habría llamado.

Joaquín cogió el papel y esbozó una sonrisa.

—Linda foto.

Tom continuó.

—James, ¿qué es lo último que tenemos sobre las Rocky Flats?

Y Tessa no se enteró ya de nada más.

—Se llamaba María Conchita Ruiz, dieciséis años. —Dyson parecía cansado. Había superado con creces la edad de la jubilación y se merecía un poco de descanso. Pero seguía adelante. Julian lo admiraba muchísimo—. Hace diez minutos hemos recibido la identificación por parte del consulado de México. Las autoridades mexicanas dicen que desapareció en Ciudad Juárez cuando volvía a casa después de salir de su trabajo como *maquilladora*.

Julian leyó el informe que Dyson acababa de pasarle por fax.

—Encaja con su forma de hacer. Sus coyotes las hacen cruzar por El Paso, luego se dividen por el camino, utilizando estacionamientos de camiones, hoteles baratos y paradas de descanso como puntos de tránsito.

El contrabando humano era el más fácil de ocultar. Una vez controlado a base de amenazas, drogas y violencia, podía ocultarse sin ningún problema.

—He enviado a Margaux a Longmont para que verificase los informes de chicas menores de edad que trabajan allí en un salón de masajes. La ciudad tiene un importante porcentaje de población hispana y mucha mano de obra agrícola sin papeles. ¿Estaría aprovechándose Burien de eso? Margaux no lo cree, y lo conoce mejor que nadie, exceptuándote a ti. Pero el Ministerio de Justicia de Estados Unidos ha recibido diversos chivatazos, por lo que valdría la pena echar un vistazo. ¿Algo qué decir por tu parte?

—Tengo cuarenta y siete sospechosos. Empezaremos a interrogarlos hoy.

Julian no mencionó a Lonnie Zoryo ni sus actividades extracurriculares en el Pasha's. Odiaba tener que ocultarle cosas a Dyson, pero llevaba tiempo sospechando que Burien tenía un topo en los cuarteles generales. Era la única forma de explicar cómo aquel desgraciado había conseguido ir siempre un paso por delante de él durante tantos años. No podía pensar que fuera Dyson, la idea le parecía inimaginable, pero sí alguien que trabajaba allí. Hasta que no supiese quién era, guardaría sus ases debajo de la manga.

—Me han dicho que has tenido algún problema con una periodista.

«La bocazas de Margaux».

—Resulta que uno de los testigos era periodista. Ya lo he arreglado.

«Sí, lo has arreglado, muy bien, Darcangelo. Has arreglado el tema y ahora no te la puedes quitar de la cabeza».

—Bien. Quiero a este tipo, Julian. Quiero sus pelotas disecadas y colgadas de mi pared para Navidad. Cógelo y vete a casa.

—Estoy contigo.

Julian colgó, releyó el informe. Había recibido los resultados de toxicología el día antes. Los forenses habían hecho todo lo posible y le había ofrecido a Julian un retrato completo de las últimas horas de la víctima. Aquello, combinado con las pruebas que habían obtenido en el apartamento del sótano, le llevaría hasta los hombres que la habían secuestrado... y esperaba que hasta Burien.

La causa de la muerte habían sido nueve disparos mortales en el pecho... eso era evidente. Lo que no era evidente era la heroína que contenía su organismo y las señales de pinchazos que tenía en los brazos. O los moratones que plagaban su cuerpo. O el semen que tenía en su interior y que contenía siete ADN distintos. O las marcas que tenía en las muñecas de haber estado atada recientemente.

María Conchita Ruiz había nacido libre y había muerto como esclava.

«Podrías haberla salvado».

Era cierto. Julian podría haber ordenado una redada, puesto fin a lo que sabía estaba sucediendo allí, liberar a María y a las otras tres chicas. Pero había hecho su trabajo... y esperado. Y mientras esperaba que uno de los peces gordos de Burien visitara a las chicas y le condujera de nuevo hasta su jefe, María había encontrado fuerzas suficientes para huir de allí.

La última vez, Julian había decidido todo lo contrario, tirar la puerta al suelo y entrar a golpe de pistola, salvar a un cargamento de adolescentes secuestradas de un infierno similar. Habían sobrevivido y habían regresado con sus familias, pero Burien había escapado y en el proceso, sus compinches habían herido a Margaux y matado a dos agentes.

A Julian seguía costándole convivir con la elección que había tomado en su día. Y ahora tendría que convivir con ésta.

Dejó el informe en la mesa, se dirigió a la ducha, sudado aún después de su rutina de ejercicio con aikido y pesas. Se había acostado tarde después de quedarse en el Pasha's hasta las dos de la madrugada, de haber estado hablando con Irena y de realizar progresos con el camarero de la barra, un idiota llamado Chet a quien le gustaba fanfarronear sobre el número de bailarinas que habían bailado sobre su polla. Julian había simulado pura envidia mientras aparentaba seguir bebiendo. Luego, se había tambaleado en dirección a la puerta, fingiendo estar borracho, y había salido a la calle en busca de su furgoneta, después de asegurarse de que no le seguían.

No había destapado nada, pero iba avanzando.

Mañana echaría su primer vistazo a las grabaciones de las cámaras de vigilancia. Pero hoy se dedicaría a visitar a unos cuantos miembros destacados de la comunidad... y les pondría cara a cara con su manera de gastar su tiempo libre y su dinero. Luego contactaría con Tessa para asegurarse de que no había vuelto a meterse en ningún lío.

«Mantenla con vida, Darcangelo».

¿Cómo demonios se había convertido esa mujer en su problema?

Se quitó el pantalón de chándal, abrió el grifo y entró en la ducha.

Tessa estaba sentada en la mediana de Speer Boulevard observando como un mendigo que decía llamarse Arthur recorría la hilera de coches parados por un semáforo en rojo. La mayoría de los conductores, de camino hacia sus lucrativos trabajos en el centro de la ciudad, le hacían caso omiso. Otros bajaban la ventanilla, le daban algún billete de dólar y se veían recompensados por una de sus prácticamente desdentadas sonrisas y las palabras «¡Qué Dios le bendiga!».

Le había entrevistado durante casi media hora, el ritmo de su conversación dictado por el color del semáforo. Olía fuertemente a alcohol y tenía el tono de voz incansable de quien ha vivido casi toda su vida en la calle. Vestido con una sucia chaqueta del ejército de color verde y pantalones vaqueros raídos, llevaba en las manos un cartón en el que se leía: «Veterano de Vietnam. Cualquier donación es útil».

Pero, en realidad, Arthur no era un veterano de guerra. Era un criminal huido de la ley que había ido a parar a Colorado procedente de Louisiana, o eso decía. Viendo que ese anuncio no había asustado en absoluto a Tessa, y después de que ella le pusiera en la mano un billete de cinco dólares, había empezado a hablar. Le había explicado que los miembros de las bandas se aprovechaban de los indigentes más débiles, les robaban su dinero, su bebida y sus drogas, los pegaban si se resistían... o simplemente para divertirse. Le explicó que cuando les pegaban, no iban al hospital por temor de que la policía se involucrase en el caso.

—Son las reglas de la calle —le había dicho.

El semáforo se puso en verde y la cola de coches aceleró y empezó a avanzar por la calle.

Arthur se acercó de nuevo a ella y se quedó a su lado, controlando el tráfico con la mirada.

—Hace un calor asqueroso —dijo—. Hago más dinero cuando hace frío. Le doy pena a la gente.

Tessa reinició su interrogatorio.

—¿Ha oído algún rumor sobre algún tipo de pelea territorial, alguna conversación sobre una adolescente que murió en un tiroteo desde un coche?

Arthur la miró como si le estuviese preguntando una estupidez.

—Siempre hay peleas territoriales. Y, sí, he oído lo del tiroteo, pero no he oído quién lo ha hecho. ¿Iba vestida con algún color especial o llevaba algún tipo de insignia?

«*¡Ayúdeme! ¡Me van a matar!*».

—No, o al menos yo no lo vi. De hecho, llevaba poca cosa encima.

Arthur asintió.

—Podría haberlo hecho cualquiera. A lo mejor las bandas. A lo mejor su chulo. A lo mejor trabajaba como mula.*

¿Su chulo? ¿Una mula?

Tessa no se había planteado esas posibilidades.

—Parecía muy joven para estar trabajando como prostituta.

Arthur se echó a reír.

—Usted no pasa mucho tiempo en las calles. Muchas niñas indigentes acaban picando el anzuelo, con chulos. Algunas intercambian sexo o participan en películas porno por comida. De alguna manera tienen que sobrevivir. Y otras se unen a bandas para mantenerse alejadas de los proxenetas y los traficantes.

El semáforo se puso en ámbar, luego en rojo.

Una nueva cola de coches. Arthur fue a mendigar mientras Tessa intentaba digerir lo que le había dicho.

¿Cabría la posibilidad de que la chica fuese una adolescente indigente en manos de un proxeneta? ¿Estaría intentando huir y la habían matado en venganza? ¿Serían las otras tres chicas familiares y amigas, como ella imaginaba, o formarían parte del grupillo que controlaba el proxeneta? Recordó entonces lo que el señor Simms le había comentado sobre la mujer mayor.

«Siempre pensé que era extraño cómo las vigilaba... como un halcón. Supongo que quería asegurarse de que no robasen nada».

Bajó una ventanilla y una mujer de mediana edad con cabello castaño corto y cara redonda le hizo señas con un folleto de color blanco, interrumpiendo las cavilaciones de Tessa.

* En argot, persona que transporta droga en su cuerpo. *(N. de la t.)*

—La Primera Iglesia Baptista monta este domingo un comedor de beneficencia —dijo, alzando la voz por encima de los motores en espera y depositando el papel en la mano de Arthur—. Buena comida y cálidas prendas de invierno. Venga, y traiga también a su amiga.

Arthur se volvió hacia Tessa y le entregó el folleto, esbozando una sonrisa.

—Piensa que es usted mi mujer.

Tessa miró su chaqueta de algodón, su jersey negro de cuello alto, sus pantalones vaqueros y las zapatillas deportivas. ¿Parecía una indigente?

Arthur se echó a reír al ver su reacción.

—Si quiere hablar con bandas, tendrá que ir a Crack Park en Five Points o meterse en Aurora.

—¿Crack Park?

Arthur sonrió y se volvió hacia el billete de dólar que le estaba esperando.

—Curtis Park. Pero vigile, querida. Esos chicos se zamparían sin remilgos un bocado delicioso como usted.

Más que ninguna otra calle, Colfax explicaba la historia de Denver. Se abría camino de este a oeste, desde los bloques de Aurora, pasando por la cúpula dorada del edificio del gobierno, hasta los rascacielos del centro de la ciudad; desde la pobreza hasta la ostentación de la riqueza, desde las librerías para adultos hasta las galerías de arte, desde las casas de empeño hasta los museos, hasta convertirse en la Highway 6 y desaparecer entre las lejanas montañas. Por sus aceras deambulaban *hippies* y amas de casa, prostitutas y políticos, estudiantes y ancianos, hombres de negocios y señoras que iban a la compra.

Tessa aparcó el coche delante de una carnicería musulmana, en el cruce de Colfax con Yosemite, y caminó en dirección este hacia Aurora. Había pasado unas horas en Curtis Park, entrevistando a más indigentes y escuchando historias similares. Por dondequiera que mirara, había *graffitis* obra de las bandas, en su mayoría anuncios callejeros de traficantes de crack. Pero no había visto a nadie con pinta de miembro de una banda o de traficante. Debían rondar por allí por las noches.

Estaba oscureciendo y las calles estaban a rebosar. Un joven vestido con pantalones vaqueros y una sudadera de color gris con capucha vendía CD de fabricación casera que guardaba en el maletero de su coche, sus auriculares temblaban por la intensidad de los bajos. Un carnicero de edad avanzada arreglaba el escaparate de su tienda. Un alborotado grupillo de jóvenes de origen hispano se había instalado en su puerta, bebiendo refrescos y sin parar de reír.

Dejaron de hacerlo, sin embargo, cuando ella se aproximó al grupo.

Cambió al español, se presentó y les mostró su identificación de periodista. Las chicas la miraron con desconfianza mientras ella les explicaba el tiroteo y les describía a la víctima. Y antes de que pudiera preguntarles si habían oído comentar alguna cosa, echaron a correr.

—*No sabemos nada* —dijo una de ellas.

Tuvo la misma reacción que una pareja de ancianos afroamericanos, que un grupo de jóvenes que practicaban un juego de pelota de tres contra tres y que la cajera de una licorería cercana.

Nadie quería hablar con ella.

Y no les culpaba. Sabía lo que era criarse pobre, no confiar en nadie, temer a los desconocidos. Y eso era ella allí: una desconocida.

Acababa de pasar por delante de lo que evidentemente era

un complejo de viviendas subvencionadas, cuando un grupo de cinco niños —todos ellos de unos diez años de edad— se aproximó a ella. La mayoría llevaba gorras de los Oakland Riders vueltas hacia un lado y algunos llevaban pañuelos de color azul atados al bolsillo de los vaqueros o alrededor del cuello.

«¿Mini Crips?».

—¿Quieres algo? —le preguntó uno de ellos, cruzándose de brazos.

Se le veía muy duro por tratarse de un niño que no le llegaba a Tessa ni a la altura de las rodillas. Sintió una punzada de tristeza al ver que alguien tan joven se veía obligado a comportarse con aquella dureza. ¿Habría sido ella así también?

—Soy Tessa Novak, del periódico *Denver Independent*. Busco a alguien que pueda explicarme qué sucede en las calles. —Les mostró su identificación y pensó en el *graffiti* que había visto cerca del lugar del tiroteo. Estaba arriesgándose mucho, pero si no hacía alguna cosa, nunca llegaría a conseguir nada—. ¿Están por aquí Syko o Flaco?

«¿Y qué piensas hacer si resulta que ellos son los asesinos, chica?».

El niño que se había dirigido a ella se encogió de hombros y se largaron todos.

—Una conversación muy breve —murmuró Tessa para sus adentros, agradecida en el fondo de que no la hubiesen oído.

Mentiría si dijese que no estaba nerviosa. En más de una ocasión había sentido un extraño cosquilleo en la garganta y había tenido la sensación de que la seguían. Sabía que en aquellas calles había violencia; había escrito artículos al respecto. Pero también sabía que la mayoría de la gente que vivía por allí no era peligrosa. Como todo el mundo, simplemente intentaban sobrevivir hasta el día siguiente. La gente que pasaba por allí y vivía en zonas más ricas de la ciudad, veía los *graffitis*, la decadencia… y sentía miedo. Lo que no veían era la sensación de comunidad, de lealtad, los parterres de flores, los padres trabajadores que intentaban dar a sus hijos una vida mejor.

Prosiguió su camino y cruzó por Sable, consciente de que era casi de noche. Tenía que subir al autobús y llegar de nuevo hasta su coche, pero desde hacía un par de manzanas se había dado cuenta de que en estos momentos no se veían sólo *graffitis* de los Crips. Se encontraba ahora en una parte de la ciudad que reclamaban tanto los Crips como los Bloods. Se detuvo para tomar nota del *graffiti* que había en un callejón lateral y volvió a sentir aquel extraño cosquilleo en la garganta.

Luego oyó voces a su espalda.

Se volvió… y vio que una docena de jóvenes se acercaban directamente a ella. Estaba demasiado oscuro para ver qué color vestían, pero no le cabía la menor duda de que pertenecían a alguna banda. El latido de su corazón se aceleró.

«Adolescentes, Tess. Son adolescentes».

Los adolescentes eran más altos que ella. Se detuvieron a escasos metros de donde estaba y la miraron. Más de uno iba armado.

Tessa tragó saliva, obligándose a no aparentar el miedo que sentía.

—Soy Syko. Éste es Flaco. Nos han dicho que andas buscándonos.

—Caballeros —dijo ella—. Me alegro de veros.

Capítulo 8

Syko y Flaco no se alegraron de verla. Eso lo sabía Tessa con toda seguridad.

Con la adrenalina disparada, les mostró su identificación como periodista y les entregó sendas tarjetas de visita. Luego les explicó el tiroteo, les describió la víctima, les dio la dirección de la casa donde habían sido vistas las chicas.

—Vi vuestros *graffitis* en el cruce de Colfax con York, y pensé que si alguien sabía lo que sucedía por esa parte de la ciudad seriáis vosotros.

El chico más próximo a ella, el más alto del grupo, se echó a reír.

—Oye, Flaco, ¿has oído esa gilipollez? ¿Pintaste algo por el cruce de Colfax con York?

El joven que estaba a su lado hizo un movimiento afirmativo de cabeza, sin apartar los ojos de Tessa.

—¡Qué va, tío!

—Eso de decorar las calles le gusta a mucha gente. No quiere decir que lo hayamos hecho nosotros.

—¿Habéis oído algo, algún rumor sobre quién pudo hacerlo? ¿A lo mejor miembros de otra banda?

—¿Y por qué tendría que decírtelo? —Syko se encogió de hombros y dio un paso hacia ella, acorralándola.

Ella se mantuvo erguida, levantó la barbilla, su corazón aporreándole el pecho.

—Porque soy la única persona lo bastante estúpida como para adentrarme sola en un callejón oscuro y preguntarlo.

Los miembros del grupo rieron con disimulo y Syko soltó una risotada.

Flaco sacudió la cabeza, sonriendo.

—Estás loca, tía.

—Podría ser que hubiéramos oído alguna cosa. —Syko bajó el tono, intentando relajar la situación—. Podría ser que fuéramos demasiado inteligentes como para contarlo, ni siquiera a una *chula* tan dulce como tú.

—¿Hay en estos momentos alguna guerra territorial?

—Caramba, rubita, ¿sabes más de lo normal, no?

—¿Soléis aceptar en vuestro grupo a niños y niñas que viven en las calles?

—Los acogemos, les damos de comer, un hogar, familia. Sucede de vez en cuando.

—¿Y qué hacéis si intentan abandonar la banda?

Syko se cruzó de brazos.

—Depende. A veces les dejamos marchar. Otras les echamos a patadas. Podría ser que pensara largarse de alguna banda, pero lo dudo. En esas calles hay cosas peores que las bandas.

Los demás chicos rieron y asintieron con la cabeza.

—Me han dicho que los chulos se aprovechan de las adolescentes sin hogar, que las obligan a trabajar para ellos... —Notó que la atención de los miembros del grupo pasaba a otra cosa, escuchó varios clics de los pestillos de seguridad de sus armas.

Se preguntó por un momento si haría bien sacando también su pistola, y sintió ganas de reír al imaginarse allí, en medio de un callejón oscuro, apuntando con su pistola a un puñado de gamberros. Pero luego recordó la rapidez con la que Julian le había quitado el arma. No estaba dispuesta a regalar a los chicos otra arma que poder utilizar contra ella.

—El Ángel Oscuro —dijo Syko, mirando la entrada del oscuro callejón—. ¡Joder!

Entonces, él y Flaco se dirigieron en voz baja al resto del grupo y Tessa no entendió qué se dijeron. Estiraron el cuello. Algunos de los miembros más jóvenes del grupo retrocedieron unos pasos, pero Syko y Flaco se quedaron donde estaban.

Con el corazón en la garganta, Tessa se volvió hacia el crujido de pisadas de botas sobre la gravilla.

En la oscuridad, un hombre avanzaba hacia ellos dando grandes zancadas. No se veía más que una silueta oscura, una sombra que avanzaba por el callejón con la elegancia de un animal predador. No necesitó ver su rostro para saber quién era.

«Julian».

Se acercó a su lado, saludó a Syko y a Flaco con un ademán y posó la mano sobre la nuca de Tessa, el calor del contacto atravesando el tejido de su cazadora vaquera. La intensidad de su presencia provocaba incluso vibraciones en el aire, la señal inconfundible de violencia reprimida, amenaza, dominio.

—Hola, Ángel Oscuro, estábamos charlando. ¿Conoces a la rubia?

«¿Ángel Oscuro?».

Tessa casi explota en una carcajada. Luego escuchó la respuesta de Julian.

—Hacedme un favor. Vigiladla, y haced correr la voz de que está bajo mi protección. Tiene la mala costumbre de meterse en problemas.

Furiosa, Tessa abrió la boca para replicar, pero Syko la cortó.

—Entendido, tío. —Entonces la miró—. ¿Por qué no nos dijiste que eras la mujer del Ángel Oscuro?

—¡Porque no lo soy!

Pero nadie le hizo ni caso.

—Tenemos que largarnos. Hasta luego, rubia. Nos vemos, Ángel Oscuro. —Syko hizo un gesto con la cabeza y los miembros del grupo dieron media vuelta y desaparecieron por el callejón.

Tessa se volvió para encararse con Julian.

—¡Acaba de fastidiar la única entrevista que consigo en todo el día!

Julian la cogió del brazo sin apartar la vista del callejón.

—Es hora de irnos, Ricitos de Oro. La llevaré hasta su coche.

Tessa luchó para liberarse de su brazo.

—Olvídelo, iré en autobús.

—Ni pensarlo. —Seguía examinando la calle con la mirada.

—¿Quién demonios se cree qué es?

—Su mejor oportunidad para llegar a casa entera.

Ella soltó una risotada de asco y empezó a caminar por delante de él.

—¡Por favor! Me estaba yendo todo estupendo sin su ayuda. ¡No necesito que venga a rescatarme!

—Son asesinos, Tessa. —La alcanzó de un solo paso y se quedó a su altura, aunque cada uno de sus pasos hacía fácilmente dos de los de ella—. Han llegado a ser líderes de la banda apretando el gatillo.

—¡No pensaban apretarlo contra mí!

A lo lejos se oía el zumbido de la sirena de un coche de policía.

—Tal vez no, pero no me apetecía que corriese este riesgo simplemente para conseguir un titular.

—¿Un titular? —Se quedó un instante sin acabar de creer lo que acababa de oír—. ¿Cree que hago todo esto simplemente para alcanzar la gloria?

Él la miró.

—¿Y no es así?

—¡No! Prefería estar en mi casa dándome un baño caliente y leyendo un libro que paseando por un callejón oscuro muerta de miedo. Estoy haciendo mi trabajo.

—Usted no es sólo una periodista, Tessa. Es la testigo de un crimen. ¿O lo había olvidado?

—¡Por supuesto que no lo he olvidado! —Notó lágrimas de rabia escociéndole en los ojos y pestañeó para reprimirlas—. ¡Estoy aquí por ella! No puedo permitir que mi miedo me impida hacer lo que debo hacer por ella.

—No sé si es usted una valiente o una estúpida. —Señaló hacia la izquierda, en dirección a una machacada furgoneta que en su día debió de ser de color azul—. Tengo la furgoneta allí aparcada.

Ella podía ser cualquier cosa, pero valiente no. El enfrentamiento con Syko y Flaco la había consumido mucho más de lo que se imaginaba y cuando el nivel de adrenalina descendió, se encontró con unas ganas desesperadas de estar de nuevo en su casa y con la puerta cerrada con llave. Defraudada consigo misma por dejarse conmover con tanta facilidad, se dejó guiar hacia la furgoneta.

—¿Conduce usted eso? Yo me esperaba el Batmóvil, como mínimo.

Julian le abrió la puerta del lado del pasajero.

—Muy amable. Entre.

Tessa subió al coche, furiosa aún. Había dedicado mucho esfuerzo a localizar a Syko y a Flaco y cuando llegó Julian había hecho bastantes avances. Estaba entrometiéndose en su trabajo. El mensaje confuso que había lanzado sobre la relación existente entre ellos tal vez sirviera para que la calle se convirtiese en un lugar más seguro para ella, pero también podía complicarle conectar con según que tipo de gente. Syko y Flaco se morían de ganas de perder de vista a Julian.

Y entonces cayó. ¿Por qué una docena de gamberros armados temerían a un solo hombre? Lo superaban en número en muchos sentidos: puños, pies, balas. Y aun así, le tenían miedo.

Julian se instaló en el asiento del conductor, introdujo la llave en el motor de arranque y miró de reojo a la mujer sentada a su lado. Su valentía era digna de admiración. No existían muchas mujeres que se atreviesen a hacer lo que ella acababa de hacer. Se había cabreado y no la culpaba por ello. Él le había fastidiado por completo la entrevista. De haber estado él en su lugar, también se habría enfadado.

Había pasado las tres últimas horas callejeando, buscándola, su sensación de urgencia aumentando a medida que caía la noche. Sabía que estaba siguiendo la pista de las bandas, estaba seguro de que se había dirigido o a Five Points o a Aurora. Había localizado su pequeño Thunderbird de color negro, con su matrícula de miembro de la prensa, en el cruce de Colfax con Yosemite y se había arrepentido de no haberla hecho seguir de cerca.

Cuando finalmente la localizó, estaba en aquel callejón rodeada por la banda de Syko, una mujer menuda y dulce contra una docena de hombres armados, y había sentido una sensación que no experimentaba desde que era niño: miedo. Había notado el corazón a punto de estallar dentro de su caja torácica y había sentido un auténtico subidón de adrenalina en las venas. Había entrado en el callejón dispuesto a cualquier cosa y había descubierto que ella no necesitaba ningún tipo de ayuda. De un modo u otro, se había camelado a un grupo entero de matones callejeros.

Puso en marcha el motor, se sumó al tráfico de las calles y al llegar a Colfax, giró en dirección oeste.

—Estoy aparcada en el cruce de Colfax con Yosemite.

No le dijo que ya lo sabía.

Y entonces, ella soltó una carcajada.

—¿Ángel Oscuro? Más bien me parece «Ángel Caído».

—Y tiene razón en eso.

—¿Qué es eso de «Ángel Oscuro»? ¿Su nombre de guerra?

—Un nombre, simplemente.

—¿Por qué le temen tanto?

—Por experiencias recientes.

Pasó un rato sin que ninguno de los dos hablara. Julian miró de reojo y la encontró mirando por la ventanilla, como un gatito enfurruñado. Era la primera vez que la veía en vaqueros y no pudo evitar que la visión le encantara: curvas suaves que en pantalones cobraban un aspecto más femenino si cabe. Pero aun así, la situación tenía su gracia.

¿Sería ése su *look* barriobajero?

Pese a estar claramente enfadada con él, el lenguaje del cuerpo de Tessa le comunicaba de forma inequívoca que no era sólo rabia lo que sentía. Tenía las piernas pegadas la una a la otra, sujetaba su cuaderno de notas con fuerza y lo aplastaba contra su regazo. Estaba nerviosa, le daba miedo estar con él.

De modo que ella también sentía aquella curiosa conexión.

«Lo que sientes es química —le habría gustado decirle—. Podemos solucionarlo en tu casa».

—No soy su enemigo, compréndalo —le dijo en cambio.

Ella lo miró con recelo.

—Podría haberme hecho quedar en ridículo.

—Me parece que empezamos con mal pie. —Aminoró la

marcha, se aproximó al semáforo de Yosemite y paró el coche—. Se lo compensaré durante la cena.

«¿En qué demonios estás pensando, Darcangelo?».

Era evidente que no estaba pensando... al menos no con el cerebro. Lo último que necesitaba era estar más tiempo con ella. Acabarían haciendo el amor apasionadamente en el suelo y después, cuando él le dijera que de casita con valla blanca nada de nada, ella le miraría, herida, con aquellos enormes ojos azules.

Tessa abrió los ojos como platos por un instante.

—¡Oh, no! No, no. Eso supondría un conflicto de intereses importantes. No, no podría.

—Claro que podría.

Ella le miró de reojo.

—¿A qué se refiere con eso?

—Vamos, Tessa. Somos adultos. Es lo que se conoce como atracción sexual. —Vio como empezaba ella a ruborizarse.

—No, no sé de qué me habla.

—¿No?

—Le veo muy seguro de sí mismo, Darcangelo.

—Ya...

—Si quiere saber la verdad, en realidad me parece usted un ser despreciable, sobre todo ahora que me ha destrozado toda una noche de trabajo. ¡Es usted creído y arrogante y se entromete en mi trabajo! —Las palabras le salían a borbotones—. De hecho, estoy tan enfadada que me apetecería pegarle, aunque eso no estaría bien. No soy de las que andan a golpes con la gente.

—La comprendo. —Tuvo que disimular una sonrisa—. Y tiene razón, ¿sabe?

—¿Cree que la tengo?

—Supondría un conflicto de intereses y enrollarse sería una mala idea.

«¿Estás oyendo lo que dices, Darcangelo?».

—Déjeme aquí... ¡Mi coche! ¡No, no, no!

Julian miró el espacio donde estaba aparcado el pequeño Thunderbird... y vio un esqueleto. En la hora y media transcurrida desde que lo había visto, habían destrozado el coche: habían robado los tapacubos, los neumáticos, los espejos, las piezas del motor y, seguramente, gran parte de su interior.

—¡Oh, Dios mío! —Tessa se dispuso a abrir su puerta—. ¡Dios!

Julian extendió el brazo y mantuvo la puerta cerrada.

—¡Quédese en la furgoneta! No tiene ninguna necesidad de acercarse a él. Iré yo y llamaré a la policía de Denver para que se ocupe de él.

—¡Pero si es mi coche!

—Lo era.

El semáforo se puso en verde y aceleró.

Julian manipuló la radio, hizo la llamada, pidió una grúa para que se llevaran el coche. Cuando terminó sus gestiones se volvió y vio a Tessa mirando por la ventanilla, con los ojos abiertos de par en par y conmocionada.

—Ahora ya sabe por qué dejo el Batmóvil en el garaje. La llevaré a su casa.

—De acuerdo. —Le miró, cruzada de brazos, todavía enfadada—. Pero no crea que con esto me compensa por haberme arrestado o por echar a perder mi entrevista. Vivo en...

—Sé dónde vive.

Tessa entró con su coche de alquiler en el aparcamiento subterráneo y tuvo que bajar dos niveles hasta encontrar un hueco. No sólo había perdido el coche —su primer coche nuevo—, sino que además su karma para las plazas de aparcamiento se había esfumado. Apagó el motor, cogió el maletín y miró el reloj.

—¡Maldita sea!

Llegaba tarde a su cita con el Jefe Irving y el director del equipo especial dedicado a la investigación de las bandas. ¿Tendrían problemas así las famosas periodistas Christiane Amanpour, Barbara Walters o Jane Pauley? Le parecía que no.

«Aunque tampoco tienen a Tom Trent como jefe, chica».

Aquella mañana, al llegar al periódico, había encontrado fotocopias de su fotografía en comisaría colgadas por todos los tablones de anuncios del edificio con las palabras «SE BUSCA» escritas encima. Tal vez lo habría encontrado divertido de no haber dormido tan poco aquella noche, primero discutiendo imaginariamente con Julian y luego combatiendo sus pesadillas. Ni siquiera una triple dosis de café con leche había conseguido devolverle su sentido del humor. Se había desahogado con Sophie contándole lo del arresto y lo de la entrevista interrumpida —manteniendo, por supuesto, el nombre de Julian en secreto— y se había quedado pasmada cuando Sophie sonrió y le dijo:

—Creo que Holly tiene razón. Le gustas.

—¡Oh, qué afortunada soy! Supongo que si además estuviese enamorado de mí, ya me habría metido en la prisión federal.

Entonces, para empeorar las cosas, finalizada la reunión del Equipo I, Tom había pasado cuarenta y cinco minutos interrogándola sobre todos los detalles de su detención, a la espera, evidentemente, de pegarle luego la bronca al Jefe Irving. Había utilizado todas las evasivas posibles para no darle el nombre del oficial que la había detenido. Y al final, había tenido que recurrir a la verdad.

—No puedo darle el nombre. Es policía secreto. —«Y me encantaría darle un puñetazo en su cara repugnantemente atractiva».

Tom no se había quedado satisfecho con aquello, pero como defensor acérrimo que era de la confidencialidad de las fuentes de información periodísticas, no había podido ponerle objeciones.

Y ahora llegaba veinte minutos tarde. Esperaba que el Jefe Irving no se hubiese hartado de esperarla. Salió del coche, cerró con llave y echó a correr hacia la escalera más próxima, ensayando sus preguntas mientras iba subiendo los peldaños, el ritmo repetitivo y punzante de sus tacones resonando en las paredes de hormigón.

Si tanta violencia existía entre las bandas callejeras y los indigentes de la ciudad, ¿por qué se hacía tan poco para combatirla? ¿Cuántos informes de ataques contra indigentes habían recibido en el transcurso de los últimos cinco años y cuántos habían investigado? ¿Qué se estaba haciendo para proteger a los jóvenes sin hogar de las bandas y otros predadores callejeros?

Lo que andaba buscando no era un artículo. Nada de aquello respondía a la pregunta de quién había matado a la chica. Pero era un tema que por sí solo valía la pena y estaba segura de que existía algún tipo de conexión entre todo aquello y el tiroteo.

«*¡Por favor, señor, ayúdeme! ¡Me van a matar!*».

Los gritos aterrorizados de la chica resonaban aún en la cabeza de Tessa, le formaban un nudo en el estómago.

«Disparos. Cristales hechos añicos».

Mucha sangre.

Perdida en sus pensamientos, Tessa tropezó de frente contra una pared de pectorales y se encontró mirando un par de ojos de color azul oscuro.

«Julian».

Sorprendida, se apartó de él y perdió el equilibrio.

La sujetaron unos brazos potentes, la mantuvieron en pie.

—No hacemos más que encontrarnos, ¿verdad, Tessa?

Iba vestido como la primera noche: cabello oscuro recogido en una cola de caballo, chaqueta negra de cuero, pantalón vaquero. Iba recién afeitado, sus cejas resaltaban oscuras sobre su piel morena, sus pestañas eran interminables. Y aquellos labios...

Recordaba a la perfección la sensación de sentirse besada por aquellos labios, la conmoción, la respuesta de su cuerpo. Le habría gustado que fuese calvo, o desdentado, o que tuviese la cara cruzada por una cicatriz asquerosa... cualquier cosa que le hiciese menos atractivo. Pero sólo verlo, se le hacía la boca agua y se quedaba incapaz de pensar. Entonces recordó lo poco que era de su agrado.

—¿Qué hace aquí?

«¡Muy lista, Tessa! Es policía. ¿Qué piensas que estará haciendo aquí?».

—Soy un «tipo oscuro y criminal», ¿lo recuerda? Y los criminales están en la comisaría de policía. —Se mordió el labio inferior, la repasó de arriba abajo con los ojos entrecerrados—. Aunque la verdad, también podría decir que es usted quien me sigue.

Más bien era al contrario, y ambos lo sabían. La noche anterior, no se había tropezado con ella por accidente. La había buscado hasta encontrarla.

Ella se echó a reír.

—¿Por qué demonios querría yo seguirle? No creo precisamente que de pronto se vuelva usted parlanchín y me cuente en qué aspecto del tiroteo está trabajando.

—No creo que sea eso. —Su boca formó entonces una sensual sonrisa que le removió las entrañas—. A lo mejor quería que volviera a besarla.

Ruborizada hasta las orejas, se quedó boquiabierta y le dijo:

—¡Es usted un iluso, Darcangelo!

Julian le devolvió una sonrisa de engreimiento y autosuficiencia que sirvió para darle a entender a Tessa que sabía exactamente la sensación que le había causado el beso.

—¿De verdad lo soy?

Tessa se obligó a adoptar una expresión fría como el hielo y a soltarse de su abrazo.

—Odio tener que herir su orgullo masculino, pero no he vuelto a pensar ni por un instante en aquel ridículo beso en la boca. Además, no fue un beso de verdad.

Con la cabeza bien alta y la espalda muy erguida, se dispuso a alejarse de él.

Julian sintió la tentación de echarse a reír. Por mucho que pretendiera simular que tenía horchata en vez de sangre, nunca había conocido a una mujer que se derritiera como ella lo había hecho con un solo beso, independientemente de que fuera falso o no. Había sentido su excitación. Pero ¿por qué discutir con ella al respecto si podía demostrarlo?

La tuvo contra la pared con un solo movimiento, sujetándola por las muñecas, los brazos levantados a ambos lados de la cabeza.

—Tiene razón. Aquello no fue un beso, pero esto sí lo es.

—Pero ¿qué...?

—Calla. —Se inclinó, le acarició la mejilla con los labios, recorrió con la punta de la lengua la espiral de su oreja. Olía para comérsela, su perfume era sutil y sensual y tremendamente femenino. Hambriento de ella, aspiró con la boca el lóbulo de la oreja, incluyendo la perla de su pendiente.

Notó que inspiraba aire, sintió la tensión de su cuerpo.

—¡Es... es usted... un arrogante!

—He dicho que te calles. —Le soltó la muñeca derecha, la cogió por la barbilla y le obligó a mirarle.

Entonces la besó con toda su pasión.

Y ella se derritió.

Era como si se tornara líquido, como si cada centímetro de su cuerpo suave y femenino se presionase contra el de él. El contacto le provocó una tremenda oleada de deseo, le puso dolorosamente duro, su erección luchando por encontrarse en un lugar más agradable que el interior de sus pantalones vaqueros.

En un instante, el beso se volvió salvaje. Dientes rayendo piel, mordiendo, pellizcando. Lenguas invasoras, luchando, saqueando. Notó el movimiento de sus caderas, traicionando y desvelando el deseo de ella. Luego enlazó las manos por detrás de su cuello y gimió.

Aquel sonido fue como echar gasolina a un fuego que ardía ya por las venas de Julian. Gruñó, percatándose de que estaba perdiendo el control. No pretendía que las cosas se desarrollaran de aquella manera. La había besado para borrar de su cara aquella expresión de engreída, para demostrarle que le deseaba pese a lo que había dicho la noche anterior.

Pero la deseaba. Ahora. Allí mismo.

Mientras recorría a pequeños mordiscos la piel de seda de su garganta, ascendió con la mano por su muslo cubierto de fino nailon, la deslizó por debajo de la falda y alcanzó de este modo sus braguitas. Eran de seda. Y estaban húmedas.

Tessa se sentía perdida. Se había perdido en el aroma de él, en su dureza, en el calor de sus labios sobre su piel. De existir algún motivo por el que no debería estar haciendo lo que estaba haciendo, lo había olvidado por completo. Lo odiaba, lo deseaba, lo necesitaba.

Cuando sintió la presión de su mano, le flojearon las piernas. Y en lugar de apartar la mano, se descubrió presionando contra ella, abriéndose de piernas para él.

—¡Oh, Julian!

El calor se extendía por su vientre como una corriente líquida. Y cuando él alcanzó la dureza de su pezón con el dedo pulgar, gimió de tal modo que el sonido reverberó por toda la escalera.

Una puerta que se abre.

Pasos.

Gruñó él con un sonido ronco emitido desde lo más profundo de su garganta, la agarró con fuerza y presionó su erección contra el vientre de ella. Y entonces le susurró al oído:

—Si la próxima vez que nos veamos me vienes con que no has estado pensando en follar conmigo, te tacharé de mentirosa.

Y con eso, la soltó y desapareció.

Temblorosa, con el cuerpo ardiendo, Tessa intentó recuperar el control de sí misma. Alisó la falda, recogió el maletín del suelo donde había caído y se arregló el pelo. ¿Cómo había permitido que sucediera lo que acababa de suceder? ¡Dios, si prácticamente había tenido una relación sexual con él en aquella escalera! ¡Y le había encantado!

Por la escalera bajaba un oficial de policía que la saludó con un movimiento de cabeza.

Y entonces lo recordó.

«¡El Jefe Irving!».

Miró el reloj.

«¡Maldita sea!».

Y subió corriendo los tramos de escaleras que aún le quedaban por recorrer.

Capítulo 9

Tessa bebió un poco de café con leche e intentó leer lo que había escrito hasta entonces. Su objetivo era escribir un folio, un artículo sobre los conflictos entre la población de indigentes de Denver y las bandas callejeras. Tenía que ser un artículo relativamente fácil de escribir, pero le resultaba imposible concentrarse.

No podía quitarse de los labios la sensación de Julian, ni su sabor de su boca. Olía su loción para después del afeitado en cualquier punto donde su piel la había rozado… a especias y cuero. Sentía aún un hormigueo en los pezones y el contacto con la seda del sujetador le resultaba casi insoportable. La sensación dolorosa que le había provocado entre las piernas se negaba a desaparecer y se sentía tan frustrada que cruzaba las piernas inconscientemente para detener aquella sensación.

«¡Concéntrate, concéntrate, concéntrate, Novak!».

¿Y qué le diría a Syd cuando le entregara el artículo con retraso? «¿Lo siento, voy caliente?».

Quince ataques a indigentes sólo en aquel año, todos investigados, ningún detenido. Añadió unas palabras del director del refugio para indigentes de Denver en las que criticaba al departamento de policía y las contraatacaba con otras palabras del Jefe Irving sobre las dificultades de encontrar responsables debido a que las víctimas se negaban a formular cargos y no eran fiables como testigos.

«Aquello no fue un beso, pero esto sí lo es».

¡Señor, si aquello era su concepto de beso...! Sintió un hormigueo en el bajo vientre.

Había querido decirle que parara, alejarlo de ella, pero en el momento en que sus labios le rozaron la piel, su cerebro había dejado de funcionar y sus ovarios habían tomado el poder. Era evidente que sus óvulos no habían recibido el informe sobre lo mucho que lo odiaba. Lo encontraban encantador. De hecho, les gustaba mucho más que cualquier hombre que hubiera conocido hasta entonces.

Ni siquiera Scott —el hombre al que creía amar, el hombre con quien se había acostado— la había hecho sentirse así. De hecho, el espacio entre lo que sentía cuando Scott la besaba y lo que había sentido con los besos de Julian era tan enorme que no había forma de tender un puente entre ambos extremos. Scott había sido como el calorcillo agradable del sol. Julian era puro fuego.

«Es lo que se conoce como atracción sexual».

Le importaba un comino cómo se llamase aquello. No le interesaba. Había trabajado muy duro para abrirse camino en la vida. Se había apretado el cinturón y ahorrado para pagarse los créditos que le permitieron estudiar en la universidad, había estudiado duro, había trabajado muchísimas horas. Había hecho todo lo posible para aprender modales, para aprender a vestirse y hablar correctamente. Había dejado atrás la pobreza y la vergüenza. No estaba dispuesta a arriesgar su felicidad para satisfacer su urgencia hormonal. Quería un hombre que la amase, que fuese un padre fiable y cariñoso para sus hijos y que la apoyara en su carrera profesional. No se imaginaba a Julian haciendo ninguna de esas cosas. Lo más probable era que a los cinco minutos de haberse acostado con ella ya ni siquiera se acordara de su nombre.

«Vino a rescatarte, chica. Si Syko y Flaco se hubiesen cabreado, te habrías sentido de lo más agradecida al verlo llegar».

Sus óvulos le hablaban de nuevo. Los ignoró por completo.

Adolescentes indigentes. Los adolescentes indigentes presentaban unas probabilidades mucho más elevadas que cualquier otro grupo de verse expuestos a drogas, violencia y abusos sexuales. Algunos estaban tan desesperados que ofrecían sexo a cambio de comida y un techo, lo que los convertía en presa fácil para traficantes y aficionados a la pornografía infantil. Otros buscaban refugio en las bandas, cuyos miembros los aceptaban y les proporcionaban una sensación de familia... a cambio de un precio.

Tessa hojeó sus notas, encontró las espeluznantes estadísticas y citó las palabras de un experto en juventud indigente que siguió con las palabras de preocupación del Jefe Irving.

¿De verdad había enlazado las manos por detrás del cuello de Julian? Y tanto que sí. Pero eso no había sido lo peor. Lo peor había sido que además se había presionado contra su mano, se había abierto de piernas, había susurrado su nombre. Y esa vez no podía echarle la culpa a la adrenalina. Le había encantado... todo.

La sensación de su boca pegada a la suya. Sus dedos excitando sus pezones. Su mano presionando expertamente entre sus muslos. Su dura y enorme erección contra su vientre. Julian le había proporcionado más placer que cualquier otro hombre... y estando ambos completamente vestidos.

«Si la próxima vez que nos veamos me vienes con que no has estado pensando en follar conmigo, te tacharé de mentirosa».

—¡Oh, cállate! —Fue sólo cuando escuchó su propia voz que Tessa se dio cuenta de que acababa de hablar en voz alta. Lentamente, miró por encima del hombro y vio que los demás miembros del Equipo I estaban mirándola.

Julian inspeccionó lo que quedaba de Tobias Ronald Grant, de veinticinco años de edad. Su cabeza había prácticamente desaparecido.

—Supongo que fue un Mágnum del cuarenta y cuatro disparado a bocajarro.

«Y no es que este cabrón se mereciese menos».

El forense asintió.

—Es lo que yo supongo también. Cuando lo examiné, llevaba veinticuatro horas muerto, como mínimo, lo que sitúa el momento del asesinato en el viernes a última hora de la tarde.

Julian estaba interrogando a un miembro de la junta de planificación del ayuntamiento respecto a su interés ilegal por las chicas adolescentes, cuando recibió una llamada del Jefe Irving informándole de que las huellas dactilares que habían tomado al cadáver descubierto en un cubo de basura en Commerce City el sábado por la tarde coincidían con algunas de las huellas obtenidas en el interior del apartamento del sótano.

Era el asesino de María Ruiz, el hombre que había apretado el gatillo.

De modo que, tal y como Julian esperaba, Burien había solucionado por su cuenta aquel tiroteo chapucero. Seguramente había disparado contra Tobias en pleno ataque de rabia y luego había seguido con sus asuntos, dejando que sus acólitos supervivientes solucionaran el tema. Era una ejecución al estilo Burien.

—¿Alguna otra prueba en el lugar de los hechos?

—Unas llantas de coche estupendas, pero eso es todo. En el cuerpo, nada de nada.

—¿Y las pruebas de ADN?

—Estamos contrastándolas con las muestras obtenidas en el apartamento, así como con las muestras encontradas en el cuerpo de María Ruiz. Hacia finales de esta semana sabremos si existe alguna coincidencia. Me parece que en toda la historia del departamento nunca hemos hecho tantas pruebas de semen. La verdad es que resulta asqueroso.

—Asqueroso es lo mínimo. —Julian cerró la cremallera de la bolsa, empujó la camilla hacia el interior de la nevera y cerró la puerta de acero inoxidable. La policía había hecho un buen trabajo y quería demostrar su respaldo a los hombres de Irving.

—Gracias. Manténgame informado.

—Así lo haré.

Julian salió de la morgue, atravesó el vestíbulo y subió a su furgoneta con una sensación desagradable en el estómago. El primero de los tres asesinatos que había predicho después del asesinato de Ruiz acababa de confirmarse. Quedaba ahora el viejo señor Simms quien, por suerte, había salido del estado. Y Tessa.

Tessa conducía por la I-70 en dirección este con destino al campo de tiro que el departamento de policía tenía en las afueras de la ciudad. Había decidido ir a casa a cambiarse y ponerse cómoda con un pantalón vaquero y una camiseta y ahora estaba atrapada en el tremendo tráfico de hora punta. Llegó al aparcamiento con quince minutos de retraso y cuando observó el edificio de hormigón, sintió una curiosa sensación de miedo.

En realidad, no había disparado un arma en su vida y no

quería hacerlo. De hecho, la idea de tener que aprender a defenderse con un arma de fuego otorgaba incluso más visos de realidad a la violencia de aquella noche. No había querido admitir que había corrido peligro de verdad. No había querido pensar que tal vez habría un día en el que tendría que apretar el gatillo. Apuntar a Julian con la pistola cuando aún le creía el asesino había sido aterrador, y no le apetecía en absoluto revivir la experiencia, ni siquiera dentro del marco de seguridad que proporcionaba el campo de tiro.

En parte le habría gustado llamar al Jefe Irving y cancelar la cita, pero recordaba muy bien la facilidad con la que Julian la había desarmado y lo estúpida que se había sentido en aquel callejón, rodeada de una docena de gamberros armados y temerosa de desenfundar su propia pistola. Si la llevaba encima, tenía que aprender a utilizarla. Además, quien fuera el que el Jefe Irving hubiera asignado para darle clases estaba esperándola desde hacía un buen rato. Sería de una mala educación tremenda darle plantón.

Respiró hondo y se obligó a olvidar sus miedos. Cogió el bolso, salió del coche y se dirigió a la entrada principal. Estaba muy vigilada, como cabía esperar, y las paredes estaban llenas de información sobre las reglas y regulaciones que mandaban en el lugar. Empezaba a leerlas cuando escuchó su voz.

—Llegas tarde.

Se volvió y se encontró a Julian de pie a su lado. No llevaba la chaqueta de cuero, sino una camiseta blanca ceñida y un collar de cuero con una turquesa azul. Colgando de su hombro izquierdo, una cartuchera negra con una pistola de aspecto amenazador.

«Si la próxima vez que nos veamos me vienes con que no has estado pensando en follar conmigo, te tacharé de mentirosa».

Notó que le ardían las mejillas y empezó a hablar sin poder evitarlo.

—¡Oh, de ninguna manera! ¡No, usted no!

Él levantó una ceja.

—¿Empezamos?

Julian la acompañó hacia un pasillo, pasaron junto a las máquinas expendedoras de refrescos y comida basura, volvieron una esquina y se dirigieron hacia unas pesadas puertas dobles. Tessa intentó no fijar su atención en el delicioso aspecto de aquel trasero dentro de los pantalones vaqueros, o en lo estrechas que eran sus caderas en relación a sus hombros, o en sus andares sigilosos como los de un gato. Y por un momento se olvidó por completo del motivo por el que estaba allí.

Julian se detuvo frente a un mostrador situado a la izquierda de las puertas dobles y estampó su firma en un portapapeles.

—Darcangelo. —El hombre de más edad que ocupaba el puesto detrás del mostrador reconoció la presencia de Julian con un movimiento de cabeza—. Hoy te toca la quince. ¿Qué arma utilizará?

Tessa se dio entonces cuenta de que el hombre se dirigía a ella. Dejó el bolso sobre el mostrador y extrajo de él su pistola de calibre veintidós, las mariposas que sentía en su estómago desplegando todas sus alas.

—Ésta.

—¿Ha traído munición?

No había pensado en ello.

—Sólo lo que hay en el cargador.

Julian frunció el entrecejo.

—Dame cien. Cárgalo en mi cuenta.

Tessa hundió la mano en el bolso para buscar dinero.

—No, ya pago yo...

El hombre dejó una caja de balas en el mostrador para Julian.

—Aquí están.

Y antes de que ella pudiera decir nada más, Julian cruzaba las puertas.

La sala era una especie de cueva débilmente iluminada con carriles, recordaba una bolera. En el extremo había dianas de papel en forma de siluetas humanas. En el otro extremo había unas paredes divisorias de las que colgaban los números de identificación y que parecían pesebres. El ambiente olía extraño... ¿a pólvora? Exceptuando el zumbido del sistema de ventilación, la sala estaba en silencio.

Julian la acompañó hasta el compartimiento número quince, le cogió la pistola y la munición, y dejó las balas en un mostrador. Extrajo entonces del arma las balas que ella había cargado previamente con todo cuidado y las depositó también en el mostrador.

—Y ahora cuéntame lo que sabes.

—¿Sobre armas? —preguntó Tessa, sintiéndose extrañamente desorientada. Dejó la chaqueta en una silla y el bolso en el suelo.

Él le devolvió la pistola.

—Para eso estamos aquí.

Sintiéndose tanto azorada como nerviosa, ella le señaló las distintas partes de la pistola: el cierre de seguridad, el tambor, el cañón, el percutor, la empuñadura, el gatillo.

Él le cogió la mano y dejó caer en ella seis balas.

—Veamos cómo la cargas.

Lo habría hecho más rápidamente y con menos dificultad de no haber estado él mirándola, pero no se lo comentó. Sus dedos se convertían en manazas por el simple hecho de tenerlo allí a su lado de pie, observándola con aquellos ojos azul oscuro. Con cuidado de no apuntar a nadie, introdujo las balas una a una y luego devolvió el tambor a su lugar.

—Bastante bien —dijo él. Cogió entonces de una estantería dos pares de gafas de seguridad y lo que parecían unos auriculares—. Póntelo.

Tessa dejó la pistola cargada sobre el mostrador y obedeció sus órdenes. En cualquier momento le pediría que disparase, y la sola idea la aterrorizaba.

«Supéralo, Tessa. ¡Eres más fuerte que todo eso!».

Estaba dándole instrucciones. Se obligó a concentrarse en el sonido de su voz, profunda y cálida, y no en el latido acelerado de su corazón.

—Mantén la vista al frente. Nunca intentes darle a nadie en la cabeza. Es un blanco demasiado pequeño. Apunta al centro del cuerpo, en el torso. Unas cuantas balas en el pecho y el estómago detienen a cualquiera.

Tessa apuntó, cerró el ojo izquierdo y se concentró en alinear su visión delantera con la parte superior del blanco que veía a lo lejos.

—No cierres el codo derecho. Apoya el brazo derecho...

«¡Bambam! ¡Bambam!».

Tessa lanzó un grito ahogado, el corazón le estallaba en el interior de su pecho, las rodillas le flaqueaban. El suelo enlosado se tambaleó, la absorbió, la pistola resbaló de sus manos.

«*¡Ayúdeme! ¡Me van a matar!*».

Julian escuchó los disparos dobles de un arma de cuarenta y cinco milímetros unos cuantos compartimientos más allá y vio el cuerpo de Tessa estremeciéndose. Se quedó pálida y se derrumbó en el suelo.

—Tranquila, Tessa. —Le cogió la pistola, que estaba a punto de caer al suelo, la sujetó por la cintura y la acompañó hasta la silla.

«¡Bambam! ¡Bambam!».

Su cuerpo volvió a estremecerse y gritó, sus manos sujetándose a la camiseta de Julian. El corazón le latía con tanta fuerza que podía incluso verse a través del tejido de su camiseta de color rosa.

Le retiró las gafas y la protección acústica.

—No pasa nada, Tessa. Es sólo...

«¡Bambam! ¡Bambam!».

Se sacudió, lanzó un nuevo grito, sus pupilas dilatadas, su mirada vidriosa.

—¡Dejad de dispa...!

«¡Bambam! ¡Bambam!».

El tirador no podía oírle.

—¡Demonios! —Julian la cogió en brazos, atravesó los demás compartimientos y salió hacia la sala de espera del personal. Cerró la puerta a sus espaldas de una patada, la depositó en un viejo sofá anaranjado y se sentó a su lado.

Tessa temblaba violentamente de la cabeza a los pies, respiraba con dificultad y seguía con la cara enterrada en su pecho.

Comprendía lo sucedido: había oído los disparos y su cuerpo y su mente habían reaccionado con el mismo miedo que sintió en el momento del asesinato. Era estrés postraumático. A lo largo de los años, lo había visto diversas veces en agentes experimentados. ¿Y qué demonios se suponía que debía hacer él ahora? Estaba entrenado para detener y matar delincuentes, no para consolar damiselas angustiadas.

—No pasa nada, Tessa. Respira lentamente. —Sintiéndose torpe, la atrajo hacia él y la abrazó, acariciando sus sedosos mechones, los rizos envolviéndole los dedos. Olía de maravilla y la notaba menuda y delicada entre sus brazos—. Eso es. Lentamente. Dentro y fuera. Dentro y fuera.

Sentía una rabia oscura en sus entrañas. Otra obra de Burien, otra mujer aterrorizada y traumatizada.

El ritmo de la respiración fue regularizándose y con él, también sus pulsaciones. Sin dejar de temblar, Tessa levantó la cabeza.

—¡Lo... lo siento! ¡Lo siento mucho! —Se despegó de su camiseta y levantó la vista para mirarle, como si le sorprendiese encontrarse abrazada a él—. Yo... ¡oh, Dios mío! ¡Oh, Julian! ¿Qué...? ¿He... he disparado?

Julian negó con la cabeza.

—Ni un solo disparo.

Tessa enterró su rostro entre sus temblorosas manos.

—¡Me siento tan avergonzada!

—No tienes por qué. Voy a buscarte algo para beber. ¿Coca-Cola o Pepsi? —Julian se levantó y se acercó a la máquina expendidora destinada al personal.

—Cualquier cosa.

Julian introdujo unas monedas en la máquina y pulsó la tecla de Pepsi. La máquina expulsó una lata. La cogió, la abrió y se la acercó a Tessa, arrodillándose delante de ella. Seguía temblando de tal manera que tuvo que sujetarle la lata y acercársela a los labios.

—Bebe un poco. Así está bien. Un poco más.

Ella bebió, su rostro le recordaba la expresión que había visto reflejada en él aquella primera noche... estaba pálida, conmocionada y horrorizada.

—Gracias.

—De nada.

Sus miradas se cruzaron y ella apartó la vista.

—Debes pensar que soy una inútil total.

—No. —Le apartó un rizo sedoso de la mejilla y se lo colocó detrás de la oreja—. Qué va.

«Cuidado, Darcangelo. Estás entrando en terreno peligroso».

Se había maldecido ya una docena de veces por haberla besado de aquel modo en la escalera. Lo último que necesitaba era empeorar la situación.

—Sigo viendo su cara, oyendo su voz. Sueño cada noche... ¡y hay mucha sangre! —Se le llenaron los ojos de lágrimas. Las secó con la mano—. ¡Maldita sea!

Él se sentó a su lado y le acarició el cabello.

—Llorar no es ningún crimen, ¿sabes?

—Apuesto lo que sea a que tú no lloras.

No lloraba. No lloraba desde los cinco años de edad, cuando su padre le pegó y le dijo que era una niña.

—Lloro siempre... con las películas tristes, con los anuncios de las tarjetas de felicitación Hallmark, en la ópera.

Ella le miró, pestañeó y sonrió.

—El intento ha estado bien, pero no te creo.

Él se encogió de hombros y le acarició la mejilla con los nudillos.

—¿Por qué no me dejas que te lleve a casa? Creo que has tenido bastante de esto por hoy.

Ella se sentó más erguida y negó con la cabeza, sus rizos dorados balanceándose a uno y otro lado.

—No puedo.

Julian pensó por un momento que a lo que se negaba era a que él la acompañase a casa, y sabía que sólo él tenía la culpa de ello. Antes, en la escalera, prácticamente la había agredido. ¿Podía echarle la culpa por querer mantenerse alejada de él?

—Tengo que hacerlo, Julian. Tengo que intentarlo. Si no me enfrento a esto, nunca tendré la fuerza suficiente para volver aquí y es posible que ni siquiera pueda volver a coger un arma en mi vida.

Tremendamente sorprendido por el hecho de que se plantease volver a probarlo, intentó calibrar su estado de ánimo.

—¿Estás segura?

—Sí.

—Tengo que decir una cosa a tu favor, Ricitos de Oro. Tienes agallas.

Regresaron allí diez minutos más tarde, después de que Julian lo dispusiera todo para disfrutar de quince minutos sin nadie más en la zona de tiro. Le comentó la postura una vez más, acercó el blanco un poco más para que tuviese mayores probabilidades de alcanzarlo y le dio el visto bueno para empezar a disparar.

—Notarás como si la pistola saltase en tu mano. No dejes que eso te intimide.

Apretó el gatillo con una mirada decidida en su pálido rostro, los nudillos blancos.

«¡Pop!».

La pistola se estremeció y él vio la sorpresa reflejada en su rostro. Se dispuso a decirle alguna cosa para darle confianza pero se dio cuenta de que estaba completamente concentrada en el objetivo. Entrecerró los ojos y disparó cinco veces seguidas a toda velocidad.

«¡Pop! ¡Pop! ¡Pop! ¡Pop! ¡Pop!».

En el blanco aparecieron cinco agujeros... todos ellos en la zona pectoral.

Julian la miró, asombrado.

Tessa dejó la pistola en el mostrador y le regaló una sonrisa temblorosa.

—¿Qué tal lo he hecho?

—Cariño, recuérdame que no debo volver a acercarme a hurtadillas a ti en un callejón oscuro.

Julian marcó el número de Dyson y puso un burrito congelado en el microondas.

Le había dado a Tessa su número privado del teléfono móvil por si había alguna emergencia, la había seguido hasta su casa y se había asegurado de que entraba sin problemas. Luego había vuelto a su casa y había intentado comprender ese nudo de sentimientos encontrados que le presionaba el pecho.

Comprendía lo del deseo. Era una emoción sencilla que se solucionaba con un buen polvo... la mayoría de las veces. Pero Tessa se lo inspiraba como ninguna mujer se lo había inspirado hasta ahora. La había besado por la mañana y había perdido el control, no había otra manera de describirlo. Pero incluso así, el deseo era un tema que podía solucionarse.

Incluso el instinto de protección que había experimentado en la pista de tiro tenía sentido. Pese a haber sido entrenado para ocuparse de malhechores y no consolar a las víctimas, el objetivo de su trabajo era precisamente proteger a la gente, interponerse entre la gente normal y corriente y los matones que merodeaban por las calles. Ella había necesitado su ayuda y él le había respondido. No había nada de extraño en ello.

Pero lo que le confundía era el sentimiento de ternura que ella le inspiraba. La había abrazado y habría querido seguir abrazándola, sin ningún tipo de intención sexual, simplemente para consolarla. Le había acariciado el cabello y le habría gustado seguir acariciándoselo simplemente para seguir sintiendo aquella sensación de seda en sus manos. Le habría gustado borrarle aquellas lágrimas a besos simplemente para verla sonreír, para ahuyentar aquellos demonios que tanto la obsesionaban.

Seguramente todo se resumía en que iba caliente y necesitaba penetrarla para olvidarla luego por completo. Pero aun así, se sentía en parte agradecido de que alguien les hubiera interrumpido y le hubiera impedido follársela sin pensar en medio de la escalera. ¿De qué demonios iba todo aquello?

«Se merece algo mejor. Eso es lo que pasa».

Necesitaba mantenerse alejado de ella, tanto por el bien de la chica como por el suyo. Si Burien iba tras ella, seguramente la tendría bajo vigilancia. Y si la tenía bajo vigilancia y veía a Julian con ella...

Aquello no era plan.

Por lo que Julian sabía, Burien desconocía su existencia y, en consecuencia, su aspecto. Si todo seguía igual, Julian viviría más tiempo. Lo último que necesitaba en aquel momento era ser reconocido en el Pasha's o por la calle. La respuesta de Burien a los agentes del FBI era tan simple como sucia: una bala en la cabeza.

—Aquí Dyson.

—Hemos identificado al asesino. Tobias Ronald Grant, veinticinco años. —Julian sacó la salsa de la nevera—. Sus huellas dactilares coinciden con algunas de las obtenidas en el apartamento del sótano. Ha hecho carrera: violaciones, robos. Le volaron la cabeza con una pistola del cuarenta y cuatro. A finales de semana tendremos los resultados de las pruebas de ADN.

—Veré qué más puedo indagar... colegas, direcciones conocidas, ese tipo de cosas. Margaux está terminando en Longmont. Resulta que su pista era sólida.

—¿Y Burien?

—No ha podido demostrar nada al respecto. Ha descubierto un supuesto salón de masajes donde las mujeres, todas sudamericanas, eran obligadas a trabajar. Quienquiera que dirigía el local hacía tiempo que se había largado cuando Margaux apareció por allí. Ahora está siguiendo las pistas que le han dado las víctimas, pero el tema del idioma ralentiza mucho la investigación.

—Puedo colaborar, si quieres.

—Déjalo correr, Julian. Ya sabes lo territorial que Margaux puede llegar a ser.

Lo sabía, pero le daba igual.

—Esto no es ninguna competición. Si está resentida conmigo que lo demuestre durante su tiempo libre.

—No se hable más del tema. ¿Qué tal tus interrogatorios?

—Hasta el momento llevo quince fulanos. En su mayoría cantaron en cuanto vieron las fotografías que tomé de ellos entrando y saliendo del garito, pero no han dicho nada que ya no supiese. Estamos obteniendo órdenes de registro para sus casas y sus ordenadores del trabajo y esperaremos los resultados de las pruebas de ADN antes de presentar cargos. Si alguno de ellos aparece dentro de María Ruiz, presionaremos para que los cargos sean por violación.

—¿Alguna cosa más?

—Deberíamos pedir a la policía local, tanto de aquí como de Omaha, que custodien a los dos testigos, al señor Simms y a la señorita Novak. Si Burien sigue fiel a su estilo, no tardará mucho en…

—Simms ha muerto. Su hermano lo encontró ayer por la mañana, pero no es lo que piensas. El forense de Omaha ha dicho que ha sido un infarto.

Capítulo 10

Tessa dejó sobre la mesa plegable la cesta de la ropa sucia cargada hasta los topes y empezó a clasificarla para poner distintas lavadoras. Había llegada a casa después de la sesión de prácticas de tiro con ganas de comer unos macarrones con queso, darse un baño caliente y regalarse una buena noche de sueño, pero se había percatado entonces de que llevaba más de una semana sin hacer la colada. Como no le apetecía ir a trabajar sin ropa interior, así que había cenado rápidamente y luego cargado con toda la colada hasta la sala de lavandería que compartía con los demás inquilinos de su planta.

Una lavadora de toallas. Una lavadora de ropa de color. Una lavadora de prendas delicadas. Una lavadora de ropa blanca.

Por suerte, había tres lavadoras libres. Al fin y al cabo, era martes por la noche... es decir, no era hora punta de lavado.

Fue entonces cuando se dio cuenta de que había transcurrido una semana exacta desde el tiroteo. Quienquiera que fuese aquella chica, llevaba muerta una semana. Y sin quererlo, Tessa se encontró reflexionando sobre los hechos del caso.

Una adolescente tiroteada en público desde un vehículo en marcha. Un testigo que recordaba a la chica frecuentando la gasolinera junto con otras tres jóvenes de origen latino cada domingo por la tarde para comprar caramelos bajo la atenta mirada vigilante de una mujer mayor. Nada de sonrisas, nada de charlas. Dos testigos más que habían visto a las cuatro chicas entrando y saliendo del apartamento del sótano que ahora estaba vacío y que se encontraba a tres manzanas de distancia de la gasolinera. El precinto policial impidiendo la entrada al apartamento desde la misma noche del tiroteo.

Tessa había dado por sentado que se trataba de un asunto relacionado con bandas, y quizá lo era. Pero su nuevo amigo indigente, Arthur, había apuntado otras posibilidades. ¿Podría tratarse de una prostituta escapando de su chulo? ¿De una mula cargada de droga que huía de un traficante? ¿De la víctima de un depredador que la había retirado de la calle? La autopsia arrojaría alguna luz sobre esas posibilidades, pero Tessa no disponía del informe de la autopsia. Tendría que hacer algo al respecto.

Llenó una lavadora con toallas y trapos, introdujo cuatro monedas en la ranura y añadió la dosis de detergente.

Con el rabillo del ojo creyó ver un movimiento. Levantó la vista, esperando ver a alguno de sus vecinos por el pasillo.

No había nadie.

Sintió un cosquilleo en la nuca.

«Estás nerviosa por lo de las prácticas de tiro, chica».

Permaneció un momento quieta, mirando el pasillo. Entonces, sintiéndose como una tonta, cargó otra lavadora con las prendas de color y empezó a pensar de nuevo en el caso.

Seguía considerando raro que cuatro adolescentes compraran golosinas sin abrir boca. ¿Permanecerían en silencio porque eran tímidas y no hablaban inglés, o permanecerían en silencio porque eran infelices y tenían miedo? ¿Por qué tendrían que tener miedo si la mujer mayor las vigilaba? A menos que…

¿Y si le tenían miedo a esa mujer? ¿Y si no estaba allí para vigilarlas, sino para controlarlas?

La idea entró en la cabeza de Tessa como la pieza de un rompecabezas que de pronto encuentra su lugar.

Cargó la última lavadora que quedaba libre, introdujo las monedas y añadió el jabón, sin dejar ni un instante de pensar en las diversas implicaciones.

Tenía que pensar también en las palabras del Jefe Irving... y en las de cierto policía secreto extremadamente atractivo y pesado. Ambos le habían advertido repetidamente que se trataba de un caso peligroso y parecían tener alguna idea sobre quién era el asesino.

«Ya puede estar contenta de que los tres osos no estén en casa, Ricitos de Oro».

¿Se referiría Julian a que había tres sospechosos y que vivían en aquel apartamento?

La sombra de un hombre proyectada sobre el suelo enlosado de color gris.

Tessa levantó la cabeza.

Nadie.

Sintió un escalofrío recorriéndole la espalda.

Segura de que había alguien por allí, se acercó a la puerta de la lavandería, asomó la cabeza y miró arriba y abajo del pasillo, sin ver a nadie.

«Estás imaginándote cosas», se dijo.

Inquieta, guardó la ropa delicada en la cesta de la ropa sucia, junto con el detergente y las monedas que le quedaban y corrió rápidamente hacia su apartamento, mirando un par de veces atrás por encima del hombro, su pulso cada vez más acelerado. Buscó las llaves, entró y cerró la puerta con llave a sus espaldas.

Respiró hondo, apoyada contra la puerta.

«Sé realista, Tessa».

Decidió utilizar el tiempo que duraba el ciclo de lavado para arreglar un poco la casa. No era la tarde de descanso que había planificado, pero al menos así lo tendría hecho. Sacó el polvo y regó las plantas, repasando los hechos del tiroteo y formulándose preguntas hasta que su cerebro quedó hecho un auténtico lío. Luego enchufó el aspirador, lo pasó por la alfombra... y casi se muere del susto cuando sonó el teléfono.

Un televendedor.

Tessa se mostró menos educada de lo que era habitual en ella, se negó a escuchar su discurso y colgó.

Segura de que las lavadoras habían terminado ya con la colada, cogió las llaves y las monedas, abrió la puerta y echó un vistazo al vestíbulo. Estaba vacío, la luz de los fluorescentes iluminando las conocidas paredes blancas y la moqueta gris.

«Estás asustándote como una imbécil pensando en estas cosas».

Sin reconocer que iba corriendo, regresó a la lavandería, pasó la colada de las tres lavadoras a dos secadoras grandes y les echó monedas. Volvió casi corriendo a su apartamento, haciendo caso omiso al hormigueo que sentía en la garganta y negándose a mirar por encima del hombro.

«¿Qué te pasa, Tessa?».

Lo que necesitaba era relajarse y dormir. Llenó la bañera con agua caliente y sales de baño de lavanda, buscó una toalla blanca grande y esponjosa y dejó caer al suelo el vaquero y la camiseta. Para cuando el agua se enfriara, la colada estaría seca y estaría lista para acostarse.

Se introdujo en la bañera y suspiró. Aquel calor era celestial, el suave aroma de lavanda liberó la tensión de sus músculos y despejó su mente de preocupaciones. Se obligó a dejarse ir... y sus pensamientos corrieron por derroteros completamente distintos.

El día anterior odiaba a Julian Darcangelo. De acuerdo, tal vez no lo odiaba, pero estaba muy, pero que muy enfadada con él. Se había entrometido en su trabajo y había dado a entender que su trabajo de investigación no era más que periodismo vanidoso. Pero hoy...

Hoy la había besado. Había sido más que un beso, naturalmente. Había sido juego sexual, apasionado y erótico. Le habían temblado las rodillas, le había hecho olvidar que estaban en un lugar público, le había hecho querer hacer cualquier cosa con tal de tenerlo dentro de ella. Le había hecho preguntarse si el sexo con un hombre podía realmente ser todo lo que decían que podía llegar a ser.

«Si la próxima vez que nos veamos me vienes con que no has estado pensando en follar conmigo, te tacharé de mentirosa».

No es que le gustase especialmente el lenguaje que había utilizado, pero tenía que admitir que era justo en lo que había estado pensando casi toda la tarde. Sólo recordarlo se le encogía el estómago y los pezones se le endurecían. Jamás en su vida la había besado un hombre con aquella intensidad. Si besaba de esa manera, ¿cómo sería el sexo con él? A buen seguro le prendería fuego y quemaría el edificio entero, o incluso toda la ciudad.

Pero ¿la habría besado sólo para demostrarle que tenía razón o porque en realidad le apetecía besarla?

Era evidente que había querido demostrar alguna cosa. Pero recordó entonces el sonido profundo de su gruñido, su forma de mordisquearle el cuello como si quisiera comerla entera, la sensación de su erección, enorme y dura, contra su vientre. Pese a no poder jactarse de conocer a los hombres —¿y quién podía?— , la verdad es que parecía tan excitado como ella.

Naturalmente, aquello no significaba que ella le importara algo. Lo único que significaba era que quería sexo con ella... lo que equiparaba al tipo de hombres que había estado evitando desde que dejara la universidad. Aunque no tenía nada que ver con ellos.

«A lo mejor quería que volviera a besarla».

Dios, qué arrogante era. Pero pese a que su arrogancia le resultaba indignante, aquella noche la había hecho sonreír. Y no era difícil imaginarse por qué.

Había estado allí cuando le necesitaba. Cuando el estallido de la otra pistola la había conmocionado de aquella manera, había estado allí. Había evitado que se desplomase en el suelo. Le había arrancado la pistola de las manos. La había abrazado contra su pecho. ¡Incluso la había cogido en brazos y la había llevado hasta el sofá, por el amor de Dios! Luego había hecho todo lo que había podido para consolarla.

Jamás ningún hombre se había comportado de aquel modo con ella.

Cerró los ojos, recordó la sensación de sus manos entre su cabello, la preocupación que mostraban sus ojos azules, el sonido tranquilizador de su voz.

«No pasa nada, Tessa. Respira lentamente. Eso es».

Debió adormilarse, porque se encontró soñando que oía un clic y el sonido de la respiración de una persona.

Entonces, una mano fría y áspera le estrujó el pecho.

Lanzó un grito ahogado y abrió los ojos de golpe... justo en el momento en que el baño se quedaba a oscuras.

Tessa gritó, el terror corría como hielo líquido por sus venas. Se puso de pie de un salto sin salir de la bañera, se encogió contra las frías baldosas de la pared. Y pese al estruendo del latido de su propio corazón, oyó la puerta principal cerrarse de un portazo.

Apenas incapaz de pensar, sin aliento debido al pánico, salió corriendo de la bañera y entró en su habitación, sin saber muy bien dónde tenía el bolso, sin saber muy bien dónde estaba la pistola. Vio su teléfono móvil, lo desenchufó del cargador con manos temblorosas y pulsó la tecla verde. La pantallita se iluminó y vio que el número que había marcado era el último que había programado, el de Julian.

Julian no podía creerlo. Por mucho que dijera el informe de la autopsia, algo le decía que en la muerte del señor Simms había alguna cosa más que el ojo del forense no había captado. No había ni la mínima evidencia que respaldara su intuición, nada más allá que aquel malestar que sentía en sus entrañas.

Estaba en mitad de su rutina de aikido, peleándose con sus propias dudas, cuando sonó su móvil secreto. Vio el número en la pantalla.

Respondió.

—¿Tessa?

—¡Había… había un hombre! En… en mi apartamento. Ha entrado cuando… cuando yo estaba dormida en la bañera. Me… me ha tocado. Me… me… Dios mío, Julian. ¡Tengo mucho miedo!

Julian subió las escaleras del sótano de su apartamento de dos en dos.

—¿Sigue aún ahí?

—No…, no lo sé. He gritado. Creo…, creo que se ha ido. —Estalló en sollozos.

—¡Cuelga y llama a la policía! Cierra la puerta con llave y no permitas que entre nadie a menos que te muestre su identificación. Coge la pistola y haz todo lo que tengas que hacer para protegerte. ¿Me has oído, Tessa? ¡Si se mueve, si no es un policía, dispara! Voy enseguida.

Los segundos que transcurrieron mientras se ponía la camisa, los zapatos, el arnés y cogía su Sauer y las llaves le parecieron horas. Pulsó el código de seguridad, abrió la puerta del garaje con el control remoto y se instaló en el asiento de su furgoneta. Con las ruedas rechinando, salió en marcha atrás del garaje, recorrió el camino de entrada y empezó a circular.

Cogió Speer, atravesó un espacio de aparcamiento vacío, subió a una acera y ascendió por una calle de dirección única para entrar en la calle Catorce mientras se colocaba el arnés con una mano y con la otra sujetaba el volante. Entonces llamó por su radio, olvidándose de los códigos de conducta de Denver y prefiriendo las palabrotas.

—Voy de camino hacia una posible agresión sexual. El código es un diez no sé qué hostias… y enviad enseguida patrullas de apoyo, ¡maldita sea!

Había dicho que la había tocado. ¿La habría violado?

Fuera como fuera, era carne muerta si Julian daba con él.

Las calles oscuras de Denver parecían interminables. Puso la furgoneta a cien por hora, al llegar a Curtis consiguió saltarse el semáforo en ámbar y luego cogió otra calle en contra dirección. Por rápido que condujera, sabía que no llegaría a tiempo si aquel hijo de puta seguía aún allí. Una violación podía durar minutos, un asesinato mucho menos tiempo.

Giró la esquina a toda velocidad, se detuvo delante del edificio haciendo rechinar los neumáticos y saltó corriendo del coche. La entrada principal del edificio estaba cerrada —una puerta de cristal con cerrojo—, de modo que tuvo que utilizar la llave maestra del FBI, destrozar el vidrio con la empuñadura de su Sauer e introducir la mano por el hueco creado para forzar el pomo. Subió corriendo por la escalera los siete pisos con la pistola preparada. El vestíbulo de su piso estaba a oscuras.

El ritmo de la respiración se ralentizó, igual que su pulso.

Y permaneció a la escucha.

Silencio.

Era muy probable que quienquiera que fuese el asaltante apagara las luces para esconder su huida.

Julian recorrió rápidamente y con cautela el vestíbulo hasta llegar a la puerta del apartamento, sus sentidos perfectamente entrenados para actuar en la oscuridad.

—Tessa, cariño, soy yo, Julian.

Oyó el cerrojo y de pronto se vio sorprendido por un rayo de luz procedente del interior del apartamento. Y de pronto la tuvo allí, viva y abrazada a él.

—¡Julian! —Iba cubierta tan sólo por una toalla blanca, tenía el rostro bañado en lágrimas, la mirada de horror y las puntas de sus rizos mojadas.

Le habría gustado registrar el apartamento, asegurarse de que aquel cabrón se había ido, pero tener entre sus brazos a una mujer prácticamente desnuda le complicaba la cosa. Guardó el Sauer, cerró la puerta con llave a sus espaldas y abrazó con fuerza aquel cuerpo tembloroso mientras le inundaba una cálida sensación de alivio.

—No pasa nada. Estoy aquí. Ahora tienes que entrar en calor.

Cuando llegaron los primeros dos policías, pistola en mano, Julian la había envuelto ya en una manta y había obtenido de ella el relato completo de los hechos. Entonces, con la rabia hirviendo en su cuerpo como un oscuro veneno, se situó detrás de ella y escuchó cómo relataba de nuevo la historia a los detectives, mientras los oficiales registraban el apartamento y el vestíbulo en busca de huellas dactilares y señales que indicaran que habían forzado la puerta.

Temblorosa y mareada, Tessa intentaba responder a las preguntas del detective principal, apoyada por la presencia de Julian.

—¿Tenía la puerta cerrada con llave? —El oficial se había sentado sobre la mesita auxiliar y tomaba notas, conservando la calma.

—Creo... creo que sí, señor. Siempre la cierro con llave. Pero estuve entrando y saliendo, y estaba muy cansada. A lo mejor no estaba cerrada. —Intentaba recordar todos los detalles.

—¿Vio a alguien?

Ella negó con la cabeza, casi enterrada en la manta.

—Se apagaron las luces.

—¿Es posible que lo que ha experimentado no sea más que un sueño?

Notó que las lágrimas le escocían en los ojos y los cerró con fuerza. Tenía el estómago revuelto.

—No..., no, señor. Me ha dejado..., me ha dejado morados. Los he visto. ¡Oh, creo que voy a vomitar!

—Respira, Tessa. —La voz de Julian era profunda y tranquilizadora, tenía los labios pegados a su oreja y las manos posadas sobre sus hombres para darle confianza—. Respira.

Tessa respiró hondo una vez, y otra, y otra.

Las náuseas desaparecieron.

Escuchó una voz procedente del baño que anunciaba que acababan de encontrar dos conjuntos de huellas inequívocos en el interruptor de la luz y en el pomo de la puerta.

Uniformes. El flash de una cámara digital. Un centelleo de luces rojas y azules en la calle. Era igual que la noche del tiroteo. Sólo que ella estaba viva..., a diferencia de María.

Quienquiera que fuera, no la había matado. Lo que a buen seguro quería decir que probablemente se trataba de un pervertido que se había cruzado con ella por pura coincidencia, sin tener nada que ver con el tiroteo.

De haber querido matarla, estaría ya muerta.

Se estremeció.

—¿Quiere que la acompañemos al hospital para que la examine un médico, para que le miren estas marcas? Si hay moratones…

—No. —Tessa no podía hacerlo, hubiera o no moratones—. No tengo lesiones.

—¿Quiere que llamemos a alguien? ¿Algún familiar, un amigo?

Una semana atrás le habían formulado la misma pregunta.

—Ya llamaré yo, gracias.

Kara y Reece se ocuparían de ella, sin duda, pero ya habían hecho bastante. Lissy estaba embarazada, pero ella y Will estarían encantados de acogerla, igual que Holly y Sophie, e incluso Kat. Pero Tessa no quería molestar a nadie.

—Entonces ya estamos. —El oficial dejó en la mesita su bloc de notas y el bolígrafo y le entregó una tarjeta de visita—. Llámeme si recuerda cualquier otro detalle.

Y la policía se marchó.

Julian se sentó a su lado y la atrajo hacia él. Se sentía cariñoso y equilibrado, seguro dentro de un mundo que se había vuelto loco.

—Dime qué puedo hacer por ti, Tessa.

Quería una ducha. Quería dormir. Quería olvidar.

Le miró, conmovida por el tono de preocupación de su voz.

—¿Te importaría quedarte aquí mientras me ducho? No creo que pueda volver a entrar en el baño esta noche si me quedo sola.

Él asintió con la cabeza.

—Si quieres, dormiré esta noche en el sofá.

Ella se quedó mirándolo.

—¿Lo harías?

—Intenta impedírmelo.

Tessa permanecía sentada en su sofá, acurrucada dentro de la manta, mientras Julian limpiaba el polvo negro para leer huellas dactilares que había ensuciado el interruptor de la luz del baño y vaciaba la bañera. Viéndole hacer cosas que ella podría haber hecho sin problemas, se sentía un poco como un bebé. ¿Acaso no se había cuidado siempre ella sola? Sí, desde muy pequeña.

Pero se sentía agradecida por su ofrecimiento. No quería ver su baño como el escenario de un crimen. ¿Cómo era posible que él lo hubiera comprendido tan fácilmente?

Tal vez del mismo modo en que había comprendido que lo que necesitaba ante todo era una ducha. Al fin y al cabo, acababa de bañarse. Pero no era porque estuviese sucia, sino por la sensación de volver a sentirse limpia. Necesitaba frotarse y quitarse de encima la sensación de la mano de aquel hombre, limpiar el regusto del horror, aclarar su piel del malestar de aquella noche.

Tenerlo en su apartamento le resultaba extraño. Como siempre sucedía, llenaba completamente el espacio con su presencia, dominaba la estancia sólo por estar en ella. Pero no era una presencia amenazadora. Todo lo contrario, le hacía sentirse segura.

Pasados unos cinco minutos, salió del baño secándose las manos con una toalla.

—Ya lo tienes listo.

Se había despojado de la chaqueta de cuero pero llevaba aún el arnés con la pistola. Tessa tuvo entonces la sensación de que no solía desprenderse normalmente del arma. ¿Qué tipo de vida tenía que ser esa de estar siempre preparado para pelear y matar?

—Gracias. —Se levantó y se envolvió bien con la manta, sintiendo la mirada de él mientras se encaminaba hacia el baño.

Al llegar a la puerta, se detuvo, miró la bañera y se sintió extrañamente reacia a entrar en el baño al escuchar de nuevo, mentalmente, el eco de sus propios gritos.

Él se acercó y le posó las manos en los hombros.

—Nadie te molestará, Tessa. Cualquiera que lo intente, tendrá que pasar primero por mí.

Ella le miró por encima del hombro y consiguió esbozar una sonrisa. Entró entonces en el baño y cerró la puerta.

Julian registró sus armarios mientras se oía el agua de la ducha. Esperaba que el agua y el jabón bastaran para borrar aquella sensación de violación que debía estar experimentando. Se alegraba de que aquel desgraciado no hubiera ido más lejos.

Qué ganas tenía de cazar a aquel hijo de puta.

Bicarbonato. Vainilla. Galletas de chocolate. Especias. Aceite.

Apretó la mandíbula al recordarla de nuevo medio desnuda y llorosa. Alguien había estado vigilándola, la había seguido hasta su apartamento, había entrado mientras ella se encontraba descansando, vulnerable y desnuda, adormilada en la bañera. El autor de los hechos había estado lo suficientemente cerca como para hacerle lo que hubiese querido —pegarla, violarla, matarla—, pero se había limitado a pellizcarle el pecho.

No era el estilo de Burien. Uno de sus matones la hubiera secuestrado, violado a placer durante horas o incluso días, la hubiera compartido con sus amigos y luego la habría matado de un tiro y habría arrojado el cuerpo a una zanja. Julian no se habría enterado de su muerte hasta que hubiera estado en la morgue etiquetada.

No, no era para nada el estilo de Burien. Quizá algún lector de los artículos de Tessa había cobrado un interés enfermizo por ella. Quizá alguno de los estudiantes universitarios que vivían en su edificio había decidido licenciarse en violación además de en contabilidad y había empezado con ella. Quizá un drogadicto había tratado de entrar a robar y se había distraído al verla.

Pero aun así, ¿era simple coincidencia que justo una semana después de presenciar un asesinato cometido por uno de los pistoleros a sueldo de Burien, uno de los testigos hubiera muerto y el otro acabara de sufrir un ataque en su casa?

Por supuesto que no.

Eso le dictaba su instinto. Y su instinto rara vez se equivocaba.

Se preguntaba si debía explicarle a Tessa lo del señor Simms, y en qué momento. Lo que era evidente era que no debía hacerlo aquella noche. Ya había sufrido bastante.

Platos grandes, platos de postre y cuencos. Copas de vino de cristal. Las tazas del café.

Era un apartamento pequeño pero aseado, con escasos toques que reflejaran su personalidad... elegante y femenina. Jarrones con flores. Reproducciones de Monet enmarcadas en las paredes. Mullidos cojines de color lavanda sobre un confortable sofá de un tono verde salvia. Una sólida librería de madera de roble llena a rebosar de clásicos, libros de poesía y novelas románticas.

Nadie que entrara en ese apartamento se imaginaría que Tessa se había criado como la hija ilegítima de una adolescente pobrísima. En el lugar no había rastro de luchas y privaciones.

Tessa se había creado una vida nueva y había dejado atrás su pasado.

Julian lo respetaba. Lo comprendía. Pero él había tomado una decisión muy distinta y había abrazado su pasado con una venganza prácticamente literal.

Copos de avena. Mantequilla de cacahuete. Latas de atún. Latas de sopa.

Oyó que cerraba la ducha y unos instantes después se abrió la puerta del baño y se cerró la puerta del dormitorio. Intentó no pensar en ella secándose, aplicándose loción hidratante, vistiéndose.

Por fin encontró lo que andaba buscando, una botella de alcohol, y se sirvió un par de tragos de ron en una taza de café. Luego puso agua a hervir. Era una receta que había aprendido de Juanita, la prostituta que había acabado convirtiéndose en la novia formal de su padre y que probablemente era lo más cercano a una madre que Julian había conocido. Se lo preparaba cuando él tenía nueve o diez años y tenía tos y fiebre. Ni le despejaba el pecho ni le bajaba la fiebre, pero lo dejaba fuera de combate.

Cuando Tessa salió del dormitorio, Julian tenía el brebaje preparado.

Levantó los ojos y la visión fue como sentir un arco voltaico en su interior. Largos mechones de cabello mojado, su piel húmeda y transparente. Se había vestido con un esponjoso albornoz de color blanco e iba descalza. Llevaba las uñas de los pies pintadas de rosa claro y sus pies parecían caramelos.

Deseaba besarla, desanudarle el albornoz, verlo caer al suelo y besar cada centímetro de aquella mujer suave, incluyendo los pies. Deseaba enterrarse en ella y sentirla fundirse alrededor de su pene y hacerla llegar al orgasmo una y otra vez. Pero tenía ojeras y había seguido llorando. Entre la agresión y la experiencia con las prácticas de tiro, Tessa había tenido un día infernal. Era un imbécil por pensar en sexo.

La mirada de Tessa fue a parar a la taza que tenía en la mano.

—¿Café?

Julian buscó en su propia boca hasta encontrar la lengua.

—Es más de medianoche. Ahora no necesitas cafeína, cariño, lo que necesitas es dormir.

Tessa le sonrió con tristeza.

—De lo de dormir ya puedo ir olvidándome.

—Bebe esto. Te garantizo que esta noche dormirás.

Miró dudosa el líquido transparente, cogió la taza y la olió.

—Huele a…

—Lleva ron. Siéntate en el sofá y bébelo. —Se apoyó en la pared y la observó trasladarse con la taza hasta el salón, sentarse, beber un sorbito y estremecerse.

Ella le miró de reojo.

—Esto no me hará dormir, sino que me atragantará.

—Bébelo de un trago.

Sin apartar la mirada, se llevó la taza a los labios, bebió y puso cara de estar pasando verdaderos apuros.

—¡Está asqueroso!

Él cruzó la estancia para sentarse a su lado.

—¿Te entra sueño?

—¡Oh, por favor! —Le miró como si acabase de decir algo ridículo y depositó la taza vacía en la mesita—. ¿Crees que lo que ha sucedido esta noche tiene algo que ver con el asesinato?

—No lo sé. Tenemos huellas. Tendremos que esperar a ver qué obtenemos de ellas.

Ella se recostó lentamente contra él, el brebaje empezaba a dificultarle el habla.

—Tal vez no era más que un tocón. La verdad es que me dio un buen susto.

—Lo sé. —Julian la acomodó en su pecho, descubriéndose ansioso por ahuyentar todos sus miedos—. Ahora no pienses en eso.

Pero al parecer ya no pensaba en nada, su cuerpo se había quedado inerte, sus ojos cerrados.

Siguió abrazándola durante unos minutos, acariciándole el cabello húmedo, incómodo por la emoción que crecía en el interior de su pecho y reacio a soltarla. Cuando creyó que estaba dormida del todo, la cogió en brazos, la llevó hasta su cama, la acostó sobre las sábanas y la tapó con el cubrecama sin quitarle el albornoz. Y se quedó allí de pie, mirándola.

—Duerme bien, Ricitos de Oro.

Estaba a punto de dar media vuelta, cuando ella habló, su voz tenue y adormilada.

—¿Julian?

—¿Sí?

—No eres tan malo.

Pero lo era. Y tanto que lo era.

Capítulo 11

Tessa durmió profundamente toda la noche. Se había olvidado de poner la alarma del despertador y a la hora de la reunión del Equipo I seguía dormida. No tenía ni idea de que Julian había asomado la cabeza en el dormitorio un par de veces para ver que seguía bien. Ni de que Tom le había dejado un mensaje en el móvil preguntándole dónde estaba. Ni de que Sophie había llamado preocupándose por ella. Cuando por fin se despertó y vio que eran las diez y media, se sentía descansada y fresca... pensando que era fin de semana.

Se desperezó y vio que había dormido con el albornoz puesto.

Qué raro. ¿Por qué lo habría hecho?

Debió de...

Lanzó un grito ahogado y se sentó de repente en la cama cuando recordó los sucesos de la noche anterior. Recordó que cuando hacía la colada había tenido la sensación de que la vigilaban. Recordó haberse adormilado en la bañera. Recordó haber oído la respiración de alguien, pensar que estaba soñando... y luego la sensación de una mano junto a su pecho.

Todo oscuro de pronto, el horror gélido, sus propios gritos.

Qué lejano parecía todo con la radiante luz del sol detrás de las cortinas cerradas y una noche de descanso en el cuerpo... era como el eco de una pesadilla. Pero no había sido un sueño. Había sido aterradoramente real.

Se estremeció.

Recordó también otras cosas. La voz de Julian al otro lado de la puerta. Julian abrazándola, arropándola en una manta, consolándola. Julian ofreciéndose a pasar la noche en el sofá y...

Miró la puerta del dormitorio, que seguía cerrada.

¡Señor! ¿Estaría allí?

Saltó de la cama, cruzó la habitación, abrió la puerta y salió al pasillo. Estaba sentado en el sofá, leyendo el periódico, con una taza de té caliente en la mano. Su pelo suelto le llegaba hasta la altura de los hombres, iba descalzo y sin camisa.

Tenía un aspecto tan manifiestamente... masculino.

Al verla se levantó.

—Buenos días. ¿Qué tal estás?

—Uf —dijo, como una estúpida, con la mente repentinamente en blanco—. He dormido.

Sonrió.

—Sabía que lo harías.

Llevaba aún el collar de cuero con una turquesa. Sus pezones eran de un color parecido al vino tinto y contrastaban con su piel suave y olivácea, sus hombros anchos y fuertes, sus brazos delgados y musculosos. Los rizos oscuros caían sobre unos pectorales perfectamente formados que se estrechaban en forma de uve hasta llegar al centro de unos abdominales perfectos que desaparecían por debajo de la cintura de talle bajo de sus pantalones vaqueros. En los costados, unos músculos que no había visto en otra cosa que no fuese una escultura de mármol, coronaban los huesos de sus caderas y se hundían en dirección a su entrepierna.

Tessa sintió que se le tensaba el estómago, que el rubor subía a sus mejillas.

No podía evitar mirarlo, comérselo descaradamente con los ojos.

«Es lo que se conoce como atracción sexual».

Le miró entonces a la cara y vio que estaba mirando el reloj de la cocina.

—Espero que no te importe que me haya preparado un té —dijo.

—¡No! No, claro que no. —Pensó entonces que debía de tener un aspecto horroroso vestida con el albornoz, el pelo alborotado y sin maquillaje—. ¿Tienes hambre?

—No quiero suponerte ningún problema. —Cogió su camiseta, se la pasó por la cabeza, toda su masa muscular cambiando de lugar con el movimiento—. Ya comeré algo más tarde.

—No es ningún problema, de verdad. —Y entonces cayó—. ¡Oh, Dios mío, cuánto lo siento! ¡Te ofreces amablemente a quedarte aquí por mí y yo ni siquiera te ofrezco una manta o una almohada!

—Relájate. —Se metió la camiseta dentro de los vaqueros—. En ningún momento esperaba que actuases como una anfitriona. Un buen artículo, por cierto... equilibrado, informativo sin ser sensacionalista.

—Teniendo en cuenta la baja estima en que tienes a los periodistas, lo consideraré como un gran cumplido. —Se volvió hacia la cocina, preguntándose si tendría suficientes huevos para preparar una tortilla para cada uno. Y entonces se dio cuenta—. ¡Es miércoles! ¡Llego tarde al trabajo! ¡Maldita sea, maldita sea!

Julian la observó correr hacia el teléfono y marcar lo que supuso sería el número del periódico. Su cabello era un amasijo de rizos que sus dedos anhelaban acariciar. Su rostro estaba fresco después de aquel sueño reparador. Tenía el albornoz arrugado y se había deslizado de tal manera que dejaba al descubierto un hombro. En resumen, estaba tremendamente sexy.

«Aléjate, colega. Nada de casas con valla de color blanco, ¿lo recuerdas?».

—Hola, Tom, soy Tessa... me he dormido. Anoche entraron en mi apartamento, y... Sí, Tom, lo sé. Estuve despierta hasta muy tarde con la policía... En una hora. Tengo una entrevista a la una y tenía pensado escribir un seguimiento del artículo de hoy centrándome en la explotación de las adolescentes indigentes... un folio si lo consigo.

Fuera quien fuera Tom —¿su jefe?—, Julian lo aborreció al instante. Le parecía que cualquiera que estuviese al caso de lo que le había sucedido a Tessa la semana pasada debería de mostrar un poco de compasión, o concederle unos días libres. Pero era evidente que aquel tipo estaba pegándole la bronca.

Por otro lado, se sintió aliviado al ver que tenía intención de ir a trabajar. Como mínimo, si estaba en el periódico estaría rodeada de más gente y encerrada tras unas puertas seguras. Lo último que quería era que se quedase en casa sola. Él tenía trabajo que hacer y no podía quedarse con ella todo el día. Al fin y al cabo, el mero hecho de estar con ella suponía un gran riesgo para él.

Quería pedirle a Irving que le asignase alguien que la vigilara las veinticuatro horas del día, siete días a la semana, aunque conseguirlo seguramente le llevaría todo un día. Mientras, tendría que ser él quien se ocupase del tema.

—Lo sé, Tom. No lo hice a propósito. —Colgó el teléfono, enfadada y frustrada, y miró su reloj.

—Tengo una idea —dijo Julian, cogiendo la goma elástica que había dejado sobre la mesa y recogiéndose de nuevo el pelo—. ¿Qué te parece si tú te arreglas para ir a trabajar mientras yo preparo el desayuno?

Mientras ella se duchaba y vestía, él preparó unos huevos rancheros, puso tostadas en la tostadora y sirvió un vaso de zumo de naranja a cada uno. Acababa de dejar un bote de salsa en la mesa cuando ella salió del dormitorio vestida con un vestido liso de color azulón que resaltaba tanto el color azul de sus ojos como sus curvas. La melena caía sobre su espalda en espirales perfectas. En las orejas llevaba las mismas perlitas que tan sabrosas encontró ayer. Llevaba medias y no se había calzado todavía, de modo que la laca rosa de sus uñas quedaba visible a través del tejido de nailon.

—¡Caramba! —exclamó, mirando la mesa—. ¡Has preparado un desayuno de verdad!

—Reserva tu asombro para algo más sofisticado que unos huevos, cariño, o es probable que me lo tome como un insulto.

Tessa tomó asiento y cogió el tenedor.

—El único hombre que he visto cocinar en mi vida es el marido de mi amiga Kara.

—El senador. —Julian tomó asiento también, cogió su tostada y le dio un mordisco.

Tessa entrecerró los ojos.

—No te preguntaré cómo lo has sabido.

—Tampoco pienso decírtelo.

Mientras comían, Julian le explicó lo que sucedería a lo largo del día. La policía comprobaría las huellas que habían encontrado y antes del final de la jornada sabrían alguna cosa. Mientras, él le pediría a Irving que asignase un oficial para tener su edificio bajo vigilancia las veinticuatro horas.

—¿Estás seguro de que es realmente necesario? —Apuró su zumo de naranja—. Odio eso de tener policía en la calle. Por lo que sabemos, lo de anoche fue pura casualidad.

Julian sabía que intentaba ser valiente, y la admiraba por ello. Pero sabía también que lo de anoche había sido un susto de muerte para ella. También lo había sido para él.

—Podría ser. —Entonces le explicó lo que hasta entonces se había guardado sólo para él. No había una forma fácil de decirlo, así que se limitó a explicárselo—. El señor Simms, el otro testigo, ha muerto. Su hermano lo encontró hace dos días en su casa de Omaha.

Tessa se quedó blanca y sus miradas se cruzaron.

—El médico dijo que fue un infarto, pero no me lo creo.

—¿Por qué no?

—¿Has tenido alguna vez una intuición como periodista, Tessa?

Tessa movió afirmativamente la cabeza y Julian supo que le había entendido.

—Me gustaría que nos viéramos a las seis en las prácticas de tiro. Podemos empezar donde lo dejamos.

—Creía que dijiste que tenía muy buena puntería.

—Manejar un arma supone muchas más cosas que tener buena puntería.

—De acuerdo. —Entonces cerró los ojos—. Me gustaría ser más dura. Estoy intentando ser fuerte con todo esto, de verdad, pero por dentro tengo mucho miedo.

Él extendió el brazo por encima de la mesa, le cogió la mano y sintió la corriente que siempre parecía pasar entre ellos.

—Desde mi punto de vista, cariño, estás haciéndolo fantásticamente.

Sus deditos se enlazaron con los de él y Julian notó cómo el pulso de Tessa le subía a la garganta.

—Por si te lo preguntas, ya no te odio. He olvidado casi del todo que me detuviste y destrozaste mi entrevista.

Deseaba besarla, sentarla en su regazo, levantarle aquel vestido y quitarle esas medias. Pero ni era el momento, ni era el hombre adecuado.

—Muchas gracias.

Cinco minutos después, salían del ascensor en el vestíbulo de entrada, donde habían claveteado con tablas de madera la puerta que Julian había destrozado con su Sauer a la espera de sustituirla por una nueva. Con la mano posada en la espalda de Tessa, Julian notó que se estremecía.

—Hizo esto, ¿verdad? —dijo ella, abriendo lo que quedaba de la puerta y saliendo a la calle bañada por el sol otoñal.

—No, lo hice yo.

Tessa no estaba de humor para las majaderías de Tom. Tenía demasiadas cosas en la cabeza. Maletín en mano, intentó pasar por delante de su despacho sin que él se percatase de su presencia, pero fracasó.

—¡Novak!

Sus colegas levantaron la cabeza de lo que estaban haciendo y le lanzaron miradas compasivas.

Ella se volvió y entró en el despacho.

—¿Me llamabas?

Él la miró desde debajo de sus pobladas cejas blancas.

—Toma asiento y cierra la puerta.

Tessa se negó a las dos cosas.

—¿Por qué? Te oirán de todos modos.

—Espero que no tengas pensado tomarte esta mañana como permiso retribuido. Nuestra política...

—Siento no haber alcanzado tus elevados estándares esta mañana. —Notó que le temblaba la voz, pero de rabia aquella vez, no por las lágrimas. Era lo único que podía hacer para no gritar—. Anoche, un hombre, que podría estar relacionado con el asesinato del que fui testigo la semana pasada, entró en mi casa y me magreó mientras yo dormía. La mayoría de los jefes darían alguna muestra de compasión o tal vez sugerirían unos días de descanso cuando un empleado sufre un ataque de este tipo. Pero lo único que a ti te importa es lo que podemos publicar en el periódico. ¿Ves a los periodistas como personas, Tom, o esa justicia de la que hablas es sólo para los que no son empleados tuyos?

El hombre se sofocó de pura rabia.

—Nuestra política...

—¡Por el amor de Dios, Tom! ¡A la mierda con tu política! —Lily McMillan, la menuda y vital madre de Kara, estaba sentada en una silla a la izquierda del escritorio de Tom, vestida con medias tupidas de color azul marino, una falda tubo en estampado naranja y dorado, rezando el rosario. Tessa estaba tan enfadada con Tom que ni siquiera se había percatado de su presencia—. Lo siento mucho, Tessa, pequeña. Kara me contó lo del tiroteo... y ahora esto. ¿Puedo hacer algo por ti? Conozco un curandero que se dedica a ceremonias de limpieza de malos espíritus.

Tessa casi sonríe.

—Gracias, Lily, muchas gracias por tu ofrecimiento.

—Siento lo del ataque, Novak. —En la mandíbula de Tom se tensaba un músculo—. Naturalmente, el periódico estará encantado de acomodarse a tus deseos.

—Hay que aguantarlo, querida —dijo Lily, como si hablase de un niño—. Va aprendiendo.

Tessa intentó no soltar una carcajada.

—Gracias, Tom.

«De hecho, gracias a la Fundación Lily McMillan».

Cuando se volvió, se encontró con el Equipo I al completo y sintió una oleada de calor. Estaban allí para apoyarla. Regresaron con ella a sus mesas, cada uno demostrándole a su manera lo preocupados que estaban por ella.

Kat le dio un pellizco en el brazo.

—Lo de la ceremonia no es mala idea. Dime si puedo ayudarte en alguna cosa.

Matt se ofreció para ir a buscarle un café con leche.

—¿Con nueve o diez cargas?

Sophie la acompañó hasta su mesa y le dio un abrazo.

—¡Dios mío, Tessa, estaba preocupadísima! ¡Me alegro de que no te hiciesen daño! ¿Te apetece hablar del asunto?

Pero Tessa no creía que fuera capaz de hablar del asunto... no allí, no en aquel momento, no si quería mantenerse en su lugar y superar la tarde sin problemas.

—Gracias, muchas gracias, pero no... no puedo.

Sophie la comprendió. Cambió de tema mientras volvía a su mesa.

—Tu artículo ha generado una especie de frenesí de los medios de comunicación por las bandas callejeras. Todas las emisoras hablan de ello. Sólo hablan de bandas.

—Copiones. —Tessa se sentó en su mesa, miró por encima las notas de prensa y los mensajes de correo electrónico y luego escuchó sus mensajes.

Un mensaje largo y confuso de alguien que pensaba que la policía de Denver había confiscado injustamente su plantación de marihuana. Un mensaje del director de la Denver Rescue Misión elogiando su artículo. Un mensaje airado de una mujer que vivía cerca de Curtis Park y se quejaba de que el artículo de Tessa iba a hacer imposible que consiguiese vender su casa.

Tenía aún el dedo en la tecla de borrar los mensajes cuando empezó a escuchar el siguiente.

«Hola, Tessa. Soy mamá. En tu mensaje de bienvenida suenas como una profesional. Pensé que tendrías que saber que el abuelo murió. Su hígado finalmente no pudo más. Me fui de Rosebud después del funeral… ahorré todo el dinero que me mandaste y conseguí un trabajo sirviendo mesas en el Dennny's de aquí, en Aurora. Es un buen trabajo, buena gente. Bueno, no quiero molestarte más. Sé que estás ocupada. Te he seguido la pista todos estos años, he leído tus artículos por Internet en la biblioteca. Estoy realmente orgullosa de ti. Quería que lo supieses. Espero poder volver a verte. Mi número es…».

Pero Tessa no lo escuchó. Aturdida por la sorpresa, se quedó sentada, paralizada, hasta que el mensaje terminó y el programa de correo de voz le pidió que hiciese alguna cosa. Pulsó la tecla para reproducir el mensaje y volvió a escucharlo tres veces hasta conseguir anotar el número.

Su abuelo había muerto y su madre se había trasladado a Colorado.

Tessa no sentía nada por su abuelo. Había sido un borracho, y un borracho que siempre estaba cabreado. Había pasado su infancia haciendo todo lo posible por evitarlo, sintiéndose segura sólo cuando él estaba tumbado y grogui junto a una botella vacía. El mundo era un lugar mejor sin él.

Pero su madre…

Tessa la quería mucho de pequeña. Pero luego Tessa se había hecho mayor y había aprendido a sentir vergüenza.

«La mamá de Tessa es su hermana… y su madre. Es lo que dice mi madre».

Tessa no tenía tiempo para reuniones familiares. Su mundo era un caos en aquel momento. Había sido testigo de un asesinato. Estaba en plena investigación. Un loco la había seguido hasta su casa y la había tocado. Y era muy posible que estuviese camino de caer locamente enamorada de un hombre que sólo estaba interesado en ella por el sexo. Lo último que necesitaba era su madre (o cualquier recuerdo de Rosebud, Texas) reapareciendo en una vida que tanto le había costado echar adelante.

Guardó el mensaje, escondió el pedazo de papel con el número de teléfono de su madre en un cajón de su escritorio y cogió sus carpetas. Tenía una entrevista en media hora y debía prepararla.

Alexi miró la fotografía de la joven tendida en la bañera. Era guapa. Su cabello rubio, largo y rizado, se extendía en el agua, pegado a su piel. Tenía buenos pechos, los pezones rosados. Parecía que estuviese dormida... o recién muerta.

—De modo que ésta es la periodista. —Alexi levantó la vista y miró al hombre a quien había ordenado que la vigilara—. ¿La mataste también?

El hombre —Alexi creía recordar que se llamaba Johnny— negó con la cabeza, el sudor empapándole el bigote.

—¡No!, dijiste que la vigilara y eso es lo que estoy haciendo. Estoy haciendo exactamente lo que me dijiste.

—Me alegro de oírlo. Me ahorra el problema de tener que matarte de un tiro como hice con tu amigo. —Alexi miró de nuevo la foto. La chica estaría más guapa atada a su cama—. Debiste acercarte mucho para tomar la fotografía, ¿verdad? ¿Te vio?

Johnny, si es que se llamaba así, negó con la cabeza y sonrió, una sonrisa que dejó entrever unos dientes torcidos.

—Voy con mucho cuidado. Estaba profundamente dormida.

Alexi reconoció el destello en la mirada del muchacho.

—La deseas, supongo.

Johnny se pasó la lengua por el labio inferior.

—Estaba pensando que podría haber otras maneras de quitarla del medio además de matarla.

Alexi rió, sintiendo un nuevo respeto por el hombre que hacía tan poco tiempo había tenido arrodillado delante de él en un charco de su propia orina.

—Cuando te diga que la mates, podrás hacer con ella lo que quieras antes de apretar el gatillo. Pero aún no sé qué hacer.

Hasta el momento, la chica no había representado ningún problema. Había escrito el artículo como testigo del asesinato, cierto, pero desde entonces sólo se había dedicado a perseguir bandas de gamberros. No estaba mal. Cuanto más concentrasen la atención la policía y los medios de comunicación en las bandas, más fácil le resultaba a Alexi seguir adelante con sus negocios y pasar desapercibido.

Además, Alexi tenía problemas mayores. Zoryo había desaparecido. El hombre que había sido su amigo desde los tiempos en que eran niños y vendían droga en las heladas calles de Gzel se había esfumado de la faz de la tierra. Nadie lo había visto en una semana.

Era posible que le hubiesen detenido, pero Alexi ya se habría enterado a aquellas alturas. Tenía topos en el departamento de policía y una muñeca que le mantenía informado de todo lo que sucedía en el FBI. Sabía, por ejemplo, que el incombustible Julian Darcangelo había encontrado e identificado al idiota que había matado la semana pasada y que lo había relacionado con las huellas encontradas en el apartamento del sótano y, por lo tanto, lo había relacionado con el tiroteo. Sabía que la muerte del viejo había pasado por un infarto, tal y como tenía planificado. Sabía que habían clausurado una de sus operaciones en Longmont... nada importante, pero una pena.

Pero ninguna de sus fuentes de información sabía una palabra sobre Zoryo. Y aquello le daba aún más miedo a Alexi. ¿Sería posible que Zoryo le hubiera traicionado? De ser así, se encargaría de él, por muy viejo amigo que fuese.

Guardó la fotografía en el bolsillo.

—Anda a echarle un vistazo a tu princesa, pero no cometas el error de enamorarte tan locamente de ella que luego te cueste apretar el gatillo cuando llegue el momento. Si necesitas un coño, ya sabes dónde encontrarlo.

Capítulo 12

Julian se apoyó perezosamente en la pared de la sala de interrogatorios y dejó que su presa siguiera sudando. El hombre miraba las fotografías en las que aparecía él mismo entrando y saliendo del apartamento del sótano con cara pálida, el sudor empapando sus entradas.

Harold Norfolk era un ginecólogo afamado que había ayudado a traer al mundo a muchos bebés, que era diácono de su iglesia, que hacía generosas donaciones a instituciones benéficas… y a quien le gustaban las adolescentes. Tenía mucho que perder. Y mucho por lo que responder.

Norfolk se recostó en su silla, su mirada sin apenas cruzarse con la de Julian, sus labios torcidos en una sonrisa arrogante.

—Ya me las ha enseñado antes. No demuestran nada. Seguramente tendría alguna paciente por el barrio y me darían la dirección equivocada.

—¿Una simple visita domiciliaria? —Julian se permitió una lenta sonrisa de predador—. Es usted un auténtico santo, doctor Norfolk. No sabía que hoy en día los médicos siguieran haciendo visitas a domicilio. ¿Incluía su visita, por casualidad, echar un polvo con cualquiera de las cuatro chicas menores de edad que vivían secuestradas en esa casa?

Las fosas nasales del buen médico empezaron a moverse y sus ojos se dilataron de forma casi imperceptible. Una subida de adrenalina.

—Exijo hablar con mi abogado. No pienso decir nada más...

Antes de que Norfolk pudiera terminar su frase, Julian lo agarró por el nudo de su cara corbata de seda, lo levantó de la silla y se lo acercó hasta que sus respectivas narices casi se rozaron.

—Si piensa que recurrir a un abogado caro servirá para sacarle de ésta, medicucho, está usted triste y condenadamente equivocado. —Julian dejó que el odio que sentía impregnase su voz como un veneno—. Algunas de las huellas dactilares obtenidas en un caso de píldoras anticonceptivas encontradas en el apartamento coinciden con las que usted depositó generosamente sobre estas fotografías la última vez que estuvo aquí. Eso significa que la próxima visita domiciliaria podría ser a una celda en Supermax.

Norfolk empezó a temblar, a elevar la voz, a abrir los ojos de par en par.

—¡Esto es acoso y agresión! ¡He pedido un abogado! ¡No puede proseguir con este interrogatorio! ¡No puede tocarme! ¡Conozco mis derechos!

Julian le agarró con más fuerza aún, lo acercó más a él, bajó la voz y aprovechó todo el tono de amenaza que fue capaz de invocar.

—¡Tengo una adolescente asesinada y fuera, en alguna parte, a tres más atrapadas en un infierno en vida! ¡O coopera plenamente con esta investigación o descubrirá lo poco que me importan a mí sus derechos!

Soltó a Norfolk, se apartó de la mesa y observó cómo el miedo iba clavando sus gélidas garras en el pecho de aquel desgraciado. Sabía que estaba forzándolo, que estaba tensando la ley hasta el límite. Pero no pretendía obtener una confesión que fuera admisible delante de los tribunales. Pretendía extraer información que sirviera para salvar vidas, incluyendo la de Tessa. Si no obtenía aquella información antes de que Norfolk hablase con su abogado, lo más probable es que nunca llegara a obtenerla.

Norfolk hundió la cabeza entre las manos.

—Mi esposa… mi carrera… ¡Esto será mi ruina!

—Perdone que le diga que todo eso me importa una mierda. ¿Qué me dice de la vida de esas chicas?

—¿Qué quiere que le diga? ¿Qué lo siento? —Levantó la cabeza y pareció vacilar por un instante entre una actitud defensiva y la histeria—. De acuerdo, lo siento. No debería haber sucumbido al deseo y obtener los servicios de prostitutas, pero no soy el único hombre que ha cometido pecado.

—Ahorre su arrepentimiento para Jesús, medicucho. Tal vez a Él consiga engañarle, pero en mi caso no funciona. No eran prostitutas, y usted lo sabía. Eran chicas adolescentes obligadas a trabajar como prostitutas. Chicas obligadas a mantener relaciones sexuales con docenas de hombres al día. Chicas a las que usted proporcionaba la píldora para que no se quedasen fastidiosamente embarazadas. Eso no es sólo pecado, medicucho, ¡eso es «violación a gran escala»! —Julian definió cada sílaba, pronunció lentamente sus palabras.

—¿Y por qué tenía yo que saber su edad? Hay chicas que parecen…

—Dudo que un jurado crea que un ginecólogo con experiencia es incapaz de diferenciar entre una chica de dieciséis años de edad obligada a mantener relaciones sexuales de una mujer adulta dispuesta a ello. —Julian se inclinó sobre la mesa y descansó sobre las palmas de las manos todo el peso de su cuerpo—. O me cuenta usted todo lo que quiero saber y me ayuda a salvar la vida de las demás chicas a cambio de cierta indulgencia, u hoy mismo empieza su viaje de sentido único hacia el infierno.

Norfolk tragó saliva, convulsionándose.

En el transcurso de la hora siguiente, Julian lo machacó a preguntas. ¿Cómo se llamaban los hombres que controlaban la operación? ¿Cómo se enteró de la existencia de aquel garito? ¿En qué lugares de Denver había otros garitos ilegales? ¿Cuándo había empezado a suministrar jeringuillas y píldoras anticonceptivas? ¿Estaba proporcionando otros fármacos o suministros médicos a operaciones similares?

Acababa de preguntarle a Norfolk cómo comunicaba con los diversos proxenetas que dirigían esos garitos cuando alguien llamó a la puerta.

Julian la abrió sin despegar la mirada de Norfolk y vio a Irving. Salió al pasillo y cerró a sus espaldas la puerta de la sala de interrogatorios, dejando a Norfolk sufriendo.

Irving le entregó un *dossier*.

—Tengo noticias de las huellas tomadas en el baño de la señorita Novak.

Julian abrió la carpeta y repasó rápidamente su contenido.

—Encajan perfectamente con uno de los dos conjuntos de huellas dominantes en el apartamento del sótano. No cabe duda de que el ataque que sufrió la señorita Novak está relacionado con el tiroteo y con Burien.

—¡Maldita sea! —Con una sensación de náuseas en la boca del estómago, Julian miró la cara del hombre que había acosado y agredido a Tessa. Cabello castaño enmarañado. Cara ancha. Ojos separados y pequeños. Nariz larga. Labios finos.

El criminal se llamaba John Richard Wyatt, tenía veintidós años de edad y una lista de antecedentes que ocupaba tres páginas: vandalismo, crueldad con animales, robo, hurto, agresión, posesión de drogas con intento de tráfico. Si a esto se le sumaba secuestro, tráfico con seres humanos y una larga serie de delitos sexuales, Wyatt se pudriría en la cárcel hasta la eternidad.

Julian le reconoció. Le había visto entrar y salir del apartamento del sótano unas cuantas veces durante sus turnos de vigilancia. No sabía seguro si se trataba de un don nadie caliente que repetía de vez en cuando o de uno de los secuaces de Burien. Ahora ya no había lugar a dudas.

Aquel cabrón se había acercado lo suficiente a Tessa como para matarla. ¿Qué se lo había impedido? ¿Por qué Wyatt le había agarrado el pecho cuando podía haberse apropiado totalmente de ella, incluso de su vida?

La pregunta hervía en la cabeza de Julian, dejándolo enfadado y nervioso.

—Tramitaremos una orden judicial, publicaremos una orden de busca y captura. —Irving se pasó la mano por el pelo.

—No. —Julian le devolvió el *dossier*, resistiéndose al impulso emocional de hacerlo pedazos—. Lo gestionaremos igual que gestionamos lo de Zoryo. En el momento en que Burien se entere de que lo hemos identificado, le pegará un tiro a ese tal John y lo tirará a la basura junto con el resto.

Y eso no serviría para nada… sobre todo si Julian quería conseguirlo primero a él.

—Entonces mejor que nos pongamos rápidamente en ello. Quiero tu plan en una hora. —Irving miró su reloj—. Mientras, tengo que prepararme para una maldita rueda de prensa. La ciudad ha caído presa del histerismo por culpa de las bandas. Las cadenas de televisión se han tragado ese relato de la señorita Novak y no paran. El alcalde me ha llamado ya dos veces.

—¿Se lo has comunicado a ella? —Julian sabía que la noticia conmocionaría a Tessa. Pensar en ver la sensación de miedo reflejada de nuevo en aquellos grandes ojos azules le hacía venir ganas de pegar a alguien.

—¿Lo de las huellas? No. —Irving miró a Julian con los ojos entrecerrados—. He pensado en dejarlo en tus manos. Entretanto, estoy haciendo lo posible para abrirme camino entre la burocracia y veo que no puedo ofrecerle protección como testigo. Los contables de la ciudad saben que los federales son quienes llevan la batuta en esta investigación y piensan que sois vosotros los que deberíais pagar por ello.

Julian movió la cabeza de un lado a otro. Si Burien tenía espías dentro del FBI, ponerle protección federal equivaldría a no protegerla.

—No confío en...

—Lo sé. —Irving señaló en dirección a la puerta de la sala de interrogatorios moviendo la cabeza—. ¿Qué tal te va con el «Doctor de los valores familiares»?

—Ha soltado algunas pistas sólidas... un par de lugares que inspeccionar, algunos nombres. Ha mencionado también el Pasha's. Necesitaremos una orden para requisarle el ordenador en su casa.

—¿Y te ha dado todo esto sin pedir un abogado?

—Me lo pidió un par de veces. Pero yo sólo lo he tocado una vez.

Irving apuntó a Julian en el pecho.

—La próxima vez que pida por su abogado, asegúrate de proporcionárselo. El Departamento de Policía de Denver sigue las leyes a rajatabla.

A pesar de la rabia que sentía, Julian no pudo evitar una sonrisa.

—Sí, señor. La próxima vez.

Y resultó que esa próxima vez se produjo en cuanto Julian volvió a abrir la puerta.

El doctor Norfolk, que aparentemente había redescubierto su valentía mientras Julian permanecía fuera de la sala, le saludó a gritos.

—¡Quiero llamar a mi abogado! ¡Exijo ver a mi abogado!

Julian levantó una ceja.

—¿Y por qué no me lo había dicho?

Tessa escuchaba a través del auricular del teléfono, con el corazón en un puño, la historia que le explicaba la chica.

Nicki había huido de un hogar donde sufría abusos sexuales a los catorce años de edad y había acabado vendiendo crack en las calles junto con los miembros de una banda, que la habían adoptado. De hecho, la habían obligado a entrar en ella a base de palizas, concediéndole el honor de recoger el guante de otros miembros femeninos de la banda que la habían agredido a modo de ritual de iniciación.

—Acabé con una costilla rota y bastante ensangrentada, pero estaba acostumbrada. Además, intentaban ser mis amigas. Me sentía orgullosa de que me hubieran pegado en lugar de haber tenido que acostarme con alguien.

Tessa reconoció que su personalidad adolescente, de haberse enfrentado a aquella disyuntiva, habría hecho lo mismo.

—¿Te dieron un lugar donde vivir los miembros de esa banda?

—Yo vendía crack, me enrollaba con uno de los chicos y casi siempre estaba instalada en casa de su madre, en los pisos protegidos. A veces, cuando rondaba por allí la policía, yo llevaba encima su pistola. Normalmente, le paraban y le registraban a él, pero a mí me dejaban tranquila.

Cuando Tessa colgó el teléfono, se había formado en su cabeza una triste imagen, una imagen de pobreza, desesperanza, violencia y una jungla urbana en la que adolescentes desgraciados sobrevivían como podían sin apenas ayuda de nadie.

Era *El señor de las moscas* en las calles de Denver.

Nicki había acabado dejando la calle gracias a la compasiva ayuda de un pastor. El resto de sus compañeros de banda no había tenido tanta suerte. El niño que había sido su novio había muerto a tiros cuando salió mal un negocio de drogas en el que estaba metido. El resto seguía en las calles, vendiendo droga, vigilándose mutuamente las espaldas, luchando por seguir con vida.

Tessa estaba acabando de escribir el artículo cuando sonó su teléfono móvil. Se quedó un momento sin responder, pensando que podía ser su madre. No estaba preparada para enfrentarse a eso, todavía no, y menos con todo lo que estaba sucediendo en su vida en aquel momento. Entonces recordó que su madre no tenía su número de teléfono móvil.

Descolgó el teléfono al cuarto ring y respondió.

—Tessa Novak.

—¿Estás en el periódico? —Era Julian.

—Sí.

—Estupendo. Quédate ahí. Ni siquiera salgas a buscar un café. Tenemos el resultado de las huellas. Coinciden a la perfección con unas de las que encontramos en el apartamento del sótano. El hombre que te agredió era uno de los asesinos de la chica.

Estaba diciendo algo de que el Jefe Irving estaba trabajando para encontrarle la protección habitual que se concedía a los testigos, algo sobre una escolta policial, pero apenas le oía porque el zumbido que tenía en los oídos se lo impedía.

El hombre que había entrado en su apartamento, el hombre que la había seguido, el hombre que se había acercado sigilosamente hasta ella y le había tocado el pecho era uno de los asesinos de la chica.

—Tessa, ¿me oyes? ¿Estás bien?

—Sí… —Una mentira flagrante—. ¿Por qué no me mató? «¡Cálmate, chica!».

—Hablaremos de esto más tarde —dijo—. Limítate, simplemente, a no salir sola del edificio. Supongo que estará esperándote ahí fuera. A las cinco vendrá a recogerte un oficial y te escoltará hasta las prácticas de tiro. Nos vemos allí.

Tessa colgó, obligó a sus dedos temblorosos a regresar al teclado y siguió escribiendo su artículo, decidida a hacer justicia a la historia de Nicki independientemente de lo que pasara en su vida. Y trabajando, encontró fuerzas en el espíritu de supervivencia de Nicki. Era una niña y Nicki había visto y soportado cosas que muchos adultos ni siquiera podían imaginarse. Y había salido adelante.

Y lo mismo haría Tessa.

Al fin y al cabo, lo peor que le había sucedido a Tessa era que un asesino había entrado en su apartamento y había decidido magrearle el pecho antes que matarla. No era agradable, pero podía haber sido mucho peor. Había tenido suerte.

Pero no era por ella. Era por esa chica que había huido para seguir con vida y había sido cruelmente asesinada. Los asesinos estaban interesados en Tessa porque había sido testigo de aquel acto de violencia. Pero se equivocaban.

Tessa ya no tenía miedo. ¡Era una periodista de investigación, maldita sea! Su trabajo consistía en encontrar a aquellos cabrones y ponerlos contra la pared. Y eso era lo que pensaba hacer.

Cuando Tessa se desvió por la salida de la carretera y entró en el aparcamiento del campo de tiro, seguida por el coche patrulla blanco y negro, el sol empezaba a ponerse por las Rocosas. Esperó en el interior de su coche hasta que el oficial Petersen salió a recibirla a la puerta, luego entró en el edificio escoltada por él, su corazón acelerándose y unas cuantas mariposas persistentes aleteando en su estómago.

Se había prometido que no volvería a asustarse y sabía que no lo haría. Pero ahora que estaba allí, no podía evitar sentirse nerviosa. Ni tampoco podía reprimir las ganas que tenía de volver a ver a Julian.

No le había resultado sencillo alejarlo de sus pensamientos. Bien, en realidad le había sido prácticamente imposible. No era sólo su imagen con el torso desnudo lo que recordaba sin cesar (aunque esa agradable imagen seguía acudiendo a su cabeza en los momentos más inoportunos), sino también otras cosas. Había roto el cristal para llegar hasta ella, destrozado la puerta de entrada de su edificio como si su velocidad fuese insuficiente.

No sabía qué pensar al respecto, pero le gustaba.

Tessa dio las gracias al oficial Petersen por su escolta y recorrió el pasillo hasta llegar al puesto de prácticas. Julian estaba junto el mostrador con el mismo hombre que les había atendido el día anterior. Irradiaba masculinidad vestido con pantalones vaqueros de talle bajo, una camiseta negra que se ceñía a sus anchos hombros y el arnés en su debido lugar.

Y si su cabeza no comprendía nada, su cuerpo lo comprendía muy bien. Sólo verle, su interior se calentaba y se volvía líquido.

Él miró por encima del hombro y se volvió para saludarla, repasándola con la mirada. Entonces puso mala cara. Se dio cuenta de que observaba su vestimenta. Iba vestida aún con su vestido y tacones, un atuendo poco práctico para disparar, imaginaba.

—No he traído nada para cambiarme —dijo, sintiéndose como una tonta.

—No pasa nada. Simplemente no quiero que te tuerzas un tobillo. ¿Has traído cartuchos de más?

—Sí. —No era tan estúpida como para cometer dos veces el mismo error.

—Vamos. —Julian dio media vuelta y se encaminó hacia las puertas dobles.

Ella le siguió hasta lo que debería ser el puesto central. Pero donde debería haber habido paredes divisorias, había ahora un único espacio abierto. Del techo colgaban dos paneles gruesos de vinilo, cada uno de ellos de unos sesenta centímetros de ancho. Al fondo había seis blancos, perfiles con formas humanas instalados sobre una especie de marco que parecía descansar sobre un muelle.

—Hoy haremos algo distinto. Es evidente que puedes darle a un blanco fijo cuando tienes tiempo de utilizar la visión frontal y apuntar. Pero en la mayoría de casos, los criminales no se quedan quietos y tú tampoco lo estás. Vamos a practicar el tiro sobre blancos en movimiento y bajo condiciones más similares a las que podrías encontrarte en un tiroteo real.

—De modo que es algo así como dar en el blanco en un barracón de feria. —Las mariposas del estómago aleteaban con más fuerza.

Con una emoción que ella no alcanzaba a comprender, Julian la miró con sus ojos azul oscuro y le acarició la mejilla con el pulgar.

—Sé que todo esto ha sido muy duro para ti, Tessa. Voy a hacer lo posible para cazar a esos tipos. Pero por si acaso no lo consigo o me cazan ellos antes a mí, voy a enseñarte cómo seguir con vida y cómo darles una patada en el culo.

Conmovida, Tessa levantó la vista, le cogió la mano y, sin pensarlo, le besó la palma, su piel suave y caliente junto a sus labios.

—Si te pasa alguna cosa, Darcangelo, voy a ser yo quien te dé a ti una patada en el culo.

Él sonrió y su sonrisa la dejó casi sin aliento.

—Me gustaría verte intentarlo.

En primer lugar, repasaron lo que habían hecho la otra vez. A continuación, él le explicó qué hacer en caso de errar el tiro o de haber cargado mal el arma.

—En un revólver, el cilindro suele avanzar automáticamente hasta la siguiente bala y la bala mal utilizada se descarta en cuanto el arma se recarga. Si estaba mal cargada, y me refiero con eso a que la carga no era lo bastante fuerte como para forzar a la bala a salir por el cañón, el cilindro puede encasquillarse. En este caso, no podrás volver a disparar hasta que esa bala esté fuera... y eso es algo que sólo puede hacer un armero. Si la bala queda dentro del cañón y vuelves a disparar, es muy posible que el cañón explote. Suele pasar pocas veces, pero si ocurre, el revólver queda inservible.

—¿Y qué se hace entonces? ¿Tirar el arma y echar a correr a toda velocidad?

Él rió entre dientes.

—No, te quedas con el arma y echas a correr a toda velocidad. Ellos no saben que el arma ha quedado inservible. Si apuntas hacia ellos es probable que corran a cobijarse. Si te atrapan, siempre puedes atizarles un golpe con la pistola. El acero sigue siendo acero.

Entonces le hizo una demostración. Los paneles de vinilo pretendían simular algún tipo de escondrijo: una pared, un árbol, un mueble. Los blancos representaban los demás tiradores. Repartidos por la sala, se moverían por turnos y de forma aleatoria. El trabajo de Tessa consistiría en mantenerse a cubierto y, en cuanto se movieran los blancos, intentar darles en la región pectoral. Los blancos estaban colocados de tal modo que ella tendría que moverse hacia un lado y el otro para disparar, utilizando ambos paneles.

—Así. —Julian se volvió e hizo una señal al hombre que se ocupaba del panel de control y de cuya presencia no se había percatado Tessa. Se colocó entonces con la espalda apoyada contra uno de los paneles de vinilo, simulando tener una pistola en las manos.

Apareció repentinamente el primer blanco, tambaleándose hacia delante.

Julian giró sobre sí mismo, apuntó con los dedos y «disparó» en un ágil movimiento.

—¡Bam! —exclamó, recordándole a Tessa a un niño pequeño jugando a policías y ladrones.

Pero aquello no tenía nada de juego.

Entonces se movió el segundo. Luego el tercero. Luego el cuarto, el quinto y el sexto.

—¡Bam! ¡Bam! ¡Bam! ¡Bam! ¡Bam! Así. Intenta darle a la parte central del cuerpo.

No parecía tan complicado.

Julian reprimió una sonrisa cuando Tessa, pistola en mano y dirigiéndola hacia el suelo, se agachó, se quitó los zapatos de tacón y los dejó en un banco. Era una mujer práctica… y eso era bueno. No tenía ni idea de por qué le hacía tanta gracia. A lo mejor era su imagen, toda ella rizos y curvas femeninas, con los tacones en una mano y el arma en la otra. Llevaba años viendo a mujeres empuñando armas —agentes especiales, policías, asesinas—, pero ninguna de ellas podía superar a Tessa en cuanto a pura feminidad.

Teniendo en cuenta lo que él le había contado aquella misma tarde, estaba haciéndolo notablemente bien. No estaba muy seguro de lo que podía encontrarse, y se había preparado para la posibilidad de que ella estuviese demasiado abrumada y aterrorizada como para disparar una sola bala. Pero si tenía miedo —y estaba seguro de que lo tenía—, no lo demostraba. Esperaba que sus nervios aguantasen. Tenía un par de días muy duros por delante, y eso si todo iba según el plan.

Pero todo esto ya se lo explicaría más tarde. En aquel momento, lo que quería era que se concentrase al máximo.

Decidida y concentrada, Tessa se situó detrás de uno de los paneles y adoptó la posición que él le había enseñado, la pistola apuntando hacia el techo aunque con el cañón excesivamente inclinado hacia ella.

Julian se acercó y le corrigió el ángulo.

—Olvídate de lo que hayas visto en los programas de televisión. Los únicos que sujetan las armas así son los que quieren volarse su propia nariz.

—Oh. —Se sonrojó débilmente.

—¿Lista?

Ella asintió.

Y él dio la señal.

El primer blanco se puso en movimiento. Tessa se volvió hacia él, cerró un ojo para fijar mejor la vista y disparó. El segundo blanco se había puesto ya en movimiento. Antes de que ella pudiese volverse para apuntarle, el tercero había empezado también a moverse. Aun así, Tessa apuntó y disparó a cada uno de ellos, consiguiendo tres blancos de un total de seis.

Cuando terminó, miró a los blancos con cara de satisfacción.

—Bueno, le he dado a la mitad. No está mal por tratarse de un primer intento.

Julian no tenía ningunas ganas de explotar su burbuja de alegría.

—De haber sido esto la vida real, ese tipo —señaló al segundo objetivo— te habría disparado mientras estabas distraída apuntando al primero. Estabas utilizando tu visión frontal. Y recuerda que no puedes hacerlo. Limítate a apuntar y disparar. Y mantente siempre protegida. Es más importante que no te disparen que dispararle al blanco. Muy bien, recarga.

Los blancos volvieron a su lugar mientras ella colocaba seis balas nuevas en la pistola y cerraba el tambor.

—¿Lista?

Ella movió afirmativamente la cabeza.

—Cargada y a punto.

Julian dio la señal.

¡Pop! ¡Pop! ¡Pop! ¡Pop! ¡Pop! ¡Pop!

Esta vez, ninguna de las balas que disparó le dio a nada.

Tessa frunció el entrecejo.

—Me parece que ésos acabaron en Kansas.

—No pasa nada. No tenías ninguna obligación de saber cómo funciona todo esto. Por eso estamos aquí.

Repitió el entrenamiento durante toda la hora siguiente, dándole indicaciones, corrigiéndola, hasta que vio que las mejillas de Tessa estaban sofocadas por el cansancio y la frustración. Habían gastado más de cien balas y ella sólo le había dado al blanco once veces... una puntuación muy típica para un tirador novato.

—¡Maldita sea! —Enfadada estaba adorable—. ¡Esto es imposible! ¡No paran de dispararme y si no puedo utilizar mi vista no puedo darle al blanco!

Julian se cruzó de brazos y reprimió la sonrisa que luchaba por reflejarse en su rostro.

—Seguro que puedes. Sólo es cuestión de práctica.

Ella le miró.

—Me imagino que tú puedes darles a todos.

Él asintió.

—Fácilmente.

—Muy bien, Señor Armado y Peligroso, veámoslo. —Le presionó la pistola contra el pecho.

Él le retiró la mano y cogió su Sauer.

—Esto es un SIG Sauer tres cinco siete. Se esconde sin problemas, es bastante ligero y no ocupa nada. En mi recámara hay el doble de balas que en tu pistola y puedo recargarlo fácilmente introduciendo una nueva recámara. Si se atasca, consigo que vuelva a funcionar en cuestión de segundos golpeando la culata contra una superficie dura para asegurarme de que la recámara está en su lugar y cerrando de nuevo el pasador.

Se lo iba enseñando mientras lo explicaba, soltando la recámara y volviendo a cargarla, golpeando la culata y cerrando de nuevo el pasador. Levantó entonces la vista y vio en su precioso rostro una expresión apesadumbrada.

—Tu arma es mejor que la mía.

No pudo resistirse a decirlo.

—Y más grande.

Sus miradas se cruzaron y ella se sonrojó. Entonces, Tessa entrecerró los ojos.

—Cierra la boca y dispara.

—Sí, señora. —Julian se puso en posición, alejó su cabeza de Tessa para concentrarse en la labor que tenía entre manos, hizo un ademán en dirección a Hal, que seguía en el puesto de control.

Su respuesta fue automática en el mismo momento en que el primer blanco se puso en movimiento. Julian sólo captaba el sonido, el movimiento y el golpe duro del Sauer que sujetaba con ambas manos. Disparó la sexta bala, sustituyó la recámara medio vacía por una llena y guardó el Sauer en la funda.

Cuando levantó la vista, ella estaba mirándole.

—Fardón.

Julian se permitió sólo una sonrisa burlona, más para hostigarla que por sentirse realmente orgulloso de sus disparos al blanco.

—No tienes que compararte conmigo, Tessa. A mí me entrenaron los mejores y llevo casi quince años practicando a diario. Tú sólo lo has hecho una vez.

—Eso no importaría si aparece otra vez ese tipo y decide volarme la cabeza. —Miró el suelo, y el miedo que él estaba seguro que sentía, afloró por fin a la superficie.

Él cerró el espacio que había entre ellos, colocó un dedo debajo de la barbilla de ella y le levantó la cara, obligándola a mirarle.

—Voy a hacer todo lo posible para asegurarme de que no haya una próxima vez.

—¿Por qué no me mató, Julian?

—Hablaremos de esto mientras cenamos.

Capítulo 13

Julian siguió a Tessa hasta su casa, manteniendo la distancia suficiente para poder vigilar la posible presencia de Wyatt. No había indicios del desgraciado. Era posible que la escolta policial que había tenido hasta el campo de prácticas le hubiese espantado momentáneamente. O que Burien le hubiese rediseñado ya su anatomía por la pifia de la noche anterior... si es que lo de la noche anterior era, de hecho, una pifia.

Desde media manzana de distancia, Julian la observó entrar en su aparcamiento y aparcar en la plaza que tenía reservada. Divisó el coche de policía sin señales estacionado en una plaza cercana, desde donde oficiales de paisano habían estado vigilando el edificio durante toda la tarde. El turno de noche que les relevaría llegaría enseguida, dos policías secretos elegidos personalmente por Julian y entrenados para el juego duro.

Si Wyatt rondaba por allí aquella noche, se encontraría delante de algo más que una mujer aterrorizada.

Julian le había pedido a Tessa que le dejara dormir otra vez en su sofá. La había visto aliviada al saber que estaría allí, pero le había hecho prometer que no volvería a dejarla fuera de combate.

—Se acabaron los cócteles Molotov, o lo que quiera que

fuera eso —le había dicho—. Ni siquiera recuerdo haberme metido en la cama.

Julian pensó que era mejor no decirle que él la había llevado hasta allí en brazos. Y lo que había hecho, en cambio, era repasar con ella lo que harían.

Tal y como habían planificado, Tessa entró en su edificio en primer lugar. Los oficiales de paisano la vigilaron de cerca mientras ella recorría el camino de acceso, cruzaba la puerta recién arreglada y miraba su buzón. Julian se quedó fuera esperando unos minutos y luego la siguió y utilizó la llave que había previamente duplicado para acceder al vestíbulo.

Diez minutos después, se encontraba en la cocina de Tessa intentando responder a sus preguntas lo mejor que podía.

—La verdad es —dijo, mientras descorchaba una botella de vino tinto—, que no lo sé.

Sirvió el líquido de color granate en una copa de cristal, la colocó delante de ella y dejó la botella a un lado. Él no bebía a menos que sus supuestas identidades se lo exigieran.

Ella se sentó, mirándole, nerviosa y con las manos entrelazadas sobre su regazo. Se había cambiado y se había vestido con pantalones vaqueros y una camiseta azul de escote en V que arrastraba la mirada de Julian hacia sus pechos por mucho que intentara no hacerlo. Se obligó a mirarla a la cara, prohibiendo a sus globos oculares descender más abajo del nivel de su barbilla.

«Eres un cerdo, Darcangelo».

Ella miró el vino sin verlo en realidad, luego cogió la copa y bebió un poco.

—A lo mejor le espanté con mi grito.

Julian llevaba toda la tarde intentando encontrarle la lógica a la situación. Había dos posibilidades: que cuando atacó a Tessa, Wyatt estuviese actuando siguiendo las órdenes de Burien, o que no lo estuviese. Y ya que Julian no podía imaginarse lo que Burien podía ganar si uno de sus secuaces la maltrataba, se inclinaba más bien por lo segundo. Tal vez aún no le hubieran ordenado a Wyatt dar el golpe y se había entusiasmado mirándola. O tal vez le habían ordenado matarla y no había tenido el valor para hacerlo. De tratarse de esto último, estaría muerto en menos que canta un gallo.

—Lo dudo —dijo por fin Julian—. Esos tipos son despiadados. Disfrutan con los gritos de una mujer. Me imagino que hizo algo que no tenía que hacer y se largó de aquí antes de que pudieras verlo. O eso, o tenía que matarte y no tuvo valor para hacerlo.

Tessa se quedó estudiándolo, y Julian casi podía oír los engranajes de su mente dando vueltas sin parar.

—Tú sabes quién es.

Julian llevaba toda la tarde intentando decidir qué debía contarle. Su vida corría peligro en sentidos que ni siquiera podía imaginarse y darle a conocer la verdad, o parte de la misma, podía marcar una diferencia. Pero, por otro lado, era periodista, y no había forma de estar seguro de que no publicaría en el periódico todo lo que él pudiera contarle. Y pese a que aún no había publicado nada de lo que sabía sobre él —su nombre, por ejemplo—, no estaba seguro de que pudiera resistirse a la tentación de escribir un artículo sobre Burien si él le pasaba la información general. Además, no estaba autorizado a explicar nada. Ella ni siquiera debía saber quién era él.

—Lo que voy a decirte te lo digo estrictamente porque debes saberlo y es completamente confidencial, ¿entendido? Si publicas cualquier detalle de lo que voy a contarte, estarás ayudando y favoreciendo a los asesinos.

—Comprendido. —Dejó la copa de vino en la mesa—. Confidencial.

—Se llama John Richard Wyatt, veintidós años de edad. —Julian extrajo de su bolsillo la fotografía de Wyatt y la dejó en la mesa—. Tiene una larga lista de antecedentes, que va aumentando. Estuvo implicado en el tiroteo del que fuiste testigo, seguramente como cómplice.

»El hombre que creo que apretó el gatillo está muerto ya. Le volaron la cara a bocajarro con un Mágnum del cuarenta y cuatro, sin duda como castigo por haber dejado testigos. Encontramos su cuerpo el fin de semana pasado, junto con las llantas del coche, e identificamos el cuerpo gracias a las huellas encontradas en el apartamento del sótano. Llevaba aún su chaqueta de cuero.

Vio que los ojos de Tessa se abrían de par en par —una reacción que rápidamente reprimió— y se preguntó si debería suavizarlo un poco. No suponía que los periodistas hablasen de crímenes con el detalle casual y escabroso que utilizaban los profesionales del cumplimiento de la ley. ¿O sí lo harían?

Tessa se quedó mirando la fotografía. Cruzó los brazos sobre el pecho como si estuviese abrazándose, un gesto inconscientemente defensivo que le provocó a él cierto dolor.

—Parece un niño.

—Este «niño» es un sociópata.

Apartó entonces la fotografía como si de repente no soportara mirarla.

—¿Existe alguna posibilidad de que me cuentes de qué va exactamente todo esto? ¿Qué sucedía en aquel apartamento? ¿Por qué la asesinaron, quienquiera que fuese esa gente?

Julian cogió la fotografía y la apartó de su vista.

—¿No basta con lo que ya te he contado, Tessa? ¿Necesitas oír aún más para comprender que tu vida corre un grave peligro?

—¿Ni siquiera puedes decirme cómo se llamaba la chica? —En sus ojos brillaban las lágrimas.

Se arrodilló a su lado de cara a ella, y le secó una lágrima con el dedo pulgar.

—Estás intentando dar sentido a algo que no lo tiene, Tessa. Conocer su nombre no facilitaría las cosas. Te doy mi palabra.

—La vi morir, Julian. No puedo explicar lo que... —Cerró los ojos con fuerza en un intento de reprimir las lágrimas y volvió la cabeza.

—María Conchita Ruiz. Tenía dieciséis años.

«María Conchita Ruiz».

Tessa repitió mentalmente el nombre de la chica, una y otra vez, su cerebro gritando y diciendo que dieciséis años era una edad muy joven para morir. Y se dio cuenta de que Julian tenía razón. Conocer el nombre de la chica sólo servía para aumentar su pesar.

«*¡Por favor, señor, ayúdeme! ¡Ayúdeme! ¡Me van a matar!*».

En aquel momento llamaron a la puerta y Tessa lanzó un grito sofocado y se puso en pie de golpe.

—No puede ser la pizza. Primero tendría que haberles abierto la puerta de la calle.

—Tranquila, Tessa. —Julian le acarició el brazo y extrajo la pistola de su arnés—. Seguramente alguien llegó en ese mismo momento y le dejó pasar. La gente de Denver es muy ingenua y no teme por su seguridad. Iré yo. Tú quédate aquí para que no te vean.

Con el corazón a punto de estallar, Tessa cogió su bolso, buscó su pequeña pistola de calibre veintidós, se instaló en un rincón de la cocina y vio cómo Julian observaba por la mirilla.

Se dijo que estaba segura y recordó lo rápida y fácilmente que se había librado de todos los blancos en el campo de prácticas de tiro. Nunca en su vida había visto a nadie moverse con esa rapidez o con tanta precisión. Si Wyatt volvía a aparecer aquella noche, sería él, y no Tessa, quien corriera peligro. Trató de ignorar su miedo, pero no pudo evitar sentirse aliviada cuando Julian guardó el arma, la miró sonriendo y abrió la puerta.

—Son veinte con cincuenta y tres —dijo una voz juvenil—. Aceptamos talones con identificación.

Observó a Julian extraer la cartera del bolsillo trasero de su vaquero y sacar unos cuantos billetes.

—Gracias —dijo el chico—. Oye, tío, ¿es de verdad esa pistola?

Julian respondió, su tono de voz divertido.

—Claro, tío, sí que lo es.

Comieron la pizza sentados en la mesa, Tessa insistiendo en utilizar platos de verdad aunque comiesen comida rápida. Julian intentó mantener una conversación trivial, formulándole preguntas sobre su trabajo, sobre otras investigaciones en las que hubiera trabajado, sobre Tom.

—Por lo que oí esta mañana, ese tipo es un capullo —dijo, sirviéndole más vino.

—¿Tom, un capullo? —Tessa, ya más relajada, no pudo evitar reír—. Lo que ocurre es que se toma muy en serio la responsabilidad del periodismo... pero sí, es un capullo rematado.

Cuando dejaron los platos en el fregadero y se trasladaron al salón, Tessa se sentía mucho más tranquila que los últimos días. El vino recorría sus venas como una puesta de sol de verano, dejándole una sensación de paz y pereza.

—¿Por qué decidiste hacerte periodista? —le preguntó Julian. Se había despojado del arnés, lo había dejado colgado de una silla y se había sentado en el suelo junto al sofá, descansando su peso sobre un brazo, con una rodilla doblada, su camiseta negra resaltando claramente sus pectorales. La contemplaba con sus ojos azules oscuros, su mirada calentándola tanto como el vino.

Tessa estiró las piernas, recostándose sobre un montón de cojines que había sobre el sofá.

—Se acabaron las preguntas respecto a mí. Ya lo sabes todo. Sabes cosas de mí que nadie sabe, cosas que me gustaría que no supieses. Seguramente puedes responder tú solo a esa pregunta.

Él entrecerró los ojos, como si estuviese evaluándola.

—Diría que tiene que ver con una necesidad de combatir en favor de los desvalidos, de defender a gente que no puede defenderse por sí misma. Tu historial te lleva a identificarte naturalmente con los desvalidos. Y pienso que necesitas el reconocimiento público por ello. Sirve para demostrarte que huiste de todo eso, que ya no eres Tessa Bates.

Tessa notó que se le subían los colores.

—¡No necesito...!

Él levantó una ceja.

—¿He sido demasiado directo?

De hecho lo había sido. Pero no podía darle la satisfacción de que lo supiera.

—Ya basta de hablar de mí. Has formulado tus veinte preguntas. Ahora me toca a mí.

—Me parece justo.

—¿Cuántos años tienes?

—Treinta y dos.

—¿Estás casado, divorciado, solte...?

—No me he casado nunca. Ni me casaré.

—Claro. —La respuesta no le sorprendió en absoluto, pero por algún motivo desconocido, su estado de humor no se alteró ni una pizca.

—¿Hijos?

—No, que yo sepa.

—¿Qué significa Darcangelo?

—Es mi apellido. —Reprimía una sonrisa.

—¡No! Me refiero a su origen étnico. —Cogió un cojín y se lo lanzó.

Él se defendió del ataque con el antebrazo.

—Soy medio italiano.

—¿Qué mitad? —Pronunció las palabras sin poder evitarlo. ¿Estaría flirteando con él? Ella nunca flirteaba con hombres.

Los labios de él se torcieron en una sonrisa lenta y sexy que le produjo un vuelco en el corazón.

—De la cintura para abajo.

Notó que se quedaba sin aire, que la cara le ardía, y se encontró pensando distintas cosas que preguntarle.

—¿Por qué te hiciste policía?

Él le retiró un mechón de cabello que le caía sobre la mejilla y aquella milésima de segundo de contacto fue como una sensación de electricidad estática sobre su piel.

—Me gusta pillar a malos tipos.

De haberlo dicho cualquier otro, le habría sonado a bufonada, pero Tessa sabía que hablaba en serio.

—¿Eso es lo que más te importa en la vida? ¿Patrullar por la gran ciudad y limpiar las calles de mala gente?

—Algo así.

Lo tenía muy cerca, su cuerpo irradiaba calor. No la había tocado, pero se sentía ya en el punto de fundición y su cuerpo tamborileaba con un deseo patente e innegable. Nunca se había sentido así, ni siquiera cuando Scott, borboteando palabras poéticas que ni siquiera pensaba, la desnudó por completo y le robó la virginidad en la habitación de aquella residencia estudiantil.

Tessa cogió la copa de vino, bebió un poco e intentó recordar de qué estaban hablando. El trabajo de él.

—Eso suena a peligroso... y solitario.

—Hablando de soledad, ¿Por qué no hay un hombre en tu vida? Una mujer guapa e inteligente como tú, con una carrera profesional de éxito... cabría imaginar que a estas alturas estarías ya casada.

Tessa casi se atraganta y de repente deseó que ojalá estuvieran hablando del tiempo. Aunque, la verdad, ¿por qué no afrontarlo directamente? De hecho, lo sabía prácticamente todo de ella.

Dejó la copa.

—Las mujeres de mi familia tienen poca suerte con los hombres. Mi abuela se casó con mi abuelo... una desgracia para ella. Mi madre... bueno, ya sabes lo de mi madre.

—Tuvo una hija con catorce años. Sí, lo sé. Debió ser duro para las dos.

Tessa había intentado no pensar en ello, pero su conversación lo hizo imposible,

—Me ha llamado hoy. ¡Bendita sea! No he hablado con ella desde que me fui y ahora aparece salida de la nada y me cuenta que está trabajando en el Denny's de Aurora.

—¿Irás a verla?

Tessa negó con la cabeza, se encogió de hombros.

—No lo sé. Es complicado.

Él hizo una mueca.

—Es tu madre.

—Ése es el problema. —Las palabras de Tessa sonaron frías incluso para sus propios oídos—. ¿Estás en contacto con tu madre?

—Nunca conocí a mi madre. —Tanto su voz como su cara eran inexpresivas.

Ella le miró fijamente, asombrada.

—¿Nunca conociste a tu madre? ¿Te dio en adopción o murió al nacer tú?

—No.

Se quedaron un momento sentados sin decir nada.

—Lo siento —dijo ella por fin—. He sido maleducada.

Él se comportó como si no la hubiese oído.

—De modo que tu madre cometió un error y te avergüenzas de ella. ¿Qué tiene eso que ver con tus motivos para evitar a los hombres?

—¿Y quién es el maleducado ahora? —Tessa le miró de reojo—. Yo no evito a los hombres. Simplemente voy con cuidado. Lo último que quiero es acabar como ella o como mi abuela: sola con un bebé o casada con un borracho violento. Además, la idea de tener relaciones sexuales con un hombre es mucho mejor que la realidad.

Con un leve movimiento, él se situó cara a cara con ella.

—¿Tan segura estás de eso?

Con el pulso acelerándosele, Tessa se descubrió mirándole la boca, preguntándose si la besaría, deseando que la besara, pidiéndole a Dios que la besara.

—Segurísima.

Una de las manos de él penetró entre su cabello, acarició su nuca, movió su cabeza de tal modo que su boca quedase frente a la suya.

—Lo aceptaré como un reto.

Y entonces la besó.

Lentamente.

Le acarició los labios con los suyos una vez, dos, tres veces, produciéndole escalofríos. Luego, con un gruñido perezoso, la rodeó con su otro brazo y la atrajo contra su duro pecho. Pero siguió sin besarla del todo, saboreando primero su labio superior, luego el inferior, después las comisuras de su boca una y otra vez, hasta que sus labios sintieron un doloroso hormigueo y ella se encontró temblando de pura necesidad.

No tendría que estar haciéndolo. No quería ser utilizada, no quería ser una muesca más en la cama de ningún hombre. No quería cometer otro error estúpido. Durante todos aquellos años, había ido con mucho cuidado de no acostarse con hombres que sólo querían sexo, hombres como Julian. Pero jamás había conocido a un hombre como Julian, y hacía mucho tiempo que no la tocaba un hombre, mucho tiempo que no se permitía sentir.

Él se echó hacia atrás y la miró, sus labios húmedos, su entrecejo fruncido, su mirada oscura.

—¿Qué tal lo he hecho hasta ahora, cariño?

No le dio tiempo a responder, sino que la besó... con fuerza.

«¡Oh, Dios, sí!».

Le introdujo profundamente la lengua, asoló su boca con asombrosa crudeza, descubriendo sus rincones más sensibles, chupando y pellizcando sus labios, inclinándole la cabeza para besarla más a fondo, dejándola sin respiración, consumiéndola. Ella gimió y le devolvió el beso, sus dedos enredándose en el cabello de él, su cuerpo deliciosamente consciente, un calor líquido inundándola entre los muslos.

La cogió por el cabello, le obligó a echar la cabeza hacia atrás y besó la piel de su cuello, pellizcó ese punto sensible debajo de la oreja, chupó el lóbulo, presionó sus labios contra su pulso. La barba de dos días le arañaba la piel, y aquel leve dolor se convirtió en una fuente de placer.

—¿Más? —le susurró sin despegar la boca del cuello, su voz áspera, su respiración tan entrecortada como la de ella.

—¡Oh, Dios, Julian!

Julian lo tomó como un sí, haciendo caso omiso a la voz de su cabeza que le decía que aquello estaba muy mal, escuchando en cambio los gemidos de ella, la respuesta de su cuerpo y la tensión del suyo. No quería pensar en quién quería casitas con vallas blancas y en quién no. No quería pensar en Burien.

Sólo quería pensar en Tessa.

Con un gruñido, la hizo bajar del sofá y la acostó en la alfombra debajo de él, besándola con más fuerza, su cerebro ardiendo de puro y crudo deseo. Ella se arqueó contra él y aquella sensación de feminidad provocó la tensión de todos los músculos de su cuerpo, su pene duro como el acero presionando el tejido de su pantalón vaquero. Le habría gustado algo lento y tranquilo, pero le resultaba imposible tomarse las cosas con calma.

Sin dejar de besarla, le subió la camiseta con una mano y le bajó el sujetador, revelando unos pechos que podían incluirse entre los más bellos que había visto jamás... turgentes y cremosos, unos pezones de color rosado claro completamente excitados.

—¡Dios! —Agachó la cabeza y saludó aquellas puntas rosadas con un lengüetazo impaciente. Luego cerró los labios sobre el pezón derecho para saborearlo mejor.

Ella lanzó un grito sofocado, luego gimió, un sonido sensual y femenino, sus dedos deslizándose por la nuca de él para agarrarle por el pelo.

—¡Oh, Julian, sí!

Impulsado por sus súplicas, sus gemidos y por su ardiente necesidad, tiró del pezón con los labios, lo chupó, agarró el otro pecho con avaricia, su dedo pulgar trazando círculos sobre aquella piel suave como el pétalo de una flor.

¡Era tremendamente sensible! Reaccionaba a cada caricia de su lengua, a cada tirón de sus labios, como si su boca acariciase todo su cuerpo, su respiración entrecortada, sus caderas levantándose de la alfombra, el aroma almizclado de su respuesta guiándole a él hacia extremos insospechados.

Trasladó la boca al otro pezón y lo chupó con fuerza, su mano descendiendo por la piel suave y sedosa de su vientre. Bajó rápidamente la cremallera y deslizó la mano por debajo de sus braguitas, sus dedos abriéndose camino entre su rizado y húmedo vello. No perdió el tiempo, sino que separó al instante sus hinchados labios e introdujo primero un dedo, luego dos, en aquel calor resbaladizo, cuidando en todo momento de rozarle el clítoris mientras entraba y salía sin parar.

Ella gritó, sus uñas clavándose en sus hombros, sus muslos abriéndose para facilitarle el acceso.

—¡Oh! ¡Oh, Dios mío, Julian!

—Estás a punto, lo noto. —Acarició con los labios un pezón tenso y húmedo, mientras su mano seguía ocupada saliendo y entrando en ella—. Cuando llegues, pienso arrancarte estos vaqueros, enlazar tus piernas en mi cintura y follarte tal y como has deseado desde que nos conocimos.

—Eres... eres un arrogante... ¡oh! —Respiraba con dificultad, su cabeza volviéndose de un lado a otro, sus ojos cerrados, su piel sonrosada—. ¡Oh, oh, Dios mío, sí!

Entonces, su respiración se interrumpió y llegó, arqueándose sobre el suelo, sus músculos internos presionando con fuerza, llevándole casi a explotar al pensar en su pene ocupando el lugar que hasta ahora habían ocupado sus dedos.

La acompañó manteniendo su ritmo regular, su boca sobre sus pechos, su cuello, sus labios, mientras el terremoto que ella tenía en su interior remitía lentamente... y el que él sentía a punto estaba de estallar.

De pronto, ella tiró de su camiseta, la retiró de sus pantalones, sus manos deslizándose hambrientas por la piel de su vientre y su pecho.

—¡Necesito tocarte! ¡Quiero tocarte!

—¡Por Dios, cariño, por mí puedes hacerlo! —Se pasó la camiseta por la cabeza, la dejó caer y bajó la mano para ayudarla con la cremallera, el hambre que sentía de ella recorriéndole las venas.

Su pene, dolorido casi de tan duro que estaba, quedó por fin libre.

Y entonces se escuchó una voz en su radio.

—Sospechoso avistado. Código Negro.

Capítulo 14

Conmocionada aún por la fuerza de su clímax, Tessa se incorporó de repente, su mente tambaleándose entre el placer y la alarma en prácticamente una décima de segundo.

—¿Qué… qué…?

—¡Silencio! —Julian se subió la cremallera del pantalón, se puso la camiseta y abrochó el arnés, su cabello colgando suelto sobre sus hombros. Se acercó la radio a la boca—. Transcribe. Vagón de Bienvenida listo. Corto. ¿Dónde tienes la pistola, Tessa?

Señaló en dirección a la cocina mientras devolvía a su lugar la camisa y el sujetador, que cubría unos pechos doloridos aún. Y entonces lo oyó, alguien moviéndose junto a la puerta de entrada.

Se le quedó la boca seca, la adrenalina aumentando un poco más aún el ritmo de sus pulsaciones.

Julian entró corriendo en la cocina, moviéndose casi en silencio, y regresó con la pistola en un abrir y cerrar de ojos.

—Corre a tu habitación, cierra la puerta con llave y ponte a cubierto detrás de la cama. No salgas hasta que yo te lo diga, ¿entendido?

Ella asintió y cogió la pistola, de pronto tremendamente

asustada no por ella, sino por él. Le posó una mano en el brazo.

—¡Ve con cuidado!

Sus ojos se encontraron, él con una mirada de sorpresa. Pero la mirada desapareció al instante y le hizo un ademán con la cabeza.

—¡Vete!

Ella corrió hacia su dormitorio, cerró la puerta con llave, rodeó la cama y se arrodilló, intentando escuchar lo que el martilleo de su propio corazón le permitía.

Oyó que se abría la puerta, escuchó a Julian maldecir, escuchó pisadas corriendo por el vestíbulo. Luego un portazo, y supo que alguien había llegado a las escaleras. En la escalera —¿o era fuera?— oyó más gritos, voces masculinas enojadas. Unos minutos después se oyeron sirenas aproximándose, lamentos lejanos que fueron acercándose hasta detenerse justo delante de su edificio.

Y entonces... nada.

Esperó en la oscuridad de su dormitorio lo que le pareció una eternidad, escuchando. ¿Le habría perseguido Julian por la escalera trasera hasta atraparlo fuera? ¿Estaría Julian poniéndole las esposas y obligándole a entrar en un coche patrulla? ¿Se habría escapado aquel monstruo? ¿Estaría Julian a salvo? ¿Se habría acabado todo por fin? ¡Esperaba que todo hubiese acabado!

El silencio se hizo insoportable, su aprensión abrumadora. Se incorporó, se acercó de puntillas a la puerta, abrió una rendija y no vio nada excepto la alegre luz de su salón. Salió al pasillo, sujetando con fuerza el revólver entre sus manos sudorosas, sus sentidos intensificados al máximo. Sin separar el cuerpo de la pared, asomó la cabeza por la esquina. La puerta principal estaba entreabierta, pero no había nadie.

Corrió hacia la puerta y vio que el vestíbulo estaba vacío. Su mirada fue a parar entonces a un folleto que alguien había pegado en su puerta… y el estómago le cayó a los pies.

Era una fotografía. De ella. Dormida y desnuda en la bañera.

—¿Qué demonios haces aquí?

Se volvió y vio a Julian acercándose a ella con una expresión de rabia. Entonces le vio las manos. Estaban manchadas de sangre.

—Me imagino cómo pasó. Wyatt estaba en desventaja frente a Taylor y le disparó una bala al estómago con un treinta y ocho con silenciador. Pero quiero saber cómo pasó. ¡Maldita sea! ¡Le teníamos… le teníamos… y consiguió escapar!

Tessa se sentó en el sofá, abrazando un cojín contra su pecho, mientras Julian hablaba a voces por teléfono con el Jefe Irving. La rabia salía de él en oscuras oleadas, y ella sabía que estaba culpándose de lo sucedido.

Mientras él se vestía, uno de sus hombres había recibido un tiro en el estómago procedente de una pistola de treinta y ocho milímetros que había atravesado el chaleco Kevlar. Wyatt había utilizado un silenciador y nadie se había enterado de nada hasta que Julian tropezó con el cuerpo inconsciente y sangrante del oficial al final de la escalera trasera. Julian se detuvo para salvarle la vida al oficial y Wyatt había huido.

Tessa sentía náuseas de pensar que un oficial de policía estaba en el hospital, moribundo, por intentar salvarla. Le producía casi tantas náuseas como pensar que la bala que le habían extraído de sus intestinos podía muy fácilmente haberle ido a parar a Julian. En comparación, su fotografía desnuda en la bañera le parecía algo insignificante, inofensivo. Y aun así, en cierto sentido, era lo que más la conmocionaba.

Mientras ella permanecía dormida en la bañera, aquel monstruo, John Wyatt, se había acercado a ella y la había fotografiado. Había hecho más aún, por supuesto, pero no fue hasta que vio la fotografía que recordó haber oído el «clic». De hecho, seguramente fue ese «clic» lo que la despertó lo suficiente como para poder oír su respiración.

Cuando Julian terminó de gritarle por haber salido al vestíbulo, cogió la fotografía, la guardó en una bolsa de plástico con precinto y la hizo llegar como prueba a uno de los oficiales al cargo.

—Esto es cosa suya —dijo, más para sí mismo que dirigiéndose a ella, su pantalón y su camiseta manchados de sangre—. Le enviaron para vigilarte, pero me parece que se ha obsesionado. Te acecha como un depredador, intenta aterrorizarte antes de dar el siguiente paso. Quiere que sepas que va a venir. Quiere que tengas miedo.

—Pues bien —dijo Tessa, sintiendo aún náuseas—. Debería estar contento. Lo ha conseguido.

¿Quiénes eran esos tipos? ¿De qué iba en realidad todo aquello?

Julian había hablado de Wyatt como si estuviese trabajando para alguien.

«Le enviaron para vigilarte».

Y había hablado igual del hombre que suponía el asesino de María Ruiz.

«El hombre que creo que apretó el gatillo está muerto ya. Le volaron la cara a bocajarro con un Mágnum del cuarenta y cuatro, sin duda como castigo por haber dejado testigos».

¿Serían Wyatt y el asesino muerto simples matones a sueldo? ¿Por qué a alguien se le ocurriría contratar a un matón para acabar con una chica de dieciséis años de edad? ¿Qué tipo de criminal tenía tan poco corazón, y tanto dinero, como para contratar a gente dispuesta a cometer crímenes tan violentos como ésos? ¿Un cabecilla de la mafia de la droga? ¿Un traficante de armas? ¿Un jefe de una banda criminal? ¿Había en realidad alguna posibilidad de que el tiroteo estuviese relacionado con las bandas, como ella había imaginado desde un principio?

«En esas calles hay cosas peores que las bandas».

¿En quién o en qué estaba pensando Syko cuando le dijo aquello?

En la cocina, Julian seguía discutiendo con el Jefe Irving.

—Sé que atacó a uno de tus hombres, pero si publicas una orden de busca y captura, estará muerto. Él es ahora mi camino mejor y más seguro para cerrar rápidamente esta investigación. Si lo capturo, consigo lo que sabe de él... De acuerdo. Hazlo a tu manera. Mi trabajo consistirá en intentar atraparlo antes que otro.

La cabeza de Tessa absorbió esas palabras, jugó con ellas y se quedó con una frase.

«Sé que atacó a uno de tus hombres».

Uno de «tus» hombres.

No uno de «nuestros» hombres o uno de «los» hombres o uno de «mis» hombres. Uno de «tus» hombres.

¿De qué iba todo aquello? Era como si Julian hablara de cambiar las reglas, de tomarse a la ligera los derechos civiles de Wyatt. ¿Por qué tanto secretismo con el caso? La autopsia de María Ruiz seguía sin publicarse. ¿Y quién era Julian Darcangelo, aquel hombre misterioso que había salido de las sombras para ayudarla?

Le parecía casi increíble que un par de horas atrás los dos hubieran estado a punto de hacer el amor en el suelo de su casa. Pese a no haber culminado el acto, había sido la experiencia sexual más asombrosa que había tenido en su vida. La había hecho sentirse el centro de un universo abrasador, como si sólo existiese ella, como si en aquel momento el placer de ella le importara más que todas las cosas. Y cuando se había apoderado de ella la primera y sofocante oleada del clímax, había sentido una emoción que había resultado tanto innegable como aterradora.

Estaba enamorándose de él.

Aquello no formaba parte del plan. No quería enamorarse de él. O de hacerlo, quería que fuese después de que él se hubiera enamorado de ella... y hubiera proclamado sus sentimientos a voz de grito desde los tejados, le hubiese comprado el anillo y se lo hubiese pedido de rodillas. No quería sentirse utilizada de nuevo. No quería correr el riesgo de encontrarse tan sola como su madre.

—Está conmocionada, pero segura, de momento —oyó que decía Julian—. Tenemos que conseguirle protección especial antes de que sea tarde. Yo tengo otras cosas que hacer. ¡No soy una condenada niñera!

Sus palabras fueron como un puñetazo en el estómago, y algo en su interior se hizo añicos como un cristal. Su cuerpo se torno frío, una sensación muy parecida al dolor instalándose en su esternón.

Creía que se había quedado a dormir en el sofá porque le importaba lo que a ella pudiera sucederle. Parecía tan preocupado. No se había dado cuenta de que la consideraba una carga. ¿Y esa intimidad que habían compartido un rato antes? ¿Tenía algo que ver con sentimientos y deseos reales, o simplemente estaría intentando demostrar de nuevo alguna cosa?

«Lo tomaré como un reto», había dicho.

Y ella se había fundido como la mantequilla.

«La culpa es sólo tuya, Tessa».

Peligrosamente al borde de las lágrimas, Tessa se apostó

delante de él cuando salió de la cocina y le entregó su chaqueta de cuero.

—Quiero darte las gracias por todo lo que has hecho para garantizar mi seguridad. Has arriesgado tu vida por mí y no lo olvidaré. Pero ahora me gustaría pedirte que me dejaras sola. No quiero ni necesito una niñera.

Julian conducía por las calles oscuras de Denver de camino a LoDo, repasando mentalmente los sucesos de la noche, su cuerpo en tensión. Miró el reloj del salpicadero. Las cuatro de la mañana.

Todo era culpa suya. Si no se hubiera distraído habría podido responder en el mismo momento de recibir la llamada. Pero había perdido unos minutos preciosos guardando su aparato en los pantalones, buscando la pistola de Tessa en el último lugar donde la había dejado y alejándola del peligro. Para cuando estuvo armado y posicionado, Wyatt, que había disparado ya a Taylor y sabía que la policía estaba allí, había pegado la fotografía en la puerta y huido. Julian había abierto la puerta a tiempo de ver a aquel desgraciado desaparecer por la escalera y había salido corriendo tras él, y entonces había encontrado a Taylor moribundo sobre un charco de sangre. Jodida mala suerte que la bala hubiese traspasado el chaleco antibalas de Taylor. Pero así había sido.

Si Julian hubiese abierto antes la puerta, si hubiese sorprendido a Wyatt enseguida...

Taylor estaría también en el hospital con el vientre abierto y un tubo en la nariz, pero Wyatt estaría en la sala de interrogatorios vomitándolo todo, quizá incluso proporcionándole a Julian esa pieza clave de información que tan desesperadamente necesitaba para cerrar el caso: el escondite de Burien.

«¡Maldita sea! ¡Maldita sea!».

Julian pegó un puñetazo al volante. Estaba furioso consigo mismo por haber permitido la huida de Wyatt. Estaba enfadado por tener a Taylor moribundo. Y estaba molesto porque Irving había seguido el camino oficial y había conseguido una orden de busca y captura. Aquello era como escribir el epitafio de Wyatt y en cuanto estuviese muerto, ya no le serviría a Julian de nada.

Pero todo aquello no tenía que ver con Wyatt. En realidad, no.

Tenía que ver con Tessa. Tenía que ver con un metro sesenta y tres de dulce mujer que se había derretido en sus brazos... y que luego le había expulsado de su apartamento. Había escuchado el comentario sobre su papel de «niñera» que le había hecho a Irving, y había decidido tomárselo en el mal sentido.

«¿Y cómo se suponía que debía tomárselo, imbécil?».

Al borde del ataque de nervios, Julian había ignorado el dolor que reflejaba su mirada.

—¿Quieres que me vaya? ¿Y qué pasa si Wyatt o uno de sus colegas aparece ahora por aquí, Ricitos de Oro? ¿Te ocuparás de él con esa pistola que nunca tienes a mano?

—Mi seguridad ha dejado de ser tu problema —le había dicho ella, levantando la voz y con toda la tensión reflejada en su voz.

—En el pasado tu orgullo te ha llevado a sobrevivir, Tessa, pero esta vez podría matarte.

En parte deseaba explicárselo. Había tratado de hacer comprender a Irving que Tessa necesitaba más protección de la que él podía proporcionarle, que él necesitaba estar en la calle haciendo lo que mejor sabía hacer. Pero su boca y su carácter se habían adelantado a su cerebro y no había pronunciado las palabras adecuadas. Y en lugar de dejar claro lo que quería decir, pasó de todo y le dijo a Tessa que estaba cometiendo una estupidez.

—No, la estupidez la cometí hace un rato esta misma noche —le había dicho ella con voz gélida—. Pero aprendo de mis errores. Y tanto que aprendo.

Y le había cerrado la puerta en las narices.

Furioso con ella y consigo mismo, Julian se había marchado y la había dejado sola en su apartamento bajo la vigilancia de una nueva unidad de policía de paisano.

Había pasado la noche recorriendo callejones, calles y clubes de *striptease* en busca de algún indicio de Wyatt, diciéndose que aquel malentendido había sido para bien. Aquella noche había estado terriblemente a punto de hacer algo que no debía hacer. Treinta segundos más y la habría penetrado. Habría sido el polvo más increíble de su vida y habría llegado con fuerza y rápidamente. Pero luego habría visto en sus ojos una mirada de dolor peor aún que la que ya le había visto y habría tenido que vivir el resto de su vida sabiendo que él había sido la causa.

Él y Tessa tenían una bioquímica compatible —sí, de acuerdo, bioquímica «combustible»—, pero eran completamente distintos. Ella tenía clase, era cultivada, sofisticada; él se había educado en las calles, y había superado el examen de enseñanza general básica y la formación del FBI. Ella era entendida en libros y arte; él sólo sabía de armas y asesinatos. Ella había suavizado todo lo malo de su infancia; él la había afilado hasta convertirla en un arma.

No era necesario hacer preguntas para saber que ella quería casarse, una casa, unos cuantos niños, mientras que él quería… ¿qué?

¿Cargarse a Burien? ¿Pasar el resto de su vida en habitaciones de hotel cochambrosas, en salones de masajes ilegales y en callejones oscuros, preguntándose quién dispararía la bala que finalmente acabaría con él? ¿Pasar su tiempo libre intercambiando fluidos corpóreos con mujeres por quienes no sentía nada y que no sentían nada por él?

«Vaya mierda de vida, Darcangelo».

Giró por Wynkoop para dirigirse hacia Union Station, la exasperación removiéndole las tripas.

¿Qué le sucedía? Jamás hasta entonces se había cuestionado sus relaciones con las mujeres. El sexo le había bastado por sí solo, el encuentro casual encajaba mucho mejor con su estilo de vida que tener una mujer en casa aguardándole, esperando cosas de él que no sabía cómo dar. Pero ahora, en cierto sentido, esa vida le parecía fría, vacía, la idea de besar a cualquier mujer, de saborearla y acariciarla, de penetrarla... le parecía extrañamente poco atractiva.

Aquello era una locura. Lo que simplemente sucedía era que deseaba a Tessa porque no la había hecho suya. Eso era todo. Ella había llegado al orgasmo y él no. No era más que un deseo insatisfecho. Tenía las pelotas hinchadas. Una cuestión hormonal. Nada más.

No, era el aroma de ella que seguía impregnando su piel por debajo del olor a tabaco y sangre y al perfume barato de las bailarinas de *striptease*. Era el sonido que ella había emitido con el primer beso... un sonido sensual, femenino, entre un grito y un gemido. Era la mirada reflejada en su dulce rostro al llegar al éxtasis, una mirada de sorpresa mezclada con un placer insoportable.

En aquel momento había experimentado una satisfacción salvaje, sabiendo que ella pensaba que no iba a disfrutar, sabiendo que sin duda alguna había disfrutado. Quienesquiera que fueran sus anteriores amantes —y a juzgar por su respuesta no podían haber sido muchos—, no debían valer nada en la cama. Si Tessa no había disfrutado con ellos no había sido por su culpa. Era una de las mujeres más sensibles que Julian había conocido en su vida.

Notó una tensión en la entrepierna y se dio cuenta de que se le estaba poniendo dura.

«¿A quién demonios pretendes engañar?».

Deseaba a Tessa. No a cualquier mujer. A Tessa.

Razón precisamente por la cual pensaba mantenerse alejado de ella. No volvería a tocarla. Seguiría con sus pantalones debidamente abrochados y con las manos quietas.

Aparcó la furgoneta en un callejón a unas manzanas de distancia de la estación de tren. Verificó su arma, intentó alejar de su mente cualquier pensamiento relacionado con Tessa y se adentró en la fría noche.

Alexi miraba fijamente el informe carcelario, tenía la cabeza a punto de estallar de rabia y la visión nublada.

—¡Largaos! ¡Largaos todos!

Oyó pasos y puertas que se cerraban, pero su mente apenas se percató de ello.

Zoryo estaba muerto. El Tigre se había ido. Se había matado, se había estrangulado para guardar sus secretos. Su muerte había sido una prueba de su lealtad.

Alexi arrugó el papel con la mano, aporreó la mesa con el puño cerrado y emitió un rugido animal. Se levantó, dio una patada a la silla y destrozó su despacho, haciendo añicos cristales, partiendo los muebles, tirando los libros al suelo.

Pero no bastaba. Quería la sangre de Darcangelo, quería sentirla derramarse en sus manos, quería saborearla y olerla. Quería hacerle daño, hacerle sufrir hasta que suplicara que le pegase un tiro. Quería reírse en su cara y extender al máximo, durante horas interminables, una tortura insoportable. Quería destruirle.

Sin respiración, sin apenas ver nada, Alexi se sentó y buscó en el cajón superior de su escritorio algún fármaco que hiciese desaparecer la migraña que sentía. Abrió el envoltorio de papel de aluminio, se puso una pastilla debajo de la lengua y dejó que se deshiciera, el dolor era un auténtico tormento.

¿Cómo había podido pasar? Darcangelo no seguía las reglas establecidas. Le había seguido la pista a Zoryo, lo había metido entre rejas y le había interrogado sin que ningún miembro de la organización de Alexi se enterase de ello. Zoryo llevaba una semana muerto y Alexi no tenía noticias. No había habido orden judicial, ni orden de busca y captura, ni informe de detención que pudiera ponerle sobre aviso. Ni tampoco un informe de la autopsia que le explicase qué le había sucedido a su amigo de la infancia. Sólo aquel informe interno de la cárcel, un relato detallado escrito por el capitán de la cárcel y enterrado entre muchos más.

Echaría muchísimo de menos a su viejo amigo. Nadie bebía el vodka como Zoryo. Se conocían desde el principio, desde que llegaron juntos a Estados Unidos. Pese a que Alexi conseguiría sustituir a Zoryo en el seno de la organización, pues siempre había hombres buscando el tipo de oportunidades que Alexi solía ofrecer, su amigo ya no estaba.

Si Darcangelo era capaz de una cosa así con uno de los acólitos clave de Alexi, suponía una amenaza mucho mayor de lo que se había imaginado.

Alexi se presionó con fuerza el cráneo latente, cerró los ojos para evitar el reflejo de la luz fluorescente y se dio cuenta de que se le habían dormido las manos. Se levantó, tropezó con todo el destrozo que había provocado en su despacho hasta alcanzar el interruptor de la luz, lo apagó y se dejó caer en el sofá.

La muerte de Zoryo no era la única mala noticia que Alexi había recibido aquella noche. Ese imbécil de Johnny había disparado a un policía y ahora iban tras él. El muy imbécil había caído en la trampa que le había tendido Darcangelo, se había abierto camino a tiros y ahora estaba desaparecido. Alexi tendría que quitárselo de encima. No podía dejar ningún cabo suelto para que Darcangelo pudiese tirar de él.

¿Y Darcangelo? Aquel hijo de puta no tenía familia, ni amigos que torturar. Los vínculos que le unían a la agencia eran débiles y fragmentados. El tipo vivía solo, lo único que le importaba era la última misión que le hubieran asignado. Llevaba tres años sin una amante continuada.

Y entonces Alexi soltó una carcajada. Era tremendamente sencillo.

Entrecerró los ojos, volvió la cabeza y cogió la fotografía de la periodista que Johnny le había proporcionado. No la veía muy bien pues su visión estaba impedida, pero daba lo mismo. La había dejado con vida por una razón, aunque el imbécil ni siquiera lo supiese en aquel momento. Lo planificaría con todo detalle, se aseguraría de no hacer nada que le pusiera en peligro. Con la ayuda de Tessa Novak destruiría a Julian Darcangelo, empezando por la única cosa que le importaba a aquel tipo: su trabajo. Entonces, cuando hubiese sufrido lo suficiente, Burien lo haría matar.

Capítulo 15

La vida de Tessa había dejado de parecer real. No le parecía real porque permanecía despierta, sus pensamientos pasando de besos a asesinos una y otra vez. No le parecía real porque iba a trabajar en un coche alquilado y emparedada entre dos coches patrulla. No le parecía real porque llegaba al periódico y se encontraba con cámaras de televisión esperando en el vestíbulo para entrevistarla sobre el ataque sufrido la pasada noche y la supuesta crisis de bandas callejeras en Denver.

—Señorita Novak, ¿cree usted que esto podría estar relacionado con su reportaje sobre las bandas callejeras de Denver?

Como en una película hecha expresamente para la televisión, Tessa esquivó las preguntas expresando su agradecimiento al Departamento de Policía de Denver y su preocupación por el oficial Taylor, y dejó que Sophie la escoltara hasta el ascensor más próximo.

—Por Dios, Tessa, se te ve agotada —dijo Sophie, muy preocupada—. Me cuesta creer que hayas venido hoy a trabajar.

—¿Podrías hacerme un favor? —Tessa hurgó en su bolso y extrajo un billete de cinco dólares—. ¿Podrías ir a buscarme un café con leche cuádruple con vainilla?

—Por supuesto. —Sophie cogió el dinero—. Pero al final tendrás que acabar durmiendo algún día.

—Eso cuéntaselo a los tipos con pistolas.

Tessa encontró en su buzón de voz media docena de mensajes, incluyendo otro de su madre.

—He visto en las noticias lo sucedido, Tessa, y estoy terriblemente espantada por lo que pueda pasarte. Si andas metida en algún problema, quiero ayudarte. Si necesitas un lugar donde esconderte o algo de dinero, dímelo. Llámame simplemente para decirme que estás bien. Puedes localizarme en...

«¡Escóndete aquí! ¡Corre, Tessa Marie! El abuelo está borracho y está muy enfadado contigo porque has derramado tus cereales. Vendré a buscarte cuando no corras peligro».

Le vino a la cabeza el recuerdo de acurrucarse en la oscuridad debajo de su caravana, pelándose las rodillas con la tierra. Tessa tendría cinco años, su madre diecinueve. Era casi un ritual: esconderse entre las telarañas de la oscuridad, esperar a que su madre le dijera que ya no había peligro. Su madre siempre había intercedido entre ella y el abuelo, había impedido que el viejo la pegara, se había llevado ella los golpes.

«De modo que tu madre cometió un error y te avergüenzas de ella».

Sí. Tessa se avergonzaba de ella.

Y era algo que le preocupaba por primera vez en su vida.

Borró el mensaje, por un instante sus dedos temblando de indecisión sobre el teclado antes de marcar el número directo del Jefe Irving.

No podía enfrentarse a su madre. Todavía no. Y menos hoy.

Había pasado las horas previas al amanecer repasando mentalmente, una y otra vez, los detalles del caso, intentando separar supuestos de hechos. A continuación, había escrito los detalles en una hoja y había esbozado un plan de acción. Encabezando la lista estaba obtener el informe de la autopsia de María Ruiz.

Saltó el buzón de voz del Jefe Irving y se disponía a pedirle el informe de la autopsia, cuando se encontró disculpándose por lo que le había sucedido al oficial Taylor. Sólo cuando estaba a punto de colgar recordó el motivo de su llamada. Hilvanó rápidamente con el fin de su mensaje una solicitud del informe de la autopsia.

—Si no recibimos el documento hoy, presentaré una solicitud oficial amparándome en el Acta de Archivos Abiertos de Colorado —dijo mientras Sophie se aproximaba con el café con leche que le había pedido—. Gracias, señor. Espero noticias suyas.

Colgó el teléfono, cogió la taza, dio un sorbo y gruñó.

—Por suerte que en el universo existe una constante: la cafeína. Gracias, Sophie.

Sophie tomó asiento.

—Si piensas salirte con la tuya y no contarme lo que sucede, te equivocas de todas todas.

Y Tessa vio que hablaba en serio.

Se reunieron en un rincón tranquilo de la cafetería de la planta inferior: Tessa, Sophie, Holly y Lissy. Kat estaba ocupada realizando una entrevista y no pudo unirse al grupo. Con su café con leche, Tessa les explicó lo que no había podido explicarles el día anterior, sin mencionar para nada a Julian: cómo había roto el cristal para llegar enseguida hasta ella, cómo la había consolado, cómo la había llevado hasta límites insospechados con su boca y sus manos. Cómo se le había escapado la revelación de su ausencia de sentimientos sinceros.

Se aferró a los sucesos relacionados con el caso, con la esperanza de que con ello se olvidasen del hombre de la chaqueta de cuero negra. Al fin y al cabo, era lo que necesitaba, olvidar a Julian.

Cuando llegó al momento en que encontró la fotografía de ella desnuda en la bañera, todas la miraron boquiabiertas.

—Al parecer, disparó al oficial Taylor al subir, dándose cuenta de que la presencia de Taylor implicaba que la policía estaba por allí, y se quedó sólo el tiempo suficiente para decorar mi puerta antes de huir corriendo. —Tessa se encogió de hombros, sintiéndose extrañamente aturdida—. Anoche, bueno, mejor dicho, esta mañana, he preparado una hoja con un plan. Tengo que conseguir la autopsia de la chica, y luego tengo que volver a hablar con aquellos chicos de la banda. Estaban intentando decirme...

—¿Preparaste una hoja con un plan? ¡Por Dios, Tessa, estás tan loca como Kara! —Holly parecía enfadada—. Ninguna de las dos sabe cuándo dar un asunto por terminado. De ser tú, pillaría el próximo vuelo a Madagascar y me quedaría allí con los lémures hasta que el Jefe Irving me dijera que esos tipos están entre barrotes.

—Deberías instalarte en casa conmigo y con Will —se ofreció Lissy—. Tiene una vieja escopeta enorme y sé que no dudaría en utilizarla. Te quiere mucho, Tessa. Está furioso por todo lo que estás pasando. No deberías quedarte sola.

Tessa no se había quedado sola, pero no lo mencionó a nadie.

—No puedo, Lissy. ¿Y si hubiese sido Will quien hubiese salido a perseguir a Wyatt y le hubiesen disparado? No pienso poner en peligro a ninguno de vosotros. Además, me parece que este fin de semana me ponen protección especial para testigos.

Holly soltó una risotada sardónica.

—Espera a que Kara y Reece se enteren. Reece aparecerá en tu casa armado como un marine y te arrastrará...

—Excepto a ti, Holly. No me importaría en absoluto poner tu vida en riesgo. ¿Puedo instalarme en tu casa? —Tessa casi se echó a reír al ver la cara de Holly.

—¡Claro que no! ¿Bromeas? No quiero asesinos locos y tocones de tetas merodeando mi casa. Lo siento, Tessa, pero la amistad tiene sus límites.

—Eres encantadora, Holly. —Lissy la miró de reojo—. Puedes instalarte en casa, Tessa.

Entonces, Sophie, que había permanecido en silencio, miró a Tessa con ojos entrecerrados.

—¿No estarás pensando de verdad en regresar a esas calles en busca de aquellos gamberros, verdad?

—¡Por supuesto que no! —mintió Tessa. Miró el reloj—. Reunión del Equipo I.

Cinco minutos después, estaba repitiendo su historia de nuevo, esta vez en la sala de reuniones y delante del Equipo I al completo, además de Tom y Syd. Se alegró de haberlo explicado ya una vez, pues la segunda vez estaba aún más insensibilizada. Nada de lágrimas, ni siquiera se le quebró la voz.

Les explicó los planes del Jefe Irving para transferirla al programa de protección de testigos durante el fin de semana y les explicó que seguramente, a partir del lunes, trabajaría desde casa durante unas semanas. Esperaba que Tom discutiera con ella sus intenciones, pero se limitó a asentir con la cabeza.

—Irving ha estado en contacto conmigo —dijo—. El departamento de informática te tendrá un ordenador portátil listo para el viernes.

Propuso escribir un artículo de un folio sobre el suceso de la noche pasada. Como seguimiento del primer artículo, sería también un relato en primera persona, una visión personal de las secuelas de ser testigo de un asesinato. Sabía que tendría que caminar por la cuerda floja para explicar la historia sin relatar nada de lo que Julian le había revelado confidencialmente, pero confiaba en poder hacerlo.

—En media hora, tengo además una entrevista en Boulder con una mujer que dirige un programa para adolescentes indigentes. No estoy segura de qué va, pero lo comprobaré después. Algunas líneas podré sacar de ello.

Tom, que extrañamente parecía estar de buen humor, le sonrió incluso.

—Buen trabajo, Novak. Me alegro de que no te haya pasado nada.

—Empieza a calmarse de nuevo —susurró Joaquín en cuanto salieron de la reunión—. La madre de Kara lo ha puesto otra vez por el buen camino.

—Según mi punto de vista —le dijo Julian a Wyatt—, me debes tu despreciable vida.

Wyatt le miró con su ojo morado cosido con unos cuantos puntos, pero no dijo nada.

Julian lo había localizado a las seis de la mañana, intentando subir a un tren en dirección a Las Vegas. Cuando Wyatt se había dado cuenta de que Julian iba a por él, había cogido su pistola del treinta y ocho pese a la multitud de viajeros madrugadores que había en la estación. Julian lo había abatido de una patada en la cara.

Llevaban ya cuatro horas, Wyatt negándose a hablar y Julian reprimiendo las ganas de partirle el cuello a aquel desgraciado. Era el hijo de puta que había atacado a Tessa, que la había fotografiado, que a buen seguro pretendía matarla. Era la mierda que había disparado a Taylor. Era la escoria que había mantenido prisionera a María Ruiz, que la había vendido y que había colaborado en su asesinato.

—¿Piensas de verdad que Burien pretende salvarte el pellejo? Por eso huías de la ciudad, ¿no es eso? Sabías que vendría a por ti. ¿Estabas presente cuando se cargó a Toby Grant?

La mirada de Wyatt perdió parte de su rabia y su piel se quedó blanca.

—Le voló la cabeza con un Mágnum del cuarenta y cuatro, ¿verdad? ¡Qué asco! Tuvimos que identificarlo por las huellas dactilares. No había cabeza. —Julian miró a Wyatt a los ojos—. En estos momentos, Burien tiene una bala en la recámara lista para ti, Wyatt. Todos los polis de ahí fuera quieren un trocito de ti por lo que le hiciste al oficial Taylor. La verdad es que yo soy el mejor amigo que tienes en estos momentos. O colaboras conmigo o te pongo en seguridad mínima, donde podrás esperar preguntándote cuándo, y cómo, va a acabar Burien contigo.

Julian dejó que se prolongase el silencio, que el miedo actuara. Era como si últimamente pasase el grueso de sus horas interrogando a gente, practicando el juego de la intimidación. ¿No hacía sólo una semana que había estado interrogando a Zoryo en aquella misma sala?

Se inclinó, obligó a Wyatt a mirarle a los ojos, sujetándolo.

—Cuéntame lo de Pasha's.

El cuerpo de Wyatt se estremeció y sus pupilas se dilataron, pero guardó silencio.

De modo que Zoryo no mentía. El Pasha's tenía que ver con Burien.

Julian se dejó caer en la silla y cruzó los brazos sobre el pecho.

—¿Por qué quieres morir por ese cabrón? ¿Por qué vas a complicarte más tu futuro, que me la trae floja, por cierto, de lo que ya lo tienes? ¿No ves que para él no eres más que un desecho? Dejaron el cadáver de Toby en un cubo de basura para que se pudriese. Simbólico, ¿no te parece?

Wyatt miró al suelo, de repente su aspecto era más el de un niño que el de un tipo duro, su cuerpo entero temblando.

—¿Piensas de verdad que puedes mantenerlo alejado de mí?

Julian se inclinó y bajó la voz.

—Sé que puedo.

Y Wyatt se rompió.

Durante la hora siguiente, Julian lo machacó sin piedad, incitándole con recompensas en forma de descansos para ir al baño, café y rosquillas, añadiéndole una pizca de fingida simpatía e incluso algunos elogios.

—No tenías ni idea de en qué estabas metiéndote, ¿verdad, Johnny? No tenías ni idea de lo que esperaba que hicieses. Tú no querías hacer daño a esas chicas. Me doy cuenta. Pero en cuanto empezaste con él, era él quien mandaba. Pero nunca te controló, ¿verdad? Tú lo engañaste... engañaste a Burien. Esa periodista... sólo te dijo que la siguieras. El resto fue invención tuya, ¿a qué sí?

Wyatt asintió, su cara muy seria.

—Es una preciosidad. Me dijo que podría ser mía, hacer con ella lo que quisiese cuando llegase el momento de saltarle los sesos. Pero yo no quería matarla. Iba a encontrar la manera de hacerle creer que estaba muerta y quedármela para mí.

Julian se levantó y volvió la espalda a Wyatt, casi incapaz de controlar su rabia, la imagen de los ojos azules y horrorizados de Tessa clavada en su mente.

—Nunca se lo habría imaginado. Le habrías vencido.

—Y ella se habría sentido agradecida y feliz de hacer todo lo que yo quisiera, porque siempre sabría que de no hacerlo la mataría.

«Si sigues pensando tanto en tocarla, Wyatt, te haré comer tus propias pelotas».

Julian cambió de tema, no estaba seguro de no acabar matando a Wyatt si seguía.

—¿Cómo puedo encontrarle, Johnny? ¿Cómo puedo encontrar al hombre que quiere matarte?

Wyatt pareció dudar ante su traición final.

—Siempre nos reunimos en un almacén vacío que hay en Commerce City. Está en Brighton Road, no muy lejos de la antigua refinería. Allí fue donde se cargó a Toby. ¡Mierda, seguro que también se me carga a mí!

—No voy a permitir que lo haga. —Julian hizo un ademán en dirección a los chicos que esperaban en el otro lado del espejo de una sola cara para que se llevasen a Wyatt—. Te dejaremos en aislamiento para protegerte y custodiado, y voy a pedir a uno de mis hombres que te traiga de comisaría lo que quieras.

—Quiero un paquete de tabaco.

—Ya sabes que en la cárcel está prohibido fumar, Johnny. —Julian dio un paso atrás cuando entraron los dos oficiales y obligaron a Wyatt a levantarse—. Pero si lo que me has contado resulta ser cierto y cazo a ese hijo de puta, te pasaré por contrabando un cartón entero.

Observó a los oficiales llevarse a Wyatt y oyó que Irving se acercaba.

—Un trabajo excelente, Darcangelo. Debería guardarlo como grabación para formación.

—Pongamos ese almacén bajo vigilancia.

—Hecho. Si Burien aparece de nuevo, estaremos esperándole. —Irving hizo una pausa—. Deberías saber que la señorita Novak llamó esta mañana para pedir el informe de la autopsia de una tal María Conchita Ruiz. No sé de dónde ha sacado el nombre, pero...

Julian casi se echa a reír. Le había dado confidencialmente

el nombre de la víctima para consolarla, y ella no había perdido el tiempo para aprovecharse del asunto. Siempre y cuando no lo publicara, suponía que seguiría cumpliendo su parte del trato.

—Lo sacó de mí.

Irving enarcó una de sus frondosas cejas.

—¿Quieres explicarme cómo fue eso?

—La verdad es que no. ¿Hay café recién hecho por aquí?

Tessa estaba escribiendo cuando Kara se acercó a su mesa, con cara preocupada y con un café con leche en la mano.

—Una pausa para un café, Tessa.

Tessa relató su historia por tercera vez, sólo que esta vez no le resultó tan fácil. A lo mejor porque sabía que Kara había pasado por algo aún peor, a Tessa le fue muy difícil esconder sus sentimientos.

—Todo me parece surrealista... como si estuviese viviendo la vida de otra persona —dijo, intentando articular en palabras sus sensaciones a lo largo del día.

—A ver —Kara empezó a contar con los dedos—. A lo largo de los últimos nueve días, has sido testigo de un asesinato, el hombre que creías que era el asesino te obligó a entrar en un cuarto ropero y te besó, te han arrestado, te ha magreado uno de los verdaderos asesinos, dispararon a un policía en la puerta de tu casa, encontraste una fotografía en la que aparecías desnuda colgada en la puerta de tu casa. Entiendo que a cualquiera todo esto le resulte inquietante. La verdad es que has pasado un infierno y necesitas dormir.

—Eso es más fácil de decir que de hacer. —Tessa deseaba contarle a Kara lo de Julian, dar sentido a sus sentimientos compartiéndolos con ella, pedirle consejo a Kara. Pero sabía que hablar de sus emociones le obligaría a sentirlas, y en aquel momento estaba haciéndolo muy bien en cuanto a no sentir nada. Era mejor no decir nada y permanecer insensible antes que abrirse a todo el dolor que sabía que sentiría.

—Reece y yo queremos que te quedes con nosotros hasta que todo esto haya acabado.

Tessa negó con la cabeza.

—Por mucho que me encantaría aceptar tu oferta, ¿cómo crees que me sentiría si algo le pasara a Reece o a ti o a uno de los niños? No puedo, Kara. Pero gracias de todos modos. Para mí significa mucho importarte hasta el punto de querer correr ese riesgo.

Kara marcó un número en su teléfono móvil.

—Hola, cariño. Sí, sigue muy tozuda.

Entonces le pasó el teléfono a Tessa.

Resonó en su oído la voz profunda de Reece.

—Esta noche te vienes a casa aunque tenga que llevarte a rastras, ¿entendido?

—De acuerdo. —Por vez primera en todo el día, Tessa notó que estaba a punto de llorar—. Pero si acabáis muertos, chicos, no me echéis la culpa a mí.

—Muchas adolescentes indigentes acaban víctimas del tráfico. —Colleen Kenley, la directora de una organización sin ánimo de lucro dedicada a ayudar a adolescentes que vivían en las calles y que estaba sentada con Tessa en la sala de reuniones, había tenido la amabilidad de desplazarse hasta el centro de Denver desde su oficina, en Boulder. Con una melena rubia hasta los hombros y un rostro de modelo, no parecía lo bastante mayor como para encabezar una organización internacional.

Tessa miró sus notas.

—¿Del tráfico? ¿Se refiere a que son vendidas?

La señora Kenley movió afirmativamente la cabeza.

—O trasladadas en contra de su voluntad. Forzadas o coaccionadas a practicar lo que denominamos sexo de supervivencia, sexo a cambio de comida, cobijo y protección. Hemos trabajado con adolescentes cuyas experiencias van desde intercambiar sexo por comida o drogas a verse obligadas a practicar la prostitución a tiempo completo.

—¡Esto es terrible! —Tessa no se dio cuenta de que había dejado de tomar notas hasta que le cayó el bolígrafo de la mano. Se agachó para recogerlo—. ¿Y los hombres que van con ellas no se dan cuenta de que son menores de edad?

La señora Kenley tenía una expresión muy seria.

—Creo que es por eso que les gusta.

A Tessa le dio un vuelco el estómago.

Entonces, la señora Kenley le explicó que había trabajado con una chica de catorce años procedente de Utah cuyos padres la habían echado de casa después de que les dijese que era lesbiana. La habían recogido durante la primera semana que había pasado en la calle y la habían trasladado en un camión hasta la ciudad donde, junto con otra chica adolescente, se había visto obligada a ejercer la prostitución, manteniendo relaciones sexuales con hasta treinta hombres en una sola noche.

—Le dieron heroína y la pegaron, recompensándola con excursiones ocasionales a un supermercado cercano donde le dejaban comprar caramelos. Habría pedido ayuda o intentado escapar, pero estaba demasiado asustada para intentarlo, segura de que la matarían.

La señora Kenley seguía hablando pero Tessa apenas la oía.

«Eran cuatro chicas de la misma edad. Entraban, compraban chicle, caramelos, a lo mejor champú o brillo de labios, y luego se iban. Nunca sonreían. Nunca hablaban».

Recordó lo que el señor Simms le había explicado y su corazón dejó de latir por un instante.

—Lo... lo siento, señora Kenley, no me gusta tener que interrumpirla. ¿Podemos retroceder un poco? Tengo un par de preguntas.

Terminada la entrevista, Tessa estaba segura de que la chica cuyo asesinato había presenciado era como la chica que la señora Kenley acababa de describirle: una adolescente obligada a ejercer la prostitución. La habían asesinado por intentar huir. Tessa no tenía pruebas, aún no, pero las piezas del rompecabezas encajaban.

Esto no tiene nada que ver con las bandas.

Era un caso de tráfico sexual.

Sintió escalofríos en la espalda.

Entonces, como salidas de la nada, recordó de nuevo las palabras de Julian.

«Conozco cosas sobre secuestros y agresiones sexuales que van mucho más allá de las peores pesadillas».

Marcó el número directo del Jefe Irving. Y gruñó al tropezarse otra vez con su buzón de voz.

—Jefe Irving, soy Tessa Novak. Le llamo para informarle de que voy a solicitar formalmente el informe de la autopsia de María Conchita Ruiz amparándome en el Acta de Archivos Abiertos de Colorado. Espero recibir en diez minutos una versión escrita de la solicitud. Además, quiero solicitar una entrevista con usted sobre el caso del asesinato de la señorita Ruiz y los crímenes de tráfico humano y prostitución obligada.

Habló de corrillo, y cuando colgó sintió la subida de adrenalina que siempre sentía cuando estaba frente a un gran artículo.

Se levantó y corrió hacia el despacho de Tom, esperando

conseguir un poco de espacio para su artículo: portada, lugar destacado. Si no tenía espacio, tendría que hacérselo.

—*No me he olvidado de ti, María* —susurró.

—No puedo hacer comentarios sobre una investigación abierta, señorita Novak.

Julian estaba apoyado junto a la puerta escuchando la voz de Tessa hablándole al micrófono mientras realizaba su entrevista al Jefe Irving, su rabia luchando con la admiración. Tenía que admitirlo. Había reunido las piezas del rompecabezas con una rapidez tremenda, saltando de las bandas al tráfico sexual mucho más rápidamente de lo que se imaginaba que lo haría.

—¿Puede, como mínimo, confirmarme que este homicidio tiene una posible vertiente relacionada con el tráfico sexual? —Su voz sonaba agotada, aunque también confiada. Tenía buen instinto y era evidente que sabía que allí había alguna cosa.

—Eso sería un comentario, y acabo de decirle que no puedo hacerlo.

—¿Había pruebas en el cuerpo de abuso sexual, violación o consumo de drogas?

—Creo que dejaré que las anotaciones médicas le aclaren este punto. Debería haber recibido ya el informe de la autopsia.

Hubo un momento de silencio y Julian intuyó su frustración.

—¿Podemos hablar confidencialmente? —preguntó Tessa.

—Confío en usted, señorita Novak. Confidencialmente, entonces.

—He leído el informe de la autopsia y me indica que se trata de un caso de tráfico sexual. María Ruiz huía de sus captores cuando la dispararon. La retenían en el apartamento del sótano junto a otras tres chicas, la obligaban a mantener relaciones sexuales con docenas de hombres y le inyectaban heroína. John Wyatt era uno de sus captores. El hombre que apretó el gatillo y fue asesinado posteriormente era otro. La persona que usted y el señor Darcangelo andan buscando, el hombre que me quiere ver muerta, es el que mueve todas las cuerdas.

Irving pulsó la tecla para parar la grabación.

—¿Qué es lo que le hace llegar a esta conclusión, señorita Novak?

—Acabo de entrevistar a una mujer que dirige un programa para adolescentes que viven en las calles. Algunos de los escenarios de tráfico que me ha descrito son casi idénticos a las observaciones que el inspector médico, el señor Simms y los vecinos hicieron sobre María. Salidas para comprar caramelos con caras largas. Siempre bajo supervisión. Muchos coches aparcando frente a la casa. Su edad. Su forma de vestir. Pruebas de distintas parejas sexuales. Marcas de pinchazos. Moratones. No hay absolutamente nada que no encaje, señor.

Julian dio un paso adelante y se inclinó sobre el micrófono.

—Has ganado el premio, Tessa. Estoy impresionado. Pero ¿qué te propones hacer con esta información? ¿Escribir un artículo de portada que sirva para que esos desgraciados se escondan aún más y nos resulte más complicado si cabe atraparlos?

—¡Hombre, si tenemos aquí a Batman! —dijo ella, evidentemente dolida aún y enfadada con él—. Sabía que tenías que andar rondando por aquí. ¡Quiero ver a esos desgraciados entre barrotes tanto como tú y lo sabes perfectamente! ¡Quiero dejarlos al descubierto, hacer que les resulte imposible esconderse! ¡Quiero despertar al público para que podamos acabar con estos terribles crímenes!

Julian notó la emoción en su voz y sabía que hablaba completamente en serio. Pero aun admirando su talento y su valentía, su experiencia le decía que el mundo real no funcionaba de aquella manera.

—¿Has conseguido alguna vez dar caza a un criminal a base de escritos?

—No lo he conseguido personalmente, pero sé de gente que lo ha hecho. Utilizado correctamente, puede ser una herramienta tan mortal como una sola de tus enormes balas.

—¿Por qué no le preguntas al oficial Taylor que opina al respecto?

Ella se quedó dudando.

—Así que, para resumirlo todo, «Sin comentarios». ¿Está bien dicho, Jefe Irving?

Y Julian sabía que estaba ignorándolo. Se dispuso a hablar.

El Jefe Irving levantó la mano para hacerle callar.

—Me gustaría que retuviera un tiempo ese artículo, señorita Novak.

—No puedo hacerlo. Lo sabe. Tengo un trabajo que hacer.

—La comprendo.

—Gracias, señor.

La línea se cortó.

Irving colgó el teléfono y se recostó en su asiento.

—Esa jovencita es demasiado lista. Tenemos que terminar con estos dimes y diretes burocráticos y completar la documentación para conseguirle protección como testigo antes de que se la carguen.

Julian no dijo nada, el café en su estómago estaba pesándole como el plomo.

Capítulo 16

—Ponlo a cámara lenta y observad aquí. —Julian señaló con el puntero de láser rojo la esquina superior derecha de la pantalla de televisión, con la esperanza de terminar lo más rápidamente posible con aquella sesión informativa. Odiaba las reuniones: mucho hablar y nada de acción—. La furgoneta se para. Salen de ella cinco chicas y van a los lavabos de la gasolinera. Los dos coches que se ven entrando por la izquierda... ¿los veis en la parte baja de la pantalla? Acababan de salir del Pasha's. Entran en la gasolinera. Dos de las chicas entran en un coche y tres en el otro. Observad el conductor de la furgoneta. En cuanto se pone en marcha, se dirige al Pasha's.

Irving fue el primero que habló.

—¿Piensas que utilizan ese club como una especie de centro de distribución?

—Lo has pillado. Hay mucho tráfico. La gasolinera proporciona anonimato... mucha gente que entra y sale de los coches, muchas mujeres que utilizan los baños. Y utilizar el aparcamiento de la gasolinera sirve para que el club resulte menos sospechoso. En las horas de grabación que he visto hasta el momento, la escena se repite tres veces: coches distintos, pero siempre la misma furgoneta.

Julian rebobinó la cinta y dejó que los hombres la vieran otra vez. Había pasado la tarde y gran parte de la noche examinando con detalle y a cámara rápida horas interminables de grabación. Había visto a John Wyatt entrar una vez en el club, las vistosas llantas arrancadas de su reluciente Cadillac negro, y casi había pasado por alto la furgoneta. Apenas en imagen, era uno de los miles de vehículos que habían aparcado en el estacionamiento contiguo a la gasolinera. Le había llamado la atención sólo después de ver que su conductor se dirigía al Pasha's. Había vuelto a examinar las cintas, vigilando esta vez con atención la gasolinera, y había descubierto un modelo. Después había conseguido dormir unas horas, intentando no pensar en Tessa.

Se había sentido aliviado al enterarse de que se había ido a casa del senador. Irving le había dicho que era un tipo listo que sabía utilizar un arma y que su casa estaba equipada con un sistema de alarma. Ya era algo. Julian sentía una necesidad irracional de seguir vigilándola personalmente, aunque sabía muy bien adónde le conduciría aquello de hacerlo. En cuanto hubieran discutido sobre los sentimientos heridos de Tessa, follarían como locos... y ella volvería a sentirse herida. Además, si quería que estuviese segura, necesitaba imperiosamente encontrar a Burien.

—¿Piensas que no bastaría con obtener una orden judicial? —preguntó Petersen, con la mirada aún clavada en la pantalla—. Por lo que sabemos, es como un minibús escolar para chicas conducido por un tipo al que le gustan las tetas.

Los hombres se echaron a reír.

—Conseguiré la orden, pero todavía no. Burien no frecuenta el Pasha's y es a él a quién queremos. Una vez entre, será muy fácil derribar todo ese castillo de naipes. Si le quitamos algunos de sus lugares clave, acabará trasladándose a otro sitio, como hizo hace tres años.

—¿Y qué propones entonces? —Irving se sacudió las migas de galletas que habían quedado estancadas en su camisa, atrapadas por su protuberante barriga.

—Mantener la vigilancia. Trabajar el club. Intentar descubrir los principales tipos que lo regentan y seguirlos con la esperanza de que nos conduzcan hasta Burien.

—¿Y qué hay del almacén? —Irving se volvió hacia el sargento Gary King, que había pasado prácticamente toda la noche montando guardia cerca del almacén.

—Tenemos el lugar bajo estrecha vigilancia. Esta mañana hemos hecho un registro rápido, lo hemos examinado con ultravioletas y hemos encontrado manchas de sangre de gran tamaño. Hacia la hora del cambio de turno, tendremos los planos del edificio y un mapa detallado. El lugar está en venta desde hace casi un año. Hay algún tipo de problema con la agencia de protección medioambiental, de modo que el propietario, que vive en Japón, aún no ha podido venderlo.

—Seguramente Burien está utilizándolo sin que el propietario lo sepa, haciendo su trabajo sucio en casa de otro —explicó Julian—. A estas alturas ya sabe que tenemos a Wyatt. Dudo que regrese por allí. Quiero que alguien se dedique a mirar todas las propiedades industriales que hay en venta en la zona de Denver y marque aquellas que tengan edificios vacíos.

—¡Por Dios, qué resbaladizo es este cabrón! —El sargento Wu sacudió la cabeza—. ¿Seguro que es de carne y hueso?

—Y tanto que lo es. —Julian cruzó la mirada con el oficial de policía de mediana edad—. Y estamos mucho más cerca de acabar con él de lo que lo hemos estado en estos tres largos años.

—Recordad que, supuestamente, este asesino hijo de puta tiene policías en nómina. —El Jefe Irving los miró a los ojos uno por uno—. La información de esta reunión no debe ser compartida con nadie… nada de pistas, nada de chismorreos, ni siquiera os repitáis a vosotros mismos lo que sabéis. Wu, tú dirigirás el asunto de la propiedad inmobiliaria. Pongámonos manos a la obra. Y no os olvidéis de firmar la tarjeta que le hemos escrito a Taylor deseándole su pronta recuperación. Hoy lo sacan de Cuidados Intensivos.

Julian extrajo la cinta del vídeo. Había hecho copias y las tenía ya guardadas en la caja fuerte de su casa. Aquélla iría a parar a la caja de la sala de pruebas.

Cuando se cerró la puerta, levantó la vista y vio que se había quedado a solas con Irving, que agitaba en su mano un ejemplar del *Denver Independent*.

—¿Has leído esto?

Julian negó con la cabeza.

—¿Nos ha retratado?

—No. —Irving le entregó el periódico—. Todo lo que le explicaste confidencialmente sigue aún siendo confidencial. Pero estoy seguro de que este artículo llamará la atención de Burien.

Tessa se despertó y se encontró frente a dos pares de ojos castaños que la miraban con curiosidad: uno pertenecía a un niño, el otro a un perro.

—Dice mamá que no tengo que estarme callado para no despertarte —le susurró Connor—. ¿Te he despertado?

—No, cielo —le susurró Tessa a modo de respuesta—. Mis ojos se han abierto solitos.

Connor sonrió, echó a correr y gritó:

—¡Ya se ha despertado, mamá!

Tessa escuchó la voz de Kara procedente del piso de arriba.

—¡Connor, ya te dije que dejaras tranquila a tía Tessa! Ven a acabar tu desayuno. ¡Llegarás tarde al colegio!

Connor miró de nuevo a Tessa y se encogió de hombros, con cara de culpabilidad.

Tessa le sonrió, le mandó un beso con la mano y vio cómo se sonrojaba.

Él le devolvió una tímida sonrisa y salió corriendo de la habitación, *Jakey* siguiéndole.

Tessa se incorporó, buscó su reloj y vio que eran las siete y media. Apenas recordaba cuándo se metió en la cama la noche anterior. Su sueño se había visto interrumpido por diversas pesadillas y se sentía casi tan cansada como cuando se había acostado.

«Envenenamiento por adrenalina».

Salió de la cama y entró en el baño para invitados, el peso de las dos últimas semanas cayendo sobre ella mientras se daba una ducha caliente. Se enjabonó el pelo mientras la realidad le taladraba el cerebro como una astilla.

Había terminado el artículo sobre el tráfico sexual a altas horas de la noche, obligando a producción a que le reservaran dos páginas enteras de la Sección A. Tom lo había pasado a portada junto con los relatos de su acoso y su ataque… un golpe bajo que esperaba que le diese al asesino en lo más profundo. Le había costado muchísimo no revelar parte de la información confidencial que poseía y había aprovechado al máximo todo lo que tenía, sobre todo el informe de la autopsia.

Era uno de los informes de autopsia más horripilantes que había leído en su vida, la historia del sufrimiento de María revelado en carne y hueso. Moratones por todo el cuerpo. Quemaduras en las muñecas provocadas por cuerdas. Heroína en la sangre. Semen de siete hombres distintos. Una costilla rota medio curada. Síntomas de infección pélvica crónica. Nueve heridas de bala mortales.

Y aun así, habían sido los detalles más íntimos del informe los que más había conmovido a Tessa: el lunar en el muslo derecho de María, las manchas de lágrimas en su cara, las caries en sus dientes. María era una chica normal y corriente, con sus esperanzas y sus sueños. Pero le habían robado la vida.

Cuando llegó a casa de Reece y de Kara estaba tan agotada, que apenas había podido seguir una conversación. Había comido con placer la cena que le habían reservado —una delicia italiana preparada por Reece—, les había dado las buenas noches y se había derrumbado en la cama.

Despertándose lentamente, se aclaró el champú, aplicó suavizante a las puntas, cogió su maquinilla y se depiló las piernas, dando así tiempo al suavizante para que actuara.

Hoy, al salir del trabajo, tendría ya la protección especial para testigos que le había conseguido el Jefe Irving. ¿Se habría acordado de coger maquinillas de recambio? De hecho, daba igual. Durante las próximas semanas, estaría encerrada en casa sin más compañía que los policías de guardia. ¿A quién le importaba si estaba peluda? Ni Julian, ni nadie, iría a visitarla.

«Has ganado el premio, Tessa. Estoy impresionado».

Ayer estaba enfadadísimo con ella, su voz era puro sarcasmo. Al parecer no entendía que ella tenía un trabajo que hacer, independientemente de que le apeteciera hacerlo o no. actuaba como si su búsqueda de los asesinos de María fuese algo vano y frívolo, un simple intento de ganar protagonismo en portada. Era evidente que no comprendía el poder de la prensa y que para él no era más que un incordio.

Experimentó una chispa de exasperación, y le gustó. Era mucho más fácil gestionar la rabia que los demás sentimientos que él le había inspirado. Pese a que la había herido y humillado con su comentario sobre la «niñera», no podía olvidar la sensación de haber mantenido una casi relación sexual con él.

Todo aquel hombre, todo aquel calor, sólo para ella. Había tenido el orgasmo más impresionante de su vida... y eso que sólo había sido un juego preliminar. ¿Cómo debía ser la sensación de tener aquella erección enorme moviéndose en su interior?

La tensión que experimentó en su vientre entraba en total contradicción con la voz incordiante que resonaba en su cabeza.

«Te has sentido utilizada, y lo sabes».

Sí, lo sabía. O al menos su cabeza lo sabía. Su cuerpo tenía otras ideas, sus pezones se excitaban, su piel estaba inusualmente sensible, la humedad que sentía entre las piernas no tenía nada que ver con la ducha.

«La mente puede más que el cuerpo, Tessa».

Seguramente, Julian no le había dado más vueltas a lo sucedido entre ellos. Estaba concentrado en su trabajo y eso era exactamente lo que ella también tenía que hacer. Se aclaró la crema de afeitar de las piernas y se obligó a pensar de nuevo en la investigación.

Hoy esperaba realizar el seguimiento de su artículo sobre el tráfico sexual. La señora Kinley le había proporcionado varias fuentes de información, incluyendo un informe del FBI que indicaba que Denver era una encrucijada para los traficantes sexuales, sobre todo para aquellos que trabajaban con México. Tessa quería leer el informe y ver qué podían explicarle las demás fuentes de información. Tenía que haber una manera de comprender qué sucedía: revisando informes de detenciones de prostitutas, hablando con las autoridades mexicanas en el consulado, entrevistando a las prostitutas que hacían la calle.

Lo que de verdad quería hacer era volver a hablar con Syko, algo que no podía hacer si iba acompañada por la policía. Dudaba que Syko y sus compinches aceptaran una invitación para acudir a visitarla a la sala de redacción, ni sabía cómo volver a contactar sino era preguntando por ellos en la calle. Dudaba poder encontrarlos en las páginas amarillas. La única manera de poder volver a hablar con ellos era regresando a los pisos de Aurora. Dada la situación en la que se encontraba, era la idea más estúpida que se le podía ocurrir. Pero si encontraba la manera de abandonar el edificio y coger un taxi, conseguiría eludir no sólo a la policía, sino también a los asesinos, que nunca esperarían que saliera de allí sola. Y si se cubría el pelo con alguna cosa...

Una vez duchada, maquillada y vestida, lo tenía ya todo planificado. Recogió sus cosas, dejó la maletita con ruedas junto a la puerta y siguió el sonido de la voz de Kara hasta encontrarla en la cocina. Pese a los gritos y pataleos de la pequeña, Kara estaba lavándole la cara a Caitlyn después de haberle dado una papilla de frutas.

—Me parece que prefiere seguir con la cara sucia. —Tessa no pudo evitar sonreír.

—Es una máquina de enredos. —Kara dejó a su hija, que gateó enseguida hacia una pila de bloques constructivos que había en el suelo—. Me había hecho la ilusión de haberla acostumbrado al orinal antes de que llegara el siguiente, pero me parece que no va a ser así.

Tessa tardó un momento en darse cuenta de lo que Kara estaba diciéndole.

—¿Estás... estás embarazada? ¡Oh, Dios mío, Kara, eso es maravilloso! ¡Felicidades! ¿Lo sabe ya Reece?

—Gracias. Sí, lo sabe. Estoy de once semanas y llevo un mes devolviendo por las mañanas. Al mediodía viene a casa para que yo pueda descansar un poco.

—Ya te dije que cuidaría de ti. —Tessa experimentó una oleada de felicidad por su amiga, intentando ignorar cómo la luminosidad de aquel momento dejaba al descubierto las sombras de su vida. ¿Sabría alguna vez lo que era estar embarazada, sentirse mimada por el padre de su bebé, compartir la alegría de ver crecer a sus hijos?

Al ver que Kara iba a coger la cafetera, Tessa se lo impidió.

—¡Siéntate, por el amor de Dios! Ya me prepararé yo mi desayuno.

Mientras Tessa se preparaba un tazón de copos de avena instantáneos, hablaron sobre los niños, sobre los proyectos de ley de Reece para la nueva sesión legislativa, sobre las penurias de trabajar con Tom, mientras Caitlyn barboteaba felizmente y jugaba en el suelo. Fue Kara quien finalmente sacó el tema a relucir.

—He leído tus artículos —dijo—. Me provoca náuseas... lo que le hicieron a esa pobre chica, lo que le hacen a todas esas niñas, lo que intentan hacerte a ti. Dios mío, Tessa, estaba repitiéndome todo el rato que tú estabas a salvo, que estabas abajo durmiendo y a salvo. Pensé que Reece iba a estallar de rabia cuando leyera el periódico.

—Tengo que hacer alguna cosa al respecto, Kara. No ha pasado una hora desde el momento del asesinato en la que no he oído la voz de esa chica. Tengo que ayudarla como pueda.

Tessa compartió con Kara sus ideas sobre cómo llevar a cabo la investigación, escuchó sus sugerencias, deseando poder explicarle todo lo de Julian. Pero enseguida llegó la hora de irse.

—Haz caso al Jefe Irving. Haz lo que él te diga —dijo Kara.

Tessa bufó.

—¿Cómo hiciste tú?

Kara puso mala cara.

—Precisamente, cómo yo no hice.

—Gracias por todo.

Cuando Tessa llegó a la oficina se encontró con los reporteros de la CNN y de Fox en el aparcamiento. Rezó para que estuviesen allí para una entrevista reveladora sobre el carácter de Tom —«Los editores y sus egos»— e intentó avanzar por el aparcamiento sin ser vista. Algo que le resultó imposible al ir escoltada por dos coches patrulla de color blanco y negro.

Cruzó corriendo el aparcamiento, entró en el edificio por una puerta lateral y subió por las escaleras a la sala de redacción. El Equipo I estaba reunido frente a un conjunto de pantallas de televisión, viendo cómo el retocado Nell Parker presentaba el informativo matinal de Channel 12.

Matt miró por encima del hombro y sonrió.

—Tu artículo sobre el tráfico sexual ha llegado a las noticias nacionales. Así se hace, Novak.

Pero Tessa apenas le oyó. Su mirada fue a parar sobre la carta de presentación adjuntada a un montón de documentos que había encontrado en su bandeja de entrada. Impresa en un folio y sin firmar, la carta aseveraba que la policía de Denver estaba llevando un caso en el que se había detenido e interrogado a un sospechoso... y que había muerto después del interrogatorio estando bajo custodia policial.

«Los documentos adjuntos demuestran que el oficial culpable del suceso es un agente especial del FBI cuyos métodos poco éticos dieron como resultado la muerte de dos agentes compañeros suyos hace tres años. El agente se llama Julian Darcangelo».

Tessa notó que la sangre le subía a la cabeza y se derrumbó en una silla. Entonces, con el corazón latiéndole con fuerza, giró la página y siguió leyendo.

Julian estaba trabajando con el ordenador, intentando averiguar por la matrícula el nombre del propietario de la furgoneta, cuando Irving entró de estampida en el despacho y cerró la puerta de un portazo.

—Esta investigación está convirtiéndose en un jodido embrollo, Darcangelo. —Furioso, Irving empujó una montaña de papeles por encima de la mesa hacia él—. La señorita Novak acaba de presentar la solicitud de apertura de archivos más grande que este departamento ha visto en sus años de existencia, y tú estás en medio de todo.

Julian hojeó los documentos, empezando por la carta de presentación anónima y acabando por el informe interno que detallaba las circunstancias del suicidio de Zoryo, una rabia fría apoderándose de sus entrañas. Cuando terminó, se puso en pie y se acercó a la ventana.

El cielo se estaba poniendo gris y sobre las montañas había gruesos nubarrones.

—No cabe la menor duda... tienes un chivato.

—¿Es eso todo lo que tienes que decir? ¿Qué me dices de la señorita Novak y la revelación que tiene pendiente sobre la brutalidad policial en las cárceles de Denver?

—Tessa Novak es la menor de nuestras preocupaciones. —Se volvió hacia Irving—. Alguien quiere librarse de mí y está utilizando a Tessa para conseguirlo.

Irving enarcó una de sus tupidas cejas.

—¿Por qué lo dices?

—Es la única razón por la que alguien enviaría esta información a un periodista. Saben que ella está interesada en el caso y, peor aún, saben quién soy, saben que yo estoy en el caso.

—Entonces tiene que ser un chivatazo del FBI. Entre mis hombres, son muy pocos los que saben de dónde procedes o por qué estás en realidad aquí.

Julian sacudió la cabeza.

—Es una combinación del Departamento de Policía de

Denver y los archivos del FBI. Quienquiera que sea, tiene acceso a documentos clasificados de ambas agencias. Ningún policía de Denver podría meter mano en los viejos archivos del FBI. Y dudo mucho que un agente pudiera entrar en la cárcel, evitar los centinelas armados y los controles para indagar en tus informes de incidencias.

—A lo mejor trabajan en colaboración.

A Julian ya se le había ocurrido.

—Es una posibilidad. Pero hay algo más a tener en cuenta. Si los tipos que han filtrado esto saben quién soy, es muy probable que Burien lo sepa también.

Era una posibilidad que ni siquiera quería considerar, pero que no podía ignorar.

Irving lanzó un silbido, su arrugado rostro era una máscara de seriedad.

—Me parece que ha llegado el momento de que tus superiores se planteen apartarte por completo de este caso.

Julian sería capaz de raparse la cabeza, de hacerse la cirugía estética y de camuflarse en unos tacones altos y un vestido antes que abandonar ese caso. Pero no lo dijo.

Lo que hizo fue un movimiento afirmativo de cabeza.

—Podría ser.

—Y bien, agente especial Darcangelo, ¿cómo propones que gestionemos el tema de la señorita Novak? Zoryo fue cosa tuya. Lo hicimos a tu manera y ahora mi departamento está a punto de salir escaldado.

—Es evidente que Burien recibió la noticia de lo de Zoryo, de modo que el secretismo ha dejado ya de tener sentido. —Julian marcó la combinación de la caja fuerte de su despacho, extrajo un *dossier* y se lo entregó a Irving—. Le dirás la verdad. El mandamiento judicial está ahí, junto con el resto de papeleo. Ofrécele la posibilidad de que vea este *dossier* confidencialmente y explícale que esta fuente anónima está manipulándola y muy probablemente trabajando para el hombre que quiere matarla. Y luego pídele que retire su solicitud.

—Eso cubre mi departamento. —Irving se guardó el *dossier* bajo el brazo—. ¿Qué me dices de la información que quiere de ti? ¿Debería dejar que lo gestionasen los federales?

Y entonces le vino a Julian la idea a la cabeza.

«¡Hija de puta!».

Seguramente, Tessa había rellenado la misma solicitud para el FBI. No eran los informes en sí lo que le preocupaba. Tendría que vivir cada día de su vida con la verdad de lo que había hecho tres años atrás. Le daba igual que ella lo supiera o no, siempre y cuando no lo publicase. Pero de un momento a otro recibiría una llamada cabreada de Dyson —o peor aún, de Margaux— exigiendo saber por qué no les había informado de nada. Y sería la mar de divertido.

Dyson no había llamado hasta casi las cuatro de la tarde. Estaba tan furioso como Julian esperaba. Había amenazado a Julian con apartarle del caso, se había cuestionado sus objetivos y le había dado la vuelta a la tortilla recordándole a Julian las veces que se había mojado por él. Luego habían ido a por faena y le había exigido un informe completo sobre Zoryo.

Julian le había puesto al corriente, omitiendo cualquier mención del Pasha's, luego le había puesto al día sobre la detención de Wyatt y el descubrimiento del almacén —dos piezas de información que estaba seguro que Burien ya tenía—. Odiaba tener secretos con Dyson, odiaba engañar al hombre que había sido su mentor, pero no podía compartir la información con Dyson sin compartirla también con todos los integrantes de la cadena de mando de Dyson. Y alguien de esa cadena era el eslabón roto.

Julian acababa de colgar cuando sonó su teléfono móvil.

—¡Yo no le dije a Dyson que te pusiera en ese caso! ¡Le dije que estabas en él porque tenías tus razones!

—Qué placer oír tu voz, Margaux, y qué sorpresa. —No la culpaba por estar enfadada. Burien había disparado contra ella, había matado a dos de sus amigos. Probablemente era la única persona en el mundo que odiaba a Burien más que él.

—Corta el rollo. ¿Qué demonios piensas que estás haciendo?

—Estoy intentando detener un asesino.

—¡Maldita sea, Julian! ¿Crees que tienes más ganas de acabar con él que yo? Cuando él y sus compinches se cargaron a la mitad de mi equipo y me dispararon una bala en la pierna, tú no estabas allí. Si jodes esto…

—Llevas tres años persiguiéndole, ¿y qué has conseguido? Has relacionado un puñado de páginas Web, has realizado el seguimiento de algunas de sus cuentas, has visto cómo su dinero entraba y salía. Y él sigue yendo un paso por delante. En la agencia hay un chivato, Margaux.

—¡Por supuesto que hay un chivato! Lo sé. Dyson lo sabe. Estuvimos a tu lado cuando pediste una investigación interna… —Sus palabras se interrumpieron de repente—. ¡Oh, Dios mío! ¿Piensas que es Dyson? Por eso guardas tus secretos. O tal vez piensas que soy yo.

—No sé quién es. Lo único que sé es que Burien no recibe información de mí.

—¡Vete al infierno! Estás fuera de esta investigación. Te quiero fuera. Tu tapadera se ha ido al traste. ¡Es evidente que Burien sabe quién eres igual que esa putita de periodista!

Julian sintió una oleada de rabia.

—De ser tú, no utilizará ese término de «puta».

Margaux soltó una carcajada.

—Dijiste que te ocuparías de ella, y lo hiciste, ¿verdad? Me ha dicho Dyson que has estado jugando al guardaespaldas. ¿Tan buena es en la cama?

—No puedo saberlo. No me he acostado con ella.

—No me digas que te has convertido en un tipo honorable en el transcurso de los últimos…

Alguien llamaba a la puerta del despacho de Julian y Petersen asomó la cabeza, su rostro confuso.

—Ha sido estupendo eso de volver a oírte, querida. Más tarde. —Julian colgó y cortó a Margaux en mitad de una frase—. ¿Qué hay?

—Irving dice que te diga que un tipo llamado Psycho ha dejado el recado de que le diga al Ángel Oscuro que la Rubia ha vuelto y anda preguntando. ¿Tiene sentido…?

—¡Hija de puta! —Julian se puso en pie en un segundo, echando a un asombrado Petersen de su despacho y cerrando la puerta a sus espaldas—. Dile a Irving que avise a los policías de la zona de Aurora. Me parece que Tessa Novak vuelve a pasear por el vecindario.

Capítulo 17

Esta vez, Tessa encontró mucho más rápidamente a Syko y Flaco... o más bien la encontraron ellos a ella. Preguntó por ellos en el mismo barrio donde los encontró la primera vez y acababa de recibir una respuesta desdeñosa por parte de un grupo de chicas adolescentes, cuando un flamante Cadillac Coupe Deville de color azul marino se detuvo a su lado, los bajos de su equipo de música retumbando.

Se abrió la puerta. Salió un niño cuya cara reconoció de la última vez y le hizo un gesto, pistola en mano.

—Entra, Rubia.

Con el corazón acelerado, Tessa se agachó y pasó al asiento trasero, el niño entró tras ella y la apretujó contra otro hombre. No se dio cuenta de que Syko y Flaco no estaban en el coche hasta que el vehículo arrancó.

—¿Dónde están...?

El pasajero del asiento delantero volvió la cabeza y la miró a través de unas gafas de sol con cristal de espejo.

—Dice Syko que no tenemos que responder preguntas, así que permanece callada.

Ella cerró la boca y siguió en silencio viendo como los edificios de Aurora desfilaban a través de las ventanillas tintadas, el ritmo taladrante del hip-hop resonándole en los oídos. En las montañas había tormenta y el aire era frío. Pese a ser todavía pronto, el cielo se había oscurecido y las farolas de la calle se habían encendido automáticamente. Tal vez acabara incluso nevando.

No le había resultado complicado salir del periódico. Había esperado el momento adecuado, entonces había cogido el bolso y su bloc de notas y, ocultando el cabello en el pañuelo que había guardado en el bolso, había bajado por la escalera trasera y había salido al callejón por la puerta de atrás. En cuestión de minutos estaba junto al centro comercial de la calle Dieciséis parando un taxi.

Nadie la había visto salir.

No era, precisamente, la decisión más inteligente que había tomado en su vida. Pero necesitaba finalizar la entrevista que había empezado la semana anterior antes de que por la noche quedara encerrada. Después de esta noche, ya no podría realizar más entrevistas por las calles. Tenía que preguntarle a Syko a qué se refería cuando le había dicho que en las calles de Denver había problemas peores que las bandas. ¿Estaría pensando en el tráfico sexual? ¿Qué sabía del tema? ¿Dónde operaban?

Por instinto sabía que ni Syko ni nadie de su banda le haría daño alguno. Respetaban demasiado a Julian —o al «Ángel Oscuro»— para hacerle nada. Pero, como Syko había insinuado, ellos no eran los únicos que rondaban por las calles.

El chico sentado a su derecha bajó la ventanilla, silbó a unas chicas cargadas de libros escolares que caminaban por la acera, le miraron y sonrieron.

—Mmm, le he gustado —dijo, antes de aullar como un coyote.

El conductor bufó.

—No quiere tener nada que ver con bandas, chico. Ésta irá a la universidad.

—A lo mejor voy yo también con ella.

Todos rieron.

Tessa dejó vagar sus pensamientos hacia la carta anónima. No le suponía ningún esfuerzo creer que Julian era un agente especial y no un policía. Su actitud de solitario, la autoridad que mostraba siempre e incluso con el Jefe Irving, su acceso a la información... todo tenía sentido. Pero esperaba que las alegaciones de la carta fueran falsas. Ni siquiera quería plantearse la posibilidad de que pudiera haber detenido ilegalmente a un sospechoso, y luego encubierto su muerte.

Pero ¿no le había parecido oír que había intentado hacer algo similar con Wyatt? ¿No le había dicho a Irving que no consiguiera una orden judicial?

Lo había hecho.

Tessa había hecho ya la solicitud de archivos y el Jefe Irving había negado al instante las alegaciones, apoyándose en Julian.

—Está usted siendo manipulada por alguien que quiere problemas —le había dicho, accediendo a una entrevista el lunes—. El preso en cuestión fue tomado bajo custodia de forma legal, interrogado según los procedimientos habituales y después se suicidó pese a todos los esfuerzos realizados para impedirlo. Julian Darcangelo no es un delincuente.

Esperaba de todo corazón que lo que Irving le había dicho fuera cierto.

¿Y si no lo era?

Ella era periodista. Haría su trabajo.

El coche entró en el aparcamiento de un complejo de apartamentos bajos construidos en piedra marrón y siguió un camino en forma de herradura hasta llegar al lado opuesto. Tessa se vio empujada hacia una puerta decorada con esqueletos y calabazas de Halloween que se abría a un abarrotado piso que olía a marihuana y tabaco.

Syko estaba sentado en una butaca, rodeado por más de una docena de miembros de su banda que la observaban, sus expresiones desde la indiferencia más marcada hasta la curiosidad. Sabía que la veían como una chica blanca rica con estudios y trabajo. Pero la verdad era que tenía más en común con ellos que con sus amigos y compañeros de trabajo.

Syko le dio una calada larga a un porro que pasó luego al chico que tenía a su lado. Le indicó entonces a uno de los miembros de la banda, que estaba sentado en un maltrecho sofá, que se levantara.

El chico se puso en pie, se hizo a un lado y dejó su espacio a Tessa.

Tessa se quitó el pañuelo y tomó asiento, sintiendo sobre ella el calor de quince pares de ojos. Su mirada se cruzó con la de Syko e intentó no dejar traslucir su miedo o que se le notase que percibía su hostilidad. El corazón le latía con fuerza.

—Gracias por reunirte conmigo.

—No me diste mucha elección, apareciendo así por las calles y preguntando por nosotros. —La miraba con unos ojos que deberían de haber pertenecido a un hombre mucho más mayor—. O estás loca, o eres más valiente que cualquier otra chica que haya conocido.

Tessa mordió el cebo.

—¿Por qué lo dices?

—Cojones, tía, desde que escribes estos artículos sobre las bandas de Denver, nos has complicado la vida en la calle. Todo el mundo nos controla, tenemos la policía pegada al culo.

—Tal vez deberíais dejar de vender crack y volver a la escuela o buscar un trabajo. —Se obligó a no romper el contacto visual.

Fue como si todos los presentes aguantaran la respiración. Entonces Syko soltó una risotada.

—Ya entiendo por qué le gustas al Ángel Oscuro. Y tiene razón... tú solita te metes en problemas.

Ella no le gustaba a Julian, pero pensó que no era el mejor momento para aclarar malentendidos.

—¿Sabes por qué te hemos traído aquí en lugar de vernos en la calle? —preguntó Syko—. Para evitar que te disparen. Se dice en las calles que los Bloods te la tienen jugada y te la quieren hacer pagar porque han detenido a algunos de sus chicos.

¿Que los Bloods tenían algo que ver con ella? Era tan absurdo que casi se echa a reír.

—¿Que quieren matarme? Pues tendrán que pedir turno.

Él sonrió.

—¿Por qué quieres hablar con nosotros?

—La otra vez que hablamos me dijiste que en las calles había cosas peores que las bandas. Me preguntaba a qué o a quién te referías cuando dijiste eso.

Flaco habló en español, sin saber que ella lo entendía.

—*Se trata de esa muchacha, la que fue asesinada.*

Tessa cambió al español, satisfecha al ver la cara de perplejidad de los chicos.

—*Creo que los hombres que la mataron son traficantes, hombres que intercambian y venden a mujeres y niños y los obligan a ejercer la prostitución.*

Syko reflexionó un momento su respuesta. Y entonces se dirigió a ella en inglés.

—Cuando intento venderte una piedra, no te obligo a comprarla. No te obligo a consumirla. No te obligo a comprarla. Te doy la oportunidad, pero la decisión es tuya. Hay gente que no es así. No te dan oportunidad de decidir.

—¿Dónde operan? ¿Dónde puedo encontrarlos?

Él soltó una risotada, pero sin pizca de humor.

—Mejor que no los encuentres, Rubia. Estamos hablando de fanáticos, bandas internacionales, sindicatos del crimen. Todo les importa una mierda menos el dinero. Pero no me preguntes nombres, porque no los sé, y aun sabiéndolos...

—¡Por favor! —le interrumpió Tessa—. ¡He arriesgado mi vida por esto! Todo lo que quiero es un poco de justicia para esa chica. Sólo tenía dieciséis años. Dime lo que puedas, por favor, y te prometo que no volveré a molestarte.

Syko permaneció un momento sin decir nada.

—Todo el mundo fuera.

Los demás miembros de la banda, incluyendo una chica de formas voluptuosas con ojos color verde agua y rastas oscuras que había permanecido de pie detrás del sillón de Syko, se levantaron y salieron de la habitación a regañadientes.

—Tú no, cariño. —Syko extendió un brazo y la obligó a sentarse sobre sus rodillas.

La chica rió nerviosa y se sentó sobre él.

Tessa esperó a que Syko tomase la palabra.

—Como te he dicho, son grupos internacionales. Tienes que dejar de pensar en bandas callejeras y empezar a pensar más en *El padrino*.

Lo comprendió.

—Son la Mafia.

—Sí, pero ¿qué tipo de Mafia? Ésta es la pregunta que tienes...

Entró corriendo por la puerta principal un niño de unos diez años de edad, se acercó a Syko y le susurró algo al oído. Los demás miembros de la banda entraron tras él, mirando hacia atrás por encima del hombro.

Syko hizo un movimiento afirmativo de cabeza, le dio una palmadita en la espalda al niño y miró a Tessa.

—Te busca alguien.

Cuando se levantó, la puerta se abrió de repente.

«Julian».

Vestido con su chaqueta negra de cuero y pantalones de cuero negros, sus ojos ocultos por gafas de sol oscuras, su cara ensombrecida por una barba crecida, entró en la habitación igual que una amenaza entra en la vida. Cuando la miró, se le tensó un músculo en la barbilla. Aun sin verle los ojos, intuía la rabia de su mirada.

¿Cómo se había enterado de que estaba allí?

—Estoy en deuda contigo. —Le entregó algo a Syko, un fajo de billetes, la miró y la invitó a salir por la puerta con un ademán de cabeza—. Vámonos.

Ella se volvió hacia Syko y le sonrió.

—Gracias, chico.

Él se echó a reír.

—Hora de largarse, Rubia. No hay ciudad segura para ti.

Tuvo la sensación de que no lo decía sólo por los traficantes sexuales.

Sin querer prolongar su bienvenida, ni provocar el malhumor de Julian, pasó por su lado y salió por la puerta.

Julian observó a Tessa corriendo por la acera por delante de él, la barbilla en alto, el bolso colgado al hombro, un pañuelo oscuro cubriendo sus largos rizos. Por mucho que lo intentara, con un abrigo de lana gris sobre una falda corta de color negro y una blusa blanca de encaje, sus perlitas en las orejas, los tacones repicando en el asfalto, no podía estar más fuera de lugar.

¿Acaso no se daba cuenta de que acababa de llamar «chico» a uno de los miembros más peligrosos de las bandas de Denver? En parte le daba ganas de reír, pero por otra, le habría gustado estrangularla.

Había ido cagando leches a Aurora, infringiendo por el camino unas cuantas leyes de tráfico, esperando encontrarla antes de que la encontrase otro, intentando decidir qué hacer con ella cuando la encontrase. Cuando la vio sentada en el sofá de Syko, rodeada de humo de porros y gamberros, le vinieron ganas de cargársela a la espalda como un saco de patatas y llevársela de allí... o darle una buena paliza en el culo. ¿Cómo podía ser tan inconsciente de la rabia que engendraba entre las bandas de la ciudad? Había burlado a los policías y, de no haber sido por la banda de Syko, ya estaría destrozada en cualquier callejón.

Intentando recuperar su temple, se puso a su altura y examinó con la mirada la calle, oscurecida por el cielo que amenazaba tormenta. La cogió por el brazo y la guió hacia su furgoneta.

—Por aquí, Ricitos de Oro.

Ella se liberó de su brazo.

—No, gracias, agente especial Darcangelo. Puedo ir en taxi. Tú tienes cosas importantes que hacer, ¿lo recuerdas?, cómo llevar a cabo interrogatorios ilegales y ocultar muertes en prisión.

—¡No sabes de qué hablas! —Esta vez la sujetó con fuerza por el brazo y tiró de ella, su rabia abrasándole—. ¿Tienes idea de la estupidez que has cometido viniendo aquí?

—¡No corras tanto! ¡No puedo caminar tan rápido como tú! —Intentó retirar el brazo y se dio cuenta de que estaba corriendo a su lado, sus estupendos zapatos complicando aún más sus pequeños pasos—. ¡Te lo creas o no, sé que no es lo más inteligente que he hecho en mi vida, pero necesitaba terminar la entrevista que tú interrumpiste antes de que Irving me mandara al exilio!

—¡Lo que tenías que hacer era olvidarte de esta maldita historia! —Hundió la mano en el bolsillo para buscar las llaves y abrió la puerta del conductor de la furgoneta—. Por el amor de Dios, Tessa, me parece que tienes una ligera idea de a qué te enfrentas. ¿Realmente crees que alguien que se dedica a secuestrar y vender seres humanos se lo va a pensar dos veces antes de matarte o de hacerte algo peor? ¡Entra!

Ella se volvió de cara a él, lo miró con sus grandes ojos azules, sus emociones tan evidentes como las nubes en un cielo azul: rabia, miedo, dolor.

—¿Qué tipo de periodista sería si no hiciese todo lo posible para llegar hasta el fondo de este asunto? ¿Crees que Christiane Amanpour se esconde cuando sus investigaciones se le ponen feas?

A punto estaba de responderle que Christiane Amanpour le importaba una mierda cuando lo vio... el punto rojo de un visor láser oscilando sobre el blanco de la blusa.

Sin tiempo para hacer otra cosa que reaccionar, entró en la línea de fuego y aplastó a Tessa contra la furgoneta con su propio cuerpo, presionándole la cabeza contra su pecho justo en el instante en que empezaba el infierno.

«¡Bam! ¡Bam! ¡Bam! ¡Bam! ¡Bam!».

Las balas rebotaron en su espalda y un dolor aplastante le dejó los pulmones sin aire. Inmerso en una confusión agónica, escuchó el grito de Tessa. ¿Estaría herida? ¿Le habría impactado un tiro desviado? ¿Le habría atravesado una de las balas hasta impactar en ella?

Rechinar de neumáticos.

Una sirena.

Incapaz de adivinar hasta qué punto estaba mal herido, empujó a Tessa hacia el interior del coche por la puerta del pasajero, que estaba ya abierta, presionándole la cabeza para que no la levantase. Entonces, utilizando la puerta para protegerse, extrajo su pistola del treinta y ocho y se arrodilló sobre una pierna. Realizó tres disparos contra el vehículo del asaltante, uno de los cuales reventó un neumático. El coche chocó contra un camión que había allí aparcado.

—¡Julian! ¡Oh, Dios mío, Julian! —Tessa lo rodeó con unos brazos sorprendentemente fuertes e intentó tirar de él hacia el interior de la furgoneta. Por su voz, adivinó que Tessa estaba llorando.

Tenía que salir de allí. Dejó caer las llaves en las manos de ella, se incorporó y avanzó tambaleante por delante del capó hasta llegar al lado del pasajero, sin apartar la vista de los ocupantes del vehículo asaltante.

Bandas, no eran hombres de Burien.

Se dejó caer en el asiento, cerró la puerta y se obligó a introducir aire en sus pulmones, casi cegado por el dolor que le producía la acción de respirar.

—¡Conduce!

—¡Tengo que llamar una ambulancia! —Empezó a girar el volante como si se dispusiera a hacer un giro de ciento ochenta grados—. Permíteme al menos que intente detener la hemorragia.

Él agarró el volante, luchando por mantenerse erguido y consciente, la visión nublándosele. No tenía fuerzas para dar explicaciones.

—¡Eso no es seguro! ¡Métete en Speer!

Ella le miró como si se hubiese vuelto loco, pero hizo lo que le pedía, volviendo la cabeza cada pocos segundos para mirarle, los ojos abiertos de par en par por la preocupación y su rostro bañado por las lágrimas.

—¡Mantén los ojos en la carretera! —le gritó él al ver que estaba a punto de chocar contra una señal de stop.

Entró una llamada por la radio pero la ignoró y concentró toda su atención en seguir respirando. Dentro. Fuera. Dentro. Fuera. Dentro. Fuera. ¡Maldita sea, qué dolor!

El trayecto se prolongaba eternamente, aunque sabía que Tessa estaba conduciendo lo más rápido posible. Era una conductora hábil, de hecho, sorteaba el tráfico como una auténtica profesional y era evidente que estaba acostumbrada a conducir rápido. Se imaginó que su profesión de periodista le había llevado a dominar esta habilidad.

Los primeros copos de nieve empezaron a caer mientras atravesaban el puente sobre Speer.

—Cuando llegues a la Once, gira a la izquierda... —Respiró otra vez forzadamente—. Y en Mariposa, otra vez a la izquierda.

Siguió sus instrucciones y giró por Mariposa. Tuvo que pisar el freno a fondo para no chocar contra la furgoneta de FedEx que estaba aparcada en medio de la calle.

Él reprimió un gruñido, respiró otra vez con enorme dificultad y le indicó cuál era su casa.

—Afloja... ya casi estamos.

Pulsó un botón del salpicadero y la puerta del garaje empezó a subir, la luz amarilla rompiendo la neblina.

—¡Esto no es un hospital ni una clínica! —Subió a la acera e introdujo la furgoneta en el garaje—. ¿Dónde estamos?

Él pulsó de nuevo el botón y la puerta se cerró a sus espaldas, acallando el viento y la nieve.

—En la guarida de Batman.

Con la sangre cargada aún de adrenalina, Tessa observó a Julian marcar un código en un teclado y abrir la puerta que separaba el garaje de lo que debía de ser su casa. Lo hizo apoyándose en el marco de la puerta, su frente pegada a la pared, y ella se percató de que le dolía mucho. Lo sabía por las arrugas que se formaban en su cara, por lo inestable de su respiración, por sus puños apretados sujetando las llaves hasta el punto de que los nudillos le quedaban blancos. Empujó la puerta para abrirla y se cimbreó contra la pared por un instante mientras ella pasaba por su lado y entraba en una cocina prácticamente vacía.

Todo aquello era por su culpa. Era por su culpa.

Se le encogió el estómago hasta casi sentir náuseas.

Había salido del periódico cuando habría tenido que quedarse en su sitio. Julian había ido a buscarla, había dejado de lado sus demás responsabilidades para que no le pasase nada a ella. Luego se había colocado en la línea de fuego y recibido expresamente las balas que iban dirigidas a ella. Había percibido el impacto de los disparos en el cuerpo de Julian, lo había sentido estremecerse con la terrible fuerza del impacto y había dado por seguro que estaba muerto.

Debía de llevar un chaleco antibalas. Era la única explicación. La espalda de su chaqueta mostraba cinco agujeros, pero no se veía sangre. Debería de estar muerto o moribundo, pero aún había tenido fuerza suficiente para caminar y la cabeza lo bastante clara para guiarla por las calles.

Se dirigió hacia un sofá de piel oscura y se sentó, la frente arrugada.

—Ayúdame… quítame esto.

Tessa soltó el bolso, dejó caer su abrigo en el suelo y corrió a arrodillarse delante de él. Le quitó la chaqueta, la dejó sobre un brazo del sofá, desabrochó el arnés y depositó con cuidado la pistola sobre la chaqueta. Luego tiró de la camiseta para sacarla del interior de los pantalones vaqueros y le ayudó a pasársela por la cabeza.

Llevaba un chaleco antibalas Kevlar.

Sin saber muy bien qué hacer, tiró de las cintas de Velcro, sin percatarse de que estaba llorando hasta que él, con el dedo pulgar, le secó una lágrima que rodaba por su mejilla. Ella levantó la vista y le descubrió mirándola fijamente, sus ojos extrañamente oscuros. Luego, las manos de él se cerraron sobre las de ella para guiarla y ayudarle a desabrochar el chaleco antibalas y quitárselo de encima. Gimió casi de alivio y al instante empezó a respirar mejor.

Acababa de levantarse para colgarlo del brazo del sofá —pesaba mucho más de lo que se imaginaba— cuando le vio la espalda.

Cinco magulladuras enormes y negras.

La piel de su espalda estaba marcada por cinco magulladuras inflamadas, cada una de ellas del tamaño de una mano abierta. En el centro de cada una, la señal clara del impacto, una diana de color carmesí. No era de extrañar que le costase respirar. El dolor debía alcanzarle los músculos.

Las balas le habían dado de lleno. Pero no habían penetrado en su cuerpo.

Pensó en el oficial Taylor y supo que si el chaleco antibalas de Julian hubiese fallado, él estaría, sin duda alguna, tendido en la calle, muerto.

Y de repente cayó sobre ella toda la conmoción de lo sucedido.

Se dejó caer en el sofá a su lado y le acarició los músculos de la espalda, deseosa de proporcionarle alivio, temerosa de hacerle daño.

—¡Oh, Julian! ¡Dios mío, cuánto lo siento! ¡Ha sido culpa mía! Podrían haberte...

Entonces, incapaz de seguir hablando debido a las lágrimas, hizo lo primero que se le ocurrió.

Se inclinó y besó una de las magulladuras.

El cuerpo de él se quedó rígido y ella vio que cerraba los ojos con fuerza.

Se quitó los zapatos, volvió a agacharse y trazó a besos un camino de magulladura en magulladura, deseosa de poder curarlas, deseosa de arrancarle todo el dolor que pudiera sentir. Ella era la causa de todo aquello y quería solucionarlo de alguna manera.

Sin saber cómo, se encontró repasando lentamente con los labios la curvatura de su hombro, mordisqueándole el lóbulo de la oreja, besando la barba de dos días que cubría su mandíbula. Olía a cuero y a jabón y a hombre, su piel ardía contra sus labios. Estaba maravillosamente caliente y vivo. Ambos estaban milagrosamente vivos.

Entonces, un fuerte brazo la enlazó por la cintura. Él la miró con expresión confusa.

—¿Estás llorando por mí?

Y en sus ojos no vio a un duro policía secreto, sino a un hombre vulnerable que jamás había conocido el amor de su madre.

Ella le respondió de la única manera que le era posible, besándole en la boca. Por un momento, él le dejó asumir el control de la situación, permitiendo que fuera ella quién diera forma a aquel beso, sometiéndose a su ritmo, sus labios suaves, cálidos, obedientes. Y aquello no hizo más que aumentar el deseo de ella, y deslizó la lengua en el interior de su boca para saborearlo, para acariciar tentativamente el terciopelo de la lengua de él con la suya.

El contacto prendió fuego en él. Gruñó, pasó una mano entre el cabello de ella y empujó su lengua hacia dentro, abordándola con una ferocidad que lindaba casi con la violencia.

«¡Oh, sí!».

Aquello era lo que ella quería: sentirlo vivo y fuerte, su

boca devorándola, su cuerpo duro presionándole el suyo. Había estado negándoselo durante mucho tiempo por temor a volver a enamorarse. Pero sabía que era demasiado tarde. Se había enamorado de Julian... y locamente. Después de estar al borde de la muerte, la vida bombeaba con fuerza e insistencia en sus venas y lo deseaba más que respirar, la necesidad que tenía de él era tan apremiante que estaba anonadada.

Enlazó los dedos entre el pelo de él, respondió a su intensidad con un hambre voraz. Era un simple beso, simplemente labios y dientes y lenguas, pero se sentía al límite, el calor que sentía entre las piernas volviéndose cada vez más húmedo, sus pezones tensos y doloridos por el contacto con el encaje del sujetador.

Y entonces la boca de él se separó de la de ella y le habló con voz ronca, sin aliento, sus ojos azules oscuros como la medianoche.

—Esta vez no habrá interrupciones, cariño. Eres mía.

Capítulo 18

Con su control totalmente desbaratado, Julian la obligó a tenderse en el sofá, el dolor de sus magullados músculos olvidado por completo y sustituido por una oleada de ciego deseo. Le arrancó las medias y las braguitas, apagando el grito de sorpresa de ella con un profundo beso. Era suave y cálida y sabía muy dulce, su corazón latía con fuerza contra su pecho.

Necesitaba estar dentro de ella. Tenía que estar dentro de ella.

Se arqueó hacia él, gimió dentro de su boca, sus manos abandonando el pelo de él para recorrer con impaciencia sus pectorales desnudos, sus dedos enredándose con el vello de su pecho, extendiendo el fuego sobre su piel. Sujetando el peso de su cuerpo con un solo brazo, le subió la falda hasta las caderas, le separó las piernas, liberó su dolorido pene y lo guió hacia su hendidura.

Sin dejar de besarla en la cara, movió las caderas hacia delante e introdujo el extremo del pene en su húmedo interior. Era imposiblemente estrecha, sus músculos internos se resistían a aquella invasión, casi como si…

La posibilidad le golpeó como un puñetazo.

«¿Virgen? ¡No podía ser!».

Emitió ella un pequeño sonido, algo entre un grito y un gemido, y vio él que estaba mordiéndose el labio inferior. ¿Estaría haciéndole daño?

—¡Oh, no, cariño, no! ¡Dime, por favor, que ya lo has hecho antes! —Y preguntándoselo se introdujo más profundamente en ella, su cuerpo impaciente por tomar lo que su mente rechazaba.

—Una vez.

¿Una vez?

«¡Joder!».

Luchando por recuperar la moderación que ya había perdido, posó los labios en su sien y se retiró lentamente.

—Tranquila, Tessa.

Le separó más las piernas, pasó por la cintura una de sus sedosas pantorrillas, levantó la otra para reposarla en el respaldo del sofá, posicionándola de forma adecuada para facilitar la penetración. La penetró de nuevo y volvió a retirarse. Una y otra vez, fue entrando y retirándose de ella, dilatándola un poco más cada vez, hasta que su cuerpo se convulsionó por la necesidad de estar completamente dentro de ella.

Ella seguía con los ojos cerrados, su respiración entrecortada, la pierna con la que le rodeaba la cintura atrayéndole hacia ella, animándole a penetrarla.

Incapaz de aguantarse más, se adentró totalmente en ella, sintiendo que lo abrazaba como un puño. Húmeda. Tensa. Perfecta.

—¡Dios!

Ella gimió, un sonido de puro placer sexual, clavándole las uñas en la espalda, levantando las caderas para unirse a él.

Y empezó a moverse, entrando y saliendo de ella, la deslizante fricción acercándole peligrosamente al límite. Decidido a aguantar el máximo posible, trató de relajarse, intentó encontrar un ritmo cómodo, pero ella era terriblemente exquisita. Notó la fuerte tensión de sus testículos y supo que iba a llegar... enseguida. No podía aguantar más.

Pero entonces vio su preciosa cara, sus ojos entrecerrados, su piel sonrosada, sus labios abiertos y supo que podía aguantar. Por ella. Por Tessa.

—¡Oh, Julian! ¡Nunca pensé que esto podía ser... oh!

A Tessa le costaba creer lo que estaba experimentando... una plenitud deliciosa, una dulce dilatación, la caricia sedosa de Julian moviéndose encima de ella, contra ella, profundamente dentro de ella. Era una sensación grande y gruesa y dura como el acero, cada movimiento haciéndole desear la llegada del siguiente. Era el sexo de sus ensoñaciones, el sexo que sus amigas contaban entusiasmadas, el sexo sobre el que había leído en las novelas.

¿Estaría sucediendo de verdad?

Se obligó a abrir los ojos y se lo encontró mirándola con unos ojos azules que parecían fuego, la expresión en su rostro de una intensidad brutal. Su largo cabello oscuro caía sobre sus hombros, las gotas de sudor caían por su pecho, su musculatura se alteraba con el movimiento, todo él concentrado en un único objetivo: hacerle el amor.

Y al verlo, su musculatura interna le presionó, con fuerza.

—¡Julian!

Los labios de él se torcieron en una sonrisa asimétrica. Empujó entonces con fuerza, se mantuvo en su interior, se aplastó contra su deseoso clítoris, provocándole una oleada de placer en el vientre.

—¡Quiero sentirte llegar! ¡Quiero sentirte llegar con mi pene!

Y así lo hizo.

El orgasmo la sacudió como una marea de oro fundido, resplandeciente y encendido, el calor de la sensación provocando un grito descarnado en sus pulmones, sus músculos presionándole con avaricia, una plenitud desgarradoramente dulce.

Le oyó susurrar su nombre, notó un cambio de ritmo y supo que su control había desaparecido por completo. Con un movimiento de caderas similar al de un pistón, entraba en ella con rapidez y dureza, sus seguras y veloces arremetidas transportándola directamente hacia un imposible segundo clímax. Entonces notó su cuerpo estremecerse, su gruñido mezclándose con los gritos de ella, y su dejarse ir con un placer que los inundó a ambos por completo.

Permanecieron un rato en silencio, Julian sin dejar de besarla, medio erecto aún, todavía dentro de ella. La verdad era que no podía dejar de acariciarla. O no quería dejar de hacerlo. Estaba sorprendido por ello. Pero lo que le asombraba aún más era el cálido nudo de emociones que sentía en el pecho: ternura, protección... y otra cosa que no quería ni nombrar.

Sólo había mantenido relaciones sexuales una vez. Un hecho que le sorprendía pero que a la vez tenía todo el sentido del mundo. No había olvidado lo que le había dicho la noche en que estuvo a punto de hacerle el amor en el suelo de su apartamento.

«La idea de tener relaciones sexuales con un hombre es mucho mejor que la realidad».

Debió de robarle la virginidad un gilipollas, quizá incluso bruscamente, y sin haberle dado nada a cambio. Julian esperaba que a aquel desgraciado se le hubieran podrido las pelotas desde entonces.

—¿Peso mucho? —Le acarició los labios con los suyos, flexionó poco a poco las caderas.

Ella recobró el ritmo habitual de su respiración.

—No.

Él no pretendía hacerle el amor. De hecho, después de lo de la otra noche, había decidido no volver ni a tocarla. Pero sus suaves caricias, su dulzura femenina, su genuina mirada de preocupación se lo habían hecho imposible. Lo había destrozado en cuestión de minutos... y lo había hecho con lágrimas.

No recordaba que una mujer hubiese llorado jamás por él.

Pero el sexo era un puente de dirección única. Lo habían cruzado y nunca podrían volver atrás. Él la había llevado hasta aquí y eso sólo significaba que llegaría un día en que tendría que dejarla. Se odiaría por hacerle daño, pero lo haría de todos modos. Al final, él no sería mejor que el último hombre que le había dejado huella.

Excepto que él, como mínimo, le había proporcionado placer.

«¡Oh, Julian! ¡Nunca pensé que esto podía ser...!».

No podía negar que al oír aquello había sentido inflarse su orgullo masculino. No era el primer hombre que tenía relaciones con ella, pero era el primero que le había hecho llegar al orgasmo, el primero que le había enseñado lo estupendo que podía ser el sexo. No podía negar que aquello le llenaba de satisfacción. Naturalmente, aún tenía mucho más que enseñarle en cuanto al sexo se refería...

Prefiriendo concentrarse en esa idea y no en sus alteradas emociones, se agachó, deslizó la lengua en el interior de su boca y volvió a saborearla. Era como un afrodisíaco viviente y notó su pene dilatándose de nuevo y llenando su interior. Ella lo notó también y pestañeó ante aquella sorpresa.

Él levantó la cabeza, rió entre dientes y flexionó de nuevo las caderas, recompensando por la presión incontrolada de la musculatura interna de ella. Estaba hipersensible, tal y como muchas mujeres solían sentirse después de alcanzar el orgasmo... hipersensible y tan mojada, el resultado de su eyaculación mezclado con la dulce miel del orgasmo de ella.

Y otro detalle. Él jamás mantenía relaciones sexuales sin protección. ¿Cuándo fue la última vez que mantuvo relaciones sexuales sin utilizar preservativo? Ni siquiera lo recordaba... al menos, no en aquel momento.

Empezó a mover las caderas, pero lentamente.

—Desabróchate la blusa.

Ella abrió mucho los ojos, pero deslizó la mano entre ambos cuerpos y fue desabrochando uno a uno los botones nacarados, hasta dejar la blusa completamente abierta y al descubierto, un sujetador blanco de encaje y la prominencia de su pecho. Él la recompensó hundiéndose tan profundamente en ella que llegó incluso a tocarle el cuello del útero.

Lanzó ella un grito sofocado y su cuerpo se arqueó contra el de él.

—Ahora desabróchate el sujetador. —Su voz sonó ronca, incluso para sus propios oídos.

Con las manos visiblemente temblorosas, palpó entre sus pechos y abrió el cierre. La prenda se desarmó y dejó al desnudo sus atractivos pechos. Estaban hinchados, su piel transparente y rosada, el claro terciopelo de sus pezones tenso y arrugado.

La recompensó de nuevo penetrándola profundamente y quedó satisfecho al oír de ella un auténtico gemido de excitación.

—Ahora, tócate.

Ella se quedó mirándole, evidentemente sorprendida ante la sugerencia, pero, con una expresión de incertidumbre, acató sus órdenes sin rechistar. Abarcó sus pechos con ambas manos, acariciándolos y amasándolos, sin apartar los ojos de la cara de él. Entonces, esbozó una sonrisa seductora y rozó sus pezones, excitándolos hasta endurecerlos.

Algo en el interior de Julian rugió con fuerza... o tal vez rugiera en voz alta. Bajó la cabeza, le apartó las manos y capturó con la boca uno de aquellos suculentos capullos.

La respuesta de ella fue inmediata. Empezó a respirar de forma entrecortada y cerró los ojos, su rostro una expresión del más puro placer. Sus muslos se tensaron contra él mientras la lamía, su espalda arqueándose hasta separarse del sofá, sus pechos ofreciéndose a aquella hambrienta boca.

Él no recordaba otra mujer cuyos pechos respondieran como aquéllos y se imaginó que podría incluso hacerla llegar al orgasmo sólo chupándoselos. De no haber estado ya dentro de ella, lo habría intentado allí mismo. Pero estaba dentro de ella, y no pensaba salir de allí por nada del mundo hasta quedar ambos saciados.

Deslizó la lengua una y otra vez por uno de aquellos tensos montículos, lo pellizcó con los labios, luego volcó su atención en el otro, dejando que sus dedos continuaran trabajando con el que tan húmedo había dejado.

Un grito entrecortado. Un gemido gutural. Dedos tirándole del pelo.

—¡Dios mío!

Siguió manteniendo un ritmo de movimiento de caderas muy lento, buscando el máximo placer. No era fácil, sobre todo cuando empezó a arañarla con los dientes y ella levantó las caderas contra él, casi cabalgándole desde abajo. Sabía lo que ella quería, pero no se lo daría... todavía no.

Tessa no podía más. Él utilizaba su cuerpo como un instrumento de tortura, su boca incansable y caliente trabajando sus pezones, su pene moviéndose en su interior con una lentitud agónica, centímetro a centímetro. Ella se movía inútilmente contra él, tratando de obligarle a acelerar el ritmo, tratando de que la penetrase más profundamente, pero él reía y se retiraba.

—Estate quieta.

Ella gruñó, sexualmente frustrada.

—¡No puedo!

—Sí, sí que puedes. —Sopló sobre sus húmedos pezones.

Ella respiraba con dificultad, el escalofrío provocando chispas que descendían directamente desde sus pechos a su vientre. Levantó las caderas como un acto reflejo, buscando la plenitud.

Aquella vez él se retiró por completo, la punta de su miembro simplemente rozándola.

—¡Estate quieta!

Ella intentó hacer lo que él le pedía, su respiración transformada en jadeos cuando él volvió a deslizarse lentamente en su interior, su lengua incendiando sus pezones, la sensación ardiente subrayada por sus dientes... puntas ásperas y afiladas que pellizcaban sus sensibles pezones, se desplazó luego para mordisquear la parte lateral de sus pechos.

—¡Oh! ¡Oh, Dios mío, Julian!

Pero cuanto más se acercaba ella al clímax, más lento iba él, prolongando su angustia, dejándola en suspenso en una especie de purgatorio sexual, colgada al borde de un orgasmo que se cernía casi al alcance de su mano. Ardían todos y cada uno de los nervios de su cuerpo, la caricia de piel contra crepitante piel, el calor abrasador de su lengua, el deslizar de acero caliente de su miembro viril prácticamente insoportable.

Y cuando por fin llegó a la cúspide, no estaba preparada para ello, y un placer atroz sacudió su interior como una ola, aumentando de tamaño y de potencia a medida que la asolaba, arrastrándola en su cresta. Su jadeo entrecortado se convirtió en un suave gemido y luego en un grito gutural, sintiéndose arrastrada inútilmente hacia lo más alto.

—¡Julian, Julian, Julian!

Se arqueó hacia él, sus puños apretados contra el cabello empapado de sudor de él, sus piernas enlazadas con fuerza en torno a su cintura, sus lentos movimientos prolongando su clímax hasta que la intensidad del mismo la llevó a estallar en sollozos. Y entonces la taladró, sus profundas embestidas conduciéndola una vez más hasta el límite, su cuerpo temblando con la fuerza de su liberación hasta adentrarse al máximo en ella, sudorosos y agotados ambos.

Se quedó perdida sin rumbo por un momento, casi dormida, su cuerpo flotando.

Julian levantó entonces la cabeza y le dio un beso en la frente.

—Tengo que fichar.

—¿Fichar?

—Debe de haber mucha gente preocupada por ti.

Tessa envolvió unos cuantos cubitos de hielo en un trapo limpio para aplicárselos a Julian. Le vio apretar los dientes al separarse de ella y dirigirse hacia una de las habitaciones, el teléfono móvil en una mano y la pistola en la otra, seguramente para llamar al Jefe Irving y explicarle lo idiota que ella había sido. Lo mínimo que podía hacer era intentar rebajarle el dolor y la hinchazón.

Pero en la cocina faltaba algo más que una mesa y unas sillas. Las superficies de granito estaban desnudas y los armarios prácticamente vacíos, uno con unos cuantos vasos, algunos platos y tazas, y otro con una caja de copos de avena, varias latas de sopa y un bote de salsa sin abrir. En la nevera no había ninguno de los productos que ella solía asociar con los hombres solteros —ketchup, mostaza y cerveza—, sino sólo leche y botellas de agua. Le había sorprendido encontrar hielo en el congelador.

Aunque le habría gustado disponer de una goma elástica o una bolsa de plástico, envolvió el hielo en el trapo lo mejor que pudo y regresó con él al casi vacío salón, sorprendida de poder aún caminar. Sus piernas, después de haber pasado la última media hora enlazadas en torno a la cintura de Julian, parecían gelatina. Su cuerpo estaba inundado de sol, cálido y resplandeciente. Y aun así...

No tenía ni idea de cómo actuar, ni idea de qué sentir. Julian le había hecho el amor de forma increíble, pero no estaba enamorado de ella. Había quedado marcado en ella para la eternidad —cuerpo, corazón y alma—, pero de aquí a un año seguramente ni la recordaría. Había convulsionado su mundo, pero aun así, formaba parte de él sólo temporalmente.

¿Qué se suponía que debía de decir una mujer en una situación así? ¿«Gracias, semental»?

«El remordimiento no da de comer, Tessa Marie».

La voz de su madre resonó clara como el agua en su cabeza. Cuando estaba en tercero de primaria, la habían pillado robándole un libro a su maestra. La maestra, una mujer mayor y muy seria llamada señorita March, le había arrancado el libro de las manos y le había pellizcado el brazo con unas uñas teñidas de amarillo de tanto fumar.

—¡Aparta tus mugrientas manitas de estas páginas! —le había gritado la señorita March, su aliento apestando a tabaco—. ¡Basura blanca!

Tessa había pasado casi toda la tarde llorando en el despacho del director antes de que su madre saliese de trabajar, la recogiese y la llevase a casa. Esperaba que su madre le gritara, tal vez incluso que la pegara. Pero su madre le había hecho dormir una siesta y le había explicado al abuelo que había tenido que regresar a casa del colegio porque tenía fiebre.

Resultaba extraño que Tessa pensara en aquello ahora. O quizá no tan extraño. Había sido la primera vez en su vida que había experimentado el remordimiento, el tormento corrosivo de desear haber tomado una decisión distinta. ¿Se sentía igual ahora?

No.

La respuesta surgió instantánea y directamente del corazón. Por nada del mundo cambiaría la experiencia que había vivido con Julian. Por nada. De hecho, Tessa ni siquiera estaba segura de haber podido tomar otra decisión. Se había sentido perdida en el mismo instante en que él la había tocado.

Pero ahora sí podía decidir. Podía sentirse deprimida porque Julian no la amaba y pronto saldría de su vida, o podía aprovechar la circunstancia al máximo, saborearla y dejar que el futuro evolucionase por sí solo.

«¿Y si acabas embarazada por lo de esta noche?».

Pues, en ese caso, tendría el hijo de Julian. Estaba en una posición mucho mejor que la de su madre con catorce años de edad. ¿No había criado Kara a Connor ella sola hasta conocer a Reece?

Se abrió una de las puertas del dormitorio y apareció Julian, enfadado. Seguía sin camiseta, su cabello oscuro cayéndole por encima de los hombros. Seguía también con el botón de la cintura del pantalón desabrochado, lo que le proporcionaba una visión de su oscuro vello pero de nada más. Y se dio cuenta entonces de que, pese a haberlo tenido dentro, no había visto aún aquella parte de él.

Su pulso se aceleró.

Hizo esfuerzos para mantener su voz estable y para que sus palabras sonaran casuales.

—De modo que ésta es la cueva de Batman.

El interior de la casa parecía nuevo: carpintería de roble, recién pintado, suelos de parqué pulido de roble. Parecía también como si su propietario tuviese aún que trasladarse allí. En el salón no había más que el sofá de cuero y un televisor de plasma sobre un pedestal. No había estanterías para libros, ni plantas de interior, ni fotografías.

Se paró él para ajustar la temperatura del termostato. La calefacción se puso en marcha.

—¿Qué esperabas? —Su voz tenía cierto matiz humorístico.

Ella se encogió de hombros.

—Armas. Muebles.

—Las armas están aquí, cariño. Pero no las dejo tiradas por ahí. —Miró entonces el paquete que sujetaba ella—. ¿Qué es eso?

—Tenemos que aplicar un poco de hielo a estos golpes. Busca un lugar cómodo y acuéstate.

Sus miradas se cruzaron y en sus sensuales labios se formó una sonrisa.

—Sí, *madame*.

Julian estaba acostado bocabajo en su cama, con el paquete de hielo en la espalda y la mano de Tessa posada en uno de sus hombros. Nunca nadie se había preocupado por él de aquella manera y no estaba muy seguro de qué pensar al respecto. Se sentía fascinado e irritado al mismo tiempo, deseoso de sus cuidados y atenciones y enfadado consigo mismo por desearlos.

Jamás había llevado a nadie a aquella casa y le resultaba tremendamente extraño tener a Tessa allí. Pero le gustaba, también. Ya tendría tiempo de replantearse su decisión, tiempo de sopesar lo positivo y lo negativo. Ella era periodista y él agente especial. Revelar el paradero de su casa no aparecía en ningún manual. En la casa había cosas que ella jamás debería de ver: pruebas, documentos, el contenido de su ordenador. Pero en todo lo que a Tessa se refería, se había saltado por completo el manual.

Tenerla allí significaba correr un riesgo, pero era mejor que poner en riesgo la vida de ella. Y cuanto más lo pensaba, más cuenta se daba de que aquella casa era el lugar más seguro para Tessa. Sólo dos personas sabían dónde vivía: Dyson e Irving. El lugar era más seguro que cualquier casa custodiada. Y él era el responsable de todo, entendiendo por ello que no tenía que depender de nadie más para hacer su trabajo correctamente.

—¿Duele?

«De mil demonios».

—No.

—Mentiroso. —Trasladó el hielo a otra magulladura—. Me parece que tendría que verte un médico.

Lo mismo pensaba Irving. El hombre se había tirado de los pelos, no por llevarse a Tessa a casa, sino por no dar señales de vida ni responder a la radio.

—¡Hay testigos presenciales que afirman que recibiste varios disparos en la espalda! ¡Empezaba a pensar que os encontraría a ambos tirados muertos en cualquier zanja! ¡Maldita sea, Darcangelo, no puedes ir por libre!

Julian se había disculpado y luego le había explicado que había sufrido un espasmo diafragmático y que no había podido responder. Era una buena excusa.

—Si buscábamos un teléfono, nos volaban la tapa de los sesos.

Irving le había ordenado visitarse por el médico del departamento a primera hora de la mañana siguiente y le había puesto en baja por enfermedad hasta que estuviese de nuevo en forma para trabajar. Dyson había insistido en lo mismo y luego le había pegado el sermón por perder el tiempo protegiendo a una periodista.

—Ella no es tu trabajo, Darcangelo. Sólo piensas en tu polla. ¿Has visto el artículo escrito por ella que aparece hoy en el periódico? Si pretende convertirse en un daño colateral, no te interpongas en su camino. Margaux piensa que le estás pasando información a esa mujer, por cierto.

Julian había necesitado todo su autocontrol para no reaccionar, haber defraudado a Dyson le afectaba profundamente. Por supuesto, no le había contado a Dyson que Tessa estaba con él...

—No son más que lesiones musculares. —Julian intentaba ignorar la dolorosa presión del hielo y la sensación gélida que provocaba al tocar una nueva parte de su piel. Se concentró en sus caricias, en el olor a sexo que desprendía, en el calor que vibraba entre ellos—. El médico no podrá hacer otra cosa que darme calmantes y relajantes musculares, y yo no tomo esas cosas.

—Un tipo duro, ¿no? —Cambió de posición, su muslo junto a la cadera de él.

—Los fármacos atontan el cerebro, ralentizan los reflejos. El hielo, el calor y los estiramientos serán suficientes para aliviarme. —Aquello no era estrictamente cierto, por supuesto, pero no podía correr el riesgo de estar colgado por los analgésicos mientras estaba trabajando.

—Lo siento mucho, Julian. —Parecía realmente avergonzada—. Casi te matan...

—No, Tessa, a quien casi matan es a ti. —El enfado que había sentido antes cuando recibió el mensaje de Syko cobró nueva fuerza en sus entrañas—. No iban a por mí.

—¿Quién era? —Habló en voz baja, mostrando sólo un atisbo de miedo.

—Irving dijo que eran miembros de una de las bandas menores aliadas con los Bloods. La policía de Denver consiguió detener a dos de ellos. El resto escapó, pero no por mucho tiempo. A buen seguro, Syko debe andar acechándolos a estas alturas.

—Tú le pagas a Syko. Te llamó para decirte que yo estaba allí, ¿verdad?

Así que ella había adivinado aquella parte.

—Sí.

—Te lo devolveré. Fuese la cantidad que fuera, te la devolveré…

—Olvídalo. —Por algún motivo, su oferta, por educada y razonable que fuese, le cabreó. Era el dinero que mejor había gastado en su vida. No quería que se lo devolviese.

—¿Cómo lo supiste? ¿Cómo supiste que iban a disparar justo entonces? —Le formuló la pregunta sin darle importancia, como si estuviera preguntándole sobre el tiempo que hacía, pero él se dio cuenta de que su fachada de calma empezaba a desmoronarse.

—Vi el punto rojo de la mirilla láser reflejada en tu blusa. Habría sido un tiro mortal en el corazón, te habrían destrozado el pecho al primer disparo. Dudo que hubieses sentido mucho dolor.

Notó que se quedaba rígida, oyó el aire abandonando sus pulmones y supo que por fin había comprendido lo cerca que había estado hoy de la muerte. Había sido una cuestión de segundos.

—Dios, yo… No volverá a ocurrir. —Cambió de lugar el paquete de hielo, sus manos temblorosas.

El dolor y la rabia tornaron su voz bronca.

—¡Por supuesto que no volverá a ocurrir! Ahora estás conmigo, Ricitos de Oro. Estás en mi guarida. Seguirás mis reglas.

Capítulo 19

Tessa se sentía emocionalmente sobrecargada, cortocircuitada. Habían sucedido muchas cosas en un espacio de tiempo muy corto y apenas podía mantenerse al día. Julian lo había borrado todo cuando le había hecho el amor, la fuerza de sus caricias le había hecho olvidar el crimen y las balas y el terror. Pero el indulto había sido temporal y la realidad de la situación había regresado a ella corriendo, dejándola prácticamente aturdida. Necesitó un rato para comprender el significado de las palabras de Julian.

—¿Quedarme contigo? —preguntó, sin saber qué decir—. Pero si el Jefe Irving va a ponerme…

—La casa con custodia no es lo bastante segura. Te quiero en un lugar donde pueda tenerte constantemente vigilada, donde no puedas volver a meterte en problemas, donde no haya nadie más responsable de ti.

Una vocecita en su interior deseaba oponerse al tono autoritario de su voz, a aquel repentino cambio de planes. Sería una molestia muy grande, eso sin contar con el tremendo conflicto de intereses que suponía. Pero no encontró las palabras. Estaba agotada. Demasiado agotada.

Él debió darse cuenta del silencio de ella. De lo siguiente

que se dio cuenta fue de que él se había incorporado, el paquete de hielo aguado olvidado en la colcha de color gris que cubría su gran cama con dosel. Le acarició la mejilla.

—¿Tessa?

Sus miradas se encontraron.

—Me parece que necesito dormir un poco.

Frunció él el entrecejo.

—¿Cuándo dormiste por última vez?

Tuvo que pensárselo.

—La noche que me dejaste grogui.

—¿Por qué no te das una ducha mientras yo intento pensar que preparamos para cenar? —La incorporó—. El baño está por allí.

De repente, la idea de una ducha le pareció maravillosa.

—No tengo mis cosas. Están en mi maleta, en el maletero del coche de alquiler.

—Para esta noche puedes utilizar algo mío. Las toallas están debajo del lavabo. Grita si necesitas cualquier cosa. —Se volvió y salió del dormitorio, cerrando la puerta a sus espaldas.

Tessa necesitó un momento para reorientarse. Se desnudó, dejó la ropa sobre la cama y entró en un baño limpio y reluciente... un baño de hombre. Era la única estancia, junto con el dormitorio, que parecía habitada. Olía a él, a su jabón, a su loción para después del afeitado, a su piel. Su cepillo de dientes estaba en un vaso en un lateral del lavabo, junto a un tubo de dentífrico con sabor mentolado. En el otro lado había un peine. En la ducha había jabón en la jabonera y champú y crema de afeitar. Sobre un pequeño espejo colgado en la pared de baldosa blanca, había una cuchilla de afeitar.

Extrañamente consolada por estos utensilios de la vida diaria, abrió el agua y subió la temperatura al máximo que podía soportar, entró en la ducha y corrió la cortina transparente.

La alcachofa de la ducha era de esas con distintos chorros de masaje, como la que había tenido en su último apartamento. La colocó en su chorro de masaje favorito y dejó que el agua la aporreara con fuerza. El agua caliente liberó la tensión de sus músculos, pero también sus emociones, y de pronto se encontró temblando de la cabeza a los pies, hasta que el infierno de aquellas últimas dos semanas empezó a salir de ella en forma de sollozos.

Disparos. Sangre. Una mano sobándola. La fotografía de ella desnuda en la bañera. Un oficial herido a tiros. Niños que viven y matan en las calles. Niñas secuestradas y vendidas como esclavas. Marcas de jeringuillas. Violación. Asesinato.

«¡Ayúdeme! ¡Me van a matar!».

Cuando le oyó entrar, Tessa no estaba segura de cuánto tiempo llevaba llorando bajo el chorro de la ducha. Estaba allí, con sus pantalones de cuero, una mirada de preocupación en su atractivo rostro, pistola en mano.

—¿Tessa? ¿Estás bien, cariño?

Ella retiró la cortina de la ducha y alargó el brazo.

—¡Por favor, Julian!

Él le respondió dejando caer la pistola, desabrochándose el pantalón y dejándolo resbalar por sus piernas hasta caer al suelo. Entró entonces en la ducha y cerró la cortina de un tirón, su mirada repasándola con la misma intimidad de una caricia.

Se alzaba como una torre sobre ella, llenando el diminuto espacio con sus amplias espaldas. Pero ella no miraba sus espaldas. Su erección era enorme y oscura, surgía de una mata de vello negro y se levantaba gruesa y plena contra su abdomen, su extremo rozándole el ombligo, sus testículos colgando debajo, oscuros y potentes.

Era la primera vez que le veía completamente desnudo y deseaba tocarlo, sentir esa dureza sedosa, saborear la congestionada cabeza. Pero Julian no le dio tiempo. La aplastó contra él, su boca cerrándose sobre la de ella en un beso caliente e inquisitivo.

Una sensación colisionaba con otra. El deslizamiento aterciopelado de su lengua. La dulzura de una piel contra la otra piel desnuda y húmeda. El vello áspero de su pecho contra sus sensibles pezones. La presión insistente de su erección contra su vientre. El agua excitando las terminaciones nerviosas. Los gemidos mezclándose en el vapor cada vez más denso.

El beso pareció prolongarse eternamente, minutos, calentando su sangre muchos grados hasta hacerla entrar en ebullición. Entonces, él se inclinó para chuparle los pezones. Gritó ella, arqueándose al calor de su boca, colgándose a él, sus dedos enredados en su cabello mojado. Sus pechos eran para él un festín, tiraba de los pezones con los labios, la mordisqueaba con los dientes, la chupaba, la excitaba con la lengua, cada caricia encendiendo aún más el fuego que sentía entre las piernas.

De repente, él retiró la boca, la colocó de cara a la pared y le extendió sus brazos a ambos lados de su cabeza, sus manos constriñendo sus muñecas, obligándola a mantener las palmas de las manos pegadas a la pared. Le separó también los pies y la penetró desde atrás con un único y perfecto movimiento, sus labios mordisqueando la piel que circundaba su oreja.

—¡Dios, Tessa, cariño, eres increíble!

Tessa pensaba que el increíble era él, pero no podía decirlo, al menos, no con palabras. Era tan estupendo tenerlo moviéndose dentro de ella, cada embestida profunda y maravillosa. Gimió maravillada, aplastó su trasero contra él, se arqueó para permitirle penetrarla al máximo, desesperada por llegar al clímax, sus torturados pezones rozando las gélidas baldosas.

Vio de reojo la imagen de los dos reflejada en el espejo: los labios de ella inflamados por los besos de él, el pecho de él presionado contra sus hombros al penetrarla. Fue un instante, pero la dejó sin aliento. Eran primitivos, macho y hembra sorprendidos en el primal acto del apareamiento.

Entonces le soltó las muñecas, deslizó una mano por su caja torácica para ayudarle a mantener el equilibrio y con la otra cogió la alcachofa de la ducha. Un momento antes de que lo hiciese, ella le adivinó las intenciones.

Cuando el chorro vibrante le alcanzó el clítoris, gritó sorprendida. Era demasiado... la vibración del agua, la fuerza de sus implacables embestidas, la sensación que generaba su mano izquierda sobre sus excitados pezones. Gimoteó, su respiración en forma de entrecortados jadeos, sus manos cerradas formando un puño, la mejilla contra las baldosas de la pared.

La tensión de su interior se convirtió en un globo tenso y trémulo... que acabó explotando. El placer se apoderó de toda ella manando a raudales, inundándola con un gozo casi demasiado intenso para ser soportable. Y tan pronto como empezaba a retirarse la primera oleada, irrumpió otra. Y otra.

Llegó al orgasmo una y otra vez, cada clímax provocado por el movimiento del pene en su interior y el chorro de agua. Su cuerpo temblaba, sus piernas no podían seguir sosteniéndola. Oyó los penetrantes gritos de una mujer, luego los profundos gruñidos de un hombre en cuanto la siguiente oleada lo arrastró a él también, transportándolos a ambos hacia una dulce inconsciencia.

Apenas se dio cuenta de que Julian cerraba el agua mientras ella apoyaba la cabeza en su fuerte hombro. Se dio cuenta de que la envolvía en una cálida toalla, que sus brazos la mantenían en pie. Notó que la levantaba para sacarla de la ducha y cogerla en brazos.

—Aquí estás a salvo, cariño —le murmuró al oído. La

dejó caer sobre las sábanas y la tapó con el edredón—. Duerme.

Y así lo hizo.

Julian estaba sentado a oscuras en el borde de la cama, contemplando a Tessa mientras dormía, su imagen viva y respirando haciéndole agradecer el dolor punzante que sentía en la espalda. Su cabello se extendía en forma de cuerdas rizadas y húmedas sobre la almohada, un hombro al aire, la curvatura de sus caderas delicadamente dibujada bajo el edredón. Tenía ojeras oscuras, un débil color gris bajo sus oscuras pestañas. Estaba al borde de la extenuación, sus emociones la habían dejado agotada.

Estaba en la cocina decidiendo si preparar la lata de sopa de pollo con fideos o bajar a la calle para comprar comida vietnamita para llevar, cuando la oyó llorar. Se dijo que necesitaba su intimidad, que necesitaba desfogarse y que le iría bien. Pero el sonido desgarrador de sus sollozos había sido como una navaja clavada en el estómago e, incapaz de dejarla a solas con su angustia, se había acercado a ella.

La había mirado, sus azules ojos llenos de lágrimas, su cabello mojado cubriéndole los pechos, el agua anegando la seda de su piel, y se había olvidado por completo de su decisión de no volver a mantener relaciones sexuales con ella sin protección. Lo había olvidado todo, excepto su necesidad de abrazarla, de consolarla, de borrarle aquellas lágrimas.

Había intentado convencerse de que lo que había sucedido entre ellos no era más que sexo… que no era más que follar cargados de adrenalina y de forma alucinante. Pero lo sabía. Nunca había deseado a una mujer como deseaba a Tessa. Jamás. No se trataba únicamente de que era muy bonita. No se trataba únicamente de su encantadora combinación de audacia y feminidad. No se trataba únicamente de su inteligencia o de su decisión o de aquella vulnerabilidad que oscilaba detrás de sus grandes ojos azules. Era todo eso junto, y mucho más.

Tenía alguna cosa que abría algo encerrado en su interior. Y no estaba muy seguro de que aquello le gustase.

Nunca había sido de alma generosa. La había perdido en gran parte criándose al cobijo de su padre, viendo cómo el viejo se mataba a base de tequila, viendo a aquel desgraciado abusar de cualquier mujer que entraba en su vida, abandonado a defenderse por sí mismo en las calles. Había enterrado todo lo que quedaba de su persona, lo había guardado en su interior para mantener la cordura, había intentado mantenerlo apartado de los horrores de su trabajo... tanto los que veía como los que tenía que llevar a cabo. Ni siquiera Margaux había sido capaz de conmover aquella parte de él.

Pero Tessa sí.

Casi desde el mismo instante en que la conoció, le había llegado al corazón, le había incitado sentimientos que esperaba no volver a experimentar jamás: miedo, impotencia, afecto. Se había deslizado por debajo de su radar y había entrado en él, había conseguido que se preocupase por ella.

Cómo le gustaría que todo fuese distinto. Daría cualquier cosa en aquel momento, incluyendo ese pequeño trozo de alma atesorada, por ser un hombre normal, con un trabajo normal, un hombre capaz de ocuparse de una esposa y unos hijos. Pero él no era normal. La crueldad de su padre seguía viviendo en su interior. Había intentado quitársela de encima persiguiendo a hombres parecidos a su padre y poniéndolos entre rejas, utilizando la violencia en la que se había criado para combatir la violencia. Y, como resultado, su vida era horrorosa, la mirase por donde la mirase.

Tessa creía necesitarlo, pero la verdad era que era él quien la necesitaba a ella. Necesitaba su calidez, su ternura, sus caricias. Lo necesitaba más de lo que jamás se hubiera imaginado que pudiera necesitar alguna cosa. Y por eso aceptaría todo lo que ella le ofreciera, sabiendo que no podría seguir con ella, sabiendo que no se la merecía, sabiendo que ella acabaría odiándolo.

Tessa se agitó en sueños, exhaló un sonido parecido a un suspiro.

Tenía intención de dormir en el sofá, pero ella tiraba demasiado. Al borde del agotamiento, con su cuerpo completamente dolorido, cansado incluso de sus propios pensamientos, se deslizó en la cama a su lado, la abrazó y se dejó llevar.

Alexi siguió reflexionando sobre las noticias, repasando con la mirada la fotografía de la periodista desnuda en la bañera.

Darcangelo había recibido las balas que iban destinadas a ella y después habían desaparecido juntos.

¿Por qué motivo podía hacer eso un hombre? Sólo podía haber uno.

—De modo que Julian Darcangelo tiene más corazón de lo que parece —se dijo Alexi, con una sensación lindando la euforia—. Se ha enamorado de una mujer.

Si esa tal Tessa Novak significaba alguna cosa para Darcangelo, tenía precisamente lo que necesitaba para destruirlo. Alexi necesitaba, simplemente, encontrar a Tessa.

De todos modos, había llegado el momento de eliminar a la periodista. Sus últimos artículos habían dado demasiado cerca de la diana como para que Alexi siguiese sintiéndose cómodo. No podía correr el riesgo de dejarla continuar. Pero ¿dónde estaba? ¿Y qué haría con ella en cuanto la tuviese en sus manos?

Buscó por debajo de las sábanas de seda negra, envolvió con la mano su miembro viril y lo acarició hasta ponerlo duro sin que en ningún momento dejaran de pasarle imágenes por la cabeza, cada una más excitante que la anterior.

Podía vender a Tessa Novak en América del Sur o en Turquía y mandarle por correo electrónico a Darcangelo las fotografías de sus viajes. Podía lanzarla al mundo del cine y enviarle a Darcangelo sus DVD a coste cero. Podía entregarla a sus hombres, dejar que cometieran con ella cualquier acto que se imaginara su depravada mente masculina, grabar en vídeo sus gritos de agonía y su muerte final... aunque en su caso sería una triste pérdida de mercancía.

Alexi miró los pechos de la periodista, su linda cara, su cabello largo y dorado, tan ondulado y suave. ¿Dónde la habría escondido Darcangelo?

Dyson debía de saberlo.

Alexi necesitaba averiguar también quién había intentado dispararle y matarlos. No quería a nadie más cazando en su terreno. Aunque imaginaba que sería más sencillo dejar que otros hiciesen el trabajo y se arriesgasen por él, la necesitaba viva para utilizarla contra Darcangelo.

Al fin y al cabo, no pretendía simplemente matar al querido Julian. Eso sería aburrido y poco placentero. No, quería destrozarlo. Quería quitárselo todo. Y entonces, cuando Darcangelo fuese incapaz de sufrir más, Alexi lo mataría... y Zoryo quedaría vengado.

Con una erección completa, se volvió hacia la mujer acostada a su lado y la colocó bocabajo. Le separó los muslos y se introdujo en ella por detrás, haciendo caso omiso a sus beodas protestas. Agarrándola por las caderas, se hundió en ella imaginándose que era Tessa Novak... y que Julian Darcangelo estaba allí, atado y mirándolo.

Tessa se despertó al oír a Julian en la ducha y ver la almohada hundida a su lado, donde él había estado durmiendo. Recorrió con la mano el hueco, sintiendo el calor de su cuerpo aún en las sábanas. Se había despertado a media noche para descubrirse acurrucada contra su pecho, los brazos de él rodeándola, su corazón latiendo justo bajo el oído de ella. Luego había vuelto a caer dormida, arropada en una sensación de satisfacción, completamente a salvo.

¿Se había sentido alguna vez así? No, jamás. Jamás se había sentido así.

Inhaló su aroma, dejó que la llenara y saltó de la cama sintiéndose dolorida en lugares donde nunca se lo había sentido, su corazón alegre pese a la voz que la alertaba de que tarde o temprano tendría que afrontar una cantidad importante de realidades desagradables. Esperando que fuese tarde, su puso unos calzoncillos tipo bóxer y una de sus camisetas y se dirigió a la cocina. Abrió allí un tarro de copos de avena, su estómago rugiendo de hambre, su cabeza inundada por los recuerdos de la noche anterior.

Nunca se había imaginado que el sexo pudiese llegar a ser tan placentero. O que ella fuese capaz de tener orgasmos múltiples. O que un orgasmo con un hombre dentro de ella sería mucho más intenso que uno sin él. O que la caricia de un hombre podía convertirse en todo un mundo para ella.

—De acuerdo, Holly, tenías razón —dijo, vertiendo los copos de avena en agua hirviendo, incapaz de reprimir una sonrisa—. Juegos de artificio sexuales.

Pero no era sólo sexo. Era el sexo con Julian.

Pese a lo limitado de su experiencia, sabía que lo que habían compartido la pasada noche no era muy normal. Había sido algo más que interconectar partes del cuerpo, más que orgasmos mutuamente satisfactorios, más que un hombre y una mujer aprovechando la biología para proporcionarse unas cuantas emociones. Y aunque sabía que él consideraba el sexo simplemente como una diversión informal, una diversión que no generaba vínculos emocionales, sus caricias le habían transmitido un mensaje distinto.

Su intensa forma de besarla. Su forma de percatarse del ritmo de su respiración, respirando a la par que ella. Su forma de proporcionarle todo el placer erótico que su cuerpo era capaz de sentir. Su forma de llegar dentro de ella, con su cuerpo entero sacudiéndose con fuerza.

Sus caricias le decían que ella era la única mujer de su mundo. Sus caricias le decían que la necesitaba tanto como ella lo necesitaba a él. Sus caricias le decían que ella era importante para él.

Pero si esperaba que él mostrase algún síntoma que indicara que lo de la pasada noche había significado para él alguna cosa, se equivocaba. Salió de la habitación vestido con pantalón vaquero, jersey de cuello alto azul marino y el ceño fruncido, su rostro recorrido por arrugas de cansancio y de dolor. Luego se abalanzó sobre sus copos de avena sin apenas decir «buenos días».

—¿Qué sucede? —gruñó, cuando ella se sobresaltó al verle sentarse tan repentinamente.

—Nada —respondió ella, mintiendo, intentando ocultar el enorme dolor que le causaba su aparente indiferencia—. Estoy bien.

Su entrecejo se arrugó aún más.

Tan pronto como acabaron el desayuno, él le mostró la casa. Pero no fue la típica visita de «siéntete como en tu casa». Le enseñó la puerta cerrada del segundo dormitorio, que era su despacho y cuyo acceso estaba estrictamente prohibido. Le enseñó el gimnasio del sótano, con sus pesas, su saco de boxeo y su cinta para correr. Le enseñó el armario empotrado que había abajo, donde guardaba sus armas, cuchillos, munición, gafas de visión nocturna y otros utillajes similares.

—Ahora ya sé que no eres un policía —dijo ella, intentando responder a su indiferencia con sarcasmo—. Nadie podría permitirse este tipo de cosas con el sueldo de un policía. ¿Tienes por casualidad piezas de recambio para un lanzamisiles? El mío se ha roto.

Simplemente le sonrió.

De camino otra vez hacia el piso de arriba, le dictó las reglas del juego, su voz fría y dura.

»Regla número uno: no reveles a nadie —ni a tu amiga ni a su esposo senador, ni a tus compañeros de trabajo, ni siquiera a Jesucristo— tu paradero ni dónde se encuentra esta casa. Nuestras vidas dependen del secretismo.

»Regla número dos: mantente alejada de mi despacho. Esta noche le pondré una llave. Pero mientras, no abras la puerta. Si lo haces, te arrepentirás de una forma que ni siquiera puedes imaginarte. Ni siquiera se te ocurra rozar el pomo de la puerta.

»Regla número tres: no asomes fuera de la casa ni la punta de un dedo del pie. Abrir cualquier puerta o ventana activaría la alarma y yo, junto con el FBI de Denver, nos enteraríamos enseguida.

»Regla número cuatro: no le digas a nadie mi nombre ni repitas nada de lo que yo pueda decirte. Sea lo que sea lo que yo diga dentro de esta casa es estrictamente confidencial. No juegues a los periodistas conmigo.

»Regla número cinco: haz todo lo que te digo sin discutir nada.

»Si rompes cualquiera de estas reglas, lo sentirás muchísimo. ¿Entendido?

—Sí —respondió ella, poniendo cara de aburrimiento e intentando que su voz no transpirara el dolor que sentía.

—Voy a reunirme con Irving para ir a buscar tus cosas y haré unos cuantos recados. No volveré hasta primera hora de la tarde. Ya sabes cómo contactar conmigo.

Ella se detuvo y le miró, sintiendo miedo de pronto. Estaba segura de que no la dejaría totalmente sola.

—¿Habrá policía aparcada ahí fuera?

—No. Aparte de Irving, no hay nadie en el Departamento de Policía de Denver que sepa dónde vivo. No existe policía limpio, Tessa. Alguien trabaja para el otro lado. Ésta es la razón por la que aquí es donde estarás más segura.

—Oh. —No se lo había planteado.

Se colocó la pistolera, sus movimientos rígidos, su mandíbula apretada por el evidente dolor que sentía. Cogió luego la chaqueta de cuero que seguía en el sofá y la miró, sus ojos más dulces.

—Fuera hay sensores de movimiento y cámaras ocultas. Nadie puede acercarse a la casa sin que se dispare la alarma. Si se va la luz, los generadores se encargan de todo. El código de seguridad es secreto. Las ventanas y las paredes están blindadas, y las puertas y sus marcos son de acero reforzado. Aquí nadie podrá hacerte daño, Tessa.

—Gracias, Julian. —Buscó las palabras adecuadas—. Sé que traerme aquí no formaba parte de tu plan.

—No, tienes razón. —Se volvió para irse, pero la miró de nuevo—. ¿Necesitas alguna cosa?

—Un café con leche cremoso y con vainilla sería estupendo.

Levantó él una de sus oscuras cejas.

—De acuerdo.

Dio entonces media vuelta y desapareció en dirección al garaje, cerrando la puerta a sus espaldas.

Oyó el cerrojo de la puerta, luego un pequeño «bip» y supo que había quedado encerrada. Se oyó el ruido de un motor. Luego el sonido chirriante de una puerta de garaje abriéndose y cerrándose. Y se fue.

Se quedó por un momento en medio de la cocina, extrañamente perdida. Se acercó entonces lentamente hacia la ventana y miró el jardín nevado. La tormenta había dejado ya más de veinte centímetros de grosor. El vendaval había amainado y los copos caían perezosamente sobre el suelo. Pero apenas podía ser consciente de tanta belleza.

Todo aquello era un lío tremendo. Se había convertido en una prisionera dentro de la casa de Julian. Trabajaban en el mismo caso, en desacuerdo el uno contra el otro. Ella casi consigue que los matasen a los dos. Ella le investigaba. Y ella se había enamorado de él, mientras que él, aparentemente, sentía muy poca cosa hacia ella.

Realidades desagradables, sí lo eran.

—Te has metido en esto con los ojos bien abiertos, chica —se dijo.

Como si saberlo fuera a facilitarle las cosas.

Capítulo 20

Decidida a organizarse, Tessa miró las noticias del sábado por la mañana, devolvió la docena aproximada de mensajes que sus amistades le habían dejado en el buzón de voz, notificándoles que estaba bien y proporcionándoles el número de su nuevo teléfono móvil secreto. Les explicó lo sucedido: que había salido del periódico por la puerta trasera camuflada con un pañuelo en la cabeza, que cierto policía secreto del que no podía dar el nombre la había localizado en casa de Syko, que la había arrastrado hasta su vehículo y que le había salvado la vida recibiendo las balas que iban dirigidas a ella. Luego escuchó como todo el mundo, uno tras otro, se llevaba las manos a la cabeza al oír cómo había salido del edificio del periódico.

Kara estaba furiosa, Reece más aún. Lissy se echó a llorar de puro alivio. Kat le dijo que se quedase quieta antes de matar a nadie. Holly quería conocer detalles sobre el policía secreto. La más preocupada era Sophie.

—Me mentiste —le dijo—. Te pregunté sin rodeos si pensabas localizar de nuevo a esos miembros de las bandas y me respondiste que no.

—Lo siento. —Tessa no sabía que otra cosa decir.

Pero Sophie no había acabado.

—Me di cuenta de que habías desaparecido quizá unos diez minutos después de que te marchases. Miré en los lavabos, en la cafetería. Te busqué por todas partes. Intenté llamarte al móvil, pero no respondías. ¡Cuando una hora después, Tom nos convocó a una reunión y nos dijo que había habido otro tiroteo, pensé que estabas muerta!

—Lo siento de verdad, Sophie. Sé que fui una estúpida, pero tenía una información muy valiosa de…

—¡Me importan un comino las informaciones! ¡Ningún artículo vale lo que vale tu vida! —Sophie estaba enfadada de verdad.

—No dirías esto si se tratase de tu investigación. —Tessa mantuvo el tono de voz tranquilo porque sentía de verdad haber alarmado a su amiga—. Harías todo lo posible para llegar al fondo de la cuestión.

Era la verdad, y ambas lo sabían.

—¿Y con esto quieres decirme…? —La voz de Sophie había recuperado un poco su tono humorístico—. Ahora cuéntame sobre este hombre que recibió los disparos por ti. ¿Se trata del mismo que te besó en el hospital y que te metió en la cárcel?

—Sí. Ha ido a ver al Jefe Irving para recoger las maletas que tengo en el coche de alquiler. Le estoy investigando, Sophie. Y me he enamorado de él. —Le salieron las palabras antes de que pudiera impedirlo.

Sin darse cuenta, Tessa se encontró explicándole a Sophie todo lo que había sucedido entre ella y Julian desde que fuera arrestada, esforzándose en no revelar su nombre y saltándose detalles anatómicos íntimos, pese a las preguntas sutiles y no tan sutiles de Sophie.

—Sé que no me quiere. Dejó muy claro que una relación no le interesa. —Dolía decirlo en voz alta, oírse pronunciar esas palabras—. Pero cuando me toca, es como si lo sintiese de verdad. Pero me imagino que soy una tonta.

—No, no lo eres. Si un hombre atractivo me salvara la vida y me proporcionara orgasmos múltiples, yo también me enamoraría de él. Además, pienso que le debes gustar mucho si ha hecho lo que ha hecho por ti. Los tíos no acostumbran a interponerse entre las balas, Tessa, ni siquiera los agentes especiales.

—Prométeme que no le contarás a nadie que me he acostado con él. No quiero que esto se convierta en un chismorreo de la sala de redacción y tampoco quiero que Tom me eche un sermón.

—Ya sabes que nunca compartiría con nadie lo que tú me cuentes como un secreto, Tessa.

Hubo un momento de silencio.

—¡Oh, Dios mío, se lo contarás a todo el mundo!

—Bueno, a Tom no.

Ambas explotaron en sonoras carcajadas, la primera risa sincera de Tessa desde la noche del asesinato y que sirvió para aminorar el dolor de su corazón.

—Por cierto, esta tarde tuviste visita —dijo Sophie, cuando las risas empezaron a amainar—. Después de que se diera la noticia del tiroteo en las noticias de las cinco, pasó una mujer por el periódico. Parecía preocupada de verdad. Dijo que era tu madre. Al principio pensé que estaba loca, pero es igual que tú. No sabía que tu madre vivía aquí.

Julian entró en el aparcamiento descubierto del periódico y estacionó su furgoneta junto al viejo Lincoln de color verde oliva, la nieve crujiendo bajo los neumáticos. Cuando bajó del vehículo, Irving lo esperaba ya en la puerta trasera.

—Esto es una chorrada y lo sabes muy bien.

Irving recibió su rabia con una mirada imperturbable.

—El médico dice que tienes rotura muscular. Debe doler de cojones.

Y dolía. El dolor y la rigidez eran peores esta mañana. Pero Julian no pensaba admitirlo.

—Puedo hacerlo todo. No necesito una semana de baja por enfermedad.

—La mayoría de policías estarían felices con una semana pagada sin trabajar.

—Yo no soy como la mayoría de policías. Tengo un trabajo qué hacer.

Irving asintió y sonrió.

—Precisamente.

Completamente sorprendido, Julian se quedó clavado en el lugar mientras Irving abría el maletero del Lincoln y extraía de él un ordenador portátil y una caja archivadora. Su mal humor se disipó un poco.

—¿Así que ha sido a propósito?

—¿Dónde quieres que meta esto? —Irving se acercó a la puerta del lado del pasajero de la furgoneta de Julian, cargado a más no poder—. Por supuesto que ha sido a propósito. Con tu tapadera probablemente desaparecida y con chivatazos por todas partes, supuse que podías aprovechar el tiempo que estuvieses fuera. Si todo el mundo te supone fuera de la misión, mucho mejor.

Julian siguió a Irving, abrió la puerta, miró de reojo el pequeño Toyota de cuatro puertas aparcado cerca de allí y recordó la matrícula. Estaban esforzándose para que no se les notase que lo vigilaban… y fracasando en su intento. Se percató de su presencia en el instante en que estacionó. Seguramente se creían muy listos.

—¿Está Dyson metido en esto?

—No. No tendría mucho sentido, ¿verdad? —Irving dejó en el asiento el ordenador y la caja—. Su coche de alquiler está ahí.

Julian cogió su rascador para los cristales y se planteó las posibilidades mientras se dirigía con Irving hacia el nevado montículo en que se había convertido el Honda Civic de color azul. Libre de sus obligaciones con el departamento de policía, podría trabajar en el aspecto del caso que le viniese en gana sin que nadie del FBI o del Departamento de Policía de Denver se enterase de lo que hacía… y además, podría vigilar a Tessa.

Irving estaba proporcionándole la libertad que necesitaba para cerrar el caso.

Miró de reojo el Toyota —seguían vigilando— y empezó a retirar la nieve de la ventanilla del coche de alquiler.

—Necesitaré que me tengas al día, que me comentes todo lo que el equipo vaya averiguando.

—Eso es fácil. —Irving retiró la nieve del maletero con la manga—. Y yo necesitaré que conviertas en tu principal prioridad la seguridad de la señorita Novak.

De modo que era eso.

—Los cinco impactos en el chaleco dejan claro que ya lo estoy haciendo.

Irving asintió, dirigiéndose al otro lado del coche y retirando la nieve a su paso.

—Cierto. Pero no me refiero a tu chaleco antibalas. Me refiero a tu polla. No pienses que no me entero de qué pasa.

Julian retiró la nieve del techo, esforzándose por controlar su temple.

—Estoy seguro de que la señorita Novak ha superado la mayoría de edad.

—Pero es la víctima de una serie de crímenes violentos y es tremendamente vulnerable… eso sin mencionar lo mucho que depende de ti. No te aproveches de ella, Darcangelo, o tendrás que responderme a mí por ello.

Mantener la boca cerrada era un indicio de lo mucho que Julian respetaba a Irving. Buscó en el bolsillo las llaves de Tessa y abrió el maletero.

Irving cogió una de las maletas, la levantó gruñendo.

—Parece que tenemos espectadores.

—Ya me he dado cuenta. —Julian cogió la otra y contuvo la respiración cuando los músculos de su espalda protestaron por el esfuerzo.

—Ya veo que duele. —Irving rió entre dientes—. Empezaba a pensar que eras más duro que el resto de los mortales.

—¿Feliz?

Regresaron al vehículo de Julian y dejaron las maletas detrás de los asientos. Julian cerró la puerta y entregó a Irving las llaves del coche de alquiler.

—¿Piensas que tu intimidad con la señorita Novak significa que dejará de investigarte a ti y a todo ese lío de Zoryo?

Las miradas de Julian e Irving se encontraron.

—Qué va.

—Me lo imaginaba.

El Toyota seguía allí y sus ocupantes lo observaban sin perder detalle.

—¿Tienes idea de quiénes son? —Julian señaló en dirección al Toyota con un ademán de cabeza.

—La que está en el asiento del acompañante parece Kara McMillan.

—¿La esposa del senador? —Debería habérselo imaginado—. ¿Tienes alguien que te lleve de vuelta?

—He quedado con un coche patrulla para que me recoja en veinte minutos en el alquiler de vehículos.

—Estupendo. —Julian rodeó su coche y abrió la puerta

del lado del conductor—. Mantenme informado. Estaré en contacto.

Irving movió afirmativamente la cabeza y se encaminó hacia el coche de alquiler. Luego se volvió de nuevo hacia Julian.

—Oye, Darcangelo. Me alegro muchísimo de que los dos salierais ilesos. Buen trabajo.

Julian agradeció las palabras de Irving con un movimiento de cabeza, se sentó al volante, sin separar la mirada del espejo retrovisor y el pequeño Toyota.

De modo que las amigas de Tessa querían verlo. Pues les daría ese gusto.

Esperó a que Irving saliera del aparcamiento, hizo marcha atrás y retrocedió hasta quedar con el parachoques pegado al parachoques del pequeño coche, inmovilizándolo. Salió de su furgoneta y se acercó a la ventanilla del conductor.

La ventanilla descendió y vio en el interior a cuatro hermosas mujeres, una de ellas en avanzado estado de gestación. Lo miraban con expresión de culpabilidad, todas excepto la increíble rubia. Le deslizó la mirada en una evidente evaluación sexual, con una sonrisita.

Y Julian lo supo.

Tessa había contado a sus amigas que se había acostado con él.

Con su enfado por sentirse observado temporalmente superado por una extraña oleada de orgullo masculino, se desabrochó la chaqueta y dejó entrever la pistolera. Entonces se agachó y se quitó las gafas de sol.

—¿Han visto suficiente las señoras?

Las cuatro cabezas asintieron.

La rubia al volante empezó a hablar.

—No pretendíamos...

—Por supuesto que sí. Pero no se preocupen. No las haré responsables.

—No es culpa de Tessa. Ella no tiene ni idea de que estamos aquí. —La mujer que habló entonces tenía una larga melena oscura y se sentaba en el asiento del acompañante—. No se lo dirá, ¿verdad?

—Sí, señora McMillan, estese segura de que se lo diré.

Entonces dio media vuelta y regresó a su coche, sonriendo.

Tessa había proyectado esperar hasta encontrarse bien y preparada para llamar a su madre. Pero nada salía según lo planeado y sabía que no podía posponerlo más. El último mensaje de su madre, y la noticia que le había dado Sophie, le hicieron tomar conciencia de que su madre estaba asustada de verdad. No estaba bien dejarla con la duda.

Tessa marcó el número de teléfono de su madre y empezó a deambular por el salón, su estómago muy tenso. ¿Qué se suponía que tenía que decirle a su madre después de diez años de silencio?

El teléfono sonó una vez. Dos. Tres veces. A punto estaba de colgar y de calificarlo de intento sincero, cuando respondió la voz de su madre.

—¿Diga?

Dudó un instante.

—Hola, mamá. Soy Tessa.

—¡Oh! ¡Oh, que Dios te bendiga, Tessa Marie! ¡Estás a salvo! ¡Oh, gracias a Dios! —La voz de su madre se puso más tensa y entonces se retiró del teléfono—. ¡Está a salvo! ¡Es ella, me llama por teléfono!

Tessa oyó voces de fondo.

—¿Con quién estás?

—Son unos amigos del Denny's que han venido a verme.

Hemos estado mirando las noticias, esperando ver si decían algo más de ti. ¡He estado preocupadísima!

—No te preocupes, mamá. Estoy bien. Estoy a salvo.

—¿Dónde estás? ¿Puedo venir...?

—No, no puedes, y no puedo salir. —Respondió con rapidez, sus palabras sonando como un rechazo, incluso a la propia Tessa. Intentó explicarse—. No es que no quiera verte. Es que no puedo. Estoy bajo custodia en una casa vigilada por la policía. Tengo que permanecer aquí hasta que todo esto termine. Es un lugar secreto, y no puedo recibir visitas.

—Oh, ya lo entiendo. —Su madre intentaba ocultar su decepción, pero Tessa la notó de todos modos. Entonces su madre volvió a elevar el tono de voz para dirigirse a sus amigos—. La tienen bajo custodia para protegerla... quiere decir que la tienen en una casa secreta vigilada por la policía.

—¿Cuánto tiempo llevas en Colorado?

El nuevo teléfono móvil de Tessa emitió un sonido y vio que era una llamada de Kara. Sin querer ser descortés con su madre, dejó que la llamada fuera a parar al buzón de voz.

—Unos tres meses. Quería estar instalada antes de llamarte, no quería ser una carga. Ahora que tu abuelo ya no se lo bebe, estoy ahorrando un buen dinero. —Rió tímidamente—. Tengo un lindo apartamento aquí en Aurora y trabajo de camarera.

Tessa se enteró también de que su madre tenía un novio, de que había dejado de fumar y de que asistía a clases para obtener el título de Graduado Escolar.

—Has sido un ejemplo para mí, Tessa Marie. Pero no quiero perder ni un segundo más hablando de mí. Quiero oír cosas de ti.

Entonces su madre la machacó a pregunta tras pregunta hasta que Tessa empezó a sentir claustrofobia. ¿Le habían disparado de verdad? ¿No tenía miedo? ¿Le gustaba su trabajo? ¿Le pagaban bien? ¿Tenía buenos amigos? ¿Le gustaba Colorado? ¿Qué opinaba de las montañas? ¿Había aprendido a esquiar?

Tessa se esforzó en responder mientras una antigua e inoportuna sensación de incomodidad crecía en su interior. Reprimió las respuestas cortantes, palabras innecesarias que habrían dolido, doblegando aquella parte de ella que deseaba contraatacar. Su madre no hacía nada malo. No había motivo para que Tessa se mostrase irascible con ella.

Por otro lado, Tessa habría sido una mentirosa de no admitir que en parte deseaba la atención de su madre, la anhelaba incluso. El sonido de la voz de su madre. Su suave acento texano. Su sincera alegría. Su orgullo inequívoco por los logros de Tessa.

Aquel conflicto de emociones escocía a Tessa en su propia piel.

—Eres una chica preciosa, Tessa. Vi tu fotografía en la página Web del periódico. Debes tener una cola de hombres llamando a tu puerta. ¿Tienes algún amigo especial?

«Estoy enamorada de un hombre que no me ama».

—No —respondió Tessa, sin ganas e incapaz de hablar de Julian con su madre—. Ninguno. La verdad es que no tengo tiempo para citas.

—Bien, pues espero que encuentres ese tiempo. La vida es algo más que cobrar una nómina.

Si su madre le hubiese dicho aquello antes de conocer a Julian, Tessa le habría respondido que las carreras profesionales eran una inversión en tiempo mucho mejor que cualquier hombre. Pero ahora, enfrentada con la fría e inevitable realidad de una vida sin Julian, creyó comprender a qué se refería su madre.

Julian entró en el garaje con una extraña sensación, mezcla de anticipación e irritabilidad. Había pasado las últimas dos horas comprando y pensando en formas de hacerle pagar a Tessa el haber dado detalles de su situación a sus amigas. Tenía la parte posterior de la furgoneta llena de comida y cosas para la casa, el tipo de objetos que él nunca tenía a mano. Y se sentía caliente como un semental.

Era como si hubiese comprado el supermercado entero. Había cargado tres carritos y había tenido que dar una propina a un par de empleados del establecimiento para que le ayudaran a empujarlos. Pollo, salmón, gambas, especias, aceite, harina, azúcar, pasta, huevos, mantequilla, fruta y verduras frescas, latas y Dios sabe qué más. Había comprado unos cuantos objetos prácticos en la ferretería: una cerradura para la puerta del despacho, herramientas para instalarla. Pero el hecho de que el chocolate y una planta con flores de color rosa hubieran entrado también en la furgoneta, venía solamente a demostrar que estaba más necesitado de aquella baja por enfermedad de lo que quería admitir. Una de aquellas balas debía haberse quedado alojada en su cerebro.

Y luego la máquina de café expreso.

Se había detenido a comprarle café con leche a la vainilla, cuando la vio en un escaparate de la cafetería. Después de unas cuantas preguntas y de las sugerencias útiles de los dependientes, se encontró comprando la máquina, junto con café recién molido y varias botellas de jarabe de vainilla.

No estaba jugando a las casitas, se dijo. Aquello no era un romance. No le interesaban las preocupaciones del hogar y la familia. No quería mantener a nadie. Simplemente intentaba hacer su estancia lo más confortable posible. Al fin y al cabo, tenía que comer.

La mesa y las sillas de la cocina llegarían más tarde.

De acuerdo, tal vez en parte quería solucionar el haberse comportado como un imbécil por la mañana. Había salido del dormitorio enfadado consigo mismo por haber perdido el control de la situación y lo había pagado con ella. Se había enfadado más al darse cuenta de que le había hecho daño, más aún cuando ella le mintió al respecto, y más aún cuando ella intentó esconderle sus sentimientos heridos detrás de palabras inteligentes. Al final, había conseguido borrarle la felicidad de la cara por completo... lo que sin duda era exactamente lo que una parte de él había estado intentando hacer.

Aparcó, cargó un par de bolsas con comida hasta la puerta y marcó el código de acceso. Esperaba encontrarse a Tessa esperándole nerviosa después de haber sido informada por sus amigas de que estaba metida en un gran problema. Pero la encontró en el dormitorio, hablando por su nuevo teléfono móvil y manteniendo lo que sonaba como una conversación muy seria.

Entró el portátil de Tessa y la caja con *dossiers*, luego la maceta, después la máquina de café y por último la comida, pillando retazos de la conversación.

—Me alegro de que te hayas instalado aquí, mamá. Y me parece que has hecho buenas amistades.

¿Su madre?

Definitivamente, se trataba de una conversación seria.

Se quitó la chaqueta y el arnés y empezó a disponer la comida, sin poder evitar oír sin querer la conversación. ¿O estaría cotilleando?

En un momento de su vida, habría dado cualquier cosa para tener una madre. Hambriento del amor de una madre, había aceptado el cariño de cualquier mujer que se lo diese, había recogido flores para regalárselas a las prostitutas de su padre, las había defendido del mal carácter de su padre, incluso había recibido un par de bofetones que no iban dirigidos a él. No estaba muy seguro de cuándo se había dado cuenta de que no les importaba en absoluto, de que para ellas no era más que el mocoso del hombre que controlaba su vida.

¿Estaría desplegándose aquí un escenario similar? ¿Sería por eso que había llegado a su casa con flores? ¿Viviría aún en su interior aquel chiquillo que se moría por la amabilidad de una mujer?

«Eres un hijo de puta patético, Darcangelo».

—Tengo que colgar, mamá —oyó que decía Tessa, sus palabras devolviéndole al presente—. Estaremos en contacto.

Se quedó un rato en el dormitorio, y él se imaginó que estaría llorando. Entonces oyó un grito de sorpresa y se volvió. Tessa estaba mirando la cocina, completamente asombrada.

—Cupones de descuento —dijo él, sintiéndose tanto como un estúpido como intensamente gratificado.

—Estaba pensando qué comerías tú, pues esa lata de sopa de pollo con fideos era para mí. —Sonrió y frunció el entrecejo a continuación—. ¿Por qué guardas los cereales con las bombillas?

En un periquete, ella se responsabilizó del proceso, vaciando el contenido de las bolsas en los armarios y explicándole cómo debía organizarse una cocina. Él se apoyó en la nevera, se cruzó de brazos y la observó trajinando de un lado a otro, su delicioso trasero marcando unas formas en su ropa interior que ni el mismísimo Calvin Klein se habría imaginado jamás.

—Siempre coloco las especias junto con la sal, la pimienta, la harina y la levadura, y las guardo cerca del horno —dijo. Cogió entonces el lavavajillas de donde él lo había guardado, junto a los aliños para ensaladas—. Es evidente que los productos de limpieza no tienen que ir con... ¡Oh, Julian! ¡Azaleas!

Había descubierto la planta.

Olió las flores.

—¿Es para mí?

—Las pistolas y las pesas son muy decorativas, pero pensé que quizá te gustaría algo un poco más femenino.

Ella le miró con sus grandes ojos azules.

—Gracias.

Colocó la maceta en el alféizar de la ventana, quitó las hojas secas, la regó un poco y él no pudo evitar sonreír al observar la atención que ella le dedicaba a la tarea. Entonces, cuando quedó satisfecha, siguió colocando la compra, explicándole que las latas debían ir juntas, aparentemente inconsciente de que en aquel momento a Julian le importaban un comino las judías verdes y que estaba esperando a que llegara el momento de que tropezara con la bolsa adecuada.

Pero encontró antes la cafetera. El descubrimiento le provocó un grito de alegría y a él, a modo de recompensa, un beso rápido en los labios... agradable, pero no suficiente.

—No tienes ni idea de lo enganchada que estoy a esto. —Se acercó a la nariz un paquete de café recién molido y aspiró su aroma—. ¡Cielos!

Y a él se le agotó la paciencia.

Cruzó la estancia, buscó y le entregó una bolsa de la compra que aún no había ella inspeccionado.

—Veamos si sabes dónde guardar esto.

Cogió ella la bolsa y extrajo una caja de preservativos. Y otra. Y otra. Y otra. Y otra.

—Extra sensible. Sensaciones calientes. Placeres malévolos. Delicia tropical. Hormigueos mentolados. —Leyó los nombres y luego le miró, muy seria—. Los guardaría en el dormitorio o en el baño.

—Ahí es donde te equivocas. —La rodeó por la cintura y

la atrajo hacia él, para introducir luego la mano por la abertura de la parte delantera de los calzoncillos bóxer que llevaba ella y acariciarla—. Van aquí.

Ella echó la cabeza hacia atrás y gimoteó.

—¡Quiero, pero no creo que pueda!

Y entonces cayó. Estaba dolorida.

—No pasa nada. Tengo la solución en la punta de la lengua.

Una hora después, Tessa estaba acostada con la cabeza apoyada sobre el pecho desnudo de Julian, su cuerpo tembloroso aún por las sensaciones que acababa de sentir, casi demasiado buenas como para ser ciertas. La lengua de Julian era prensil, no había otra explicación.

—Cuando se lo cuentes a tus amigas, recuerda comentarles lo de la cosa ondulante —dijo, acariciándole el cabello, su voz resonando profunda en el interior de su pecho—. Si tienes que compartir detalles, mejor que seas minuciosa.

—¿A qué te refieres con esto? —Le miró, vio su consciente sonrisa, y supo exactamente a qué se refería. Se había enterado de lo que le había contado a Sophie. Se puso colorada como un tomate—. ¡Me has pinchado el teléfono móvil!

—No. Me las encontré a todas. Tus amigas estaban sentadas en el interior de un pequeño Toyota en el aparcamiento del periódico, observando todos mis movimientos. Tuvimos una agradable conversación.

Así que era por eso que Kara la había llamado cinco veces.

—Pero cómo supieron que eras tú… ¡Oh! ¡Oh, Dios mío! —Recordó que le había contado a Sophie que Julian iría a recoger las maletas que tenía en el coche de alquiler. Y era evidente que Sophie no había perdido el tiempo y se lo había contado a las demás—. ¡Lo siento mucho! Yo no quería…

En un abrir y cerrar de ojos, la había vuelto bocabajo y le había unido los brazos por encima de la cabeza.

—Regla número seis: no cuentes a tus amigas dónde voy o qué hago. Esta vez ha tenido su gracia. Pero la próxima vez podría acabar con alguien muerto.

Capítulo 21

—Para resumir, señorita Novak, la cuestión es que Lonnie Zoryo no era sólo un violador y un asesino. Era la esperanza de Darcangelo para apresar al mismo traficante despiadado que se le escapó hace ahora tres años, un hombre que no tiene ni una pizca de respeto por las mujeres ni por la vida humana. Si hubiésemos permitido que la noticia de la detención y el suicidio de Zoryo se hiciese pública, habríamos disminuido de gran manera su valor para esta investigación.

Tessa escuchó la explicación del Jefe Irving, buscando el argumento tranquilizador del bien y el mal, la simplicidad del blanco y el negro, pero encontrando únicamente complicadas tonalidades de gris.

—El informe de la autopsia afirma que el sospechoso sufrió una fractura de nariz durante el arresto.

—El informe afirma también que el sospechoso apuntó a la cabeza del agente especial Darcangelo con una pistola semiautomática de nueve milímetros cargada. Zoryo tuvo suerte de no morir de un tiro allí mismo. La información está en el informe y está completamente en regla, señorita Novak.

Y así parecía. Pero de todos modos…

—Se saltó usted las reglas, señor. —Fue directa al grano—. Cogió documentos públicos del sistema y los ocultó, interfiriendo con ello el flujo libre de información.

—Permítame que le explique lo que habría conseguido el flujo libre de información —dijo el Jefe Irving, un poco más enervado—. Absolutamente nada. El hombre que buscamos deja al violador y asesino en serie medio a la altura de un niño del coro. La retención temporal de la información nos proporcionó una semana para seguir las pistas que Zoryo nos proporcionó sin que su jefe tuviera ni idea de ello. Estamos intentando salvar a más jóvenes del destino que siguió María Ruiz, señorita Novak.

—El fin no justifica los medios. Tenemos leyes...

—Sí, tenemos leyes. Y hasta el momento, el hombre que secuestró, esclavizó y asesinó a María Ruiz las ha burlado todas y cada una de ellas.

—¿Son éstos los procedimientos habituales del Departamento de Policía de Denver?

—Por supuesto que no. Me parece que ya lo sabe. —Hizo una pausa—. Y ahora, voy a pedirle por favor que retire su solicitud de información, al menos temporalmente. Si quiere crucificarme a mí y al agente especial Darcangelo y a todo el Departamento de Policía de Denver, me parece muy bien, pero espere hasta que hayamos atrapado a ese desgraciado.

Dividida entre sus obligaciones profesionales y sus sentimientos, Tessa no respondió al momento. Tom esperaría de ella que le dijera al Jefe Irving que no le viniese con más cuentos y que empezase a formular oficialmente preguntas. De no haber sido testigo de la muerte de María, de no haber visto con sus propios ojos aquella brutalidad, habría hecho precisamente eso. Al fin y al cabo, el departamento de policía, bajo la presión de un agente federal, había ocultado un arresto y un suicidio en la cárcel.

Pero la cuestión no era tan sencilla. Ni mucho menos.

Del mismo modo que no se trataba para Tessa de una investigación normal y corriente, tenía muy claro que tampoco se trataba de un caso normal y corriente de asesinato para la policía de Denver. ¿Qué habría hecho ella de estar en el lugar del Jefe Irving? No lo sabía.

—¿Qué hay de las muertes de los agentes hace tres años? Debió usted revisar los archivos si accedió a aceptar al agente especial Darcangelo en su departamento.

Hacía sólo una hora había solicitado esa misma información a la portavoz del FBI y la habían mandado a paseo. Los estatutos de archivos abiertos estatales no se aplicaban a las agencias federales, le habían recordado. La habían invitado a presentar de nuevo su solicitud amparándose en el Acta de Libertad de información, aunque también le habían dicho que tendría que esperar un año para obtener una respuesta.

—Mejor que se lo pregunte a Darcangelo. No me siento autorizado para hablar del tema, aunque le aseguro que después de revisar aquellos acontecimientos, no tuve el menor escrúpulo que me impidiese trabajar con él.

Tessa respiró hondo y dio el paso decisivo, imaginándose lo colorada que se pondría la cara de Tom si supiese lo que estaba a punto de decir.

—De acuerdo, señor, retiraré formalmente mi solicitud con la condición de que usted haga honor a su acuerdo de informarme por completo una vez la investigación esté cerrada.

—Así lo haré, tiene mi palabra de policía.

Tessa colgó el teléfono, se dejó caer en la silla de la cocina y lanzó un suspiro de alivio. De haber descubierto que Julian había llevado a cabo una detención y un interrogatorio ilegal, de haber descubierto que había tratado con brutalidad al sospechoso, de haber descubierto que era un mentiroso...

¡Gracias a Dios que no era así! No le habría gustado saber que el hombre que le había salvado la vida, que el hombre que le hacía el amor de un modo tan increíble, que el hombre que quería, era un hombre sucio.

Bebió un poco de su café con leche artesano, se dispuso a relajarse y descubrió que le era imposible.

Leer los informes de la detención y la autopsia de aquel desgraciado de Zoryo le había ayudado a hacerse una idea de cómo se ganaba la vida Julian y la simple idea de alguien apuntándole en la cabeza con una pistola de nueve milímetros cargada le provocaba náuseas. ¿Cómo era posible soportar a diario ese tipo de miedo y peligro?

Se imaginaba que todo ello explicaba por qué nunca abandonaba su arma, ni siquiera en el baño, por qué nunca parecía dormir profundamente, por qué, incluso cuando sonreía, su mirada ocultaba ciertas sombras.

Había tenido sexo con él como mínimo una docena de veces, llevaba con él desde el viernes por la noche —tres días y tres noches—, pero aun así, seguía sin conocerlo mucho más que antes de que la acogiera en la seguridad de su casa.

Sí, ahora sabía que era un experto en artes marciales, capaz de matar simplemente con las manos. Sabía que le gustaba la salsa picante y que comía mantequilla de cacahuete directamente desde el tarro. Sabía cómo hacer estremecer su cuerpo con un sencillo movimiento de lengua. Pero no lo conocía. Nunca le había pedido nada, nunca había hablado de él ni de su vida, nunca compartía sus preocupaciones a menos que estuviesen directamente relacionadas con ella.

Y aun así, extrañamente, se sentía más próxima a él de lo que se había sentido a ningún otro hombre. De acuerdo, tampoco es que hubiera muchos. Cabía la posibilidad de que sus sentimientos no fueran más que el resultado intoxicante de la intimidad física que compartían, de horas de sexo estremecedor. De todas maneras, le gustaría poder llegar a su interior, le gustaría alcanzar aquella parte de él que guardaba escondida, le gustaría alejar aquellas sombras.

A veces, cuando hacían el amor, él parecía abrirse, le explicaba con su cuerpo que era importante para él, parecía necesitar de ella algo que iba más allá de lo físico. Pero por apasionado o expresivo que fuera el sexo, por fuerte que la abrazara después, sus reservas nunca desaparecían por completo.

El espacio entre ellos era un recordatorio constante de que aquella situación no era permanente. Tan pronto como el caso estuviese cerrado, él desaparecería de su vida. La distancia dejaba a Tessa al borde de una felicidad que apenas podía confirmar, consciente de la pérdida que llegaría algún día. Era como estar siempre a punto de un amanecer.

Se levantó de la nueva mesa de cocina que le hacía las veces de escritorio, se encaminó a la puerta trasera con su café con leche, e intentó volcar de nuevo sus pensamientos en la investigación. En el exterior, la luz del sol creaba formas de diamantes en la nieve. De los aleros colgaban estalactitas. En las ramas desnudas de un arbolito se había posado un cuervo que graznaba sus ideas al mundo.

Había presentado ya su artículo para hoy, pues había tenido mucho tiempo para trabajar en él durante el fin de semana, mientras Julian no estaba. El artículo, un seguimiento del último que había publicado, incluía una entrevista con la oficina del fiscal de Estados Unidos, así como con funcionarios del Departamento de Estado, en la que se describía el alcance del problema del tráfico de seres humanos, tanto en Estados Unidos como a nivel global, y los pasos que el país estaba dando para combatirlo. Aquel trabajo le había proporcionado algo qué hacer durante aquellas horas interminables y oscuras, además de preguntarse continuamente si Julian seguiría con vida.

Tanto el sábado como el domingo por la noche había estado fuera hasta altas horas de la madrugada, haciendo Dios sabe qué. Había llegado tenso y enfadado, se había duchado y luego le había hecho el amor despacio y prolongadamente. Ella le había dado todo lo que había podido, intentando liberar aquella oscuridad que intuía en su interior, y luego había caído dormida a su lado, exhausta.

Y aquí estaba otra vez pensando en él cuando en realidad debería de estar trabajando.

Volvió a la mesa, dejó el café con leche y recopiló las notas de la entrevista con el Departamento de Estado. Su mirada repasó la página y sonrió. El portavoz había utilizado el término «China Roja», una expresión que había creído en desuso desde antes de que ella naciera. Muy a lo Richard Nixon. A lo mejor llevaba trabajando con los federales desde...

¿De qué color era esa Mafia?

Recordó las palabras de Syko y se sintió bañada por la adrenalina.

La Mafia «Roja».

Hojeó los documentos hasta encontrar el informe de la autopsia de Lonnie Zoryo. Repasó la página con la mirada en busca de una cosa. Y allí estaba.

—Lugar de nacimiento —leyó en voz alta—. Gzel, Rusia.

Cogió el teléfono y marcó el número del Departamento de Estado.

Julian tecleó el código, abrió la puerta y entró, cerrando con ello la noche. Llegar a casa era estupendo.

«¿Casa?».

¿Desde qué momento había empezado a considerar aquel lugar como su casa?

La respuesta dormía en el sofá, un pequeño pie asomando por debajo del edredón que había arrastrado hasta allí desde la cama. Estaría leyendo alguna cosa cuando se quedó dormida y los folios habían quedado esparcidos en el suelo, junto a su mano ahora vacía. Tenía el rostro relajado, la boca entreabierta, las pestañas largas rozándole la mejilla. Le había dicho más de una vez que no le esperara despierta, pero sabía que le costaba conciliar el sueño si él no estaba allí.

Se quedó allí un momento, viéndola dormir, absorbiendo la imagen de Tessa sana y salva, sintiendo una agitación en el pecho que empezaba a resultarle familiar. Se dirigió al baño sin hacer ruido, dejó caer la ropa al suelo y entró en la ducha, su piel cubierta por el olor a tabaco, perfume barato y violencia.

La noche había sido productiva, y también un infierno. Había pasado la tarde siguiendo algunas de las pistas que había proporcionado el doctor Norfolk y había localizado dos guaridas más, ambas, aparentemente, prósperos negocios. Se lo había comunicado a Irving, habían puesto los lugares bajo vigilancia y luego se había dirigido al Pasha's. Durante un rato, había estado vigilando la calle desde la ventana de la habitación del hotel, donde aún tenía cámaras apostadas las veinticuatro horas del día, siete días por semana. Entonces, cuando había imaginado que el local estaría concurrido, había cruzado el aparcamiento y se había introducido en la viscosa piel de Tony Corelli.

Había estado viendo bailar a Irena, la había invitado a un par de copas y estaba camelándose una invitación a alguna de las habitaciones traseras del local, cuando de la nada había salido un bruto gigantesco, sin apenas cuello y con un marcado acento ruso, había agarrado a Irena por el brazo y le había exigido que se fuera con él.

—La señorita está ya ocupada —había dicho Julian, con su mejor italiano de Brooklyn.

El desgraciado le había respondido con un gruñido, le había llamado *huyesoska* —soplapollas, si Julian recordaba bien su ruso—, lo había agarrado por la chaqueta de cuero y había intentado arrancarlo de su asiento. Julian podía haberlo tumbado en el suelo, pero en el momento en que el tipo lo agarraba, vio de refilón el tatuaje que asomaba por debajo de la camisa de aquel cabrón.

«El Tigre».

Se había dejado zarandear y luego había visto cómo el hombre, que con toda probabilidad era el sustituto de Zoryo, arrastraba a Irena entre la multitud y se la llevaba hacia las puertas vigiladas. La mirada de desesperación que la chica le había lanzado había sido como un puñal en el estómago. Se había obligado a ignorar sus sentimientos, a clausurar sus emociones y había dejado que se marchase.

El camarero de la barra, Chet, que se había convertido en un buen amigo de Tony, había sentido lástima de él, le había servido un whisky doble y le había explicado que Sergei era nuevo y que estaba especialmente interesado en Irena.

—Que quede entre tú y yo, Tony, pero ¡ese tipo es un gilipollas!

Julian había jugado a dar lástima y había engullido el whisky, buscando compasión,

—Tienes suerte, tío. Seguramente te habrás tirado a todas las bailarinas de por aquí, incluso a mi Irena. ¿Qué se tiene que hacer para tener un poco de acción?

Chet le había lanzado una mirada evaluadora.

—No te capto, Tony. Eres joven y atractivo. Debe de haber muchas mujeres que quieren acostarse contigo.

Julian había negado con la cabeza y luego mirado a Chet, con ojos de culpabilidad, su voz convertida en un susurro.

—Me gustan jovencitas.

Diez minutos después, tomando notas de cámaras ocultas y alarmas, era conducido más allá de las puertas vigiladas hacia una habitación privada situada en la trasera del local. Chet le había preparado una jovencita de cabello oscuro que dijo llamarse Luisa y que decía ser de Florida, pero cuyo español revelaba su origen colombiano. Julian se había encontrado en la situación que más temía: estar con una víctima menor de edad a la que se suponía tenía que follarse.

De modo que siguió representando el papel del cabrón cachondo, pagando en metálico, repasando a la chica con la mirada, intercambiando comentarios guarros con el gorila. Una vez cerrada la puerta, se encontró a solas con ella en una habitación más equipada para el entretenimiento horizontal de lo que cabía esperar. La empujó hacia el camastro, le murmuró palabras tranquilizadoras al oído y pasados unos minutos de arrumacos superficiales, fingió un caso terminal de impotencia. Maldiciendo, la soltó y simuló estar sufriendo la peor humillación de su vida.

—No te preocupes, pequeña. No estoy enfadado contigo. ¡Maldita sea! ¡No me ocurre nunca! —Sintiéndose más viejo que el tiempo, le acarició la mejilla con los nudillos y observó la sensación de alivio de su mirada—. No se lo digas a nadie, ¿entendido, pequeña? Me sentiría fatal. Ten. Esto es para ti... siempre y cuando no digas nada.

Sabiendo que la chica le guardaría el «secreto», le entregó un billete de cien, esperó unos minutos y salió al pasillo como el semental que acaba de montar a su hembra favorita. Él y Chet habían pasado el resto de la noche compartiendo chistes verdes y enormes sonrisas, Julian repartiendo propinas de billetes de veinte.

—Tío, cualquier cosa que necesites, lo que sea, vienes a ver a Tony y te lo arreglaré, igual que tú has hecho por mí —le había dicho.

Incluso invitó a Sergei a una copa cuando el desgraciado reapareció una hora después, sin que hubiera rastro de Irena.

—Siento el malentendido, colega —le había dicho, dándole a Sergei una palmadita amistosa en su grasienta espalda.

Julian había salido del Pasha's odiándose, pero cargado con la información que necesitaba. El local empleaba chicas menores de edad, algunas de ellas a buen seguro resultado del tráfico sexual, y ofrecía mucho más que bailes privados. Era también probablemente el centro de actividad del imperio de Burien en Colorado: un centro de distribución, una operación de blanqueo de dinero, un lugar donde hombres de gustos ilegales podían satisfacer sus necesidades.

Había llamado para informar a Irving, que había iniciado el proceso para obtener una orden judicial secreta irrevocable. Si Irena, Luisa y las demás podían aguantar, si podían soportar aquella pesadilla sólo un poco más, él las sacaría de allí, aunque tuviese que dejarse la vida en ello.

Julian se frotó la piel, se aclaró la espuma, buscando una sensación de limpieza que el jabón no podía proporcionarle. Cerró el grifo, deseoso de poder cerrar sus pensamientos con igual facilidad, se secó y se enrolló la toalla en la cintura.

La encontró junto a la puerta del baño, de pie en la oscuridad, envuelta en el edredón.

—¿Julian? —Tessa le miraba, le acarició la mejilla con la palma de la mano, sus ojos azules cálidos y preocupados, como si pudieran ver el tumulto que rugía en su interior.

Dejó caer el edredón para revelar las curvas de su cuerpo desnudo. Tiró entonces de la toalla de él y se arrodilló, haciéndolo suyo con la humedad caliente de su boca, la caricia de sus labios llenándolo hasta sentirse grueso y duro y ardiendo.

Julian cerró los ojos, hundió los dedos en la seda de su cabello y aceptó la oferta, la mano y los labios de ella trabajando en equipo, su lengua acariciándole allí donde él era más sensible. Aprendía con rapidez. Se había acostumbrado al sexo como una sirena al agua.

—¡Por Dios, Tessa! —Se sentía perdido en ella, perdido en lo que estaba haciéndole, en el incremento del ritmo, caricia tras caricia, una curiosa presión en el pecho, sus testículos completamente tensos. Se sujetó al dosel de la cama para mantener el equilibrio, dejando que ella controlara el ritmo, el primer destello del orgasmo quemándole en su interior.

Ella era lo que necesitaba, lo que quería.

Pero no de aquella manera.

—¡Para, cariño! ¡Para! —La puso en pie, la recostó en la cama, siguiéndola hasta el colchón con miembros temblorosos.

Recorrió a besos su piel caliente hasta que ella tembló también, saboreando sus labios, chupando el tenso terciopelo de sus pezones, mordisqueándole el vientre, hambriento de ella. Ella se volvía y arqueaba debajo de él, separando los muslos a medida que él descendía por su cuerpo. Los dedos de él abrieron un camino entre el vello rubio oscuro de su pubis, luego le separó los labios y la hizo suya con la boca.

Tessa hundió los dedos en el cabello de Julian mientras él le hacía el amor con la boca, su antebrazo presionándole el vientre para controlar los espasmos de las caderas. Sus labios pegados a ella. Su boca chupándola. Y su lengua... ¡Por Dios!

No podía existir sensación mejor en el mundo.

Le oyó gruñir, oyó los jadeos de una mujer, el sonido de su propia voz más animal que humano. Entonces sintió su lengua hundiéndose en ella… y se estremeció.

—¡Julian! —Gritó su nombre, su cuerpo desintegrándose en una oleada líquida de placer.

Y entonces lo tuvo encima, dentro, la penetración rítmica y profunda de su pene conduciéndola directamente de un orgasmo al siguiente, sus besos inundándole la boca de su propio sabor almizclado. Le rodeó con las piernas, se abrió plenamente a él, lo tomó al máximo, sin retener nada en ella, mientras él llegaba al límite con un profundo gemido, vertiéndose en su interior.

Capítulo 22

Tessa se despertó a la mañana siguiente con Julian dentro de ella, acostada de lado y él hundiéndose lentamente en ella desde atrás, sintiendo un orgasmo dulce como la miel. Su jadeo se convirtió en un gemido bajo y gutural.

Él rió entre dientes y le acercó la boca al cabello.

—¿Te has despertado ya?

—Mmmm. —Se sentía perezosa y feliz como un cachorrito, su cuerpo lleno.

Pero él no había acabado aún con ella. Mantuvo el ritmo lento, llenándole la mejilla de besos, el lóbulo de la oreja, el hombro, sus dedos enlazándose con los de ella por encima de su cabeza.

—¿Qué me has hecho, Tessa? ¡Nunca tengo bastante de ti! ¡Nunca tengo… bastante!

Su respiración se entrecortó con esa última palabra y se estremeció al llegar al orgasmo.

Permanecieron un momento en silencio, Tessa saboreando la sensación de tenerlo dentro de ella, de piel contra piel caliente, el cuerpo de él duro y fuerte detrás del de ella.

—Bien —dijo ella por fin—. A partir de ahora voy a exigirle muchas más cosas a un despertador.

Se duchó y se vistió, mientras él se encaminaba primero a su despacho y luego abajo, para su sesión diaria de gimnasia. Cuando subió, vestido con unos pantalones sueltos de algodón atados a la cintura, su pecho desnudo bañado en sudor, su cabello húmedo colgando por encima de los hombros, ella tenía ya los copos de avena esperándolos y había preparado un batido de proteínas para él y un café con leche caliente para ella.

—Desayuno de campeones —dijo, dándole el batido.

Lo cogió él, lo bebió, su mirada algo confusa, la misma mirada que veía ella siempre que hacía alguna cosa por él. ¿Acaso nadie había hecho nunca nada por él? Le dio un beso en el esternón y se sentó a desayunar.

Él se acomodó enfrente de ella y empezó a comer.

—Me ha dicho Irving que has retirado tu solicitud de archivos abiertos.

—De momento. —Añadió canela y azúcar moreno a sus copos de avena—. El FBI no tiene nada qué decir, de modo que les presentaré de nuevo mi solicitud bajo los estatutos federales.

Él sonrió.

—El Buró Federal de la Ofuscación. Nosotros somos los que formulamos las preguntas, cariño. No los que las responden.

A Tessa no le hizo ninguna gracia.

—¿Así que no vas a contármelo?

—Contarte qué.

—Lo que sucedió hace tres años.

—¿Por qué es tan importante? ¿No basta con saber que quienquiera que enviara esa carta anónima está trabajando para los malos?

Ella engulló lo que acababa de llevarse a la boca.

—Me parece que después de todo lo que hemos pasado, tengo derecho a saberlo.

Él bufó.

—¿Crees que porque hayamos follado unas cuantas veces te debo la historia de mi vida?

Sus duras palabras fueron como una bofetada, una punzada que cogió a Tessa por sorpresa. Se esforzó en ocultar su reacción.

—No, estaba pensando profesionalmente... fuera de esta casa. Estoy reteniendo el artículo porque me lo pedisteis tú y el Jefe Irving. Me merezco conocer la verdad.

Él se incorporó, dejó su tazón en el fregadero y permaneció un instante apoyado en el mostrador de la cocina.

—Está bien, pero es confidencial... absolutamente, al cien por cien. ¿De acuerdo?

—De acuerdo.

Le observó dirigirse al salón, tomar asiento en el sofá, la tensión y el enfado apoderándose de él. Se pasó las manos por la cara y apoyó los codos en las rodillas.

—Hace tres años, me encontraba trabajando en una misión muy secreta en México en la que me infiltré en una organización dirigida por tres jefes del crimen, uno de ellos un funcionario mexicano y los otros dos de Estados Unidos. Trabajaba con agentes mexicanos, además de supervisar los equipos en dos ciudades estadounidenses. Había tardado cinco años en llegar hasta el momento en que pensé que estábamos a punto de atraparlos... cinco años de observar a esos hombres abusando de mujeres de todas las maneras posibles, cinco años simulando ser su amigo, cinco años simulando que me gustaba lo que les gustaba a ellos.

Tessa intuyó la rabia acumulada en su interior, vio el rencor en las arrugas de su rostro, y se sintió enferma.

—No puedo imaginarme...

—No, Ricitos de Oro, a buen seguro que no puedes.

—Lanzó una risotada y miró a la nada, una mirada dura. Entonces se levantó y se acercó a la ventana, dándole la espalda a ella, las magulladuras moradas ahora—. Habíamos sincronizado las operaciones, lo habíamos planificado todo para actuar en el mismo momento exacto para que ninguno de los sospechosos tuviera tiempo de alertar a los demás. Queríamos una redada limpia, acabar con todos ellos a la vez, acabar por completo con la totalidad de la operación.

Tessa había pasado su carrera profesional escuchando a la gente contar sus secretos, escuchando su dolor y su vergüenza al descubierto, y sabía que lo que él estaba a punto de revelarle no era una historia que estuviese acostumbrado a compartir. Resistió la urgencia de correr a consolarlo, segura de que él respondería apartándola de nuevo de su lado.

Julian miró por la ventana, sin fijar la mirada en nada en particular, un hielo negro carcomiéndole las entrañas.

—¿Ves alguna vez programas de naturaleza?

Ella tosió para aclararse la garganta.

—¿Programas de naturaleza?

—En una ocasión vi un programa en el que una leona asustaba a una madre chimpancé para apartarla de su camada y devorar luego a los pequeños. Los realizadores podían haber salvado a los pequeños disparando un tiro al aire para ahuyentar a la leona, pero no lo hicieron. Se quedaron sentados, observando y filmando a la leona matar a los pequeños chimpancés uno tras otro. Hicieron su trabajo.

—¡Oh, Julian!

Él sabía que Tessa había comprendido la metáfora, sabía que sus ojos se habían llenado de lágrimas, pero continuó. Al fin y al cabo, ella había querido conocer la verdad. Y estaba obteniendo la verdad.

—Cuando nos colocamos en nuestros puestos, algunos de

los hombres de mi sospechoso regresaron con tres chicas adolescentes que habían secuestrado en un pueblo. Yo sabía lo que iba a sucederles y quería impedirlo. No me parecía correcto que alguien más sufriera, y mucho menos cuando teníamos la hacienda rodeada y estábamos armados hasta los dientes, igual que unos condenados marines. Por eso notifiqué a nuestros equipos que actuaríamos antes de tiempo.

Recordaba la satisfacción que le causó pegarle un puñetazo en el pecho al tipo que era la mano derecha de García, de oler a pólvora en vez de a la nauseabunda colonia de García, de ver a García esposado y temblando en la parte trasera de un furgón policial.

—Nuestra operación se desarrolló sin ningún contratiempo. El malo y sus compinches fueron encarcelados. Rescatamos a las chicas y las devolvimos a sus casas, aterrorizadas pero sin que nadie les pusiese la mano encima.

—Las salvaste. —Se había colocado justo a sus espaldas. Él se volvió de cara a ella, le gritó.

—¡No hice nada! El segundo equipo también consiguió hacerse con el tipo que andaba buscando, pero el tercero no tuvo tanta suerte. De un modo u otro, alguien alertó a los de Los Ángeles y tuvieron tiempo de escapar. Los compinches del tipo dispararon a tres agentes, uno de los cuales era la mujer con quien yo... salía en aquella época. Margaux sobrevivió y así pudo odiarme para siempre. Los otros dos, no. Al día siguiente presenté mi dimisión. Era mi responsabilidad y la cagué. De haber esperado, de no haber perdido el control sobre mis emociones...

—Esas chicas hubieran sufrido horriblemente. —Le acarició la cara, llorando, ofreciéndole una absolución que no se merecía.

Era demasiado egoísta para apártale la mano. Pero aun así, tenía que intentar convencerla.

—Si hubiese esperado, María Ruiz y muchas como ella aún estarían vivas y a salvo. Tú no estarías pasando por todo esto. Huyo por mi culpa, Tessa. Así de simple.

—No es tan simple, Julian. —Deslizó los dedos por su cabello empapado de sudor, acercó su cara a la de ella, rozándole suavemente con los labios.

Él se dejó besar por un momento, su pecho tenso, todo su interior pensando en la purificación de sus caricias, en el dulce perdón que siempre encontraba con ella. Pero Burien seguía libre, seguía haciendo daño a mujeres, seguía matando.

Y todo por culpa de Julian.

—Para, Tessa. —La apartó de él—. Tengo que irme.

Y se encaminó a la ducha, dejándola hecha un baño de lágrimas.

—¿Así que dice que quienquiera que sea que te hizo llegar ese «chivatazo para la prensa» trabaja para los malos? —preguntó Sophie.

—Eso es lo que dice, y le creo. Pero me gustaría que me contase exactamente quién es ese tipo malo para poder publicar su fotografía en primera página. —Odiaba a aquel desgraciado, quienquiera que fuese, no sólo por el daño que había hecho a tantas mujeres, sino también por la tormentosa carga que había depositado sobre los hombros de Julian.

—Bien —dijo Sophie, su tono de voz insinuando que se guardaba un as bajo la manga—, ¿recuerdas a Chris, aquel chico con quien salí que trabajaba en el *Post* y que hizo aquella serie en cuatro partes sobre la Mafia Roja? Conseguí sonsacarle su fuente de información en Moscú. Claro, le prometí que volvería a salir con él… ¿para qué están sino los amigos? Tampoco es que besara tan mal.

—¡Oh, Dios mío, Sophie! —Tessa notó que le subía la moral—. ¡Esto es increíble! ¡Que Dios te bendiga!

—Ahora te pasaré por correo electrónico su número. Recuerda que entre Denver y Moscú hay diez horas de diferencia. No despiertes al pobre hombre a media noche.

—Diez horas de diferencia horaria. Esto significa que allí son ahora casi las cinco de la mañana.

—¿Significa esto que estoy perdonada? —preguntó Sophie—. No pretendíamos meterte en ningún lío.

—No sé. La verdad es que no le gustó nada. En su negocio, el secretismo es la clave de la supervivencia.

—Espero que no se enfadase mucho contigo.

Tessa recordó la compra, la máquina de café, la azalea y las horas de fantástico sexo oral que habían seguido al hecho.

«Cuando se lo cuentes a tus amigas, recuerda comentarles lo de la cosa ondulante. Si tienes que compartir detalles, mejor que seas minuciosa».

Se esforzó en seguir hablando con seriedad. Sophie se merecía sentirse culpable, al fin y al cabo.

—Lo superé.

—Holly dijo que pensaba que seguramente te castigaría con la lengua.

Tessa notó que se sonrojaba.

—De hecho, no sacó a relucir el tema de vosotras cuatro hasta que terminó de utilizar la lengua.

Sophie gruñó.

—Dios, Tessa, si no fuera por lo del asesinato y tanta violencia, diría que eres realmente afortunada.

Tessa se dio cuenta de que volvía a perder el humor. ¿Era afortunada? La verdad era que tenía suerte de seguir con vida. Tenía suerte de disponer de un hombre como Julian protegiéndola en aquellas circunstancias. Tenía suerte por pasar las noches en su cama, por sentir el conmovedor calor de sus caricias. Pero él no la amaba.

«¿Crees que porque hayamos follado unas cuantas veces te debo la historia de mi vida?».

Una parte muy terca de su persona quería seguir creyendo que él no lo había dicho en el sentido que podría parecer. Le había atacado verbalmente sólo porque responder a su pregunta significaba arrastrar su alma por una alambrada de púas. Tres años atrás, había tomado una decisión que cualquier persona con corazón habría tomado también: había decidido salvar a las chicas. Pero había pagado un precio muy elevado por ello, había perdido a su novia, a dos de sus hombres, su trabajo. Evidentemente, desde entonces se había culpado de aquellos hechos a diario y había cargado sobre su espalda el peso de los crímenes de aquel asesino.

¿Sería por eso que fingía no tener sentimientos? ¿Sería por eso que estaba tan decidido a no involucrarse sentimentalmente con ninguna mujer? ¿Y quién era aquella mala bruja de Margaux que había abandonado a Julian y dejado que afrontara a solas su angustia y su dolor?

Margaux no lo amaba, no como lo amaba Tessa.

—Sí, soy afortunada —dijo Tessa por fin.

Entonces, Sophie le explicó el incidente completo de espionaje en el aparcamiento, desde el momento en que Julian había llegado en su coche hasta el momento en que se dieron cuenta de que las había sorprendido, pasando por su sonrisa al despedirse.

—Es el tío más bueno que he visto en mi vida. Holly dijo lo mismo, aunque creo que utilizó la palabra «follable».

—Muy típico de Holly, *la Cachonda*.

Se oyó un ruido de fondo: el armonioso sonido de los gritos de Tom.

—Oh, cariño, tengo que irme. Tom acaba de ponerse hecho una fiera por mi titular.

—Siento no estar ahí. Buena suerte, y muchas gracias, Sophie.

Tessa colgó, regresó a la mesa, dejó el teléfono móvil y descargó sus mensajes de correo electrónico, preguntándose a qué hora debería llamar a esa fuente de información en Moscú y qué, exactamente, le preguntaría. A lo mejor podía preguntarle sobre Lonnie Zoryo, ver si sabía si Zoryo tenía vínculos con cualquier criminal conocido...

Tessa se quedó mirando fijamente la pantalla del ordenador portátil, sintiendo un nudo en el estómago. Allí, en su bandeja de entrada estaba el mensaje de Sophie, junto con cinco más remitidos por una dirección desconocida. Parecían *spam*, pero en el asunto se leía: «TESSA SUFRIRÁ».

Con la mano moviéndose casi en contra de su voluntad, hizo clic en uno de los mensajes... y sintió que la sangre le abandonaba la cabeza.

Julian aparcó la furgoneta en el garaje, el mal humor que había tenido durante todo el día empeorando por momentos, sus propias palabras un cuchillo clavado a lo que pudiera quedarle de conciencia.

«¿Crees que porque hayamos follado unas cuantas veces te debo la historia de mi vida?».

Ella había reaccionado como si la hubiese pegado, echando la cabeza hacia atrás, abriendo los ojos. Luego se había tragado sus emociones y lo había dejado correr, encontrando en su interior lágrimas que derramar por él, acariciándole, besándole. Como si él necesitara su consuelo. Como si él mereciese su compasión. Como si ella pudiese cambiar lo que él tenía dentro. ¿Y qué había hecho él?

La había apartado casi de un empujón.

«Esto sólo viene a demostrar lo que has sabido siempre, cabrón. Nada de vallas blancas».

Aparcó, cerró el garaje, tecleó el código de acceso, diciéndose que era una estupidez por su parte haber regresado a casa. Debería haberse ido al Pasha's o dedicarse a mirar alguna grabación de las cintas de vigilancia o inspeccionar alguno de los almacenes vacíos que los hombres de Irving habían identificado. A la larga, una disculpa no marcaría ningún tipo de diferencia, porque él volvería a hacerle daño algún día. Mejor dejarlo correr a tiempo.

Exceptuando que necesitaba sentirse cerca de ella.

Supo que algo iba mal en el momento en que abrió la puerta. Tessa no salió a recibirle, ni gritó para darle la bienvenida. La casa estaba a oscuras y en silencio. La calefacción no funcionaba. El ordenador estaba en la mesa en estado suspendido, la pantalla negra, el botón de encendido en verde.

Entonces oyó un sollozo.

—¿Tessa? —Sacó la pistola en un abrir y cerrar de ojos. Recorrió rápidamente el pasillo y encontró la puerta del baño cerrada con pestillo—. ¿Te encuentras bien?

No respondió. Y entonces entendió por qué.

Estaba vomitando.

Guardó el arma en la pistolera, se quedó allí mientras ella tiraba de la cadena del inodoro y esperó a que abriera la puerta. Pero no lo hizo.

—¿Estás mal?

«Una pregunta brillante, Darcangelo».

Y entonces se le pasó por la cabeza. A lo mejor estaba embarazada. Pero era demasiado pronto para que notara síntomas, ¿no?

Hizo unos cálculos rápidos, intentó imaginarse cuándo lo

sabría, y se dio cuenta de que no tenía ni idea de cuestiones prácticas sobre embarazo ni sobre su ciclo menstrual, cuándo había ovulado y cosas por el estilo. Lo único que sabía seguro era que habría contribuido y con mucho al inicio de un auténtico *baby-boom*.

—¡Por Dios! —Esperó su respuesta, deseando poder arrancar la puerta de sus bisagras—. ¡Si no piensas hablarme, haré saltar la cerradura!

La puerta se abrió con un suave clic.

Allí estaba Tessa, blanca como el papel, la mirada perdida.

Le palpó la frente para ver si tenía fiebre. Estaba fría como el hielo.

—¿Qué sucede, cariño?

Ella le miró, su voz un murmullo.

—Había fotografías… en mi correo electrónico.

—¡Hijo de puta! —Julian dio media vuelta y avanzó rabioso y dando grandes zancadas por el pasillo en dirección al comedor, seguro de saber exactamente qué tipo de imágenes podían haberla perturbado hasta ese punto. Agarró el ratón, despertó el ordenador dormido… y se le hizo un nudo en la garganta.

En la pantalla aparecía una imagen alterada digitalmente de Tessa sufriendo horrores abominables.

Cinco mensajes. Veinte imágenes. Un repertorio de crueldades.

Burien tenía la fotografía que Wyatt le había tomado en la bañera y la había exprimido al máximo, explotando algunos de los mejores trabajos de Zoryo y falsificando la cara de Tessa en el cuerpo de otras víctimas. Aquel hijo de puta estaba intentando asustarla enseñándole lo que esperaba llegar a hacerle.

«TESSA SUFRIRÁ», rezaba el asunto de los mensajes.

«Sobre mi cadáver, Burien».

Luchando por controlar su furia, Julian se quitó la chaqueta, se desabrochó el arnés y regresó al dormitorio. Tenía que llamar a Dyson, buscar a alguien que empezara a seguir la pista de aquellos mensajes... seguramente una tarea imposible. Pero ante todo tenía que asegurarse de que Tessa se encontraba bien.

Dejó el arnés a los pies de la cama y entró en el baño. Tessa estaba cepillándose los dientes, sus movimientos rígidos. Le acarició el cabello hasta que hubo terminado, le pasó un brazo por los hombros, la condujo hasta la cama y la acostó sobre el edredón a su lado, abrazándola.

—Ven aquí.

Tessa escuchó el tamborileo regular del corazón de Julian, sintió la fuerza de su brazo rodeándola y su horror más intenso fue aminorando.

—Esas fotografías... todo era de verdad, ¿no?

—Sí. —Julian respondió con un tono de voz bajo y profundo—. Trabajos manuales de Zoryo.

El hombre que Julian había arrestado. El hombre que le había apuntado con una pistola en la cabeza. El hombre que se había suicidado en la cárcel.

—Me alegro de que lo apresaras. Me alegro de que esté muerto. —Lo dijo, y lo dijo en serio. A la porra con las reglas. Y se vio obligada a decirlo—. Eso es lo que su jefe piensa hacer conmigo.

—Jamás tendrá la oportunidad. —Julian la besó en la cabeza—. No se acercará a ti jamás.

Tessa se presionó contra su pecho, intentando alejar las imágenes de su cabeza, una brutalidad que iba más allá de cualquier cosa que pudiera haberse imaginado.

—¡Qué estúpida he sido, Dios mío!

—No, no lo has sido.

—No tenía ni idea, Julian. ¡No sabía que podían hacerse cosas tan terribles a una mujer! —Se estremeció, sintió una oleada de repulsión, de puro terror.

Él la abrazó con más fuerza.

—Intenta no pensar en ello. Olvídalo.

—¡Esas pobres mujeres! —Cerró los ojos con fuerza—. ¡No puedo quitarme de la cabeza esas imágenes! ¿Cómo lo hago para que se vayan?

Y entonces se le ocurrió.

Se sentó, le miró fijamente.

—¡Dios mío, Julian, tú estás expuesto a estas cosas cada día! ¿Cómo…?

Él le cerró la boca con un dedo.

—Es mi trabajo, Tessa.

Pero hubo algo en su manera de decirlo —aquella fuerza tranquila, aquella resignación, la pista de la existencia de una desesperación enterrada— que puso su corazón en un puño.

—Te duele.

Él se sentó y dejó descansar sobre una mano todo el peso de su cuerpo.

—Alguien tiene que hacerlo y yo estoy más preparado para ello que la mayoría de los hombres.

Ella le acarició el brazo.

—Eres tan humano como cualquier otro hombre, Julian. Tienes el mismo derecho a sentir que cualquier otro.

—No intentes comprenderme, Tessa. —Saltó de la cama, alejándose de ella, una oscura mueca en su cara, cierto matiz en su voz—. Perderías el tiempo.

Saltó ella también, le cortó el paso en el umbral de la puerta, presionando la mano contra su pecho para detenerlo.

—¡No intentes apartarme de ti! Para mí no supone ninguna pérdida de tiempo.

—¡Tessa! —Una palabra, el nombre de ella... un gruñido bajo de advertencia.

En su mandíbula se tensó un músculo, el corazón latía con fuerza bajo la mano de Tessa.

Ella se mantuvo en sus trece.

—No hay nada dentro de ti que me asuste, Julian.

Vio en sus ojos el momento en que desaparecía el control. En un instante, se encontró clavada en el suelo debajo de él, sus brazos extendidos por encima de su cabeza, sus muñecas sujetas por una sola y enorme mano. Él la miró, una mirada casi animal, sus piernas obligando a las de ella a separarse.

—¿De verdad quieres saber qué hay dentro de mí?

Y entonces su boca se cerró sobre la de ella en un beso brutal y castigador.

Capítulo 23

Tessa no protestó. No lo hizo cuando él introdujo a la fuerza su lengua dentro de la boca de ella. No lo hizo cuando él utilizó la mano que le quedaba libre para abrirle bruscamente la blusa, arrancándole los botones. No lo hizo cuando él empujó su pelvis contra la de ella, una cruda y salvaje imitación del acto sexual.

Pretendía asustarla, lo sabía. Quería demostrarle lo violento que podía llegar a ser, el daño que podía llegar a hacerle. Y aun así, era él quien se estaba haciendo daño.

Las lágrimas caían por las comisuras de sus ojos hacia las sienes mientras doblegaba su cuerpo a aquella rabia, su corazón dolido por él. Había conseguido bajarle las bragas y estaba peleándose con la cremallera del pantalón para liberar su erección. Entonces se hundió en ella, machacó toda su rabia y su desesperación contra ella sin delicadeza ni amabilidad.

Se acabó enseguida.

Gruñó, se estremeció y se dejó caer sobre ella, enterrando la cara en su cuello, respirando rápido y fuertemente. Permaneció así un momento.

—¡Dios!

Era un grito de remordimiento. Le soltó las muñecas, se

dispuso a irse pero ella le retuvo rápidamente, besándole el cabello, llorando ya sin esconderse.

—Estoy bien, Julian —dijo, deseosa de consolarlo—. No pasa nada.

—¡Lo siento mucho! ¡Dios! —Levantó la cabeza, la miró, la angustia reflejada en aquellos ojos azules fue como si le clavasen un puñal en el pecho. Le secó las lágrimas que le caían por las mejillas, se incorporó, se subió la cremallera del pantalón y se apoyó en los pies de la cama, cerrando los ojos con fuerza.

Cuando por fin habló, su voz sonó como la de un desconocido.

—Mi padre era un proxeneta.

Tessa se sentó muy despacio, intentando digerir lo que acababa de decirle, esperando que dijera algo más, tapándose con lo que quedaba de la blusa.

—Me arrancó de mi madre cuando ella se divorció de él y salió zumbando hacia la frontera. Yo tenía dos años. —Explotó en una cruel carcajada—. No es que quisiera que viviese con él… ni mucho menos. Simplemente quería hacerle daño a mi madre. En aquella época yo no sabía nada de eso, naturalmente.

»No estoy muy seguro de cómo mi padre se introdujo en el negocio de la carne. Supongo que al ser un fugitivo de la justicia no le quedaban muchas alternativas profesionales. Fue pasando de un barrio a otro… él y yo, y su siempre cambiante cuadra de *putas*. Me dejaba con ellas, dejó que me criaran mientras él se mataba lentamente a base de alcohol y se jugaba los pesos que ellas ganaban para él.

»Algunas sentían lástima de mí… pobre niño americano con un auténtico *cabrón* como padre. Otras me odiaban porque le odiaban a él. Debía parecerles un idiota… les llevaba flores, les hacía dibujos, les regalaba conchas y otras estupideces.

Tessa se tragó un sollozo. Fuera lo que fuese que pudiera esperar que él le contara, no tenía nada que ver con aquello. No le extrañaba que fuese tan introvertido. Había crecido sin amor y amargamente solo. ¿Quién le cuidaría cuando estaba enfermo? ¿Quién le consolaría por la noche cuando tenía pesadillas? ¿Quién se aseguraría de que se bañaba y tenía ropa limpia?

Ella, al menos, había tenido a su madre.

—A veces iba al colegio. A veces no. A medida que fui haciéndome mayor, empecé a pasar más tiempo en la calle. Aprendí a hablar español mexicano como un nativo, y aprendí a pelear. Mi viejo y yo nos metimos en bastantes altercados, normalmente porque él se pasaba con alguna de sus chicas. Más de una vez me dio buenas palizas, pero cuando cumplí los quince, empecé a devolvérselas.

Julian jamás había comentado con nadie los detalles de su infancia, ni siquiera con Margaux, ni siquiera con Dyson. No tenía ni idea de por qué estaba explicándole todo aquello a Tessa, exceptuando, quizá, porque le debía la verdad. Después de lo que acababa de hacerle, le debía hasta sus mismísimas pelotas servidas en bandeja.

«¡Dios! ¡Hijo de puta!».

—Me crié pensando que era normal tener docenas de mujeres paseando por la casa medio desnudas, despertarme y encontrarme a mi padre con dos mujeres en la cama. Pero, escucha una cosa, parece que quiera insinuarte con ello que criarse en una casa llena de prostitutas era malo. No lo era, no siempre. Echaba muchos polvos. Aprendí lo que era una mamada a los catorce años. A los dieciséis había recibido más lecciones sobre anatomía femenina que un ginecólogo.

—¡Oh, Julian!

Por su tono de voz adivinó que estaba llorando, pero no

pudo mirarle a la cara. No podía soportar ver escrita en su rostro la verdad de lo que acababa de hacerle.

—La primera mujer que me volvió loco fue una de las chicas de mi padre. Sólo después de encontrarla en su cama se me ocurrió que ella no era libre para vivir su vida como le apeteciese. Fue entonces cuando por fin comprendí la realidad de lo que hacía mi padre para ganarse la vida. Era propietario de mujeres, las controlaba, las explotaba sexualmente para aprovecharse de ellas. Lo odié a partir de aquel momento.

Julian le explicó que empezó a pasar más tiempo en la calle, buscando acción por su cuenta, descargando su rabia contra el mundo y metiéndose en una pelea con un hombre por una chica que había conocido en una cantina. Le había pegado un puñetazo en la cara a aquel hombre, matándole sin querer y acabando con una sentencia de treinta años de cárcel. Estaba resignado a vivir y morir entre rejas, cuando recibió una oferta del FBI que no pudo rechazar.

—Me sacaron de allí, me mandaron a Estados Unidos y me dieron una nueva vida. Conseguí mi título de educación obligatoria, aprendí a dominar el aikido, aprendí a disparar. Y conocí la verdad sobre mi madre. Me enseñaron los archivos del crimen, los artículos de los periódicos, alimentando con ello el odio que sentía hacia mi padre y hacia todos los hombres como él. Cuando me enviaron de nuevo a México, dos años después, yo era un arma cargada y lista para disparar. Podría haber ido en busca de mi viejo, intentar acabar con él, pero había seguido el camino fácil y había muerto alcohólico. Escupí en su tumba.

Oyó como Tessa sorbía por la nariz y luego tosía para aclararse la garganta.

—¿Y tu madre? La encontraste, ¿verdad? Trabajando para el FBI…

—Sí. La encontré. Murió en un accidente de coche seis años después de que la apartasen de mí. Era una encantadora chica irlandesa. El FBI tenía un *dossier* muy grueso sobre el caso. Nunca dejó de buscarme. —Julian se sentía extrañamente desnudo y agotado, perdido en recuerdos que deseaba no fueran suyos—. Mi padre siempre me dijo que era una puta. Y resulta que lo único que hizo mal durante toda su vida fue enamorarse de él.

Tremendamente desanimado, Julian cerró los ojos y permanecieron un rato sentados en silencio.

—¡Lo siento mucho, Julian!

Entonces rozó la boca de él con sus labios, una caricia tan suave como la de las alas de una mariposa, y reposó las manos en sus hombros para mantener el equilibrio mientras intentaba montar a horcajadas sobre él. Pero él no se merecía aquello: su amabilidad, sus lágrimas, su perdón.

—¡No, Tessa! —Volvió la cabeza.

—¿Por qué no? ¿Por qué no quieres que te toque? Sé que eso no es verdad. —Le acarició el pecho y presionó la palma de la mano contra el retumbar de su corazón.

Él abrió los ojos, la agarró por los hombros y la sacudió levemente, la presión aumentando en el interior de su pecho.

—¿Acaso no has oído ni una maldita palabra de lo que acabo de decir? ¡Soy un asesino convicto! ¡Me he follado a más putas que pares de zapatos puedas tener tú! ¡He pasado mi vida en compañía de lo peor de lo peor... violadores, traficantes, asesinos a sangre fría!

Ella le acarició la mejilla, las lágrimas rodando por sus mejillas.

—A lo mejor, pero tú no eres así. Tú me abrazaste cuando yo tenía miedo, te quedaste a mi lado. Tú recibiste las balas que iban dirigidas a mí. Tú me has hecho sentir cosas que ningún hombre me había hecho sentir jamás. ¡No eres un monstruo!

Julian apenas podía hablar, la presión que sentía en el pecho era casi insoportable.

—¿Cómo puedes decir esto… después de lo que acabo de hacerte?

Ella le regaló una trémula sonrisa.

—¿Y qué piensas que hiciste? ¿Crees que me violaste? ¡Eres idiota! No me robaste nada que yo no estuviera dispuesta a darte. Te quiero, Julian.

Sus palabras le dejaron conmocionado, le arrancaron todo el aire de los pulmones. Por un instante, se sintió incapaz de hacer otra cosa que no fuera mirarla. Entonces, apretó los dientes y se obligó a articular las siguientes palabras:

—¡No me merezco esto!

—Dios, por ser un agente especial, la verdad es que eres un gato asustado. —Se inclinó sobre su pecho, lo rodeó con los brazos y lo besó.

Con un gruñido, Julian sintió en su interior la crecida de un torrente negro y venenoso… que perdía fuerza al chocar contra la dulce fuerza de ella.

Abrió la boca, cedió a sus caricias, aceptó su pasión. En ningún momento abandonó su boca mientras la mano de ella ascendía por su muslo, luchaba contra su cremallera, le acariciaba para prepararlo. Entonces ella se agachó sobre él, haciéndolo suyo con su calor, llenando el desolado vacío de su interior, penetrando en su oscuridad.

Almizcle y sal. Llantos mezclados. Un placer destructor. Un bautismo de lágrimas, de fuego, de luz.

Redención.

Ella se derrumbó sobre él, dejando caer su cabeza sobre su hombro, su respiración entrecortada. Julian la abrazó, besó su cabello, notó que el latido de su corazón empezaba a ralentizarse. Y por primera vez por lo que su memoria alcanzaba, se sintió limpio.

Cenaron tranquilamente sushi, compartiendo un solo plato. Luego se ducharon y se metieron en la cama, donde Julian le hizo el amor a Tessa lenta y prolongadamente, demostrándole toda la amabilidad y caballerosidad que le había negado antes con su rabia, devolviéndole todo lo que le había robado.

Tessa era incapaz de conciliar el sueño y permanecía despierta en la oscuridad, su cabeza sobre el pecho de Julian, oyendo el fuerte latido de su corazón, su respiración profunda y regular. Nunca le había visto dormir tan profundamente y se dio cuenta de que debía de estar agotado. Le había revelado cosas que nunca había explicado a otro ser humano, le había desnudado su alma y expuesto un erróneo sentimiento de culpa. Y lo que le había explicado le había partido el corazón.

Se imaginaba a un niño pequeño arrancado de los brazos de su madre, condenado a crecer sin amor en la miseria, la depravación y la violencia. Se imaginó el terror y el dolor de una joven madre, condenada a no volver a ver jamás a su amado hijo, sin siquiera saber si el pequeño seguía con vida. La insoportable tristeza de todo ello brotaba sin cesar en su interior.

—Le quiero —le susurró a la oscuridad, sin darse cuenta de que había hablado en voz alta hasta que se escuchó—. Le cuidaré.

Fue como un desahogo en la oscuridad.

Y entonces, por fin, también cayó ella dormida.

Tessa bebió un poco de café con leche y seleccionó entre los documentos que tenía en el ordenador después de haber leído los historiales criminales de los prácticamente cien líderes conocidos de la Mafia Roja sospechosos de estar operando en Estados Unidos. Había eliminado ya a los que se dedicaban únicamente a las drogas y las armas, pero eso aún dejaba más de sesenta hombres, todos los cuales tenían alguna supuesta implicación con prostitución o pornografía.

—Vaya puñado de perdedores —murmuró para sus adentros.

Oyó una voz que decía «chorradas» y levantó la vista. Julian estaba de pie junto al otro extremo de la mesa, los brazos cruzados sobre su pecho desnudo, el ceño fruncido... su mal humor seguramente una prueba de que iba por buen camino. Andaba rondando por ahí desde el momento en que la había oído hablar con Moscú por la mañana.

Aun así, no podía estar enfadada con él. Era simplemente su manera de protegerla, una de las muchas maneras con las que hoy le había demostrado que ella le importaba. Julian se había levantado temprano y se había reenviado los mensajes amenazadores a su ordenador y cuando ella abrió los ojos, los había borrado ya del de ella. Entonces la había despertado con un beso y un café con leche artesano. Mientras ella preparaba el desayuno, él amañó su cuenta de correo para que rechazase todas las direcciones electrónicas desconocidas, asegurándose así de que no recibiese más sorpresas desagradables por Internet.

Pero, pese a todo, no le resultaba fácil sentarse frente al ordenador y mirar la pantalla. Se descubrió preguntándose si la madre de Kara conocería alguna extraña ceremonia New Age para limpiar ordenadores portátiles.

Miró a Julian.

—¿Sabes? En lugar de mirarme echando chispas por los ojos, podrías simplemente decirme quién es ese mal tipo.

Su ceño se profundizó.

—Ni se te ocurra. Si escribes un artículo sobre él, lo único que conseguirás es recluirle en su escondite y a mí me tocará empezar de cero.

—¿Y si publicáramos todos los hechos que conocemos de él: su fotografía, el apellido de soltera de su madre, su color favorito, su ciudad de origen? ¿No conseguiríamos con ello que le resultase imposible esconderse?

Él soltó una carcajada.

—¿Piensas que los señores del crimen clandestino comen en Burger King y pasean por Main Street? Estos tipos viven en la sombra, Tessa. Ni siquiera sus hombres conocen su aspecto, a veces. La mala publicidad ni siquiera les produce rubor.

Ella no quedó convencida.

—¿Conoces su aspecto?

Él dudó.

—Sí.

Entonces les interrumpió un sonido que nunca había oído antes: un agudo gemido metálico.

«¡La alarma!».

En un instante, Julian se puso de pie y cogió su pistola.

—¡Corre abajo! ¡Ármate y escóndete!

Con el corazón latiéndole a toda velocidad, Tessa bajó corriendo las escaleras. Cuando estaba a mitad de camino, escuchó a Julian desfogarse con un seguido de palabrotas.

La alarma se quedó en silencio.

—¿Qué cojones haces aquí? —Estaba furioso.

Le respondió una mujer.

—Gracias por la bienvenida. Me envía Dyson. Dice que tenías algún problema con el correo electrónico.

Tessa subió de nuevo las escaleras a tiempo de ver entrar por la puerta una pelirroja alta y atractiva... que le estampó un beso en la boca a Julian.

De modo que ésta era Margaux. Vestida con pantalones vaqueros ceñidos, botas camperas y una chaqueta de cuero de color rojo, era casi tan alta como Julian, su cuerpo esbelto y atlético. Con pómulos marcados, nariz fina y labios sensuales, parecía una modelo de pasarela... sino fuera por la pistola que llevaba enfundada a la cadera.

Tessa no podía soportarla.

No era sólo porque Margaux hubiera besado a Julian o porque en su día fuese su amante o porque le había hecho daño o porque era sexy y bonita. Era por todo en conjunto... y por algo más.

«El verde no es tu color, chica».

Tessa intentó ahuyentar sus irracionales celos. Al fin y al cabo, era evidente que Margaux y Julian no querían tener nada que ver el uno con el otro. Apenas eran capaces de hablarse con educación. Pero ¿qué mujer no estaría celosa? Margaux era una amazona. Irradiaba sofisticación y sexualidad. Los hombres debían caer sobre ella como hormigas en la mermelada.

Margaux le había estrechado la mano y obsequiado una cálida sonrisa.

—Tú debes de ser la pequeña reportera. Y eres pequeña, ¿verdad?

Tessa le había respondido con la más dulce de sus sonrisas.

—Me imagino que incluso los hombres deben parecerte pequeños a una mujer grande como tú.

Margaux había mirado a Julian con toda la intención.

—Al final, de una forma a otra, prácticamente todos los hombres acaban pareciendo pequeños, eso seguro.

A Tessa le entraron ganas de pegarla.

—A lo mejor no son los hombres. A lo mejor es la compañía. La verdad es que Julian siempre ha estado a la altura.

Margaux le había lanzado una mirada que era veneno puro y luego se había marchado con Julian al despacho, donde se encontraban en aquel momento los dos, detrás de la puerta cerrada y seguramente intentando seguir la pista de los mensajes de correo electrónico. Era el área de especialidad de Margaux y, al menos según la misma Margaux, era muy buena en ello. Tessa se imaginó que seguramente también debía de ser muy buena en otras cosas.

Sin ninguna disciplina, Tessa intentó concentrarse de nuevo en su trabajo, leyendo uno a uno los currículos criminales de tipos con nombres como Vladimir, Anatoli, Aleksander y Pavel, buscando cualquier relación posible con Colorado, con el tráfico de personas o con un criminal fallecido conocido como Lonnie Zoryo. Había intentado también realizar una búsqueda a partir de esos términos y no había encontrado nada. Se acabaron los atajos.

Un tipo llamado Yuri enganchado a la cocaína. Otro llamado Todor que tenía sólo diecinueve años. El Aleksander número mil. Un Ilya que rondaba ya los setenta. Un Alexi.

Repasó el documento y a punto estaba de continuar cuando lo vio: Gzel, Rusia.

Se quedó sentada un momento sin moverse, paralizada. Entonces cogió el *dossier* de Zoryo y hojeó entre sus páginas en busca del informe de la autopsia y lo repasó rápidamente, la adrenalina echando chispas.

—Lugar de nacimiento: Gzel, Rusia.

¿Sería coincidencia? Miró de nuevo la pantalla del ordenador, comprobó las fechas de nacimiento: 1952 y 1949. Eran prácticamente de la misma edad, Zoryo unos años mayor. ¿Se conocerían? Y entonces encontró el factor decisivo.

Ambos habían sido arrestados en el transcurso de una redada policial que había tenido lugar en Moscú el 14 de mayo de 1982.

Con el corazón latiéndole con fuerza, miró su reloj y vio que en Moscú era ya medianoche. Su fuente de información estaría ya durmiendo. Cogió el teléfono y llamó a la sala de redacción.

—Sophie, creo que lo he encontrado. Creo que el hombre que estoy buscando se llama Alexi Burien.

—Quienquiera que hiciera esto sabía exactamente lo que estaba haciendo. Burien debe de tener un experto en tecnología condenadamente bueno. Vamos a tardar una eternidad en desvelarlo... si es que lo conseguimos.

Julian estaba apoyado contra la puerta, cruzado de brazos, combatiendo un enfado que iba en aumento y viendo trabajar a Margaux. ¿Por qué demonios la habría enviado Dyson? Habían llegado al acuerdo de que Julian reenviaría los mensajes de correo electrónico al experto que Dyson designara para realizar el seguimiento. Tal vez Dyson pretendiera comprobar así cómo estaba, saber si no tenía problemas. O tal vez Margaux hubiera convencido a Dyson de que le diera su dirección para asegurarse de que no le escondía nada, tal y como había hecho en el caso de Zoryo.

Gracias a Dios que tenía todos los archivos relacionados con el Pasha's cifrados y bajo el nombre de otro usuario.

Decidió ir al grano.

—¿Por qué estás aquí?

Margaux introdujo un CD en el ordenador, arrastró allí los mensajes de correo electrónico e hizo clic en «COPIAR».

—¿No te gusta verme?

—Ahórrate los jueguecitos. ¿Te manda Dyson o ha sido idea tuya?

Ella se encogió de hombros.

—Fue idea mía. Tengo que admitir que sentía curiosidad por conocer a esa periodista tuya. Al fin y al cabo, se trata de la primera mujer con la que te lías después de que yo te despachara.

La irritación que sentía aumentó hasta convertirse en un enfado de verdad.

—¿Así que conseguiste sonsacarle a Dyson mi dirección y viniste aquí simplemente para ver a Tessa?

Margaux extrajo el CD del ordenador, lo guardó en un estuche transparente y lo metió en su bolso.

—Nunca habría imaginado que te liases con una mujer como ella... aniñada, poco sofisticada, sin experiencia. Aunque seguramente sería buena para criar hijos.

De modo que Margaux tenía celos. Siempre se había sentido incómoda con su altura.

—¿Quieres decir con ello «femenina, auténtica y relativamente inocente»? Déjala tranquila, Margaux.

—¡Oh, tendrías que oírte! El señor Protector. La verdad es que te has superado. —Margaux se levantó y se encaminó hacia la puerta—. No te preocupes. Mantendré mis garras alejadas de tu juguetito.

Julian siguió a Margaux por el pasillo, preguntándose cómo podía haberla encontrado atractiva. Lo que en su día le había parecido asombroso, ahora lo veía vulgar, chabacano, incluso de mal gusto. No tenía nada de dulce ni tierno, su cuerpo carecía de cualquier tipo de impulso cálido y cariñoso. Vivía por la emoción de la caza, por la adrenalina de la redada, por el impacto de un orgasmo rápido.

«Lo que, a su vez, te describe también bastante a ti, Darcangelo».

No, ya no.

Tessa le miró. Estaba hablando por teléfono con alguien y se la veía nerviosa.

—Tengo que dejarte, Sophie. Gracias. Te llamaré mañana. —Dejó el teléfono—. ¿Has podido seguirle la pista?

Julian negó con la cabeza.

—No estoy seguro de que algún día lo logremos.

—Tendremos que trabajar en ello, pero no supone alta prioridad. —Margaux miró su reloj y luego miró a Tessa—. No son más que mensajes de correo electrónico amenazadores. Nada si los comparamos con la mierda que solemos ver. Aunque me imagino que para una debutante protegida como tú...

—Margaux —la interrumpió Julian.

—No pasa nada, Julian. —Tessa le posó la mano en el brazo—. Es evidente que pese a que Margaux debe de saber mucho sobre ordenadores y violencia, no tiene ni idea de buenos modales. Ni tampoco sabe nada sobre mí. Sólo por estos motivos, sus intentos de insultarme sólo consiguen proporcionarle un aspecto patético y desesperado.

Margaux se echó a reír, pero su cara estaba sofocada de rabia.

—Tu gatita saca las uñas.

—Permíteme que te acompañe. —Julian se dirigió a la puerta y la abrió.

Margaux captó la indirecta y le siguió.

—Encantada de verte de nuevo, pequeño.

Julian la agarró por la muñeca antes de que ella pudiera meterle mano en la entrepierna.

—Dale recuerdos a Dyson de mi parte.

Capítulo 24

—¿Sabes cómo cuando te zambulles en las profundidades de un hombre y te encuentras cómo encallada en el fondo de un vaso de papel?

Tessa no pudo evitar reír ante la campechana aunque descriptiva metáfora de su madre. Nunca se había dado cuenta del fino sentido del humor que poseía su madre.

—Sí, conozco esa sensación.

—Pues Frank no es así. Siempre tiene alguna cosa importante qué decir. Es realmente respetuoso con las mujeres, conmigo es dulce como el azúcar. Pero no sé... ¿casarme a mi edad?

—Sólo tienes cuarenta y dos, mamá. Eso no es ser precisamente una vieja. —Tessa sacudió un poco la almohada que tenía en la espalda y se cambió el teléfono de mano. Se sentía decadentemente perezosa, ganduleando aún desnuda en la cama cuando era ya casi el mediodía de un día laborable—. ¿Le quieres?

—Sí, supongo que sí. Pero me he pasado la vida cuidando de los demás, y no quiero ahora sentirme muy ligada... —La voz de su madre se perdió—. ¡Oh, Tessa, no me refería a ti! ¡Para mí nunca supusiste una carga!

Tessa no llegaba a comprender que eso pudiera ser cierto y se sintió conmovida de que su madre aún la quisiese lo suficiente como para intentar ocultarle aquellos sentimientos, como si Tessa no supiese ya que su existencia había sido un terrible error.

—Te referías al abuelo.

—Eso es. Al fin y al cabo, hace poco que he iniciado mi propia vida. Me da miedo unirme a alguien demasiado pronto. Me da miedo cometer un error.

Tessa comprendía también aquel sentimiento.

—¿Y está Frank dispuesto a darte un poco de tiempo?

Julian abrió la puerta del baño y salió con una toalla húmeda alrededor de la cintura, su cabello mojado suelto por encima de los hombros. Se acercó a su vestidor y dejó caer la toalla al suelo. Los músculos redondeados de sus nalgas se movieron cuando entró en el vestidor y descolgó un par de pantalones vaqueros de una percha. Luego se agachó para ponérselos, ofreciéndole una visión momentánea de sus pesados testículos antes de que el algodón descolorido los ocultase de su vista.

—¿Sigues ahí, Tessa?

—Oh, sí, mamá. Disculpa. Me he distraído un momento.

Julian la miró por encima del hombro con una sonrisa engreída.

Ella le sacó la lengua, un gesto que no hizo más que ensanchar su sonrisa.

Él se volvió y bajó lentamente la cremallera de su bragueta en un mini *striptease*, su pene libre, grueso y lleno de venas. Entonces se dio media vuelta y muy despacio hizo descender los vaqueros por las caderas, dejando de nuevo al desnudo su delicioso trasero con un pícaro movimiento de contoneo.

Tessa se quedó en blanco. Le murmuró algo a su madre.

Él se inclinó, consiguió extraer su pie de debajo de un auténtico lío de sábanas y mantas, y empezó a besar y mordisquear los dedos. Tessa sintió escalofríos mientras los labios de Julian ascendían por la pierna, su piel en carne de gallina.

—Esta noche, Frank me llevará a una fiesta de Halloween. Todos los que trabajamos en Denny's hemos quedado en la bolera.

—Me parece muy divertido. —Tessa seguía observando a Julian ascendiendo a besos por su pantorrilla y llegando a la rodilla, sintiéndose completamente húmeda—. ¿Pensáis disfrazaros?

—Hay una de las chicas que está embarazada y se disfrazará de monja. El resto no lo sé. Yo ya soy muy vieja para esas cosas.

Los labios de Julian, calientes y suaves, alcanzaron en su camino la parte interior del muslo. Besaba la piel, la mordisqueaba con los dientes, la calmaba con la lengua.

—No... no lo eres, mamá. —Le resultaba difícil pensar, difícil respirar—. Lo siento, mamá. Tengo que dejarte. No, todo va bien. Te llamo mañana.

Tessa soltó el teléfono, sus miradas se cruzaron y vio todo el calor en sus ojos. Notó una cálida sensación de deseo en el vientre.

—¡Ahora!

Rió él entre dientes, se levantó, su pene estaba completamente erecto. La agarró por los tobillos y la arrastró sobre la cama hacia él, lentamente, separándole las piernas. Se dejó caer entonces y trazó un camino de besos por la otra pierna hasta que ella sintió el calor de su respiración entre los muslos.

Tessa hundió los dedos en su cabello mojado, gimiendo.

—¡Por favor, oh, por favor, Julian!

Le separó los labios con los dedos y la hizo suya con la

boca, excitándola con la lengua, tirándole del clítoris con los labios, saboreando su humedad. Y entonces lo hizo, lo de lamerla dando vueltas sin parar, y deslizó un dedo en su interior.

Fue un orgasmo potente y rápido, una explosión en la boca de él, una oleada de placer intensamente insoportable mientras él seguía manteniendo el ritmo, alargándole el clímax, haciéndolo durar.

Se quedó un momento tendida en la cama, flotando. Entonces escuchó maldecir a Julian y cuando abrió los ojos lo encontró peleándose con un preservativo para cubrir su enorme erección. Y entonces la penetró, hundiéndose en ella con embestidas fuertes y seguras, besándola en los labios, traspasándole su propio sabor almizclado.

Gimió ella, recibiendo con placer sus embestidas, envolviéndole con las piernas, su deseo generando un segundo clímax con una rapidez y una ferocidad que la dejaron pasmada. Pero esa vez él también superó los límites, lanzándose al vacío con ella.

Permanecieron un momento inmóviles, jadeando.

—Y bien —dijo él por fin—, ¿qué me cuentas de Halloween? ¿Piensas disfrazarte de mujer desnuda?

—Sólo si tú vas de calentador de mi coñito.

Se incorporó él apoyándose en un codo y le regaló una sonrisa.

—Trato hecho, cariño.

El buen humor de Julian duró hasta que entró en la cocina. Acababa de sacar una botella de agua de la nevera y a punto estaba de ponerse el arnés cuando lo vio. Pegada a una carpeta de cartulina había una pequeña lista de cosas qué hacer escrita en un Post-it de color amarillo. Encabezando la lista había escrito: «Obtener hist. crim. de A. Burien».

«Obtener el historial criminal de Alexi Burien».

—¿Qué demonios…?

Dejó la botella, abrió la carpeta y empezó a leer su contenido, su rabia en aumento. En el interior había docenas de hojas con los historiales de los criminales más destacados procedentes de la antigua Unión Soviética, algunos de los cuales él había colaborado en alejarlos de la circulación, algunos de los cuales seguían en libertad. Sabía que Tessa había llamado a Moscú para hablar con algún experto en la Mafia Roja. No tenía ni idea hasta dónde había llegado la conversación. Pero encima de todo, había un documento con el nombre de Alexi Burien rodeado por un círculo rojo.

—¿Qué haces? —Estaba allí, vestida con una de sus camisetas, su cabello un amasijo enredado y sensual, su rostro confuso y enojado.

Él se esforzó por mantener la calma

—¿Quién te ha dado el chivatazo?

Ella levantó la barbilla.

—Lo he averiguado yo sola.

Entonces le explicó que Syko le había proporcionado la pista que la había llevado a investigar la Mafia Roja, que otra periodista del Equipo I la había puesto en contacto con la fuente de información en Moscú, que había obtenido la lista de aquella fuente.

—A partir de allí, no fue muy complicado. Buscaba alguien que estuviera vinculado con Lonnie Zoryo. Son de la misma ciudad, tienen aproximadamente la misma edad y fueron capturados el mismo día en Moscú por regentar un burdel.

Julian la miraba fijamente, su enfado en guerra abierta con su admiración.

—Irving tiene razón. Eres demasiado buena para tu propio bien. ¿Qué pensabas hacer exactamente con esta información y cuándo tenías pensado contármelo?

—No sabía que tuviese que mantenerte informado de…

—¡Maldita sea, Tessa! —Dejó caer la carpeta sobre la mesa—. ¡Esto no tiene nada que ver con cualquier otra investigación que hayas podido realizar antes! ¡Burien es un depredador! ¡Hace daño a las mujeres por pura diversión! ¡No puedes publicar esto sin poner en riesgo muchas vidas, empezando por la tuya! ¡Como mínimo, tenías que haberme contado lo que habías descubierto!

Tessa se sonrojó.

—¿Del mismo modo que tú tenías que haberme contado quién estaba intentando matarme?

Julian dio un paso hacia ella.

—¡Ahí te equivocas! Yo no puedo hacer mi trabajo si…

—¡No, eres tú el que te equivocas! —Le dio con la punta del dedo en el pecho—. ¿No piensas que la gente andaría con los ojos más abiertos si supiese que a su alrededor sucede este tipo de cosas? ¿No piensas que los vecinos de María habrían llamado a la policía de haberse percatado del significado de tantas visitas masculinas? ¡La luz es la única cosa que realmente acaba aniquilando las sombras, Julian!

—Y también manda a las cucarachas corriendo en busca de cobijo.

Ella levantó las manos, negó con la cabeza. Entonces, se apoderó de ella una expresión de tristeza y bajó la vista al suelo.

—No soy tu enemiga, ya lo sabes. No tenía pensado escribir nada… aún. Hoy tengo una entrevista con el Jefe Irving. Te habrías enterado.

Sintiéndose como un imbécil, Julian la abrazó e intentó explicarse.

—No puedo permitir que Burien se escape, Tessa. Esta vez no.

—Yo también quiero que lo atrapes, Julian, no sólo por lo que le hizo a María y a los cientos de mujeres a los que habrá hecho daño en todos estos años, sino también por lo que te ha hecho a ti. —La preocupación la obligaba a hablar en voz baja.

Él le dio un beso en la frente y entonces la soltó para acabar de abrocharse el arnés.

—¿Compro alguna cosa en la tienda? ¿Leche? ¿Más café? ¿Cosas de mujeres?

Por su mirada, Julian supo que le había entendido a la perfección.

—No sabré si estoy embarazada hasta la semana próxima, como muy pronto. Y no te preocupes. Sé que lo último que deseas es un bebé. No te pediré nada.

Y mientras, un instante después, Julian salía en marcha atrás a la calle cubierta de nieve fangosa, intentó comprender por qué sus palabras —que debían haber sonado como música para sus oídos— le habían sentado como un verdadero bofetón.

El Jefe Irving reaccionó básicamente tal y como Tessa esperaba que reaccionase.

—¡Por Dios bendito! ¿Quién te dio su nombre?

Tessa le explicó cómo había identificado a Alexi Burien como el sospechoso, momento en el cual el Jefe Irving empezó a maldecir de nuevo.

—Pido a Dios que no se publique esto en el periódico de mañana —dijo.

—No, señor, no lo haré.

Tessa acababa de mantener una larga e incómoda conversación con Tom sobre el mismo tema. A Tom le habría gustado publicarlo en portada, a toda página, en letras grandes. Pero Tessa había insistido en que esperaran.

—¿Para quién trabajas, Novak? ¿Para la policía o para mí? —le había gritado—. ¡Tu trabajo consiste en recopilar hechos y presentarlos al público, no en proteger los intereses del maldito departamento de policía!

Sin alterarse, Tessa le había explicado los motivos por los que quería retener el artículo. Ningún otro periódico conseguiría la historia, pues el resto de los medios de comunicación de Denver seguía aún persiguiendo a traficantes de crack y bandas de gamberros. Y pese a que su trabajo consistía en publicar la verdad, no haría ningún favor a la comunidad si permitía la huida de un traficante de personas asesino.

Al final, Tom había aflojado, pero no se había quedado en absoluto satisfecho con ella.

El Jefe Irving, por otro lado, parecía inmensamente aliviado.

—Me alegro de verdad de oír esto, señorita Novak. Se lo prometo. Le daré acceso a todo lo que tenemos sobre este desgraciado, hasta la última pelusilla que tenga entre los dedos de los pies, en cuanto lo hayamos cazado. Pero por ahora, lo único que puedo decirle es «Sin comentarios».

Las dos palabras que más odiaban los periodistas.

—¿No podría formular primero las preguntas?

—Sólo para ahorrarnos tiempo.

Tessa colgó, frustrada, y pasó el resto de la tarde intentando obtener información sobre Alexi Burien. Había hablado por teléfono con Moscú dos veces y había conseguido que le pasasen por fax el historial criminal completo aunque, a continuación, descubrió que no podía leer ni una sola palabra de lo que había allí escrito.

—¿Los rusos guardan sus informes en ruso? —se dijo, riéndose de sí misma—. Imagínate.

No podía volver a llamar a su fuente de información, pues en Moscú eran ya las tres de la mañana. Le envió un mensaje por correo electrónico, preguntándole si estaría dispuesto a traducirle los documentos por teléfono al día siguiente.

Luchando contra un sentimiento latente de tristeza, corrió un par de kilómetros en la cinta, después arregló un poco la casa y se dio una larga ducha. Se enjabonó la piel, sus manos posándose un instante en la curva desnuda de su vientre. Qué ironía que se hubiese quedado embarazada por casualidad. ¿No era ésa una de las cosas que había jurado que nunca le sucedería? ¿No era la maternidad una parte de su vida que pretendía planificar con todo detalle? ¿No había pasado toda la vida avergonzada porque en su partida de nacimiento no había mención alguna del nombre de su padre?

Y allí estaba, esperando y preguntándose, igual que debió sucederle a su madre.

Le había dicho a Julian que no esperaría nada de él, en parte esperando que él protestase o expresase su preocupación. Pero se había limitado a escucharla, se había quedado mirando el suelo por un instante y se había largado sin pronunciar palabra.

«¿Esperabas que te hiciese una propuesta de matrimonio, chica?».

Su aparente indiferencia la había dejado mucho más desolada de lo que podía imaginarse. Había pasado la tarde intentando no pensar en ello, concentrada en su trabajo. Pero entre los vapores de la ducha, con sus pensamientos como única distracción, la sensación cada vez mayor de soledad e incluso de dolor era insoportable.

«Acostúmbrate a ello, Novak».

La investigación no podía prolongarse eternamente. Cuando aquel desgraciado de Burien estuviese entre rejas, Julian sería libre... libre para seguir haciendo su vida, libre para dejar el pasado atrás, libre para perdonarse. Y eso era lo que ella quería desesperadamente para él, aun sabiendo que también sería libre para olvidarla.

Acababa de secarse el pelo y estaba subiéndose la cremallera del pantalón vaquero cuando alguien llamó a la puerta.

Le subió el corazón a la garganta. Se quedó clavada en el suelo, consciente tan sólo de que alguna cosa iba terriblemente mal. Y entonces lo supo.

«La alarma». No se había disparado.

¿Se habría olvidado Julian de conectarla? Por supuesto que no. Nunca se olvidaría de una cosa así.

Volvieron a llamar.

Pensando a toda velocidad, cogió una camiseta, se la puso y buscó frenéticamente su teléfono móvil secreto. Llamaría a Julian, marcaría el número de la policía. Entonces recordó que había dejado el teléfono sobre la mesa, junto al ordenador.

—¡Maldita sea! ¡Maldita sea! ¡Maldita sea!

«La pistola del veintidós».

Rodeó la cama corriendo y la extrajo del cajón superior de la mesita de noche de Julian. Después de dedicar unos segundos a asegurarse de que estaba cargada, devolvió el tambor a su posición y se dirigió lentamente al pasillo, con la pistola apuntando hacia el suelo, jadeando, las palmas de las manos pegajosas de sudor.

Más golpes en la puerta... ¿o sería su corazón?

Entonces alguien gritó su nombre.

Tessa asomó la cabeza.

Era Margaux. Estaba frente a la ventana, con un brillante CD plateado en la mano y una sonrisa de inocencia.

—¡Lo siento! —dijo.

Tessa exhaló un suspiro de alivio, su corazón acelerado aún. Deslizó a hurtadillas la pistola por la cintura del vaquero y la ocultó con la camiseta, confiando en que Margaux no hubiese visto el arma. La bruja seguramente se reiría de ella por lo exagerado de su reacción.

Se acercó a la puerta principal y entonces dudó, tentada de dejar a Margaux esperando hasta que Julian volviese a casa. No le apetecía en absoluto una repetición de la batalla verbal que habían mantenido el día anterior, y mucho menos hablar con Margaux. Pero Margaux intentaba ayudarla.

Tessa abrió la puerta.

—No tenías prisa por recibirme, ¿verdad? —dijo Margaux, pasando por su lado vestida con un par de pantalones vaqueros ceñidos de color negro y la misma chaqueta de cuero rojo.

—Estaba en la ducha y tenía que vestirme. —Tessa estaba cerrando la puerta cuando escuchó el inequívoco sonido de unas pisadas corriendo por el porche—. ¡Dios mío!

Empujada por la adrenalina, se arrojó contra la puerta, intentó cerrarla, pero ellos eran más rápidos y más fuertes que ella. Se encontró empujada hacia atrás mientras dos hombres se abrían paso hacia el interior de la casa. Se golpeó contra la pared y sintió la dentellada del acero contra su cadera.

«La pistola».

Todo sucedió en un abrir y cerrar de ojos. Apretar el gatillo. El retroceso.

«¡Pop! ¡Pop!».

Un gruñido. Un chorro de sangre. Un hombre en el suelo.

Entonces el dolor explotó en su estómago, doblegándola, arrancándole todo el aire de los pulmones. Se llevó las manos al vientre y el pequeño revólver cayó al suelo. Pensó por un momento que le habían disparado. Entonces, sorprendida, se dio cuenta de que Margaux le había dado una patada en el estómago.

Y las piezas encajaron de repente. Margaux había conducido a aquellos hombres hasta allí. Margaux la había traicionado. Margaux había traicionado a Julian.

«Margaux era la chivata».

—¡Jodida puta estúpida! —Margaux le dio una nueva patada, su bota conectando dolorosamente con las costillas de Tessa, derrumbándola en el suelo.

—¡Oh, Eddie! —gritó una voz de hombre—. ¡Ha disparado a Eddie!

—¡Olvídate de él y piensa en tu propio culo! —le espetó Margaux—. ¡Hazlo rápido!

Y Tessa supo entonces que estaba muerta.

Escuchó el inequívoco «clic-clic» de alguien que preparaba una pistola semiautomática, notó unas manos toscas que la agarraban por el cabello y sintió el duro beso del acero contra la sien.

—¡Puta estúpida! ¡Has matado a Eddie!

Tessa tosió, inspiró aire temblorosa, pensando que iba a ser la última vez que lo hacía.

Pero no era miedo lo que sentía. Sino pesar.

Pesar por los años que había perdido con su madre. Pesar porque no volvería a ver más a Julian, pesar por el dolor que su muerte les causaría a ambos.

Tessa se rascó los ojos y envió sus pensamientos al cielo.

«Encuentra la felicidad, mamá. ¡Y, por favor, Julian, no te culpes por todo esto!».

—¡Deja de joder por aquí! —Margaux se agachó, cogió la pistola de Tessa y se la guardó en el bolsillo—. Ya ha hecho ruido suficiente para alertar a los vecinos.

Tessa volvió a toser, articuló unas palabras.

—Julian… matará…

Margaux soltó una carcajada.

—No, Julian morirá.

Tessa esperaba una bala, pero se encontró retenida con la rodilla del hombre clavada en la espalda y su mano de hierro sujetándole el brazo. Vio una jeringa por el rabillo del ojo.

«Iban a drogarla».

—¡No! —Intentó retirar el brazo, se dobló, se arqueó, pataleó.

Pero el hombre pesaba demasiado. Con aquel peso muerto encima, no podía ni moverse. Notó un pinchazo y una oleada de calor en las venas.

—¡No demasiado! —Margaux cruzó corriendo la estancia, desenchufó el ordenador portátil de Tessa y cogió sus carpetas—. Si muere antes de que la vea Burien, hará que te tragues tus propias pelotas.

«Se la llevaban a ver a Alexi Burien».

¿Cómo podía haber sido tan estúpida? ¿Por qué había abierto la puerta? Si hubiese esperado a que llegase Julian.

«¡Julian!».

Tessa quería defenderse, quería dejarle a Julian alguna pista inteligente. Quería alertarle sobre Margaux. Pero una extraña euforia le aturdía la cabeza, amortiguaba su miedo y su dolor, la arrastraba hacia la confusión.

Capítulo 25

Julian estaba sentado en la barra del Pasha's, enfundado en la personalidad de Tony Corelli, mientras una de las tres adolescentes que había simulado tirarse la semana pasada bailaba en el escenario.

—¡Está realmente buena! ¿A que está buena?

Chet asintió y le sirvió otra copa.

—Un buen culo.

Julian dejó un billete de diez dólares en el mostrador, vio a Irena, que le observaba desde una mesa cercana donde estaba sentada sobre la falda de Sergei con el pecho al aire; la tristeza de su mirada era una acusación. Le había visto los golpes en la cara, había visto debajo de la gruesa capa de maquillaje las señales de violencia. Y pese a que los golpes eran una muestra de la brutalidad de Sergei, Julian sabía que lo que más le dolía a Irena eran las heridas emocionales.

Metido en su personaje, le guiñó un ojo, le mandó un beso y sonrió.

Eran casi las siete de la tarde, primera hora para un lugar como aquél. El local apestaba a licor y testosterona, el alcohol desordenando la excitación dominante. De entrada, un grupo de universitarios acababa de empezar la celebración del veintiún cumpleaños de alguno de ellos fotografiando las diversas partes del cuerpo de una de las chicas. El huraño cuarentón sentado en un rincón había sido alertado por el encargado para que dejase de hacer el imbécil. Dos tipos que tenían el aspecto de no haber tenido una erección en veinte años observaban el escenario con cara de deseo.

Julian tenía ganas de largarse de allí. Quería salir de aquel infierno y regresar a casa con Tessa. Quería tratar de solucionar el malentendido que había tenido con ella. ¿A qué se refería al decir que no esperaba nada de él? ¿Pensaría de verdad que él permitiría que se enfrentase sola a un embarazo no previsto? ¿Pensaría que le importaba tan poco que sería capaz de echarle un polvo y largarse?

«¿Le has dado motivos para pensar lo contrario, Darcangelo?».

No, no lo había hecho. Pero la situación iba a cambiar. Tal vez no pudiera casarse con ella, pero si estaba embarazada se aseguraría de que tuviese todo lo necesario.

Pero no podía regresar a casa para estar con ella... todavía no. La noche no había hecho más que empezar. Durante la semana había aprovechado al máximo el tiempo que había pasado detrás de aquellas puertas para localizar cámaras, alarmas y salidas. Sabía que había una escalera cerca de la salida trasera que conducía a un sótano y que la escalera estaba siempre vigilada. Sabía que solía haber siempre ocho hombres de vigilancia, armados discretamente con pistolas potentes. Antes de salir de allí aquella noche, quería echar un nuevo vistazo al sótano.

Le había pasado toda esa información a Irving, cuyos hombres de más confianza estaban infiltrándose poco a poco en el vecindario del Pasha's. Uno había conseguido un trabajo en la gasolinera. En la habitación del hotel, donde la cinta seguía grabando, había constantemente un equipo de guardia. Oficiales de paisano controlaban el aparcamiento las veinticuatro horas del día, siete días por semana, preparados para identificar la furgoneta blanca con un GPS en cuanto apareciera de nuevo. Esperaban que el dispositivo sirviera para proporcionales la pieza de información más importante: el escondite de Burien.

Las piezas iban ubicándose en su debido lugar.

—¿Así que piensas que estará libre para un poco de magreo cuando haya acabado su número? —Julian hizo un ademán con la cabeza en dirección a la bailarina.

—Podría ser. —Chet le sonrió, dándole a entender que sabía lo que quería—. ¿Quieres que lo mire?

Julian sonrió, relamiéndose el labio inferior.

—Oh, sí.

Odiaba hacer aquello, se odiaba por hacerlo, pero ella era su pase de acceso entre bastidores. A menos que fuese un cliente dispuesto a pagar, la única forma de traspasar las puertas vigiladas era poniéndose a disparar, y aún no había llegado el momento de hacerlo. Acababa de llevarse la copa a los labios cuando sonó su teléfono móvil. Lo extrajo del bolsillo y miró el número.

Era Irving.

Julian respondió con el acento de Tony Corelli.

—Sí, ahora estoy liado.

—Ve a casa enseguida, Darcangelo.

Julian sintió una punzada de terror en el estómago.

—¿Tessa?

—¡Ve ahora mismo! Nos vemos allí. —Irving colgó.

Con el teléfono aún en la mano, Julian echó a correr a ciegas entre las mesas, pasó entre los gorilas y se dirigió a la puerta.

—Hey, Tony, ¿qué pasa...?

—¡Tengo que irme! —gritó, cruzando la puerta y el tráfico de la calle, su corazón a punto de estallar. Atravesó el aparcamiento. Bajó por la calle. Dio la vuelta a la manzana. Subió a su furgoneta.

Si Burien la había... Si la había matado...

«¡Oh, Dios!»

En sus entrañas sólo había miedo, y frío agudo.

Abrió la puerta, se puso al volante y arrancó, esquivando un coche que salía en marcha atrás de su plaza de aparcamiento, cruzó el semáforo en ámbar.

Si Burien le había hecho daño a Tessa... Si la había...

La radio de la policía empezó a sonar con interferencias... y una solicitud para una inspección de una escena de crimen en su dirección.

«¡Dios mío, no!».

Forzó el motor al máximo, su sangre llena de adrenalina, los segundos medidos por latidos a medida que avanzaba a toda velocidad por las calles, su caos mental fusionándose en algo similar a una oración.

—¡Que esté viva, Dios mío! ¡Que esté a salvo!

Giró a la izquierda por la Once. Giró a la izquierda por Mariposa.

Coches patrulla. Rojo y azul, rojo y azul, rojo y azul. Una ambulancia.

«¡Que esté viva!».

Frenó quemando los neumáticos y acababa de saltar del coche cuando vio al personal de urgencias saliendo de su casa con una camilla. En ella había un cuerpo encerrado en una bolsa de plástico.

«¿Muerta?».

El corazón de Julian estaba a punto de estallar, no le quedaba aire en los pulmones, su garganta contraída por unas garras invisibles. Consiguió permanecer en pie, caminar como si lo hiciese sobre unas piernas de madera.

—¿Tessa? —susurró.

Su mano se extendió sin que él se lo ordenara, tiró de la cremallera.

Se abrió el plástico y apareció la cara de un hombre.

«No es Tessa. No es Tessa. No es Tessa».

Sus pulmones se llenaron de nuevo de aire y sus pensamientos coincidieron en una única y ardiente pregunta.

«¿Dónde estaba Tessa?».

Cruzó la puerta y la llamó a gritos.

—¡Tessa!

—No está aquí. —Irving estaba junto a un charco de sangre, hablando con un detective.

Y Julian lo adivinó.

Estaba con Burien.

—¡Maldita sea! —Julian dio un puñetazo a la pared—. ¿Cuándo ha sido?

—Los vecinos oyeron un par de disparos y llamaron. Diría que ha sido hará unos treinta minutos.

Tiempo más que suficiente para la violación, para la brutalidad, para la tortura. Tiempo más que suficiente para montarla en un avión privado y enviarla a México, Turquía, Serbia o cualquiera de los miles de lugares donde habría hombres dispuestos a pagar por una preciosa joven rubia. Tiempo más que suficiente para apretar un gatillo.

Julian luchó por controlar su dolor, su rabia, su miedo. Para encontrarla, necesitaba pensar con claridad.

«Eres un agente especial, Darcangelo. Actúa como tal».

De un solo vistazo captó la totalidad del escenario, se obligó a fijarse en los detalles: la puerta y la cerradura intactas, la alarma desactivada, un único charco de sangre en el suelo, la desaparición del ordenador y las carpetas de Tessa.

—Me da la impresión de que se trata de algo interno

—dijo Irving, haciéndose eco de los pensamientos de Julian—. No hay señales de que hayan entrado a la fuerza. La alarma no sonó.

—¿Quién es el muerto?

—Confiaba en que lo identificaras tú. Al parecer, ella le disparó con su pequeña pistola del veintidós... un par de tiros en el pecho. Ese hijo de puta no dio ni tres pasos en la casa antes de que ella le disparara.

Julian sintió una oleada de satisfacción.

«Bien hecho, Tessa».

Pero el sentimiento se disolvió rápidamente por la seguridad de que Tessa apretó el gatillo aterrorizada. Estaba luchando por su vida y había matado a un hombre... y él no estaba allí.

—La pregunta es: ¿cómo entraron? —Irving se acercó a la puerta trasera, comprobó la cerradura y se volvió hacia Julian—. O les dejó entrar ella, o tenían una llave.

—Ella nunca habría abierto la puerta... a menos que se tratase de alguien en quien estaba segura de poder confiar. —Julian forzó su cerebro para seguir pensando en ello—. El tipo de la bolsa es una prueba de que no confiaba en ellos. Normalmente no lleva la pistola encima. Tuvo que correr e ir a buscarla. Antes de que entraran, debió darse cuenta de que algo iba mal.

Eso significaba, seguramente, que tenían una llave.

Sólo dos personas sabían dónde vivía, y únicamente una de ellas tenía una llave de la casa.

«Dyson».

Darse cuenta de aquello lo dejó vacío, con sensación de náuseas, amargamente traicionado. Sabía que se trataba de alguien cercano a Dyson, pero esperaba que no fuese el mismo Dyson.

Y fue entonces cuando Julian lo vio: un pequeño disco plateado en medio de la mesa. Era como el disco de una cámara digital de alta gama. Se le hizo un nudo en el estómago de puro terror, las imágenes de los mensajes de correo electrónico enviados por Burien repitiéndose mentalmente en su cabeza.

—¿Es tuyo esto? —preguntó Irving.

Julian negó con la cabeza y extendió la mano para que le diese un par de guantes de nitrilo.

Irving depositó los guantes en la mano.

—No tienes por qué mirarlo.

—Por supuesto que sí. —Julian se puso los guantes, cogió el disco con cuidado y se lo llevó a su despacho, sorprendido al ver que la puerta seguía cerrada e intacta. La abrió, vio que todas sus carpetas seguían allí, que nadie había tocado su ordenador. Era evidente que habían ido sólo a por Tessa y que las pruebas que él pudiera tener les traían sin cuidado. O a lo mejor los disparos de Tessa les habían obligado a salir corriendo.

Casi incapaz de respirar, encendió el ordenador, colocó el disco en un dispositivo de plástico y lo cargó. Se inició entonces el programa multimedia, los segundos prolongándose como horas.

Apareció una imagen borrosa en pantalla. La cabeza de Tessa hacia abajo, los rizos dorados ocultándole la cara, su cabello balanceándose de un lado a otro, como si estuviese caminando o estuvieran arrastrándola. Y entonces, la voz de un hombre.

—Un poco de alquitrán mexicano y se le acaban las ganas de pelear.

«Heroína».

La habían drogado.

Julian se dio cuenta de que estaba apretando los dientes.

La cámara retrocedió lo suficiente para mostrar a Tessa

siendo conducida hacia la puerta de entrada, los brazos de un hombre detrás de los de ella, sujetándola. Su aspecto era peligrosamente cercano al de una sobredosis mortal, su cuerpo casi sin vida, su cabeza moviéndose como si apenas estuviese consciente.

Pero estaba viva. Al menos estaba viva.

—¡No! —Un grito débil, un esfuerzo inútil para liberarse.

A Julian le quemaban las entrañas de rabia e impotencia.

Entonces, la mano del hombre tiró del pelo de Tessa, obligándole a echar la cabeza hacia atrás.

—¡Saluda a la cámara! ¡Saluda a Darcangelo!

—¿Julian? —Lo buscaba como si esperara encontrarlo allí, la esperanza desapareciendo lentamente de sus ojos, las lágrimas rodando por sus mejillas. Entonces fue como si centrase en la cámara, sus palabras mal articuladas—. El equipo de cámaras... dejaron que la leona matase... los cachorros de chimpancé. Estaba bien. Hicieron... su trabajo.

Julian sintió un inmenso dolor desgarrándole el pecho al comprender lo que intentaba decirle.

Pese a la droga, pese a su miedo, intentaba enviarle un mensaje. Intentaba decirle que siguiera con su caso... aunque ello significara permitir que Burien abusase brutalmente de ella y la asesinase.

Julian engulló la piedra que notaba en la garganta, obligándose a seguir mirando.

—Lo que tú digas, monada. —El hombre que la sujetaba reía, confundiendo sus palabras con un simple balbuceo inducido por la droga—. Mírala bien, Darcangelo, porque vamos a convertirla en una estrella. ¡La próxima vez que la veas, será en un DVD!

«¡No voy a darte esa oportunidad, cabrón!».

Por debajo de las palabras del hombre, la voz de Tessa había adoptado el tono de una niña cantando una canción infantil, excepto que las palabras de la canción no tenían sentido.

Entonces la filmación tocó a su fin.

Julian pulsó la tecla PLAY y volvió a verla una y otra vez hasta impregnar su cerebro con cada segundo del metraje: la desesperación de Tessa en sus ojos llenos de lágrimas al darse cuenta de que él no estaba allí, la valentía que escondía su mensaje mal articulado, la crueldad de la voz del hombre que la agarraba por el pelo, la cancioncilla tonta de ella dejándose arrastrar por los efectos de la heroína.

Era evidente que Burien pretendía abusar brutalmente de ella delante de la cámara y enviarle a Julian las grabaciones. Eso encajaba a la perfección con el perfil sádico de Burien, con su perverso sentido de la diversión. Por un lado, significaba que no pensaba matarla enseguida. Por el otro...

Había muchas maneras de destruir a una mujer.

Tres años atrás, Julian había permitido que sus emociones interfirieran con su trabajo y Burien se le había escapado. Sólo Dios sabía cuántas mujeres habían sufrido en manos de Burien desde entonces, cuántas vidas había arruinado. Todas y cada una de ellas eran responsabilidad de Julian.

Y ahora aquel hijo de puta tenía a la mujer que él amaba.

Las palabras le vinieron a la cabeza de un modo tan natural que tardó un momento en darse cuenta de lo que acababa de reconocer.

Estaba enamorado de Tessa.

Dios, sí, la amaba. La amaba desde la noche en que ella absorbió toda su rabia en su interior y respondió a ella con ternura. La amaba desde que le había quitado el chaleco antibalas y le había besado sus magullados músculos y vertido en lágrimas la preocupación que sentía por él. Demonios, la amaba desde que ella se había derretido en su boca en el ropero de aquel hospital.

Y eso no le había hecho a ella ningún bien. Había intentado protegerla de Burien, pero había fracasado. Con chivatos en el departamento de policía y un chivato en el FBI, ¿habría sido capaz de tenerla a salvo en algún lugar?

Sí. Podría haberse largado con ella, entrar en la clandestinidad, esconderla en algún lugar donde ni siquiera Dyson pudiese encontrarla. Podía haberse quedado a su lado las veinticuatro horas del día, siete días por semana. Podía haber estado allí.

Pero él había seguido con su caso. Había hecho lo que se suponía que tenía que hacer un agente federal. Había hecho su trabajo.

Un trabajo que iba a dar por terminado… aquella noche.

Pero no era Tessa quien iba a morir. Era Burien.

Julian estaba a punto de apagar el ordenador, su mirada posada en Tessa drogada, repitiendo las palabras de su cancioncilla… cuando lo comprendió.

Aquellas palabras no eran ninguna tontería. Eran en español.

«¡Darcangelo, eres un idiota!».

Subió el volumen, rebobinó y escuchó.

—¿Cuánto le has dado?

—Menos de doscientos miligramos, te lo juro. Debía de ser mierda pura de verdad.

—El pulso va muy lento, Alexi. Si quieres mantenerla con vida, mejor que le des un chute de naloxón o que alguien la controle para asegurarse de que no deja de respirar.

Tessa oía voces: dos hombres y una mujer. Sabía que hablaban de ella, sabía que tenía que despertarse, sabía que algo iba mal. La estimuló una vaga sensación de urgencia, los diversos hilos de los recuerdos entretejiéndose... sólo para desenmarañarse.

Y volvía a ir a la deriva.

Julian tensó las correas de su nuevo chaleco antibalas Kevlar, se puso su arnés doble y guardó en las pistoleras un par de semiautomáticas de trescientos cincuenta y siete milímetros, cargadas y con seguro. Llevaba dos cargadores de recambio en la chaqueta y un cuchillo Ka-Bar de veinte centímetros sujeto al tobillo.

Por si todo esto no era suficiente, acabaría con ellos a patadas.

Se puso la chaqueta de cuero, guardó un par de guantes negros en un bolsillo y un pasamontañas negro en el otro y bajó las escaleras de dos en dos. La casa se había quedado a oscuras y vacía. Irving y los responsables de la limpieza de la escena del crimen se habían marchado hacía veinte minutos.

Irving le había retirado del caso y oficialmente lo había dejado fuera de servicio. A Julian le importaba un comino.

Acababa de sentarse al volante de su coche cuando sonó el teléfono móvil. Miró el número. Era Margaux.

—Dyson me ha contado lo sucedido —dijo—. No me malinterpretes, ella no me gusta. Me pareció una chica mona normal y corriente, más bien inútil y tonta. En absoluto tu tipo. Pero aun así, no desearía a Burien ni para mi peor enemigo.

—¿Qué quieres? —Abrió la puerta del garaje, salió en marcha atrás por el camino de acceso y se adentró en la calle—. No me creo que llames únicamente para expresar tu más sincera preocupación.

—Concédeme un poco de crédito. Tú y yo fuimos amantes, ¿lo recuerdas?

—No, si puedo evitarlo.

Ella pareció ignorar el insulto.

—Cuando os vi juntos ayer, tuve claro lo mucho que ella te importa. Dyson me ha comentado que tenías pruebas nuevas y he pensado que tal vez yo podría ayudarte.

—¿No dijiste una vez que se congelaría el infierno antes de que volvieses a trabajar directamente conmigo en algún caso? —Sorteó el tráfico, optando por seguir por Speer para dirigirse al laboratorio criminal.

—Pues entonces supongo que el demonio debe haberse vestido hoy con pantalones largos. ¿Qué tienes?

—Un disco. —Le explicó lo de la grabación, le explicó que creía que Tessa había intentado decirle alguna cosa al final—. Al principio pensé que era por la droga, pero después me di cuenta de que estaba hablando en español. Tengo que utilizar los equipos del laboratorio para mejorar su voz y quitarme de encima a ese desgraciado que la sujeta.

Margaux se quedó un momento en silencio.

—Dyson no me mencionó nada sobre un disco.

—No se lo dije. Creo que el chivato es él, Margaux.

—¡Por Dios, no puedo creerlo! Me tomas el pelo. ¿Dyson?

—Las evidencias apuntan hacia una dirección. Si soy capaz de descifrar lo que Tessa intenta decirme en esa grabación, seré capaz de demostrarlo. —Se detuvo frente a una señal de stop, donde un grupo de chicos disfrazados con motivo de la festividad de Halloween saltaba y reía cruzando la calle, seguramente de camino a una fiesta.

—En cuanto a ordenadores, soy mucho mejor que tú. ¿Qué opinas sobre una tregua temporal y nos vemos en el laboratorio? Tengo tantas ganas como tú de llegar al fondo de todo este asunto. Le debo una bala a Burien, ¿lo recuerdas?

—De acuerdo, una tregua temporal. ¿Cuánto tardarás en llegar?

—Veinte minutos.

—Nos vemos allí.

Capítulo 26

Julian llegó primero. Marcó su código de acceso y subió las escaleras que conducían al laboratorio informático, que estaba a oscuras. Sin encender las luces, puso en marcha uno de los ordenadores, lo preparó e inició los programas que necesitaba. Se puso los guantes y extrajo el disco del sobre de papel donde lo había guardado, lo introdujo en el ordenador, subió el volumen y lo reprodujo.

Oyó el tintineo metálico de la puerta del ascensor al abrirse, oyó el sonido de los tacones de sus botas resonando contra el suelo, oyó que se abría la puerta del laboratorio.

Levantó la vista y vio entrar a Margaux, su chaqueta de cuero rojo destacando incluso en la oscuridad. La saludó con un movimiento de cabeza y volvió a prestar atención a la pantalla del ordenador. Había separado un segmento de sonido y estaba descomponiéndolo.

—Muy bien, veamos esto. —Margaux encendió las luces, dejó el bolso a un lado y miró la pantalla por encima del hombro de Julian, el aroma de su perfume potente y repulsivo.

Julian hizo clic en la flecha de rebobinar y puso la grabación desde el principio.

«—Un poco de alquitrán mexicano y se le acaban las ganas de pelear.

—¡No!

—¡Saluda a la cámara! ¡Saluda a Darcangelo!

—¿Julian?».

Mientras Margaux observaba la pantalla, Julian observó a Margaux. Parecía nerviosa. Se le notaban las pulsaciones en la garganta y rezumaba sudor en el nacimiento del cabello.

«—El equipo de cámaras... dejaron que la leona matase... los cachorros de chimpancé. Estaba bien. Hicieron... su trabajo.

—Lo que tú digas, monada. Mírala bien, Darcangelo, porque vamos a convertirla en una estrella. ¡La próxima vez que la veas, será en un DVD!».

—¿Has oído eso? —preguntó Julian cuando Tessa empezó a entonar su cancioncilla—. Dice algo en español. Si pudiese mejorarlo, sacar de ahí las palabras de ese desgraciado... estoy seguro de que intenta decirme algo. Ya me dio otro mensaje oculto... ese trozo sobre la leona y los chimpancés.

Margaux le lanzó una mirada de incredulidad.

—A mí más bien me parece un resultado de la heroína.

—Eso es porque no la conoces, y porque no escuchabas con atención. Me dice que haga mi trabajo, que dé caza a Burien aunque ello signifique dejarla morir.

—La chica es valiente, ¿verdad? Apuesto lo que quieras a que en estos momentos ya no se hace tanto la dura.

Julian ignoró el intento de Margaux de provocarle... y el golpe de miedo frío como el hielo que disparó el comentario en sus entrañas.

—Además es increíblemente inteligente. ¿Sabes que localizó ella sola a Burien sin ningún tipo de ayuda por mi parte? Buscó a alguien que tuviera vínculos con Zoryo y un contacto que tiene en Moscú le envió por fax todo el historial criminal de Burien.

—¿De verdad? —Margaux parecía realmente sorprendida.

La grabación finalizó.

Julian rebobinó hasta el momento en que Tessa empezaba a cantar.

—¿Cómo lo hago para capturar sólo su voz y mejorarla? Dice alguna cosa en español, pero no logro descifrarlo.

Su pulso se ralentizó. El ritmo de su respiración disminuyó. Sus sentidos se agudizaron.

—Bien, en primer lugar tienes que salvarlo como un fichero. —Margaux le describió los pasos, pero él escuchaba otra cosa.

El tenso crujir del cuero. Una mano deslizándose en un bolsillo. El sonido casi imperceptible de un dedo reposando sobre un gatillo.

Julian derribó a Margaux en sólo dos golpes, la violencia acabó en un abrir y cerrar de ojos. Quedó tendida en el suelo, retorciéndose de dolor, su pistola de cuarenta y cinco milímetros dando vueltas debajo de la mesa.

Julian la cogió, la descargó y se la guardó en el bolsillo.

—Ha sido una auténtica estupidez, Margaux. Los registros de seguridad demostrarían que fuiste la última persona que cruzó la puerta. Tus huellas están en el interruptor de la luz. Te habrían pillado enseguida.

Ella gruñó, se volvió hasta quedarse de lado, rodeándose la cintura con los brazos.

—No te sientas mal. —Julian se arrodilló, le presionó el estómago, le enlazó los brazos por detrás de la espalda y la esposó—. Estoy seguro de que me habrías pillado de haberme estado esperándolo.

La cacheó y se quedó con la munición adicional que llevaba encima y con la pistola de cañones recortados que guardaba en una funda de bolsillo. Y entonces la encontró, la pistola del veintidós de Tessa. Cogió el pequeño revólver: la prueba definitiva de la traición de Margaux.

Julian tuvo que hacer acopio de todas sus fuerzas para no hacerla pedazos.

Margaux le miró por encima del hombro.

—No podrás salvarla, Julian. Es demasiado tarde.

—Por tu bien espero que eso no sea cierto. —Julian se puso en pie, obligó a Margaux a levantarse y a sentarse en una silla cercana. Se quedó fuera del alcance de sus piernas mortalmente largas. Desenfundó entonces una de sus pistolas SIG, quitó el pestillo de seguridad y la apuntó.

—Desembucha.

—¿Cómo lo supiste?

—Tal y como acabo de decir. Me lo dijo Tessa. —Alargó el brazo sin despegar la mirada de Margaux y puso de nuevo en marcha la grabación. Cuando llegó al final, cantó junto con Tessa—. «Eme, a, erre, ge». Creías que estaba colgada por la droga, pero estaba deletreando en español: «M-A-R-G».

—Tendría que haber amordazado a esa mala puta. —Se encogió de hombros y le obsequió con lo que supuestamente pretendía ser una sonrisa sensual—. Oh, claro, siempre fuiste un lingüista astuto.

—No me hagas vomitar.

—Los dos lo fuimos... durante una temporada.

—No éramos nada, simplemente una pareja de cabezotas egoístas que salían juntos. —La simple idea de tocar a Margaux le producía náuseas en aquel momento—. ¿Qué te pasó? ¿Cuánto tiempo llevas trabajando para ese hijo de puta?

—¿De verdad quieres saberlo? —Miró de reojo la pistola—. Me imagino que ya lo sabes.

Julian escuchó mientras Margaux le contaba que los esbirros de Burien la habían capturado un año antes de la Operación Liberación, que la pegaron y la condujeron hasta él. En lugar de matarla, como ella suponía que haría Burien, él había consagrado las semanas siguientes a seducirla, fascinado por la idea de poseer a una agente secreta.

—Siempre me gustaron los hombres poderosos —dijo ella—. Alexi me enseñó lo que es el poder de verdad. Durante aquellos días, me enseñó cosas sobre el dolor, y el placer, que jamás me habría imaginado. ¿Sabes lo bueno que es entregarse y estar obligado a ceder el control?

Julian pensó en Tessa y en cómo su ternura había penetrado en él, le había abierto de par en par, le había obligado a entregarle su personalidad más oculta. Pero en ningún momento Tessa había intentado controlarle. Ni había intentado hacerle daño. Había actuado porque le quería, por amor.

Margaux hablaba del dominio más violento posible.

—¡Burien es un asesino sádico, un violador, un sociópata! Esclaviza mujeres. ¿Cómo pudiste, como mujer, olvidar todo eso?

—No lo olvidé. Simplemente dejó de importarme.

Julian se quedó mirando a Margaux, casi incapaz de creer lo que estaba oyendo. Recordaba ese incidente... o, al menos, la versión del mismo que ella le había explicado cuatro años atrás. Habían sido amantes durante aproximadamente un mes mientras ella había estado desaparecida en Los Ángeles. Julian, que por aquel entonces se encontraba en México, estaba seguro de que la habían secuestrado y de que aparecería muerta en cualquier callejón. Cuando Dyson le llamó para decirle que había conseguido escapar, malherida pero viva, se había sentido abrumado por una tremenda sensación de alivio.

—De modo que todo fue una mentira... cómo conseguiste liberarte, escapar, huir con información valiosa sobre la organización...

—Burien me dejó marchar. Me convertí en sus ojos y sus oídos.

Si hubiese trabajado con él por esa época...

El impacto tuvo en Julian la fuerza de una bala. La sangre le subió a la cabeza, el pulso le retumbaba en los oídos como un trueno, la rabia le ascendía por el estómago como una marea roja.

Habló entre dientes.

—Hace tres años, Burien no logró escapar porque yo intentara salvar a las chicas y actuara con demasiada antelación. Consiguió escapar porque sabía que íbamos a llegar. ¡Consiguió escapar porque tú le ayudaste!

—Hice que pareciese real. Recibí una bala suya.

Julian se inclinó, le gritó a la cara, sus manos ansiando ahogarla hasta matarla.

—¡Dejaste que sus matones asesinaran a dos miembros de tu propio equipo y me hiciste sentir culpable! ¡Peor aún, permitiste que un hombre que convierte a las mujeres en sus víctimas siguiese matando!

Se apartó de ella, apenas capaz de controlar su odio.

Tenía que tratarse del síndrome de Estocolmo, de psicosis postraumática, de locura. Era la única explicación de sus acciones. Burien debió pegarla, torturarla, trastocarla.

—¿Lo sabe Dyson?

—¿Ese viejo gilipollas? —Bufó—. No tiene ni idea.

—De modo que has estado tres años con la responsabilidad de encontrar a Burien...

—Y durante tres años me he asegurado de que siempre estuviera un paso por delante de mí. —Miró a Julian, sin rastro de remordimiento en su expresión—. Ha sido divertido verte arrastrarte por los callejones, olisqueando su pista, siempre acercándote y siempre acabando con las manos vacías.

—¿Por qué no me pegó un tiro para acabar con todo?

Ella se encogió de hombros.

—Creo que le gustaba contemplar tus fracasos. Además, le hacías mantenerse alerta, le ayudabas a apuntalar su operación, le quitabas del paso a sus enemigos. Le quitaste de encima a Pembroke y García. Yo simplemente tenía que filtrarte la información adecuada y tú estabas dispuesto a matar como un rottweiler.

Pasmado, Julian repasó mentalmente los últimos tres años: años de culpabilidad demoledora, años de búsqueda infructuosa, años de desesperada frustración. Al controlar a Margaux, Burien lo había controlado también a él. Pero se acabó. Aquello era pasado.

Julian tenía que centrarse en el presente.

—Enviaste a Tessa los mensajes de correo electrónico amenazadores, ¿verdad? Eres el especialista tecnológico brillante que trabaja para Burien.

Ella sonrió, evidentemente satisfecha al ver que Julian empezaba a encajar las piezas.

—Necesitaba hacerte salir de alguna manera. Creé el problema, y ofrecí la solución. Dyson creyó que yo quería de verdad solucionar nuestros problemas y ayudar a tu nueva chica objeto. Ni siquiera pestañeó cuando le pedí tu dirección.

—Él fue quien te dio la llave.

—¡No! No confía en nadie hasta tal extremo. —Margaux sonrió—. Fue Tessa quien me abrió. Le mostré un disco, le hice creer que tenía información para ella y me abrió la puerta. La verdad es que dudó un momento… y llevaba la pistola encima.

Julian se lo imaginó mentalmente. Tessa escuchando que llamaban a la puerta y corriendo a por su arma. Al ver a Margaux, intentando decidir si debía hacerla entrar en casa. Dándose cuenta demasiado tarde de que le habían tendido una trampa y disparando a uno de sus atacantes.

De haber estado él allí…

—¿Cómo burlaste la alarma?

Ella se encogió de hombros.

—La desconecté desde el panel de control que tenemos aquí.

—Muy lista, Margaux. Pero ¿por qué tanto lío? ¿Por qué no limitarte a matarla?

—Alexi quiere destruirte. Primero tiene pensado torturarte utilizándola a ella, luego planea matarte. —La mueca de su rostro dio a entender a Julian que lo encontraba divertido—. Matar a Zoryo fue un error.

—Zoryo se mató solo.

Margaux le miró como si fuese idiota.

—Fuiste tú quien le puso entre rejas.

Julian se cansó de perder el tiempo.

—¿Dónde está ella, Margaux?

—Atada y con las piernas abiertas en la cama de Alexi. ¿Quieres mirar? Estoy seguro de que a Alexi no le importara tener un público ensimismado.

—Dime cómo llegar allí.

—¿Para que me vueles la cabeza y salgas a continuación a por ella? Ni lo sueñes. Si quieres volver a verla, quítame las esposas. Nunca superarías la seguridad de su recinto sin mí.

—Está bien. Lo haremos a tu manera. —Julian cogió el ratón con la mano que le quedaba libre, cerró el programa de grabación y salvó el archivo nuevo en formato MP3—. Primero espera que pase un e-mail.

—¿Qué... qué era eso? —Por primera vez, Margaux parecía realmente asustada.

—Tu pequeña confesión. Voy a enviarla a Dyson, al Departamento de Policía de Denver y al periódico de Tessa... por si acaso me sucede algo y no estoy por aquí para que todo el mundo se entere de lo que has estado haciendo estos últimos años.

—¡Hijo de puta! ¡No! —Saltó de la silla y se detuvo en seco, su mirada clavada en la pistola de Julian.

—¡Adelante, Margaux! —Julian dejó al descubierto hasta la última pizca de odio que sentía hacia ella—. ¡Dame una excusa! ¡No hay nada que me gustaría más que apretar este gatillo!

Ella se sentó lentamente, pálida, sus pupilas dilatadas.

—Alexi me sacará de esto.

—En cuanto sepa que te has descubierto, lo más seguro es que mande alguien a matarte. Es bueno que te guste el dolor, ¿verdad? —Julian envió el mensaje, se levantó y obligó a Margaux a hacer lo mismo—. Vámonos. Ha llegado el momento de que me presentes a tu novio.

La empujó hacia delante, apuntándole con la pistola y la siguió fuera del laboratorio, por el pasillo y hacia las escaleras, rezando en silencio que no fuera ya demasiado tarde.

«Aguanta, Tessa. Ya llego».

Tessa abrió los ojos, la cabeza le explotaba, la boca seca como si fuese arena, la cara de un hombre mayor enfocándose y desenfocándose.

—Por fin vuelves —dijo el hombre—. Me alegro. Empezaba a pensar que se había acabado la fiesta antes de empezarla.

«¿Una fiesta? ¿Dónde estaba?».

Más tarde, y no sabría decir cuánto más tarde, oyó de nuevo la voz del hombre.

—Ahora que te veo en carne y hueso comprendo por qué Wyatt te quería para él. Eres una chica muy bonita, Tessa Novak.

«¿Wyatt?».

John Wyatt.

El hombre que la había asaltado. El hombre que la había atacado mientras se quedó dormida en la bañera. El hombre que enviaron a su casa para matarla.

Notó en su vientre una chispa de pánico, que se encendía y ascendía perezosamente hasta su cerebro.

Se obligó a abrir los ojos y vio que el hombre seguía a su lado. Tenía el cabello gris y cortado muy corto, la cara estrecha, los pómulos altos y afilados.

—Una pena que esté en la cárcel, ¿no? —El hombre hablaba con un acento extraño—. Pero creo que nos divertiremos más sin él.

Era un acento ruso.

Ruso.

La Mafia Roja.

La adrenalina, potente y caliente, se disparó en las venas de Tessa, los recuerdos de lo sucedido cobrando fuerza. La visita sorpresa de Margaux. Dos hombres irrumpiendo en la casa. El golpe de la pistola en su mano al disparar contra un hombre. La conmoción y el dolor provocado por la patada de la bota de Margaux en el estómago. El frío pinchazo de una aguja.

Margaux había traicionado a Julian, secuestrado a Tessa y la había entregado al hombre que le había partido el alma a Julian intentando hacer justicia.

El terror recorrió la columna vertebral de Tessa como un dedo helado.

—Alexi Burien.

La observaba con unos ojos que parecían escarcha sobre una alambrada, sus finos labios torcidos en una sonrisa de satisfacción.

—Así que Darcangelo te habló de mí.

Burien estaba sentado a su lado, en una cama grande, vestido de azul marino. Detrás había una cámara montada sobre un trípode. El objetivo enfocado hacia ella.

Se le quedó la boca seca, su miedo mezclándose con una extraña sensación de vértigo, como si en aquella habitación estuviera sólo una parte de ella y el resto estuviese flotando. La droga, lo que fuera que le inyectaran, seguía aún en su organismo.

—No... —Despegó la lengua del paladar—. Yo... yo lo averigüé sola.

Le cogió un mechón de cabello y lo frotó entre los dedos, como queriendo evaluar su textura.

—¿Por qué me cuesta tanto creerlo?

—Porque eres un cerdo misógino. —Tardó un momento en percatarse de lo que acababa de decir. Se quedó boquiabierta, casi sin respirar.

—¿Acabas de llamarme cerdo? —Parecía sorprendido, y sacó un cuchillo.

Ella intentó apartarse y se dio cuenta entonces de que no podía moverse porque estaba atada a la cama, por las muñecas y los tobillos, con gruesas correas de cuero. El terror se apoderó de ella y sacó todo el aire que tenía en los pulmones en un grito de pánico.

—¡No!

La expresión de sorpresa del hombre se transformó en otra de cruel excitación y se echó a reír.

—¿Están bastante apretadas, pequeña, o debería quizá apretarlas más?

Superada por el horror, se quedó paralizada y mirándole.

«¡Burien es un depredador! ¡Hace daño a las mujeres por pura diversión!».

Recordó mentalmente las palabras que Julian había pronunciado aquella misma mañana.

Y lo comprendió.

Cuanto más luchara contra Burien, cuanto más miedo demostrara, más disfrutaría él haciéndole daño, más poder tendría sobre ella. Si no reaccionaba, si escondía su miedo, tal vez podría obtener cosas de él para después contárselas a Julian. A lo mejor podría soportarlo. A lo mejor lograría sobrevivir.

«O a lo mejor Burien acaba matándote antes».

Tragó saliva, su corazón latiendo con tanta fuerza que pensó que a lo mejor estaba realmente enferma.

—Debes de tener un pene muy pequeño para verte obligado a utilizar este cuchillo con las mujeres.

—Eres valiente, pequeña Tessa, pero te equivocas. No creo que me encuentres carente de nada. —La cogió por el cuello de la blusa y lo cortó lentamente, la punta afiladísima del cuchillo pasando a una mínima distancia de su piel.

Tessa reprimió su ansia de gritar.

—¿Comparado con Julian? ¡Por favor!

Burien le abrió la blusa y deslizó el frío cuchillo entre su piel y el cierre frontal del sujetador, lo abrió entonces de un tirón. La prenda de seda retrocedió y dejó al descubierto sus pechos. Él la repasó con la mirada.

—¿Sabes lo que va a ocurrirle a tu Julian? Vivirá lo suficiente para ver lo que se hace contigo… y luego lo mataré.

Dándose cuenta de que seguramente nunca volvería a ver a Julian, sintió las heladas garras de la desesperación clavándose en su pecho. Una bala, y uno de los dos se habría ido para siempre.

«¡Julian!».

Reprimió las lágrimas.

—No le matarás tú. Enviarás a uno de tus acólitos. Tienes miedo de acercarte a Julian Darcangelo.

Burien respiró hondo.

—Tendrías que ser un poco más respetuosa conmigo.

—¿Respetuosa? ¿Contigo? —De su interior surgió una risa histérica—. ¿Sabes qué dicen en Rusia? Mala pata... mala suerte.

A Burien empezaron a movérsele las aletas de la nariz.

—Pretendes conseguir que me enfade, pero veo que tienes miedo. Estás temblando. ¿Ves cómo te late el corazón?

Le acarició el esternón con la fría punta del cuchillo.

Tessa vio aquella mirada despiadada, la satisfacción superando por un instante su miedo, su voz temblando de rabia.

—¿Te crees que por atar a una mujer y hacerle daño eres poderoso? ¡Sigues siendo el mismo matón patético que pegaba a las ancianas y vendía crack en las calles de Gzel!

El bofetón la tomó por sorpresa, el dolor explotó en su mejilla, dejándola aturdida. Notó sabor a sangre, la cabeza le daba vueltas.

—¡No sabes nada de mí! Veremos lo valiente que eres después de...

Alguien llamaba a la puerta. Entonces, se oyó una voz justo en el exterior de la habitación gritando algo en ruso. Y entre las palabras que no entendía, hubo una que sí: Darcangelo.

«¿Julian?».

Con expresión alarmada, Burien respondió en ruso, saltó de la cama y cogió una pistola enorme del cajón de la mesita de noche.

Entonces, Tessa oyó una voz de mujer al otro lado de la puerta.

—¡Apártate de mi camino, idiota!

«Margaux».

Burien soltó un seguido de palabras en ruso que debían ser tacos y retrocedió un paso, apuntando la pistola en dirección a la puerta.

—¡Pasa!

Entró Margaux acompañada por uno de los matones armados de Burien.

Y entre los dos caminaba Julian.

Lo habían pegado e iba vestido únicamente con su pantalón vaquero. Ni siquiera los zapatos le habían dejado. Llevaba las muñecas atadas con cinta aislante y la sangre producida por un corte en la sien le caía por el rostro. Parecía más rabioso que nunca, su mandíbula tensa, su expresión dura como una piedra. Miró hacia ella y su mirada la repasó por un instante antes de quedarse fija en Burien.

—Sé que estás ocupado, Alexi, pero es evidente que esto no podía esperar. —Margaux se acercó a Burien, le dio un beso en la mejilla y se volvió hacia Tessa—. ¿A que está monísima así atada?

Pero nadie escuchaba a Margaux.

Burien y Julian estaban de pie el uno frente al otro, mirándose con una inequívoca expresión de odio. La pistola de Burien apuntando directamente al pecho de Julian. Si Burien apretaba el gatillo…

El corazón de Tessa pareció detenerse.

Entonces, la cara de Burien esbozó una sonrisa.

—Julian Darcangelo. Tantos años buscando y por fin me has encontrado.

Capítulo 27

—¿Qué quieres que diga? ¿Qué la paciencia acaba teniendo su recompensa? —Julian habló con un tono de voz neutral y se obligó a concentrarse en la cara de Burien y no en Tessa.

Verla —atada, con los pechos al aire, la mejilla encendida por un bofetón— fue como una puñalada en el estómago. Se la veía vulnerable, indefensa, aterrorizada. Deseó empezar a partir cabezas, abalanzarse contra la garganta de Burien, abrirse camino hasta ella. Pero cometer ahora un error podía provocar la muerte de los dos, de modo que anuló sus sentimientos, los enterró en lo más profundo de su ser y se concentró mentalmente en el momento. Si quería sacarla de allí, no podía permitirse pensar en ella ni en lo que le podía haber pasado ya.

«Al menos está viva».

Sabía que Margaux intentaría entregarle al personal de seguridad de Burien. Si le había traicionado siendo amantes, no tendría escrúpulos en volver a hacerlo ahora. Habían cruzado la verja que custodiaba la propiedad que Burien tenía en las montañas y entrado en el edificio principal antes de que ella tomara alguna acción contra él. Y habría fracasado de no haberse abierto el ascensor justo entonces y aparecido dos matones más, uno de los cuales había apuntado a la cabeza de Julian con una pistola. Margaux había descargado la rabia que sentía contra él con unas cuantas patadas, luego había ordenado a los hombres que lo cachearan, dejándolo completamente desnudo a excepción de la cinta aislante que le sujetaba las muñecas.

—¿Te trae buenos recuerdos? —le había preguntado él, al sorprenderla mirándole el miembro viril.

Ella le había arrojado los pantalones vaqueros a la cara.

Y ahora se encontraba en lo que parecía ser el dormitorio de Burien, desarmado, con las manos atadas, tres contra uno. De tamaño mayor que un dormitorio de matrimonio normal, en la habitación había una cama enorme, un rincón con mueble bar, una gigantesca pantalla de televisión de plasma, así como algunas sillas, un sofá y algún que otro aparato que habría encajado a la perfección con una sala de torturas de la época medieval. Junto a la cama, una cámara sobre un trípode, el objetivo enfocado hacia Tessa.

Julian notó que se le tensaba la mandíbula y se obligó a relajarse, esperando ese momento en que el ritmo del latido cardiaco empezara a disminuir y su cabeza a aclararse. Pero el momento no llegaba, y sabía por qué. Esta vez, había mucho en juego. Esta vez, estaba Tessa.

—Creo que me has interrumpido. —Burien hizo un ademán en dirección a Tessa—. Pero ¿qué tipo de anfitrión sería si no te invitase a unirte a la fiesta?

—Ya le he dicho que no te importa tener público. —Margaux se acercó a la barra y se sirvió una copa, el hielo resonando contra el cristal.

—Cierto. —Burien movió afirmativamente la cabeza—. De hecho, tenerte mirando cómo violo a Tessa una y otra vez se ha convertido últimamente en mi fantasía favorita.

Julian miró los ojos desalmados de Burien, reprimió su rabia, mantuvo un tono de voz intrascendente.

—Todos tenemos nuestras esperanzas y nuestros sueños, ¿no? La pena es que la mayoría no llega a hacerse realidad.

Burien rió entre dientes.

—Ya veremos. Pero primero, antes de que me la folle, quiero saber cómo has dado conmigo.

Julian señaló a Margaux con un movimiento de cabeza.

—Pregúntale a ella.

Margaux le contó a Burien cómo Julian la había engañado citándola en el laboratorio y cómo, con la pista del mensaje secreto de Tessa, estaba preparado cuando ella intentó atacarle.

—¿No te habías enterado de lo de este mensaje? —Burien no parecía en absoluto satisfecho.

Ni tampoco Tessa, a juzgar por su expresión de sorpresa. Sus miradas se cruzaron, sus ojos azules llenos de confusión y terror... y amor. Si Julian no estuviese ya enamorado de ella, se habría enamorado entonces.

—Shhh —articuló. Y le guiñó el ojo.

—Deletreó mi nombre en español, pero a mí me pareció que decía incoherencias. No hablo español. —Margaux se sirvió otra copa y se acercó a los pies de la cama—. Me parece, sin embargo, que las ideas inteligentes ya se le han agotado.

Burien se dirigió de nuevo a Julian.

—¿De modo que obligaste a Margaux a que te trajera hasta aquí?

Julian asintió.

—Pero sólo después de haber grabado su confesión y enviarla a las fuerzas judiciales del Estado. Conozco toda la historia: cómo convertiste a Margaux en tu peón, cómo la utilizaste para ir siempre un paso por delante de la ley, cómo escapaste hace tres años porque ella te dio el chivatazo. Conozco la verdad, y la conoce también el FBI y la policía de Denver.

Burien se volvió hacia Margaux y la estancia se inundó de un gélido silencio.

Margaux se había quedado blanca. Dio un nuevo trago, nerviosa.

—No tenía ni idea de que estaba grabándome. Pensé que si lo traía hasta aquí, tus hombres y yo nos encargaríamos de él y que ése sería el fin. Siento haberme delatado, Alexi. Voy a tener que permanecer en la clandestinidad a tu lado.

Burien le lanzó una descarada mirada de repugnancia.

—¿Permanecer en la clandestinidad a mi lado? ¡Estúpida *suka*! ¿De qué me sirves ahora?

—Sé que estás cabreado. Lo siento. Pero aún puedo hacer muchas cosas por ti… trabajo informático, operaciones secretas, seguridad. Además, en nuestra relación hay algo más que…

—Tú eras mis ojos dentro del FBI. —Burien levantó su pistola del cuarenta y cinco—. Ahora no eres nada.

Margaux abrió los ojos de par en par.

—¡Espera…!

Un disparo. El grito de Tessa. Sangre.

Margaux cayó hacia tras y aterrizó a los pies de la cama.

Julian miró a Tessa, con la esperanza de utilizar la distracción para colocarse entre ella y Burien, pero le detuvo el pinchazo frío de la Glock contra su espalda desnuda.

«Espera, Darcangelo. Ya llegará tu oportunidad».

Tessa reprimió una oleada de náuseas, su corazón latiendo con fuerza contra su pecho. La sangre se había derramado sobre su pantalón y notaba su olor.

En la mandíbula de Julian se tensó de repente un músculo, el único indicio de que sentía alguna cosa.

—Le dije a Margaux que los dos estabais destinados a sufrir un desenlace desagradable esta noche, pero no quiso escucharme.

¿Cómo podía mantener la calma y seguir tan frío después de que una persona acabara de morir asesinada? ¿Cómo podía actuar de forma tan relajada teniendo una pistola apuntándole directamente a la espalda? ¿Cómo podía bromear sobre un asesinato?

«Se dedica a esto, chica. Es su trabajo».

Burien se volvió repentinamente hacia él y le apuntó al corazón.

—¿Ves el mal que te he hecho? Corrompí a una de tus amantes, la volví en contra tuya, la utilicé. Y de aquí un momento haré que la dulce Tessa desee no haberte conocido nunca. Pero primero querría saber si la policía está en camino. No me apetece que me pillen con los pantalones bajados.

—¿Cómo pueden saber dónde estoy si ni tan siquiera yo sabía dónde íbamos? Margaux conducía. Vinimos en su coche.

Burien se dirigió en ruso a su pistolero a sueldo quien, acto seguido, pegó un puñetazo a los riñones de Julian.

Julian gruñó, se doblegó bajo el impacto del puño de aquel tipo, frunció el entrecejo y dejó escapar el aire entre dientes. A Tessa se le encogió el corazón al percibir su dolor.

«¡Oh, Julian!».

—¡No me vengas con pamplinas, Darcangelo! ¡Seguramente llevabas encima un GPS!

—¿Te refieres a un transmisor de GPS? —La voz de Julian sonó muy tensa—. Pregúntale a Igor. Él mismo me dejó en pelotas.

«¿Igor?».

Y entonces Tessa lo notó… algo frío y duro. Bajó la vista y vio una mano ensangrentada depositando una pistola —¿la pistola de Julian?— sobre la cama y la empujó debajo de su pierna.

¿Seguía viva Margaux?

Sin apenas poder respirar, Tessa observó la mano apuntalar el arma debajo de su pierna izquierda y empezar a desenredar, con dedos temblorosos, la correa de cuero que le sujetaba el tobillo izquierdo. Margaux pretendía liberarla. Le había dado el arma e intentaba liberarla. Pero ¿por qué?

«¿Y a quién le importa por qué?».

Tessa miró a Burien, que en aquellos momentos les daba la espalda a las dos, y a Igor, cuya atención estaba volcada en Julian. Si Burien se volvía, si los movimientos de Margaux atraían la mirada de Igor, todo habría acabado. Pero antes de que la correa estuviese completamente desatada, los dedos de Margaux se paralizaron y su mano quedó inmóvil sobre el pie de Tessa.

«¡No! ¡No te mueras! ¡No te mueras!».

Burien gritaba de nuevo en ruso, pero Tessa apenas le oía, sus pensamientos centrados por completo en los dedos manchados de sangre de Margaux. Se retorcieron, empezaron a moverse de nuevo. Y el tobillo izquierdo de Tessa quedó por fin libre.

Con su pulso convertido en un rugido ensordecedor, dobló lentamente la rodilla, guiando la pistola hacia arriba con el talón hasta que quedó atrapada bajo su nalga izquierda, su mirada sin abandonar un instante a Burien e «Igor». Intentó acercarse al máximo a la muñeca para poder desatar la correa con los dientes, pero el tobillo derecho seguía sujeto con fuerza a la cama y no consiguió alcanzarla. Necesitaba liberar el tobillo derecho.

¿Dónde estaba Margaux? ¿Y si no podía alcanzar el tobillo derecho de Tessa? ¿Y si estaba muerta?

«¡No te mueras, por favor! ¡No te mueras, por favor!».

Vacilando entre la esperanza y el terror, Tessa se quedó quieta... y esperó.

—¡Basta ya de joderla! —gritó Burien—. ¿Dónde está tu teléfono móvil, Darcangelo?

—Me parece que se lo quedó Igor. —Julian se mordió el labio, como si intentase hacer memoria—. O a lo mejor lo dejé caer entre los arbustos, justo al lado de la verja de la propiedad, para que la policía tuviera una señal que seguir.

Otro puñetazo en los riñones.

Aquella vez, las rodillas de Julian estuvieron a punto de ceder del todo.

Entonces Tessa sintió la fría caricia de los dedos de Margaux en el tobillo derecho y casi gime de alivio. Pero era evidente que Margaux se estaba quedando sin fuerzas. Sus dedos se paralizaron y resbalaron varias veces, Tessa pensando cada vez que había muerto. Finalmente, la correa se deslizó y el tobillo derecho de Tessa quedó en libertad.

Centímetro a centímetro, fue incorporándose, rezando para que nadie se percatara de sus movimientos. Más cerca, más cerca, más cerca. Y allí estaba ya, sus dientes clavándose en el grueso cuero que sujetaba su muñeca derecha, tirando de ella hasta quedar libre.

Sonó un teléfono móvil, música de Bach.

Tessa se quedó helada.

Burien introdujo la mano en el bolsillo, sacó el teléfono y gritó algo en ruso, sin dejar de apuntar el pecho de Julian con la pistola. Entonces guardó de nuevo el teléfono en el bolsillo, la expresión de su rostro cambiando del enfado a una furia teñida de pánico. Levantó la pistola y apuntó a Julian en la cara.

—Entrando en el cañón hay una caravana de coches de policía. Me han dicho que les acompaña un equipo SWAT. Me temo que nuestra conversación tendrá que acabar enseguida. Tengo que largarme en helicóptero.

Los pulmones de Tessa se quedaron instantáneamente sin aire en cuanto se percató de lo que Burien pretendía hacer.

Iba a disparar a Julian a quemarropa... y a huir a continuación.

Desesperada, buscó debajo de su cuerpo con la mano que tenía libre y cogió la pistola.

—Pero ¿en qué estoy pensando? Las damas primero, naturalmente. —Burien se volvió hacia Tessa.

—¡Pero no esta vez! —Sus miradas se encontraron y, con el corazón en la garganta, apretó el gatillo.

Lo que sucedió a continuación fue pura confusión.

El grito de dolor de Burien. Su rabia al quitarle la pistola de la mano. El cañón de la pistola de él bailando frente a la cara de ella. Julian dándole un puntapié a Burien en la cara. Una explosión de disparos. Igor encogiéndose. Burien cayendo sin vida al suelo.

Y Julian a su lado, desatándole la muñeca, atrayéndola hacia él, envolviéndola en una manta.

—¿Estás bien, Tessa? ¡Dime algo, cariño!

Pero ella apenas podía hablar, mucho menos pensar.

—Ayuda… a Margaux. Ella… ella me ha desatado…

—Lo vi, cariño. Ha muerto.

Tanta muerte, tanta sangre.

Se escuchó entonces, muy cerca, una voz que hablaba a través de un megáfono.

—¡Alto! ¡Policía!

—Se ha acabado, Tessa. —Le besó el cabello—. Vamos a sacarte de aquí, vamos a alejarte de todo este caos.

Temblando incontrolablemente, Tessa se cobijó en el abrazo de Julian, notó que la levantaba en brazos, las lágrimas que había estado reprimiendo hasta ahora rodando finalmente por sus mejillas.

Pese a que su trabajo no estaba ni mucho menos terminado, Julian permaneció junto a Tessa mientras un detective le tomaba declaración. Viajó con ella en la ambulancia, serpenteando la carretera del cañón en dirección a Denver. No la soltó de la mano mientras el equipo médico de urgencias la examinaba para evaluar los efectos del shock, la posible conmoción cerebral y los efectos que la sobredosis de heroína pudiera haber dejado en su organismo. Permaneció a su lado en urgencias mientras la enfermera le tomaba las constantes vitales y le ponía una vía intravenosa... y luego insistía en tratarle el corte que había sufrido él en la sien.

Y entonces, por fin, se quedaron solos.

Besó la mejilla magullada de Tessa, su corazón inundado por una emoción que no sabía cómo expresar... y por terribles preguntas que no sabía cómo formular.

—Sea lo que sea lo que te hiciera ese tipo, Tessa, sea cómo sea que te hiriera, sé que podrás superarlo.

Permanecía acostada en la cama del hospital, con el camisón azul y blanco de uniforme, sus largos rizos sobre la almohada blanca.

—No... no me violó, si es eso lo que piensas. Esperaba que me despertase del todo.

Julian exhaló una cantidad de aire que no era consciente de haber estado reteniendo.

—Nunca habría sido capaz de llegar allí si tú no hubieses sido tan condenadamente inteligente. ¿No recuerdas lo que hiciste? ¿No recuerdas haberme enviado un mensaje secreto?

Ella frunció el entrecejo.

—Recuerdo que quería ponerte sobre aviso respecto a Margaux, pero entonces...

—Me pusiste sobre aviso. —Le cantó la cancioncilla que deletreaba parte del nombre de Margaux, acariciándole la mejilla con el dedo pulgar—. Nunca te habría encontrado de no ser por tu rápida reacción. Nunca le habría encontrado. Eres una mujer valiente, inteligente, preciosa.

Los ojos de Tessa volvieron a llenarse de lágrimas.

—No soy valiente. ¡Estaba aterrorizada! Tenía miedo de lo que pudiera hacerme, de lo que tenía pensado hacerte a ti. Tenía miedo de no volver a verte nunca.

Y entonces le explicó que había oído que llamaban a la puerta y que había corrido a coger la pistola, consciente de que algo iba mal porque no había sonado la alarma. Le explicó cómo había dejado entrar a Margaux, pensando que le traía información sobre los mensajes de correo electrónico. Cómo había oído pasos en el porche y había intentado cerrar rápidamente la puerta. Cómo los hombres la habían empujado para entrar. Cómo había disparado contra uno de ellos... y cómo se había encontrado en el suelo, sin respirar después de recibir un puntapié.

—Intenté plantarles cara, intenté huir, pero el tipo que la acompañaba me sujetó, me agarró por el brazo y me inyectó alguna cosa. Recuerdo que pensé que tú te culparías por lo sucedido y en lo terrible que te resultaría. Después...

—¿Te preocupaba cómo me sentiría yo? —Su dulzura tan carente de egoísmo le caló hasta el fondo, haciendo aún más difícil controlar el torrente de emociones que hervía en su interior—. ¡Por Dios, Tessa!

—¡Por supuesto que me preocupaba cómo te sentirías! Tú te sientes responsable de todo. Si yo hubiese desaparecido para siempre o si me hubiesen matado...

—Debería haber estado allí. Debería haberme dado cuenta de que la chivata era Margaux.

—¿Ves a lo que me refiero? —Le regaló una trémula sonrisa, sus mejillas húmedas por las lágrimas—. Idiota.

Entonces le explicó que al despertarse se había encontrado con Burien a su lado. Lo aterrorizada que se había sentido al verse atada a la cama. Cómo había intentado actuar como si Burien no le diese miedo, insultándolo incluso, con la esperanza de así poder obtener algo de él.

—¿Que lo insultaste?

Asombrado, Julian escuchó a Tessa relatándole su enfrentamiento con Burien, desde sus comentarios sobre el probable pequeño tamaño de su pene hasta llamarlo matón patético y pasarle por la cara sus años de traficante de mala muerte. Imaginarla en aquella situación —indefensa, desesperada y arengándole—, le ponía los pelos de punta.

—Entonces sacó un cuchillo, y pensé… —Su voz se quebró, la angustia reflejada en su dulce rostro provocándole a él un nudo en el estómago—. Era todo lo que pude hacer para no gritar.

Julian la abrazó, dejó que expulsara su miedo llorando, sus lágrimas liberando también parte de la tensión que él tenía acumulada en su interior. Había estado tan cerca de no encontrarla, tan cerca de perderla, tan cerca de verla morir. Se sentía agradecido por el simple hecho de abrazarla, agradecido simplemente por estar a su lado, agradecido por el milagro que les había llevado a llegar vivos hasta allí.

—Me gustaría poder hacerte olvidar todo esto, Tessa. Me gustaría poder cambiar las cosas para que nunca hubieras oído hablar de Burien. Me gustaría que nunca hubieses tenido que disparar un arma o ver a alguien morir. Pero no puedo cambiarlo. No puedo solucionarlo.

Las lágrimas fueron declinando poco a poco, su cuerpo tembloroso aún. Levantó ella la vista.

—¿Por qué piensas que Margaux nos ayudó al final?

—Por venganza contra Burien. Nada más. Me parece que creía que él la quería.

—Era un monstruo. No me arrepiento de haber apretado el gatillo.

—¿Y dices que no eres valiente? —Le besó el cabello, la frente, las mejillas, que estaban saladas—. Dios mío, Tessa, cuando pienso lo cerca que estuvo de matarte, se me ponen los pelos de punta.

Ella rió débilmente.

—Si a ti no te asusta nada.

—Eso no es verdad. —Le acarició el cabello, saboreando la sensación—. Cuando llegué a casa estaban sacando una camilla con un cuerpo en una bolsa de plástico. Pensé que eras tú, Tessa. Pensé que te había perdido, y tuve la sensación de que el mundo entero había muerto para mí. Y entonces bajé la cremallera y vi la cara de aquel hombre. Y pese a que la sensación de alivio casi me tumba, seguí aterrorizado porque sabía que Burien te había secuestrado.

«¡Dile que la quieres, Darcangelo! ¡Díselo!».

Alguien llamaba a la puerta y apareció el médico.

El momento pasó de largo.

Inmediatamente, Julian fue enviado al pasillo a esperar y a luchar contra sus propios demonios mientras el médico la examinaba. Sólo cuando se dio cuenta de que las enfermeras no le quitaban los ojos de encima fue cuando se percató de que iba aún sin camisa. Decidió aprovechar la situación.

Sonrió.

—¿Puedo llamar desde algún lado? Me parece que he llegado aquí sin el móvil y sin el maletín.

—Tiene algunas magulladuras, un golpe emocional y seguramente una conmoción cerebral leve, pero nada peligroso ni que pueda poner la vida en peligro —dijo el médico, levantando la vista del informe de Tessa. Era un hombre joven, no mucho mayor que ella—. No cabe duda que estuvo usted muy cerca de una sobredosis mortal, pero ya está prácticamente todo fuera de su organismo. Me gustaría mantenerle la vía intravenosa y tenerla aquí esta noche en observación.

—¿Es realmente necesario? —Tessa se sentía como una tonta encerrada en el hospital sin que le doliese nada—. No estoy herida.

—No se lo sugeriría de no considerarle prudente desde el punto de vista médico. Cuando hay posibles lesiones en la cabeza, aconsejamos un mínimo de veinticuatro horas de observación.

—¡Oh! —Entonces formuló la pregunta que se moría de ganas de formular—. ¿Cree que podría estar embarazada?

—Las pruebas más sensibles no muestran un embarazo hasta unos días después de la primera falta. ¿Cree que podría estar embarazada?

—El periodo no tendría que venirme hasta la semana próxima. Pero estaba preguntándome si la heroína podría resultar dañina para el bebé en caso de embarazo.

El médico se mordió el labio un instante, poniendo mala cara.

—A decir verdad, no estoy muy seguro. Pero si el periodo se le retrasa, espere unos días y hágase una prueba. Estoy seguro de que un buen ginecólogo le dará la respuesta adecuada. Ahora voy a buscar a su amigo para explicarle qué vamos a hacer. No para de dar vueltas por el pasillo y distrae a las enfermeras con su disfraz de Tarzán.

A Tessa no le gustó la idea de que un puñado de aprendices de Florence Nightingale sofocadas se dedicasen a contemplar los pectorales de Julian.

—Doctor, ¿podría dejarle alguna bata o alguna cosa?

El médico sonrió.

—Faltaría más.

Julian reapareció al cabo de un momento vestido con una camiseta de color verde y seguido por el médico, que iba explicándole por qué era mejor para Tessa que pasara la noche allí.

—Es sólo una cuestión de observación. Nos aseguraremos de que tenga una noche de sueño reparador y la controlaremos. Si mañana por la mañana se encuentra estable, le daremos el alta.

—¿Sueño? —A Tessa le parecía imposible pensar en dormir con las imágenes sangrientas que abundaban en su cabeza—. No creo que pueda, no después de lo de hoy, no después...

Pero el médico se limitó a sonreír.

—¿Quiere que apostemos?

El médico se despidió de ambos y siguió con su ronda de visitas. Tessa fue trasladada rápidamente a una habitación individual en el tercer piso con vistas sobre las luces titilantes de la ciudad.

Contempló las luces, sintiéndose extrañamente distanciada de ellas.

—Me parece increíble que hace un momento estuviéramos en el mundo de un asesino loco que controla la vida de mucha gente, y un momento después estemos aquí sentados, sanos y salvos, entre personas que no tienen ni idea de lo que sucede ahí fuera.

—Pero en cuanto escribas tu artículo se harán una idea de lo que sucede. Les darás a conocer la verdad. Serás la voz de María y de tantas otras personas perjudicadas por los traficantes humanos.

—Me imagino que tienes razón. —Tessa casi se había olvidado del tema.

Julian le cogió la mano, se la llevó a los labios y la besó.

—Lo siento, Tessa. Tengo que irme. Irving ha mandado un coche patrulla a por mí. Tengo que acabar mi trabajo.

Ella le miró, sorprendida.

—Si Burien ya está muerto.

—Sí, pero su imperio sigue ahí. Ahora hay un vacío de poder y tenemos que actuar con rapidez, antes de que otro lo llene. Con los archivos de su ordenador tendríamos que ser capaces de comprender exactamente a qué ha estado dedicándose y acabar definitivamente con todo. Hay chicas… chicas como María. Tengo que encontrarlas.

Tessa asintió, sintiéndose terriblemente egoísta por desear que se quedara con ella.

—Lo entiendo.

Había tantas cosas que tenían que comentar, tantas cosas aún sin resolver entre ellos… sus sentimientos, su relación, la posibilidad de un bebé. Pero tendría que esperar. Por aquella noche bastaba con que los dos siguieran vivos.

—Es posible que tenga que estar un tiempo fuera del estado, pero volveré en cuanto pueda. ¿Quieres que llame a alguien?

«Mi madre».

La idea le vino a la cabeza, pero hacía tanto tiempo que no le pedía nada a su madre que no fue capaz de decirlo.

—No.

—Aquí estamos. —Abrió la puerta una sonriente enfermera de cabello oscuro, jeringa en mano—. El médico ha ordenado que le pongamos un sedante para ayudarle a dormir.

Julian frunció el entrecejo.

—¿Es seguro, teniendo en cuenta lo que tiene aún corriendo por la sangre?

La enfermera movió afirmativamente la cabeza.

—El médico me ha explicado también la otra preocupación que tiene y lo he consultado con la farmacia para asegurarme de que sea inocuo.

Tessa sabía que la enfermera hablaba sobre su posible embarazo.

—Gracias.

—¿Necesita algo más? —preguntó la enfermera.

Tessa cruzó la mirada con la de Julian, se obligó a hablar en tono despreocupado.

—Estoy bien.

La enfermera inyectó el líquido transparente en la vía intravenosa de Tessa y, casi de inmediato, Tessa empezó a relajarse.

—¿Julian? —Le apretó la mano, consiguió sonreír—. Rescata a esas chicas, pero ve con cuidado, por favor. Esta vez no estaré allí para vigilarte la espalda.

Él rió entre dientes y la rozó con los labios.

—No me pasará nada. Cierra los ojos, ángel mío. Intenta dormir.

Capítulo 28

Tessa se despertó de una profunda noche de sueño con la luz del sol atravesando las cortinas de la habitación del hospital. La observaba un rostro que hacía diez años que no veía.

—¿Mamá?

Su madre le dio la mano, se la apretó.

—Estás despierta.

Por un momento, simplemente se miraron. Y luego se abrazaron y rieron y lloraron, todo a la vez, la oleada de emociones sorprendiendo por completo a Tessa: alegría, dolor, alivio.

Pasados unos minutos, su madre la soltó, buscó una caja de pañuelos de papel y cogió uno para cada una. Se secaron las lágrimas, sin dejar de reír.

—Dios mío, cuánto me alegro de verte, Tessa Marie. El oficial que me llamó me dijo que te había pasado algo y casi me muero de la preocupación. Llegué aquí anoche, pero no quise despertarte.

—¿Has pasado la noche aquí? —Tessa notó una sensación de calor en el estómago.

—¡Por supuesto! ¿Dónde si no tendría yo que estar teniendo a mi niña en el hospital? He dormido aquí para poder vigilarte.

La calidez se transformó en un pegajoso sentimiento de culpa.

Tessa le había dado la espalda a su madre, la había abandonado, había negado su existencia durante diez años. Y su madre había pasado las primeras horas juntas de nuevo en una silla, vigilándola.

—No debe de haber sido muy cómodo.

—¡Oh, no ha estado mal! La silla se despliega como una cama pequeña y una de las enfermeras me trajo una manta. Han sido muy amables.

Tessa no pudo evitar sonreír.

—Te veo muy bien, mamá.

Era cierto. Su madre, que siempre había lucido una larga melena, se había cortado el pelo a la altura de los hombros, sus rizos rubios salpicados con mechones grises. Tenía algunas patas de gallo, las arrugas de la risa. Pero lo que más le sorprendió a Tessa fue su mirada. Parecía más feliz que nunca.

—¡Me hago vieja, aunque mírate tú! Estás preciosa, Tessa. Como una muñequita de porcelana china adulta. ¡Pero ya basta de charlas! ¿Necesitas alguna cosa? ¿Quieres que te traiga algo?

—No, estoy bien.

—Eso de que estás bien no me lo creo. Me parece imposible que una mujer que ha pasado por lo que tú has pasado pueda afirmar que está «bien», a menos que se haya desahogado explicándole a su madre todo lo sucedido.

La descarada curiosidad de su madre hizo reír a Tessa pero, aun así, se encontró explicándole la historia desde el principio, cuidando de no revelar el nombre de Julian, pero sin dejarse ni un detalle desde el asesinato de María hasta el momento en que apretó el gatillo y mató a Burien.

Su madre permaneció sentada en la silla, escuchando con los ojos abiertos como platos, su expresión pasando del miedo a la rabia y a la conmoción. Cuando los recuerdos que despertaron de nuevo un miedo que Tessa intentaba anular la hicieron temblar, su madre le cogió la mano y se la apretó con fuerza. Ese simple contacto fue como un salvavidas. Cuando finalizó el relato, su madre se levantó y la abrazó.

—Siento mucho todo lo que has tenido que pasar. Ni siquiera puedo imaginármelo. Pero ya está todo solucionado. Ese hijo de puta está en el infierno, en el lugar que le corresponde, y tú tienes un buen hombre que cuida de ti. Fue él quien me llamó, ¿verdad?

—Supongo. —De un modo u otro, Julian se había imaginado lo que necesitaba, aun siendo ella incapaz de admitirlo—. Le quiero, mamá.

—Lo sé.

Una llamada en la puerta interrumpió su conversación y entró la enfermera para verificar las constantes vitales de Tessa y entregarle la bandeja del desayuno.

—Ya sé que parece un experimento médico —bromeó la enfermera—, pero en realidad es una tortilla. Intentamos que la comida sea horrible para que a los pacientes no les importe volver a casa.

Mientras Tessa desayunaba —la comida era mucho mejor de lo que la enfermera le había hecho creer—, su madre le contó noticias de Rosebud, poniendo a Tessa al día de diez años de chismorreo en un tiempo récord. Luego le explicó más cosas sobre Frank. Pero mientras su madre hablaba, Tessa fue notando que cada vez le costaba más tragar aquella comida hasta que por fin retiró la bandeja.

—¿No tienes hambre? —preguntó su madre.

Tessa miró a su madre a los ojos.

—Lo siento, mamá. Siento haberte abandonado como lo hice. Siento no haber...

—No hables más de eso. —Su madre le cogió la mano—. Sé por qué te fuiste y jamás te he culpado por ello.

—Debería haber llamado. Debería haber permanecido en contacto.

—Enviaste dinero cada mes, puntual como un reloj.

—El dinero es simplemente dinero. Debería haber llamado.

—Tenías muchas cosas en qué pensar: la universidad, encontrar trabajo, el periódico.

Su madre intentaba dejar correr el tema, pero la conciencia de Tessa se lo impedía.

—¿Tan ocupada estaba que en diez años he sido incapaz de coger el teléfono? Todos mis amigos creen que soy de Georgia. No tienen ni idea de que me crié en Texas. Les he hecho creer...

Su madre le acarició la mano.

—Permíteme que te explique una historia. Se trata de una chica de catorce años de edad que se crió con un malvado borracho como padre y una madre sin criterio. Odiaba vivir en casa, odiaba la fealdad, odiaba el olor a whisky. Odiaba ser pobre. Odiaba cómo los demás niños se reían de ella. Lo que más quería en el mundo era irse, ver mundo.

Tessa tenía miedo de escuchar el resto de la historia.

—Mamá, yo...

—¡Calla y escucha! Un día, cuando estaba sirviendo mesas en el restaurante, conoció a un hombre alto y guapo... un camionero de California. El hombre le explicó historias de la carretera, le dijo que era bonita, se ofreció a enseñarle el país. No habían llegado ni a la siguiente parada habitual de camioneros cuando él había obtenido de ella lo que en realidad quería. La chica se encontró abandonada en pleno calor de Texas, avergonzada, sola y haciendo autoestop para regresar a Rosebud.

Mientras su madre hablaba, Tessa no pudo evitar pensar en María y otras chicas como ella que habían sido secuestradas o alejadas de casa con promesas de una vida mejor, para acabar esclavizadas sin darse ni cuenta. Y se percató de que a su propia madre le había sucedido algo muy parecido... y que ella era el resultado.

—Ese camionero pensó que se había llevado la mejor parte, pero se equivocaba. La chica que abandonó en la carretera acabó con la pequeña rubita más hermosa del mundo, tan bonita que parecía un angelito llegado a la tierra. Y era inteligente y fuerte y valiente. Y cuando la pequeña se hizo mayor y marchó de la ciudad e intentó crearse una vida sola y honesta, lejos de la vergüenza de su infancia, las esperanzas y los sueños de su madre la acompañaron. Yo quería que huyeras de todo aquello, Tessa. Quería que huyeras lo más lejos y lo más rápido que te fuera posible.

Las lágrimas rodaban por la cara de Tessa y, por primera vez, vio a su madre no como su madre, sino como otra mujer. Su madre había querido huir tan desesperadamente como Tessa, pero no lo había logrado. Y había acabado con un bebé.

—¿Por qué no me lo dijiste?

—Nunca te lo dije porque no quería que te sintieses mal, pero ahora te lo explico porque has crecido y necesitabas comprenderlo. —A su madre le temblaba la barbilla, tenía los ojos llenos de lágrimas—. Sabía que te avergonzabas de tu abuelo, y sé que te avergonzabas de mí.

Tessa sacudió la cabeza, deseosa de negarlo.

—No, mamá, yo...

—Lo sé, Tessa, y no pasa nada. No pasa nada. —La mirada de su madre era tan potente como el fuego—. Por mucho que no llamaras, por mucho que te avergonzaras de mí, siempre pensé en ti y me sentí orgullosa. En mi vida cometí muchos errores, pero hay una cosa que hice bien. Y esa cosa eres tú.

Tessa tragó la saliva que tenía en la garganta, las lágrimas empañándole la visión.

—¡Lo siento mucho!

Su madre le secó las lágrimas.

—Niña, no hay nada que tengas que sentir. Hoy es un día nuevo y estamos juntas. Estás a salvo, y eso es lo que importa.

Y bajo la dulce luz del perdón de su madre, un peso que Tessa no era consciente de cargar sobre sus espaldas desapareció para siempre.

Tessa fue dada de alta a última hora de la mañana. Su madre la acompañó a casa en coche y entró con ella. Cruzaron la puerta que Julian había hecho pedazos. Entraron en el ascensor. Recorrieron el largo pasillo desde donde la había vigilado John Wyatt. Atravesaron la puerta donde Wyatt había colgado la fotografía de ella desnuda. Entraron en la cocina donde ella y Julian habían comido juntos.

La basura estaba podrida, igual que lo que pudiese haber en la nevera. Las plantas estaban muertas. Por dondequiera que mirara había recuerdos. Recuerdos de Wyatt. Recuerdos de detectives de cara seria. Recuerdos de Julian.

«—Soy medio italiano.

»—¿Qué mitad?

»—De la cintura para abajo».

—Tienes una casa muy bonita —dijo su madre, colgando el abrigo—. Tú ahora descansa mientras yo saco esta basura y estas plantas.

—No es necesario que lo hagas, mamá. Puedo…

—¡No me vengas con monsergas! —Su madre la miró enfadada—. Si a una madre le apetece ayudar a su hija, me imagino que puede hacerlo.

Los signos de podredumbre y pérdida desaparecieron enseguida, su madre subió el correo y abrió las ventanas para inundar el apartamento de la brisa fresca y fría de la montaña. Tessa llenó los pulmones de aire, el aroma del sol, la nieve y los pinos levantándole el ánimo tanto como la simpática charla de su madre.

Se había acabado. Estaba en casa.

Justo después de comer, recibió la visita del Equipo I al completo, además de Holly y Lissy. Se amontonaron en la puerta y, pese a sus sonrisas, era difícil no ver la preocupación de sus miradas o la curiosidad con que observaban a su madre.

Tessa sabía que su madre, pese a recibirlos con una gran sonrisa, se sentía fuera de lugar. ¿Por qué Tessa se habría avergonzado de ella de aquella manera, de una mujer que había sobrevivido a tantas cosas de joven, que tan duro había trabajado, que había cumplido con todas sus obligaciones hacia un padre perdedor y borracho?

Para acabar con el engaño y la vergüenza, Tessa pellizcó a su madre en el brazo para darle confianza.

—Me gustaría presentaros a mi madre, Linda Bates. Llegó a Denver hace unos meses procedente de Rosebud, Texas, donde yo me crié.

—¿Texas? —Holly la miró confusa—. Creía que eras de Georgia.

—Eso es lo que cree todo el mundo —dijo su madre—. Vivió tanto tiempo allí que acabó contagiándose con aquel acento.

Y sin más palabras, quedó claro el mensaje de que madre e hija volvían a estar juntas.

«Tú eres mi madre, y te doy la bienvenida a mi vida».

«Tú eres mi hija, y estoy a tu lado».

—Hemos contribuido todos y te hemos traído esto —dijo Sophie, entregándole un café con leche de tamaño extra grande—. Tres de café mexicano ecológico, una ración extra de vainilla... tal y como a ti te gusta.

—¡Oh, Dios mío! —Tessa cogió el vaso y se lo acercó a los labios como si fuese un cáliz de plata, segura de estar en el cielo—. ¡Sois los mejores!

Se instalaron en el salón y Kara ayudó a la madre de Tessa a preparar tazas de té y vasos de agua mientras los demás la ponían al corriente de las novedades de la sala de redacción. Tom y el Jefe Irving habían estado peleándose a diario, básicamente por temas relacionados con Tessa. Un borracho había entrado en recepción y se había meado en una maceta. Un tipo de Lakewood amenazaba con ponerles una demanda porque Joaquín había fotografiado a su perro sin su permiso.

Entonces, Holly interrumpió la conversación con un chillido.

—Muy bien, ¿piensas contarnos lo sucedido, o tendremos que esperar a leerlo en el periódico?

—¡Holly! —la regañó Kara—. Creía que habíamos acordado...

—Está bien. —Tessa sabía que se lo preguntarían. Al fin y al cabo, eran periodistas de investigación. Estaban programados para meter las narices en los asuntos de los demás—. No me importa.

Prescindiendo del nombre de Julian, les explicó lo que aún no sabían, desde el descubrimiento de la identidad de Burien hasta el momento en que Burien había caído por fin muerto en el suelo. Por algún motivo, le resultó más fácil relatar su historia, quizá porque estaba rodeada de amigas, quizá porque ya la había contado antes, o quizá porque su madre estaba allí mirándola con ojos compasivos.

Cuando terminó, se produjo un silencio.

Kara se puso en pie, la abrazó con fuerza, su voz quebrándose.

—¡Dios mío, Tessa, no sabes cuánto me alegro de que estés viva!

Matt asintió.

—Bien hecho, Novak.

Sophie estaba tan ocupada secándose los ojos que apenas podía hablar.

—En mi pueblo, habríamos sacrificado un cordero y celebrado un festín. —Kat sonrió—. Tessa Novak, la mujer guerrera.

Todo el mundo rió y se rompió la tensión.

—Es por eso que escribo en la sección de moda. —Lissy se acarició su voluminoso vientre—. Nadie te amenaza de muerte por escribir sobre bolsos y vestidos de novia. No sé cómo lo hiciste, Tessa, pero mereces que tu fotografía aparezca en portada de *Newsweek*.

Holly sonrió.

—Quiero oír más cosas sobre el señor Agente Secreto. ¿Cuándo volverás a verlo? ¿Y cuándo conoceremos por fin su nombre?

—No lo sé.

Y con eso, la moral de Tessa se vino un poco abajo.

Y más se vino aún cuando su madre tuvo que marcharse a regañadientes a cumplir su turno de trabajo de tres a once, teniendo que dejarla sola en el apartamento. Y más abajo se vino si cabe cuando un coche patrulla llegó a última hora de la tarde con sus maletas, retiradas de la casa de Julian, y su ordenador y sus carpetas, que habían sido encontrados intactos en el despacho de Burien. Entre las cajas, los oficiales le llevaron una en la que había la máquina de café que le había comprado Julian.

Esperaba su ropa y sus cosas de trabajo. Pero ¿la cafetera?

«Por supuesto que te ha mandado la cafetera. Te la compró como un regalo y ahora saca tus trastos de su casa».

La dejó sobre el mostrador de la cocina y se dirigió al dormitorio para deshacer las maletas, la melancolía instalándose en su pecho. No sabía por qué todo aquello resultaba tan doloroso. Al fin y al cabo, no podía decirse que estuvieran viviendo juntos. Él la había acogido en su casa por razones de seguridad. Tenía todo el sentido del mundo que, ahora que Burien estaba muerto, él le enviase todas las pertenencias de ella que encontrara en su apartamento. Pero aun así…

En parte había albergado esperanzas. Aquella mirada en la sala de urgencias. Había percibido su ternura en su abrazo. Había saboreado el miedo que había sentido por ella. Y se había atrevido a esperar haber significado algo más para él.

¿Acaso no lo había dicho? Por supuesto que sí.

«Pensé que te había perdido, y tuve la sensación de que el mundo entero había muerto para mí».

No era lo mismo que decirle que la quería, pero se andaba muy cerca.

Pero, menos de dos semanas atrás, lo había tenido allí sentado en aquel mismo salón explicándole que nunca pensaba casarse.

«¿Acaso no recuerdas esa parte, Tessa?».

Colgó el albornoz, encontró un preservativo nuevo en el bolsillo y lo extrajo del bolsillo.

Sensaciones calientes.

¿Le haría cambiar de idea un bebé en el caso de que ella estuviese embarazada? ¿Querría ella tener el bebé para hacerle cambiar de idea? ¿Lo querría ella en su vida sabiendo que no estaba allí por ella?

La respuesta le daba miedo.

Ella le amaba. Lo quería a su lado a toda costa.

Sonó el teléfono, interrumpiendo sus cavilaciones.

Salió corriendo del dormitorio, esperando que fuese Julian.

Era Tom.

—Me alegro de que todo haya terminado, Novak. ¿Cuándo te reincorporarás al trabajo?

Vestido con un blindaje antibalas completo, Julian se puso en posición, acomodó entre sus manos el peso de la pistola ametralladora HK MP5 y miró el reloj. Las dos veintiocho de la mañana. Después de sólo Dios sabe cuántos años y cuántas vidas y cuánto sufrimiento, todo llegaría a su fin en pocos minutos.

Un equipo de expertos en ordenadores del FBI había necesitado más de cuarenta y ocho horas de trabajo ininterrumpido para clasificar los archivos de Burien y descubrir el paradero de sus guaridas, escondrijos y clubes de alterne. Habían necesitado cuarenta y ocho horas más para movilizarse, poner bajo vigilancia todas las guaridas y coordinar policía local, *sheriff* del condado, policía estatal, agentes federales y comandantes en jefe de Estados Unidos para lo que iba a ser una de las mayores actuaciones policiales y judiciales de la historia del país.

Julian había sido el encargado de coordinar la estrategia. Con ocho estados implicados —Texas, Colorado, Utah, Arizona, Nuevo México, Nevada, California y Washington—, la Operación Abolición estaba sincronizada hasta el último segundo. En dos minutos, oficiales de policía de más de un centenar de ciudades realizarían la operación, neutralizarían a cualquiera que opusiese resistencia y liberaría a las víctimas de aquella esclavitud típica de los tiempos modernos.

En la cabeza de Julian nunca había habido el menor atisbo de duda respecto a dónde estaría cuando llegase el momento de la acción. No sólo quería mantenerse lo más cerca de Tessa posible, sino que además no había finalizado su trabajo en el Pasha's. Ocupaba una posición cerca de la fuertemente custodiada salida posterior del club de alterne, siendo su principal objetivo preservar la seguridad de las chicas que había dentro.

Había ajustado su auricular, verificado el arma una última vez y esperado a que el reloj avanzase. Y cuando escuchó el final de la cuenta atrás, tuvo la sensación de llevar toda la vida esperando ese momento. Su pulso se ralentizó. Sus sentidos se agudizaron.

Tres... Dos... Uno...

—¡Alto! ¡Policía! ¡Soltad las armas!

Todo terminó en dos minutos. Superados tanto en número como en disparos, los esbirros de Burien rindieron sus armas y se pusieron a gimotear como perros. Todos excepto Sergei, que se hizo con un AK... y acabó recibiendo una bala en la espalda en compensación por su esfuerzo.

—Chet, ¿eres tú? —De camino hacia el sótano, Julian se agachó junto a una figura tendida en el suelo—. Me parece que te iría bien una copa.

—¿Tony? ¿Tony Corelli? —Chet levantó la cabeza—. ¡Hijo de puta! ¡Me la has jugado!

—Sí, soy un amigo de mierda. ¿Qué quieres que te diga?

—Julian siguió adelante, gritando por encima del hombro—. Y no me llamo Tony.

Los sospechosos fueron cacheados de uno en uno, esposados y dirigidos al furgón policial que los conduciría a la cárcel de Denver. Las ambulancias y los abogados de las víctimas esperaban para llevarse a las chicas al hospital, donde serían examinadas, y ayudadas a iniciar el largo camino hacia la recuperación... y hacia su casa.

Tal y como Julian sospechaba, Irena y las demás chicas estaban en el sótano, donde evidentemente habían estado viviendo. Las encontró acurrucadas, llorando y aterrorizadas, escondidas detrás de un viejo y maltrecho sofá. Se acercó a ellas despacio, para no asustarlas aún más.

—No pasa nada. Se ha acabado todo. Estáis a salvo. —Lo dijo primero en inglés y luego en español, consciente de que necesitaban tiempo para que comprendiesen lo que estaba diciéndoles—. Nadie os hará daño.

Irena lo miró por encima del respaldo del sofá, pálida y temblorosa, y luego le preguntó, asombrada:

—¿Tony Corelli?

Escuchó gritos sofocados, susurros.

Poco a poco, aparecieron cinco cabezas más, cinco pares de ojos mirándole con asombro.

—Me llamo Julian. Soy agente federal y he venido a sacaros de aquí.

La sorpresa dio paso a lágrimas de alivio y sonrisas.

Entonces, vestida únicamente con camiseta y bragas, Irena se levantó, se acercó a él... y le plantó un beso en la mejilla.

—Sabía que no eras como los demás hombres. Nunca me pusiste la mano encima.

En un momento, las chicas estaban envueltas en cálidas mantas, la esperanza reflejada de nuevo en sus jóvenes rostros, los médicos y los abogados escoltándolas escaleras arriba hacia la libertad.

Y mientras Julian observaba la escena, metido por fin en su propia piel, lo comprendió.

Se había acabado, de verdad.

Capítulo 29

Tessa introdujo la llave en la cerradura y entró en su apartamento, haciendo un gesto de negación con la cabeza en dirección a los niños disfrazados con máscaras plantados junto a la puerta esperando que les diera caramelos.

—Lo siento, pequeños.

Después de cerrar la puerta con llave, encendió las luces, dejó el maletín y se quitó los zapatos. Se dirigió al dormitorio para cambiarse, deseosa de ponerse cómoda en pijama, zapatillas y ver programas tontos en televisión.

Había sido un día larguísimo. Haría horas que estaría en casa de no haberse apuntado a cenar y a tomar unas copas con el Equipo I. Aquella tarde habían dado por concluido el artículo sobre el tráfico sexual y todo el mundo tenía ganas de fiesta... todo el mundo excepto Tessa. Pero incapaz de decepcionar a sus amigos, se había unido a la salida y había hecho lo posible para pasarlo bien.

Había mucho qué celebrar. Estaba viva e ilesa. Gracias a la entrevista que había mantenido con el Jefe Irving sabía que Julian había superado sano y salvo la redada que había llevado a cabo aquella misma mañana. Ella y su madre habían reiniciado su relación y cada vez se sentían más a gusto juntas. Tenía buenos amigos y colegas que se preocupaban por ella y que habían estado siempre a su lado. Y la investigación estaba terminada.

El artículo más extenso de la historia del *Denver Independent* había consumido la mitad de la Sección A y había superado en un folio el artículo que en su día Kara había escrito sobre la contaminación. El relato en primera persona de Tessa, en el que narraba su cautiverio con Burien, junto con su artículo sobre la Operación Abolición, habían ocupado la parte superior de la portada, con un titular en mayúsculas. Los artículos estaban en el interior, llenando toda la página tres y parte de la cuatro. Sophie, Matt y Katherine habían escrito columnas con comentarios.

Escribir los artículos, revivir el horror de la experiencia, había sido más agotador de lo que Tessa se había imaginado. Aquella vez no le había importado ponerse llorosa, ni se había sentido incómoda cuando Sophie se había acercado a su mesa para abrazarla, ni le había importado en absoluto que Tom le posara la mano en el hombro. Incluso escribiéndolo, sabía que aquél era su mejor trabajo hasta la fecha y cuando finalmente envió el fichero definitivo al despacho de edición, lo había hecho con una profunda sensación de satisfacción.

Qué extraño le había resultado escribir los artículos sin mencionar ni una sola vez a Julian. Él era la fuerza motriz que lo movía todo. Había perseguido a Burien mucho tiempo, lo había acosado sin parar, había sacrificado años de su vida para acabar con aquel desgraciado, pero su valentía y su heroísmo pasaban a ser crédito de «investigadores», «expertos» o «fuentes cercanas a la investigación» anónimas. Había salvado muchas vidas, incluyendo la de ella. Había detenido a un asesino. Pero nadie jamás oiría hablar de él.

Tessa se puso su camisón más cómodo, se dejó caer en la cama y miró el techo, sintiéndose amargamente triste. Sabía que estaría enfrentándose a emociones desiguales durante una temporada... tanto Kara como el abogado de las víctimas le habían puesto sobre aviso al respecto. Era probable que parte de su estado de ánimo fuera una simple cuestión hormonal. Aquella mañana le había venido el periodo... puntualísimo. Pese al alivio que había experimentado al saber que no llevaba en su interior una vida inocente que pudiera sufrir daños a causa de la heroína, también se había sentido terriblemente defraudada. Tener un bebé de Julian habría significado tener siempre con ella una parte de él.

Y eso era lo que de verdad le importaba: tenerlo cerca. Durante el breve tiempo que habían convivido bajo el mismo techo, se había acostumbrado a despertarse a su lado, a verlo vestirse, a oler su loción para después del afeitado. Se había acostumbrado a mandarle a la compra y a prepararle la cena. Se había acostumbrado a tocarlo por la noche y a dormir abrazada a él.

Saldría adelante sin él, por supuesto, pero sólo si no le quedaba otro remedio.

No tenía noticias de Julian desde el viernes por la noche en el hospital. Esperaba haber sabido algo de él a lo largo del día... una llamada, un mensaje de correo electrónico, un mensaje de texto en el móvil. Sabía, de todos modos, que debía haber pasado cualquier minuto despierto trabajando como un loco. Dirigir una operación con tantas organizaciones policiales y judiciales implicadas y en ocho estados distintos...

No podía ni imaginarse el esfuerzo que conllevaba.

A lo mejor estaba agotado y durmiendo. A lo mejor no había terminado todavía. O a lo mejor había tenido que viajar fuera del estado. ¿No había dicho que cabía esa posibilidad?

«Regresaré en cuanto pueda».

Se había aferrado a esas palabras durante los últimos días,

a la esperanza que ofrecían. Regresaría. Había dicho que regresaría.

—Empiezas a ser ridícula —se dijo—. Sabes que está muy ocupado.

Pero saberlo no le ayudaba a echarlo menos en falta. No acababa con su incertidumbre. No detenía aquel dolor que sentía en el pecho. De una forma u otra, tenía que saberlo. ¿Formaban mutuamente parte de sus respectivas vidas o debería intentar empezar a expulsarlo de su corazón?

Cerró los ojos, las lágrimas resbalando por las sienes hacia su cabello.

Tessa debió quedarse dormida, pues su siguiente sensación fue la del teléfono sonando. Saltó de la cama, corrió como una loca en busca de su bolso, lo dejó caer al suelo y cogió el teléfono.

—¿Diga?

—Te he despertado. —Era Julian.

Al oír su voz, su sintió inundada por una oleada de pura felicidad.

—No pasa nada.

—Tengo que verte.

—¿Dónde estás?

—En el pasillo, justo delante de tu puerta.

Consiguió no recorrer corriendo los escasos pasos que la separaban de allí.

—¿Qué haces aquí fuera?

—Intentar ser paciente.

Con el pulso cada vez más acelerado, abrió el cerrojo y la puerta y se encontró con Julian, vestido con su chaqueta de cuero negro, barba de tres días, su rostro agotado.

Pasó, cerró la puerta a sus espaldas y la abrazó.

—¡Dios mío, Tessa, cariño, cuánto te he echado de menos!

—¡Yo también te he echado de menos! —Enterró la cara en su cuello—. ¡Me alegro tanto de que estés a salvo!

Julian percibió la emoción de Tessa y la abrazó con más fuerza.

—Tranquila.

Permanecieron así un rato, Julian no queriendo soltarla. Era como si hiciese una eternidad que no la veía, una eternidad que no la abrazaba, una eternidad que no la tocaba.

Fue ella quien por fin rompió el abrazo. Cogió la chaqueta de Julian, la colgó en el armario y le ofreció una taza de té. Vestida con un camisón de seda de color rosa, el cabello alborotado, tenía un aspecto adorablemente inocente y femenino. Pero la mejilla seguía magullada, un recordatorio de lo cerca que había estado de perderla.

—¿Qué haces en la calle a estas horas? Son casi las dos de la mañana.

—Acabo de llegar de Washington, D. C.

Julian se sentó junto a la mesa de la cocina y, como un cobarde, recurrió a la charla intrascendente mientas ella ponía el agua a hervir. Una conversación rutinaria en ambos sentidos. Buen tiempo para esta época del año. Mucho papeleo.

—Los federales te hacen rellenar formularios por triplicado cada vez que te secas el culo.

—El Buró Federal de la Ofuscación. —Sin dejar de sonreír, depositó en la mesa dos tazas de agua caliente y varias bolsitas de té de distintos tipos. Pero la sonrisa no llegaba a los ojos, y él adivinó que había estado llorando.

Y no la culpaba. Había pasado un infierno.

—Se ha acabado de verdad, Tessa. —Extendió el brazo para darle la mano y no se la soltó mientras le explicaba todo lo sucedido desde que marchó de su lado: cómo había ayudado al equipo técnico a interpretar lo encontrado en el ordenador de Burien, la coordinación con las distintas agencias policiales, la preparación de la atención a las víctimas en los escenarios de las detenciones.

Ella le escuchó, formulando unas cuantas preguntas.

—Tuvimos que movernos con rapidez, antes de que corriera la voz de que Burien había muerto. Estar en posesión de los archivos de su ordenador es lo que ha marcado la diferencia. Sin ellos, habríamos pasado meses siguiendo la pista.

—El Jefe Irving me explicó que encontraste a las tres amigas de María. Me alegro mucho.

Julian asintió.

—Uno de nuestros equipos las encontró en Eaglewood. Sus padres están de camino para recogerlas.

—El Jefe Irving dice que te mereces una medalla. Y creo que tiene razón.

—También lo dice de ti. —Pero Julian no había ido hasta allí para hablar de su trabajo—. ¿Qué tal tu artículo?

«Tampoco has venido a hablar del trabajo de Tessa, imbécil».

Ella bebió un poco de té y dejó la taza en la mesa.

—Supongo que lo veremos mañana. Creo que es sólido, espero que abra los ojos a la gente.

Julian asintió, recorriendo la sedosidad de los nudillos de ella con el dedo pulgar.

—Lo hará.

—Llevo todo el día preguntándome que se debe sentir cuando te roban la vida... y luego la recuperas de repente. —Le miró con unos ojos llenos de pesar por las miserias de los demás—. Piensa en los padres que hoy se han enterado de que la hija que creían muerta sigue viva. Piensa en las chicas que van a volver a casa para empezar de nuevo su vida. Me imagino que no les va a resultar fácil, pero al menos tendrán la oportunidad. Tú les diste esa oportunidad, Julian.

—Tessa... —Se levantó, caminó la longitud entera de la pequeña cocina, dándole la espalda—. Dios mío, no sé cómo hacerlo.

—¿Julian?

«Hazlo, y ya está. Dilo, sin más».

—Hace un mes, si me hubieses dicho que Burien estaría muerto y esta operación cerrada, no te habría creído. —Se volvió de cara a ella—. Llevaba tanto tiempo persiguiéndolo, que su caza en sí misma acabó convirtiéndose en mi vida. Cuando escapó, cargué sobre mí toda la culpa. Pensé que mi mal trabajo le había dado una posibilidad de huida y había provocado la muerte de aquellos agentes.

Ella se levantó, se acercó a él, le abrazó con la ternura de siempre.

—Eso fue culpa de Margaux, no tuya. Me imagino que tardarás un tiempo a acostumbrarte a ese hecho.

—Sí. —Le besó el cabello, lo acarició—. En cierto sentido, tengo también la sensación de que empiezo de nuevo mi vida. Esta vez quiero hacerlo bien, Tessa. Quiero...

Ella dio un paso atrás, una lágrima rodando por su mejilla.

—No hay bebé, Julian.

Tardó él un momento en comprender lo que acababa de decirle, y la intensidad de su propia decepción le pilló completamente por sorpresa.

—¿No estás embarazada?

—Me ha venido el periodo esta mañana. —Le regaló una trémula sonrisa, y una nueva lágrima siguió a la anterior—. Eres libre para crearte la vida que más desees, de ir donde te apetezca.

Y entonces, lo comprendió.

La atrajo hacia él.

—No, Tessa, no soy libre. Existe un pequeño problema que tiene que ver con lo mucho que te quiero.

Ella levantó la cabeza, le miró con los ojos muy abiertos.

—¿Que tú... qué?

—No necesitas ningún bebé para tenerme a tu lado. —Notó una tensión en la mandíbula, la voz forzada, la emoción apoderándose de él—. Te quiero, Tessa. Que Dios nos ayude, pero te quiero.

Tessa apenas podía creer lo que estaba escuchando. Se había preparado para el momento en que él descubriera que no estaba embarazada, para el momento en que le dijera que su trabajo en Denver había finalizado y que había llegado el momento de continuar. No esperaba aquello.

—Julian, yo...

Él le llevó un dedo a los labios.

—¿Sabes por qué he ido hoy a Washington?

¿Se lo había dicho? Tessa intentó hacer memoria.

—¿Para rellenar documentos por triplicado?

—Sí. —Él sonrió, y entonces se puso serio—. Y para presentar mi dimisión... para siempre. Irving me ha ofrecido un puesto para dirigir su unidad, y lo he aceptado. Ser agente especial no encaja muy bien con intentar tener una esposa feliz y contenta.

Tessa sintió que el corazón le daba un vuelco, que casi le explota en el pecho.

—Pero ¿qué dices?

Él cogió aire, bajó la vista y luego volvió a mirarla.

—Sé que no soy precisamente el ideal de marido perfecto de cualquier mujer. Soy un convicto y un asesino. Tengo mal carácter y no tengo estudios. Digo muchas palabrotas. No tengo raíces, ni familia. Demonios, ni siquiera sé lo que es una familia.

Tessa le acarició la mejilla.

—Eres fuerte, valiente, protector...

—Sí, igual que un perro doberman.

Ella quiso protestar, pero él la hizo callar de nuevo.

—Nunca planifiqué casarme. Ni siquiera pensé jamás en ello. Pero tú me has hecho cambiar, Tessa. Has penetrado en mí. Me mostraste algo de mí mismo que nunca había visto. Me enseñaste lo que es sentirse en casa. ¿Sabes que nunca me había sentido en casa en ninguna parte hasta que te conocí?

—¿Nunca? —Le costaba imaginárselo.

—Nunca. —Le rozó la mejilla con los nudillos, sus ojos azul medianoche dolorosamente tiernos—. Tú iluminaste mi vida y lo cambiaste todo. Te quiero, y si me das la oportunidad, haré lo posible para convertirme en el hombre que te mereces.

—¡Oh, Julian! —Con lágrimas de felicidad rodando por las mejillas, Tessa se puso de puntillas para besarlo—. Ya eres ese hombre.

Epílogo

Tessa estaba sentada en el porche principal con Kara, bebiendo las dos un típico té dulce sureño y contemplando cómo sus maridos comentaban la audiencia especial del comité del Senado del lunes siguiente, donde Julian iba a tener un papel importante.

—Yo encabezo el comité, de modo que presentaré el proyecto de ley y te concederé entre diez y quince minutos para dirigirte a los senadores —le explicaba Reece, con un aspecto de cualquier cosa menos de senador, vestido como iba con una camiseta mugrienta, pantalón corto y sandalias—. Entonces abriré el turno de preguntas. Resulta difícil decir cuánto tiempo se prolongará esa parte de tu testimonio... seguramente entre media hora y una hora.

Como corolario de la Operación Abolición, y en respuesta a la investigación llevada a cabo por Tessa, Reece había impuesto una sesión especial a la legislatura del Estado y presentado un proyecto de ley urgente que crearía a nivel de todo el estado un equipo de trabajo especializado en el tráfico sexual y entrenaría a los responsables policiales de todos los niveles para que pudiesen abordar mejor ese crimen. El proyecto de ley, además, reservaba fondos para programas de ayuda destinados a jóvenes indigentes y para la rehabilitación de las víctimas del tráfico sexual. Era un proyecto de ley audaz, y el *Denver Independent* había publicado un editorial para respaldar con fuerza la medida.

—Acuérdate de dirigirte a mí como «Señor Presidente» y de referirme tus respuestas —añadió Reece—. En cuanto a los demás miembros del comité, tendrás que dirigirte a ellos como «Senador tal y cual».

—Entendido. —Julian llevaba unos vaqueros viejos y una camiseta igual de mugrienta, el cabello suelto por encima de los hombros, su expresión seria. Se le veía últimamente más joven, más feliz, las arrugas de su cara suavizadas—. ¿Será una audiencia abierta al público?

—Sí —Reece asintió—, y ya puedes ir esperándote un circo de medios de comunicación.

—No está nervioso, ¿verdad? —susurró Kara, cogiendo a su bebé hambriento, que había empezado a alborotar mientras estaba en brazos de Tessa.

Tessa estampó un beso en la cabecita vellosa del pequeño Brendan, de cuatro semanas de edad, y se lo entregó a regañadientes a su madre.

—¿Bromeas? Julian está aterrorizado. Todo esto es completamente nuevo para él.

Miró de reojo al hombre que amaba y sintió una oleada en su interior. Había muchas cosas nuevas para Julian. En el transcurso de los siete últimos meses, había pasado de vivir en las sombras a ser propietario de una casa, de ser un solitario a tener una suegra que lo adoraba y un círculo de amigos íntimos, de no tener amor en su vida a tener una esposa. Había pasado de agente especial a detective de la policía, y la transición había sido mucho más suave de lo que Tessa se había imaginado.

Eso no quería decir que no hubiese habido problemas. Julian estaba tardando en acostumbrarse a tomar decisiones como dos personas, no como una sola. Protegía tanto a Tessa, que a veces ella se ponía nerviosa. Seguía diciendo demasiados tacos. Y luego estaba aquella tendencia suya al secretismo. Tessa podía comprender que quisiese guardar en códigos cifrados la información relacionada con sus cuentas bancarias y sus tarjetas de crédito. Pero ¿el número de socio del gimnasio?

Pero aun así, Julian jamás la hacía dudar ni por un momento que la quería y le demostraba su amor de infinidad de maneras. En la amabilidad que mostraba respecto a su madre y a Frank, que iban a casarse en junio. En el respeto que demostraba por su exitosa carrera profesional. En su forma de escucharla cuando ella necesitaba hablar. En su dominio de la máquina de café. En su forma de hacerle deliciosamente el amor por las noches... y en cualquier otro momento del día, si surgía la oportunidad.

Tessa jamás habría soñado en poder llegar a sentirse tan feliz, en que tantas piezas de su vida encajaran con aquella perfección. Pese a que abandonar el Equipo I había resultado duro, no podía llevar muy bien la relación con la policía siendo su esposo un miembro de las fuerzas. Igual que había hecho Kara, se había decantado por trabajar por su cuenta y por realizar artículos de investigación para revistas de difusión nacional y escribir libros de ensayo y divulgación. Trabajar por su cuenta le permitía estar en casa durante el día, programar su propia agenda y pasar más tiempo con Julian.

Y pasaba gran parte de ese tiempo preocupada por él. Su trabajo seguía siendo todavía demasiado peligroso para su gusto. Vigilancia a altas horas de la noche. Redadas imprevistas. Demasiado tiempo en las calles. Pero nada que ver con el tipo de trabajo clandestino y espeluznante que había realizado para el FBI, y parecía encontrarse a gusto en el puesto. Él y el Jefe

Irving peleaban a menudo, pero al parecer eso también le gustaba. Los dos habían crecido profesionalmente juntos. El Jefe Irving se había convertido para Julian en una especie de figura paterna e incluso había ocupado ese puesto en la boda. Naturalmente, si el proyecto de ley de Reece fructificaba, Julian dedicaría más tiempo al entrenamiento de policías que a trabajar en las calles... otro motivo por el cual Tessa deseaba su aprobación.

Pero Reece y Kara no estaban allí aquel sábado sólo para que Reece aconsejara a Julian con respecto al testimonio del lunes. Reece estaba también allí para ayudar a Julian a pintar la valla. Lissy y Will estaban al caer.

La histórica mansión victoriana que habían adquirido necesitaba mucho trabajo, y pintar el tejado y la valla era lo último que quedaba pendiente. El tejado estaría acabado hoy y esperaban que la valla lo estuviera poco después. El conjunto era más gris que blanco, la pintura estaba descascarillada y dejaba a la vista las astillas de la madera. Algunas de las planchas de madera se habían soltado y se inclinaban hacia los lados como si fuesen dientes torcidos. Reparar el tejado era mucho trabajo, mucho más que haberlo instalado de nuevo, pero Julian había insistido en conservarlo y restaurarlo.

A lo mejor Tessa podía pedirle a Kara que convenciese a Reece de que colaborara.

—Seguramente, la mayoría de las objeciones con que te toparás vendrán por parte de los senadores que no consideran que el tráfico sexual sea un problema tan importante en este estado como para exigir una acción a nivel legislativo —dijo Reece.

Julian movió la cabeza, incapaz de creer que hubiese quien pensase así.

—Creo que podré gestionar sin el menor problema esas

objeciones. Estamos de acuerdo en que Tessa no testificará, ¿no es eso?

Reece miró a Tessa.

—¿Estás de acuerdo en eso, Tessa?

Julian miró a Tessa a los ojos.

—No vas a testificar. No quiero que vuelvas a pasar por eso. Ya has pasado bastante.

Tessa había actuado como testigo en diversos juicios por delitos relacionados con el tráfico sexual, incluyendo el de John Wyatt. Tener que describir su dura experiencia en los tribunales había despertado de nuevo sus pesadillas y la había dejado inútil durante la semana posterior a cada juicio.

—Haré lo que creas que debo hacer para garantizar que el proyecto de ley se apruebe.

Reece se levantó, se acercó a Kara y besó a Brendan en su morena cabecita.

—Me parece que lo tenemos todo cubierto.

—¿Empezamos? —Julian se puso en pie y miró el reloj.

Los hombres se encaminaron hacia la parte lateral de la casa, justo en el momento en que aparcaban delante Lissy y Will.

—¡Gandul! —le gritó Reece a Will—. Se suponía que teníamos que empezar hace una hora. ¿Dónde estabas?

Will sonrió, ayudando a Lissy a sacar del coche la sillita del bebé.

—William no quería despertarse de su siesta.

—Claro —dijo Julian—, ahora échale la culpa al bebé.

Mientras los hombres se ponían a trabajar con la pintura y las escaleras, Lissy se unió a Kara y a Tessa en el porche, estupenda con su vestido de tirantes de un conocido diseñador y con el pequeño William, de diez meses de edad, completamente despierto y dando chupetones al chupete.

Tessa cogió al niño en brazos y le dio un beso en su regordeta mejilla.

—Eres igual que tu papá. Me pregunto si acabarás siendo una estrella del fútbol.

—Oye, Tessa, no puedo evitar fijarme en las fiestas que les haces a los niños últimamente. ¿Cuándo pensáis poneros en ello Julian y tú? —preguntó Kara mientras Brendan se alimentaba medio dormido al pecho, las manitas cerradas en pequeños puños.

—Estamos esperando. —Tessa cogió bien a William—. Por mucho que deseemos tener un bebé, también queremos primero disfrutar de un tiempo juntos. Julian ha tenido que adaptarse a muchos cambios en su vida. Y yo no quería complicárselo aún más teniendo un bebé enseguida. En julio nos iremos a Irlanda para que conozca a la tía de su madre. Tenemos pensado empezar a intentarlo en cuanto regresemos a casa.

Mientras los hombres pintaban y sudaban bajo el sol de finales de primavera, Tessa y sus amigas siguieron charlando y preparando ensaladas y otros manjares para la cena. Estaban en plena discusión sobre un libro sobre las víctimas del tráfico sexual que Tessa estaba escribiendo —ella y Julian habían viajado a México el mes pasado para conocer a la familia de María Ruiz— cuando Sophie aparcó su Toyota delante de la casa y Holly saltó a la acera, cargando cada una de ellas con una silla de jardín.

—Nos han dicho que vuestros chicos iban a dedicarse hoy a la pintura —dijo Sophie.

—Y habéis venido a ayudar —Tessa abrió la puerta para que entraran—. ¡Qué Dios os lo agradezca!

—¡Oh. No! No estamos aquí para ayudar. ¿Estás loca? —Holly desplegó la silla en medio del césped y tomó asiento—. Estamos aquí para disfrutar del paisaje.

Tessa les miró, sin saber muy bien si reír o enfadarse.

Lissy miró por la ventana.

—¿Acaso piensan comerse otra vez a nuestros maridos con los ojos?

—Pues vayamos también —dijo Kara, sonriendo.

Julian miró desde el tejado y se encontró con cinco pares de gafas de sol contemplándolos, como si pintar tejados fuese un deporte para mujeres espectadoras.

—¿Siempre son así?

—Sí —respondieron al unísono Reece y Will, sonriendo.

Reece se quitó la camiseta por la cabeza y la lanzó al suelo.

—Personalmente, me encanta que me traten como un *sex-symbol*... sobre todo mi mujer.

—Considéralo como una inversión. —Will se quitó también la camiseta, dejando al desnudo su físico de futbolista—. Esta noche cosecharás los beneficios en la cama.

Julian sonrió.

—De acuerdo entonces, chicos... probémoslo.

Se quitó la camiseta, cogió su botella de agua y bebió, dejando caer el líquido en su garganta y sobre su pecho desnudo.

Se oyó un gruñido de Holly.

A última hora de la tarde, el trabajo estaba hecho y todo recogido. En la barbacoa los filetes chisporroteaban y las mujeres habían preparado una nevera con cerveza fresca y cosas de picar para aguantar hasta la hora de la cena.

—Me imagino que lo único que te queda ahora es esa vieja valla. —Reece dio un trago largo a su cerveza—. Bastará con un poco de lija, unos cuantos clavos y un par de capas de pintura. Puedo pasarme el fin de semana que viene y lo tenemos listo en pocas horas.

—Gracias. —Julian dejó vagar la mirada a lo largo de la maltrecha valla—. Ya me encargaré yo.

—¿De verdad? No me supone ningún problema.

—Gracias, Reece, pero podría decirse que es mi proyecto favorito. Lo he estado guardando para el final.

La cena transcurrió entre risas y conversación y se prolongó hasta entrada la noche. Julian tuvo varias veces la extraña sensación de estar viviendo la vida feliz de otra persona. Era una sensación que tenía últimamente con frecuencia. Pero Tessa estaba a su lado, su presencia, sus caricias, el sonido de su voz servía para asentarle, para darle a entender que todo era real.

Despidieron juntos a sus amigos acompañándolos hasta la puerta. Los dedos de Tessa enlazados con los suyos, su mano sedosa y caliente. Cuando los coches se fueron, ella miró la verja y luego a él… y entrecerró los ojos.

—Kara dice que has rechazado la oferta de Reece para ayudarte a pintar la verja.

Julian asintió.

—Es algo que quiero hacer yo solo.

—¿Qué hay entre ti y esta valla?

Julian la estrechó entre sus brazos e intentó encontrar las palabras adecuadas.

—Me imagino que una valla blanca representa todas las cosas que nunca tuve ni me merecí: un hogar, una esposa, una familia. Ahora es un recordatorio de que nunca debo tomarme ni un solo día como algo garantizado.

—¡Oh, Julian! —Tessa sorbió por la nariz, sus hermosos ojos humedeciéndose—. ¡Y para mí no era más que una vieja valla llena de astillas!

—Bien, la verdad es que es una vieja valla llena de astillas, pero es nuestra vieja valla llena de astillas.

Julian la abrazó en medio de aquel silencio, inhalando su aroma, saboreando el momento... el murmullo lejano de la ciudad, el indicio de la llegada del verano en la brisa procedente de la montaña, una perezosa luna en cuarto creciente por encima de sus cabezas.

—¿Sabes esa escenita que te sacaste de la manga esta tarde dejando caer el agua sobre tu pecho desnudo? —Tessa deslizó la mano por debajo de la camiseta de Julian.

—Mmmm. —Él le alborotó el pelo, su sangre calentándose.

Allí estaban por fin los beneficios de los que hablaba Will.

Ella pasó los dedos por el vello de su pecho.

—Me recordó que hace tiempo que no utilizamos debidamente el masaje de la ducha.

—Cariño, creo que tienes razón. Hace como mínimo una semana.

—Vamos. —Le dio la mano para guiarlo hacia la casa, las ventanas otorgando a la noche una cálida luz dorada.

Y Julian supo que estaba en casa.